宝贝，宝贝

周国平
著

云南人民出版社

果麦文化 出品

孩子是父母的宝贝,和孩子共度的时光是父母生命中的宝贝,珍惜且珍惜。

本书献给——
我的妻子和我的孩子
一切正在和将要做父母的男人和女人
一切在欢乐和寂寞中成长的孩子

推荐序：周国平者，传记家也！

赵白生

周国平者，传记家也！

如此定位，如此身份，普通读者难免诧异，专业读者更是诧异，甚至周国平先生本人或许也会莫名诧异。谈起周国平，因其多产，更因其走入寻常百姓家的影响力，人们习惯性地默认之为学者、作家、哲学家。猛然间天上掉下个新身份，冠之以传记家，确实令人诧异，但也实至名归，千真万确。

为什么？

《岁月与性情：我的心灵自传》一版再版深入人心，略究其因，乃自传也。自传的魔力，让这本书生动感人，深刻留人。然而，这本自传之所以享有永久的生命力，其深层原因在于它一特质尊贵无比，两字——诚实。诚如该书自序《我判决自己诚实》所言："在写本书时，我始终设想自己是站在全知全能的上帝面前，对于我的所作所为乃至最隐秘的心思，上帝全都知道，也全都能够理解，所以隐瞒既不可能也没有必要。"这种立场，既关切，又超脱，比起卢梭，更加实在。《岁月与性情》的最大亮点是，它不仅剖析了作者自幼及长的思想历程，更细腻地描绘了他的情感旋涡。其坦诚度，中国自传，难见其俦。我敢断言，这本自传，假以时日，必成经典。

《妞妞：一个父亲的札记》之不朽处，不仅仅因为它是病患传记的范本，更由于它开创了一类儿童传记的先河——亲子儿童传记三部曲。遍览传记史，子女为父母所作传记，比比皆是，不乏杰作。但反其道而行之，父母为子女所写传记，似乎凤毛麟角，乏善可陈。周国平先生则是特例：他不但写了女儿妞妞的长篇传记，而且一发而不可收，一而再，再而三地推出另一女儿的长篇传记《宝贝，宝贝》和儿子的长篇传记《叩叩》。一位父亲，情深如斯执着如彼，廿年之间，陆陆续续推出以子女为传主的三部大传，放眼全球，实属罕见。后两部传记的精髓在于，作者对儿童身心成长的观察细致入微，描述丝丝入扣，堪称为人父母的理想读本。《宝贝，宝贝》和《叩叩》给人的启示是，即使同父同母所生，每一个孩子都是独一无二的，都具备为之作传的充足价值。

自传、传记之外，周国平先生写有海量日记，还出版了其中的部分日记。游记《南极无新闻》的第二部分"岛上日记"，长约七十页，便是全书的菁华。他的代表作《人生哲思录》和《各自的朝圣路》多处谈及日记文类。虽然吉光片羽，但是见解透彻。"通过写日记，我逐渐获得了一种内在的视觉，使我注意并善于发现生活中那些有价值的片段，及时把它们抓住"（出自《各自的朝圣路》），即是一例。这里，周国平先生"一句两得"：既点明了日记的"内在性"，又凸显了日记的"及时性"。由此可见，周国平先生在传坛笔耕不辍，出版了至少五部传记文学作品，且自传、传记、日记、游记、传论五体齐备。说他是全能传记家，可乎？

其实，传记家周国平这一身份认可度低，并不奇怪。傅雷、吴宓、季羡林、杨绛都有一个共同点：他们全是自传家。他们的自传家身份，毫不夸张地说，影响力远远胜过他们的其他身份。《傅雷家书》《吴宓日记》《牛棚杂忆》《我们仨》多数销量过百万，像杨绛的回忆录，甚至直逼千万。随着岁月的流逝，这些自传作品，影响所及，将会大大超过他们的翻译名著或学术专著。它们本身，就成了经典里的常青藤。可是，即使如此，依然没人看出它们成功背后作者的关键身份——自传家。文类意识，淡薄至极，这是我们时代的顽疾。遇上这类独具魅力的作品，我们往往大而化之，笼而统之，不分青红皂白，把它们一概放入散文的大菜篮子里。周国平先生的情况，也属此类，岂可怪哉？他的传记家身份，习焉不察，视而不见，久矣！

确切地说，周国平先生是天生的传记家。他的日记意识，可以为证：

> 一切优秀的艺术家都具有一种日记意识，他们的每一件作品都是日记中的一页，日记成为一种尺度，凡是有价值的东西都要写进日记，凡是不屑写进日记的东西都没有价值。他们不肯委屈自己去制

作自己不愿保藏的东西，正因为如此，他们的作品才对别人也有了价值。（出自《人生哲思录》）

传记作家江南说过："日记是传记的钥匙。"周国平的论断与江南的格言，表述迥异，但核心思想，惊人相似。当好传记家，首要条件，要有"日记意识"。鲍斯威尔和梭罗如此，胡适之和季羡林莫不如此。不过，周国平先生把他的见解，说得更加"语不惊人死不休"，居然用到了两个"凡是"。这是因为他骨子里认识到了日记所具备的至高无上的价值。这也印证了美国文豪爱默生的金句：日记是生命的储蓄所。换言之，杰出的传记家，都是日记原教旨主义者。这一点上，周国平先生的表现，尤为突出：

> 如果我们不把记事本、备忘录之类和日记混为一谈的话，就应该承认，日记是最纯粹的私人写作，是个人精神生活的隐秘领域。在日记中，一个人只面对自己的灵魂，只和自己的上帝说话。这的确是一个神圣的约会，是绝不容许有他人在场的。如果写日记时知道所写的内容将被另一个人看到，那么，这个读者的无形在场便不可避免地会改变写作者的心态，使他有意无意地用这个读者的眼光来审视自己写下的东西。结果，日记不再成其为日记，与上帝的密谈蜕变为向他人的倾诉和表白。（出自《人生哲思录》）

中国有年谱学派，法国有年鉴学派，我则二十年如一日举办"世界文学年度报告"，提倡年轮学派。周国平先生对日记的执念，颇有点年轮学派的味道：日记，犹如年轮，见光死。但是，日复一日，年复一年，你能感觉到日记好像大树，在一天天滋滋生长；日记里的自我仿佛年轮，也在一圈圈默默成形。可是，你就是不能把日记示人，犹如你不能破开一棵茁壮成长的树，让人看其年轮。周国平先生的理由，更为"高大上"：日记"只和自己的上帝说话"，是"神圣的约会"。把私人写作的神圣性托举得如此之高，不难想象，他的传记作品为什么能高处发光，一如灯塔。

他的传记，三个特点，相当明显。其一，具有哲人传记的风范；富有恋人传记的风韵；拥有亲子传记的风景。

有理性的范，有情感的韵，有童心的景，如此传记，谁不爱看？

赵白生
北京大学世界文学研究所教授
世界传记研究中心主任
世界文学学会会长
2025 年龙抬头日

目 录

序   1

第一卷　人之初   9

从世界杯说起   13
幼兽·天使·小人儿   17
回到事物本身   23
简单的幸福   27
本能自己在生长   30
开口言说之前   37
亲情是相认   44
看世界的第一眼   50
孩子多么需要欢笑   54
穿上了红舞鞋   62
海德堡记忆   69

第二卷　天籁　　　　　　　　　77

我是宝贝　　　　　　　　　　81
万物都是伙伴　　　　　　　　88
童趣　　　　　　　　　　　　95
三岁半的旅行　　　　　　　　106
小小语言学家　　　　　　　　111
伊甸园里的文学　　　　　　　125
想象力的世界　　　　　　　　132
记梦　　　　　　　　　　　　139
幽默　　　　　　　　　　　　144
脑筋急转弯　　　　　　　　　152
可爱的"谎话"　　　　　　　157
小女孩话题　　　　　　　　　165
圣诞老人　　　　　　　　　　169

第三卷　爱智的起点　　　　175

生命的忧思　　　　　　　　　180
不想长大　　　　　　　　　　187
时间是什么东西　　　　　　　196
一个幼儿的天问　　　　　　　203
自发的认识论　　　　　　　　211

做彩虹也很好	220
童言有真知（上）	228
童言有真知（下）	237
思考比知道重要	247
素质是熏陶出来的	254
分数不重要	265
兴趣为王	273

第四卷　个性空间　283

十足一个女孩	287
什么是乖	294
向优雅致敬	301
安静小淑女	307
关于豌豆公主	315
宝贝太操心了	322
性格无好坏	329
这是一个灵魂	340
鱼刺事件	352
乖孩子也会发脾气	356
交往中的个性	367
幼儿园纪事	376
小学纪事	389

第五卷　真爱如是　　　　　　　　397

妈妈的味儿　　　　　　　　402
情话连篇　　　　　　　　　407
母女小恩怨　　　　　　　　413
小冤家　　　　　　　　　　423
小棉袄穿上了　　　　　　　430
爸爸是憨豆　　　　　　　　439
调侃老爸　　　　　　　　　445
小燕姐姐　　　　　　　　　454
以女儿为良师　　　　　　　461
爸爸的年纪和职业　　　　　470
做父母的最高境界　　　　　479
我给女儿当秘书　　　　　　487
来自同一个神　　　　　　　493
感恩于爷爷　　　　　　　　502
大爱在人间　　　　　　　　507

附录　啾啾的作文　　　　　　　513

序

宝贝，宝贝，在写这本书的时候，这个词一直重叠着在我的心中回响，如同一个最温柔也最深沉的旋律。

宝贝，宝贝。

女儿是我的宝贝。小生命来到世上，天下的父母哪个不心醉神迷，谛视着婴儿花朵一样的脸蛋，满腔的骨肉之爱无以表达，一声声唤宝贝，千言万语尽在其中。

和女儿一起度过的时光，是我的生命中的宝贝。养育小生命是人生最宝贵的经历之一，其中有多少惊喜和欢笑，多少感悟和思考，给我的心灵仓库增添了多少无价的珍宝。

宝贝，宝贝，我的女儿，我的生命中的时光。

我也许命中该做父亲，比做别的什么都心甘情愿，绝对不会厌烦。我想不出，在人生中，还有什么事比养儿育女更有吸引力，更能使人身不由己地沉醉其中。

我的妻子常说，没见过像我这么痴情的爸爸。周围的朋友，看见我这么陶醉地当爸爸，有的称赞我是伟大的父亲，有的惋惜我丧失了革命的斗志。我心里明白，伟大根本扯不上，我是受本能支配，恰恰证明我平凡。至于丧失了斗志，我不在乎，倘若一种斗志会被生命自身的力量瓦解，恰恰证明它没有多大价值。

性是大自然最奇妙的发明之一，在没有做父母的时候，我们并不知道大自然的深意，以为它只是男女之欢。其实，快乐本能是浅层次，背后潜藏着深层次的种族本能。有了孩子，这个本能以巨大的威力突然苏醒了，一下子把我们变成了忘我舐犊的傻爸傻妈。

爱孩子是本能，但不止于本能。无论第几次做父亲，新生命的到来永远使我感到神秘。一个新生命的形成，大自然不知运作了多少个世纪，其中不知交织了多少离奇的故事。

我的女儿，你原本完全可能不来找我，却偏偏来了，选中我做你的父亲，这是何等的信任。如果有轮回，天下人家如恒河之沙，你这一个灵魂偏偏投胎到了我的家里，这是何等的因缘。如果有上帝，上帝赐给了我生命，竟还把照看你的生命的荣耀也赐给了我，这是何等的恩宠。面对你，我庆幸，我喜乐，我感恩。

我有写日记的习惯。女儿出生后，她成了我的日记里的主角。这很自然，因为她也成了我的生活里的主角。我情不自禁地记下她的一点一滴表现，如同一个藏宝迷搜集一颗又一颗珠宝，简直到了贪婪的地步。尤其从她咿呀学语开始，我记录得格外辛勤，语言能力的每一点进步，逐渐增多的有趣表达，她的奇思妙想和惊人之言，只要听到，我就赶紧记下来，生怕流失。事实上，如果不记下来，绝大部分必定流失。

这当然是需要一点儿毅力的，因为养育孩子既是最快乐的，也是最劳累的，这种劳累往往使人麻木和怠惰，失去了记录的雅兴和余力。不过，我是欲罢不能。我清楚地意识到，孩子年幼的这一段时光，生命初期的奇妙景象，对于我是一笔多么宝贵的财富，而这段时光是那样稍纵即逝，这笔财富是那样容易丢失。上天赐给了我这么好的运气，我决不可辜负。此时此刻，这就是我的事业和使命，其余一切必须让路。

物质的财宝，丢失了可以挣回，挣不回也没有什么，它们是这样毫无个性，和你本来就没有必然的关系，只不过是换了一个地方存放罢了。可是，你的生命中的珍宝是仅仅属于你的，它们只能存放在你的心灵中和记忆中，如果这里没有，别的任何地方也不会有，你一旦把它们丢失，就永远找不回来了。

当我现在重读和整理这些记录时，我发现，在女儿二至五岁的四年里，记的精彩段子最多，以后就大为减少了。我认为，这并不意味着她后来退步了，而是显示了一种规律性的现象。二至五岁正是幼儿期，心智的各个要素，包括感觉、认知、语言、想象，如同刚破土的嫩苗，开始蓬勃生长。一方面，这些要素尚未分化，浑然一体，相得益彰，另一方面，又尚未被成人世界的概念思维和功利计算所同化，清新如初。人们对于幼儿绘画赞美有加，其实，幼儿语言毫不逊色，同样富于独创性。这是原生态的精神现象，奇妙无比，在生命的以后阶段决不可能重现。打一个未必恰当的比方，犹如中国的先秦文化和欧洲的古希腊文化不可能重现一样。长大以后，在较好的情形下，心智的某一要素得到良好发展，成为某一领域的能者。在最好的情形下，心智保持纯真的品质和得到全面的发展，那就是天才了。

如果说，生命早期的精彩纷呈对于做父母的是宝贵财富，那么，对于孩子自己就更是如此了。但是，孩子身在其中，浑然无知，尚不懂得欣赏和收藏它们，而到了懂得的年纪，它们早已散失在时光中了。为孩子保住这一份财富，这只能是父母的责任。在为女儿做记录时，我经常想，她长大后，有一天，我把这一份记录交到她的手上，她会多么欣喜啊。这是真正的无价之宝，天下父母能够给孩子的礼物，不可能有比这更贵重的了。

现在有一些父亲或母亲以自己的孩子为题材写书，写的是他们很特别的育儿经历。他们有宏大的目标和周密的计划，从零岁开始，一步一步，把自己的孩子培育成天才，终于送进了哈佛或牛津。在我的这本书里，没有一丁点儿这样的东西。事实上，我也不是这种目光远大、心思缜密的家长，而只是一个普通的父亲罢了。对于我的女儿，我只希望她健康、快乐地生长，丝毫不想在她身上施展我的宏图。

从一个人教育孩子的方式，最能看出这个人自己的人生态度。那种逼迫孩子参加各种竞争的家长，自己在生活中往往也急功近利。相反，一个淡泊于名利的人，必定也愿意孩子顺应天性愉快地成长。我由此获得了一个依据，去分析貌似违背这个规律的现象。譬如说，我基本可以断定，一个自己无为却逼迫孩子大有作为的人，他的无为其实是无能和不得志；一个自己拼命奋斗却让孩子自由生长的人，他的拼命多少是出于无奈。这两种人都想在孩子身上实现自己的未遂愿望，但愿望的性质恰好相反。

家庭教育是人的一生教育的起点和基础，具有学校教育不可替代的重要性。在这个意义上，我也认为好父母胜过好老师。不过，什么是好父母，人们的观念截然不同。我自认为是一个好父亲，理由仅仅在于，当女儿幼小时，我是她的一个好玩伴，随着她逐渐长大，我在争取成为她的一个好朋友。我一向认为，做孩子的朋友，孩子也肯把自己当作朋友，乃是做父母的最高境界。至于在我们之间，谁是老师，谁是学生，还真分不清楚，我只能说，我从她学到的，决不比她从我学到的少。

做人和教人在根本上是一致的。我在人生中最看重的东西，也就是我在教育上最想让孩子得到的东西。进一个名牌学校，谋一个赚钱职业，这种东西怎么有资格成为人生的目标，所以也不能成为教育的目标。我的期望比这高得多，就是愿她成为一个善良、丰富、高贵的人。

如此看来，这是一本很普通的书了。的确很普通，但凡做父母的，只要有足够的细心和耐心，会写字，谁都可以写这样的一本书。然而，它并不因此就没有了价值，相反，也许这正是它的价值之所在。

世上已经有太多的书，讲述各种伟大的真理、精彩的故事、成功的楷模，我无意加入其列。我只想叙述平凡的生活，叙述平凡生活中的一个珍贵的片段。人们大约不会认为这只是一本谈育儿的书吧。但愿在读了这本书以后，有更多的人相信，伟大、精彩、成功都不算什么，只有把平凡生活真正过好，人生才是圆满。

世代交替，生命繁衍，人类生活的基本内核原本就是平凡的。战争、政治、文化、财富、历险、浪漫，一切的不平凡，最后都要回归平凡，都要按照对人类平凡生活的功过确定其价值。即使在伟人的生平中，最能打动我们的也不是丰功伟绩，而是那些在平凡生活中显露了真实人性的时刻，这样的时刻恰恰是人人都拥有的。遗憾的是，在今天的世界上，人们惶惶然追求貌似不平凡的东西，懂得珍惜和品味平凡生活的人何其少。

所以，我的这本书未尝不是一个呼唤。

最后，我要对女儿说几句话。

宝贝，我要你记住，你是一个普通的女孩。我之所以写你，不是因为你多么特别，只是因为你是我的女儿。在写你的这本书出版以后，你也仍然是一个普通的女孩，不会因为这本书而变得特别。

当然，我也只是一个普通的父亲，与别的爱自己孩子的父亲没有什么两样。我写这本书，不是因为我是作家。我不是作家，也一定会写这本书，只因为我是你的爸爸。这是一个普通的父亲为他所爱的女儿写的一本书。

一个普通的父亲，爱他的一个普通的女儿，这是我写这本书的全部理由。

爱，这一个理由已经足够。

在这本书里，我只写了你从出生到刚上小学的事情。宝贝，你还记得吧，我们有一个约定，往后的事情，将来由你自己来写。爸爸的想法是，将来你不一定要写书，写不写书不重要，爸爸从来没有想把你培养成一个作家，只希望你成为一个珍惜自己生活经历的人。读了这本书，如果你不但为其中写的你幼小时候的事开心一笑，而且领略到了记录生活的魅力，养成写日记的习惯，我会非常高兴的。你将慢慢体会到，一个认真写日记的人，生活的时候是更用心、更敏锐、更有自己的眼光的，她从生活中获取得更多，更是生活的主人。

2009 年 11 月 3 日

第一卷

人之初

我爱怀孕和哺乳的女人,我爱传种的牲畜,我爱周而复始的季节。

——圣埃克苏佩里

一个新人来到世界上,这是一个多么奇妙的奥秘啊!

——托尔斯泰

当我凝视你的脸蛋的时候,神秘之感淹没了我;你这属于一切人的,竟成了我的。

——泰戈尔

一个睡眠的孩子给我的印象是他是一个在非常遥远的国家里旅行的人。

——爱默生

婴儿期是永生的救世主,为了诱使堕落的人类重返天国，它不断地来到人类的怀抱。

——爱默生

啾啾语录

妈妈，你小时候不认识爸爸吧？爸爸也不认识你吧？有一天，你见到了爸爸，说："哈，你不是啾啾的爸爸吗？"爸爸也说："哈，你不是啾啾的妈妈吗？"你们就认识了。

妈妈，要是你生的是笑笑怎么办？为什么正巧生的是我？

有时我老觉得自己在做梦。会不会一直在做梦，还没有醒来呢？

我想做彩虹也没有什么坏处。我会有许多朋友，太阳、月亮、星星、云、天空都是我的朋友。

迎来一个新生命，成为人父人母，是人生中的一段无比美妙的时光。

最初的日子里，我守着摇篮，端详着沉睡中的婴儿的圣洁的小脸蛋，心中充满神秘之感。这个不久前还无迹可寻的小生命，现在突然出现在了我的屋宇里，她究竟来自何方？

单凭自己的力量，我决不可能成为一个父亲，我必定是蒙受了一个侥幸得近乎非份的恩宠。婴儿是真正的天使——天国的使者，她的甜蜜祥和的睡眠，她在睡梦中闪现的谜样的微笑，她的小身体喷发的花朵般的浓郁清香，都透露了她所自来的那个神秘国度的信息。在亲自迎来一个新生命的时候，人离天国最近。

当然，家里有了一个婴儿，你不可能成天面对她玄思神游。婴儿不但是天使，同时也是幼兽，作为后者，她有一个你必须好生伺候的小身体。在抚养幼崽的日子里，我们仿佛变回了成年兽，我们确实变回了成年兽。我觉得，做一头成年兽，这个滋味好极了。作为社会生物，我们平时太多地过着复杂而抽象的生活，现在生活重归于简单和具体了。

除了天使和幼兽，婴儿又是"人之初"。亲自养育小生命，意味着你获得了一个极其宝贵的机会，可以亲眼看到生命拂晓的微妙风景。你会看到，在你的宝宝身上，人的各种能力是怎样遵循大自然安排的某种确定次序苏醒和生长的，爱、智力、人性的闪光是怎样由似乎偶然而变得越来越频繁的，一个小人儿是怎样从一头幼兽中破壳而出的。孩子小手第一次成功的抓握，小脚丫颤颤悠悠迈出的第一步，第一次有意识对你发出的笑，第一声喊你爸爸妈妈，都会给你带来莫大的喜悦。你会感到，养育婴儿虽然是辛苦的，但你在付出的同时即已得到了最美好的报偿。

在第一卷中，啾啾是一个婴儿，我记录了对一个婴儿的生长过程的观察，以及我在养育一个婴儿的过程中的感受和思考。

从世界杯说起

啾啾的出生，比预产期提早了三周。提早的原因，竟是世界杯。

那些天里，电视正热播世界杯足球赛。怀着孕的红，一个向来文静的女子，突然变成了狂热的球迷。她挺着大肚子，每天坐在电视机前几个钟头，摩拳擦掌，大呼小叫，为她的英雄大贝和小贝加油，时而扼腕叹息，时而跺脚吼喊，时而雀跃欢呼。这样折腾的结果，腹中的宝宝待不住了，决定离开在波涛中颠簸的小舟，尽快登陆。

一个风雨之夜，红照例为世界杯激情澎湃，躺到床上已是一点来钟。刚躺下，突然感到下腹痛，那种痛感与往常不同，她说一定是阵痛。第一阵疼痛过去了。我躺在她身边，放心不下，随手翻看一本书，留心着她的动静。她睡不着，不停地翻身。一会儿，她轻声告诉我："破水了。"我一看，床单上果然有一摊带血的水渍。那是两点多钟。接着便是更频繁的阵痛，更汹涌的破水。

无可怀疑了。我赶紧起床，收拾简单的行李。家在北京西端的八角,当年还很冷清,深更半夜,风雨交加,根本不可能叫到出租车。我几天前刚领到驾照,还不曾在马路上开过车,现在也只好硬着头皮上了。小保姆陪红坐在后座上,我脚踩油门,松开离合器,汽车一头扎进了暴风雨中。一路上,红不断发指令,指挥我这个第一次上路的新手避让、并道、减速、转弯。一千五百度的近视眼,雨刮器快速地摆动,前窗玻璃上依然是厚厚的水帘,灯光明灭,景物虚幻,我觉得仿佛行驶在海底世界。四十分钟后,汽车停在协和医院急诊部的门外,我觉得像在做梦。

因为是臀位,预定剖腹产,红被推进了手术室,我和小保姆在走廊里等候。约莫五十分钟后,手术室的门开了,一个护士推出一辆产科专用的婴儿车,那是一张带轱辘和纱帐的小床,里面有一个盖着无菌布的婴儿,只露出一颗大脑袋,紧合着眼。护士说,是女的。小保姆甜甜地笑了。这个小保姆,人很老实,有点笨,她在这个时刻的灿烂笑容从此定格在我的记忆中。

又过了四十五分钟,手术室的门再次打开,这次推出的是手术后的妻子。我和一个男医生一起把担架车推到八楼病房,将她安置下来。她脸色苍白,时而哆嗦着。医院禁止家属陪床,我磨蹭着,等候护士把婴儿送来。婴儿躺在小车里,红要求看一眼,护士把孩子抱到了她身边。红伸出一只胳臂搂住孩子,轻声唤宝贝。我们的宝贝,一颗大脑袋异常醒目,但裹在褪褓里的身体可真瘦小,我问有多重,护士说5斤9

两。好在她很争气，不足月的损失到母腹外补，差不多一天长一两，满月时已达9斤，很快长成了一个小胖娃娃。

医院繁忙的一天已经开始，我把车发动，好不容易从拥挤的车群和人群中钻出，来到大街上。一夜未睡，又疲倦又兴奋，开车的感觉是轻飘飘的。在离家不远的路段上，我发现自己被一辆清障车追赶和拦截，两名警察把我叫下车，生气地为了什么事情责问我。我终于听明白，原来我从快车道超过这辆清障车，又并道到了它前面。我自己对此毫不知觉，赶紧道歉。警察听我说了剖腹产之类的一番话，原谅了我。

啾啾降生在一个风雨之夜，却是一个安静的女孩。她的乖在产科出了名，几乎不哭，饿了或尿了，只是动弹小身子，轻声娇唤。最让妈妈满意的是吃奶，吃得又多又好，咂咂有声，从容不迫。

红也是好样的。她成了产房里的模范妈妈，奶水特别充足，常常给别的孩子哺乳，有一天竟哺了四个孩子。看她挺瘦的，不像一个优秀乳母，我笑说人不可貌相啊。

宝贝的脸蛋一天比一天白皙，到出院那天，已经有模有样了。在我眼里，她可爱极，美极，乖极。她常常睁着明亮的眼睛，望着我，望着妈妈，静极了。

母女俩在医院里住了一周。回到八角的家，一切仍是老样子，但又完全不同了。望着小床上的新入住者，红轻声对我说："这就是一切。"我会意点头。

下一届世界杯举行时，啾啾快满四岁了，亲自领教了妈妈对足球的狂热，每天电视里播球赛的时候，妈妈的兴奋与她的寂寞形成了鲜明的对照。她想不明白，这么温柔的妈妈怎么好像变了一个人似的，每天坐在电视机前呐喊不已，一连几个小时不理睬宝贝了。

"妈妈，是不是每个国家都有球迷？"她困惑地问。妈妈说："是的。你说当球迷好不好？"她说："不好。"妈妈问："为什么？"她答："因为球迷太喜欢大喊大叫了。"

可是，她毕竟是一个乖女儿，能够设身处地替妈妈想。我们俩在卧室里，听见红在客厅里大喊："现在我要看一场最重要的球！"我问她："难道足球有最重要的吗？"她平静地说："对妈妈来说有。"上届冠军法国队输得极惨，出线已成定局，红为此唉声叹气。我故意幸灾乐祸地说："输得好。"她反驳："不要法国输！"我问为什么，她说："因为妈妈不高兴。"

天天都有比赛，看来要没完没了地赛下去了，她不禁忧心忡忡起来。她很克制地问："妈妈，世界杯一年后能不能结束？"妈妈告诉她，用不了一年，几天后就结束了。她放心了。进入半决赛环节，她听妈妈说，过几天世界杯就结束了，便盯着电视机屏幕担心地问："这些踢球的人知道过几天就结束了吗？"

决赛终于来临，她知道这是最后一场比赛了，对妈妈说："妈妈，你多可怜呀。"我故意问她："明天没有世界杯了，你高兴吗？"她迟疑了一会儿，答："我不想说。"

这就是我的女儿，一个安静、善良、通情达理的女孩。

幼兽·天使·小人儿

人一半是野兽，一半是天使。由自然的眼光看，人是动物，人的身体来源于进化、遗传、繁殖，受本能支配，如同别的动物身体一样是欲望之物。由诗和宗教的眼光看，人是万物之灵，人的灵魂有神圣的来源，超越于一切自然法则，闪放精神的光华。在人身上，神性和兽性彼此纠结、混合、战斗、消长，好像发生了化学反应一样，这样产生的结果，我们称之为人性。所以，人性是神性和兽性互相作用的产物。

在婴儿身上，你会观察到一个有趣的现象。婴儿是"人之初"，兽性和神性是分离的，二者似乎尚未融合，还保持着各自的初始状态。在最初的日子里，婴儿时而是一头十足的幼兽，时而是一个纯粹的小天使，唯独不太像是一个人。然后，随着意识的觉醒，他对环境有了反应，与人有了交流，在这过程中，他身上兽性和神性的化合作用在悄悄进行着。有一天，你忽然发现，那种幼兽或天使的感觉都淡薄了，他成了一个需要你动用知识和经验来对付的家伙，一个小人儿站在你的面前了。

满月前的婴儿，经常发出小动物一般的声音。

啾啾躺在那里，身体有了不舒服的感觉，饿了、尿了或拉了，于是发出声音的信号，那声音难以形容，混合了鼻音和嗓音，只能勉强名之为吭哧。如果无人理睬，没有及时给她哺乳或换尿布，信号就会升级，发出的声音介于呜咽和咆哮之间，活脱一头小兽。她饿的时候，真是刻不容缓，高举小拳头，使劲踢两条小腿，皱眉眯眼，小嘴张大朝一边歪，一副气急败坏的模样，其实不过是在焦急地寻找乳头罢了。

人的一生中，婴儿期伸懒腰最频繁，大约因为身体总处在被动的静止状态，既无聊又疲劳，伸懒腰是基本的放松运动。啾啾伸懒腰可谓声势浩大，脸涨得通红，双手如打拳似地奋勇出击，喷鼻，吆喝，鼻腔和喉咙里的声音汹涌澎湃，气吞山河。妈妈嘲笑说，像七品芝麻官升堂，地动山摇。可是，转瞬之间，偃旗息鼓，重归宁静，乖乖地依在妈妈怀里了。

啾啾自个儿努力解大便的样子简直悲壮，她大声哼着，喊着，小身子和手脚一齐用力。那时候，她非常自尊，不让人碰她，碰了就烦躁。但是，新生儿肠蠕动不好，便秘是常事，有时我们不得不冒犯她，加入她的努力。我们努力，是不停地按摩她的小肚子。她自己更努力，使出浑身的劲，扭动小身体，紧皱眉头运气。一旦拉出来，大人孩子都如释重负。

孩子幼小的时候，我们天天就是忙这些事情。我们伺候婴儿的小身体，给它喂食，替它洗澡，擦拭它沾上的屎尿，把它抱到户外晒太阳。这基本是成年兽照料幼兽的状态。婴儿是幼兽，迫使我们也回归为兽了。

迫使？可是我们是多么心甘情愿啊，在这种原始的动物状态中，有多少单纯的快乐和满足，甚至有多少单纯的哲学和真理啊。

对于现代人来说，适时回到某种单纯的动物状态，这既是珍贵的幸福，也是有效的净化。现代人的典型状态是，一方面，上不接天，没有信仰，离神很远，另一方面，下不接地，本能衰退，离自然也很远，仿佛悬在半空中，在争夺世俗利益中度过复杂而虚假的一生。那么，从上下两方面看，小生命的到来都是一种拯救，引领我们回归简单和真实。

婴儿是洁净的，世上没有任何东西能把婴儿弄脏。是的，她糊了一屁股尿，但她的粉嫩的小屁股依然是洁净的。是的，你给她换尿布，替她擦洗，手上难免沾了屎，但你一点儿不觉得脏。在婴儿身上，排泄恢复了名誉，重新成为大自然的一件正大光明的事。

和父亲相比，母亲更接近兽的状态。她袒露胸膛，把乳头塞进孩子嘴里，孩子的脸紧压她的乳房，母婴都沉浸在安宁的幸福中。面对这个景象，你无法不想起人类的哺乳动物亲属。这个景象令我入迷，我心中充满羡慕。男人不能体验如此物我两忘的交融，这怎么不是一个遗憾呢。

我喜欢看婴儿的睡态。

她躺在那里,深深地入睡,小脸蛋光洁,神态安详。在她的脸上,没有一丝不安和阴影。她远离人世间的一切喧闹、争斗、享乐和苦恼,沉浸在无何有之乡,把你也带往那个洁净的国度。那也许是温暖的母腹,她刚从那里来,此刻的睡眠是母腹中涅槃的延续。或者更遥远,那也许是一切生命的原始故乡,万有的子宫,天国,净土,一个人类渺小的感官和思维永远不可触及的世界。

刚出生的婴儿,总是在沉睡。然后,一天一天,醒的时间渐渐增多、延长,醒时也更安静了。她不是被身体不舒服的感觉从睡眠中强拉出来的,她是睡够了,精神饱满地醒来了。她睁大黑亮的眼睛,时而凝视着你,仿佛在辨认,时而凝望着空中某处,仿佛在沉思。有时候,这凝望和沉思的神态竟持续几个小时,令我不能不觉得神秘,相信她是在回忆她所从来的国度。

一个婴儿,尤其一个安静的女婴,真是一个小天使。即使天国是虚无缥缈的,我眼前的这个小天使却无比真实。她的香喷喷的小身体是多么好闻啊!婴儿小身体散发的味儿妙不可言,宛如一朵肉身的蓓蕾,那味儿完全是肉体性质的,却纯净如花香。这是原汁原味的生命,是创世第六日工场里的气息。她的芬芳渗透进了她用过的一切,她的小衣服、小被褥,即使洗净了,叠放在那里,仍有这芬芳飘出。一间有婴儿的屋子是上帝的花房,无处不弥漫着新生命的浓郁的清香。

在婴儿身上，潜伏着一个小人儿，这个小人儿天然地亲近人的环境，在人的环境中慢慢苏醒。

最重要的人的环境，是人的话语声，是语言。

啾啾喜欢周围有人声。她睁着亮晶晶的眼睛，自个儿躺着，周围越是有大人说话，她越安静。她知道我们在近旁，很放心。一旦人声沉寂下来，她就不安了。

有些大人在婴儿入睡时屏息凝气，禁止发声，生怕惊扰孩子，他们是以自己衰弱的神经揣摩婴儿。是的，大人在与人打交道中有太多的烦恼，他提防人，人声使他紧张和不快，他会失眠，所以睡觉时要关上门，捂上耳朵，把人声挡在外面。婴儿才不这样哩，人声是安全的信号，是催眠曲，使婴儿睡得更安稳。

从啾啾出生起，我就喜欢跟她说话。从我来说，这是看她这么可爱的情不自禁的反应。我不停地喊她宝贝，用欢快的音调表达我的喜悦，吸引她的注意。我对她说随时想到的话，絮絮叨叨，说个没完。她听不懂吗？这又有什么关系！而且什么叫懂？难道我对她说的是一些概念，因而要她也作为概念来理解吗？跟婴儿说话，语言回归到了初始状态，不复是概念，而是声调和情感。婴儿不受概念的干扰，直接倾听声调和情感，就这样领悟了语言的意义，萌生了表达和交流的愿望。

婴儿与大人交流的最初的明确征兆是笑，不是一闪而过的反射性的笑，是那种有意味的笑。在啾啾身上，这样的笑出现在出生半个月的时候。那一天,我仍像往常那样对她说话,她突然笑了,露出没有牙齿的珍珠色牙龈,一次,又一次,笑容甜蜜而持续,整个小脸蛋亮了起来。

然后,这样的笑出现得越来越频繁了,并且显然有了回应的意味。她尤其爱听"爱""喜欢"这些词,几乎听了必笑,从我们说这些词的语调和表情上,她一定领悟了其中包含的情感。与此同时,我们与她说话,她更注意听了,眼睛盯着你,眼中闪动着两朵小火花,小嘴不时地微微张开,有时还轻轻发声,似乎在应答。到满月后,这种领会和应答的表现更加明显,你对她说话,她望着你,也不停地对你轻声细语,显然也在"说"。

有了交流,她看你时眼中的表情就更丰富了,有时配以声音,表达出各种意思。当她尿了或拉了,她不再是吭哧,她会用更明确的方式通知你了。她眼睛盯着你,朝你轻唤几声,如果没有反应,她就朝你急切地呼唤,生气地挥动小手。你把手伸进尿布里去摸,她立刻平静了,因为她知道你已经理解了她的意思。饿了的时候,她也不再像以前那样急不可待,埋头苦干,一口气吃完了事。她也许仍显得急切,可是,一到了妈妈怀里,乳头近在眼前,她就不急了。她会转过身来,朝外徐徐挥舞小手,仿佛表达满意的心情,玩一小会儿,再回头去吮吸,如此反复。她还经常含着乳头不吮吸,体会比吃更高级的快感。我庄严宣布:宝贝是在精神享受哪。

回到事物本身

秋末冬初，我们一家三口乘飞机去海南，在那里住了十天。啾啾四个多月，生平第一次远行，居然也有一张填写了她的名字的正式机票，我把它珍藏了起来。

飞机起飞时，啾啾略有不安，然后一直在睡觉。飞行三小时，到达海口上空，飞机开始下降。可是，忽然发现，它只在原地绕圈子，下面是浓密的云层，看不见地面。绕了两圈以后，它突然上升而向远方飞去。我默默祈祷。广播通知，根据民航总局的规定，海口机场地处市中心，为了安全，必须在下午5时58分关闭，因此我们的飞机只好飞往三亚降落。有惊无险，心中一块石头落地。

到三亚已是傍晚，极闷热，换了夏衣。乘机场大巴返海口，行程近四小时。啾啾非常配合，车内灯亮，她睁开眼，灯一黑，她入睡，一路颠簸，一路太平。

文昌县境内的度假村，远处有山，紧邻大海，景色十分美丽。长长的海湾和沙滩，称作云梦湾，人迹罕至，偶尔遇见的唯有当地的渔民。一座座精致的小楼,掩映在椰林和红花盛开的热带植物之间。当然,最好的是大海本身,万顷蓝波,千层白浪,满耳涛声。

红扶着啾啾,让她赤着脚,在沙滩上挪步。她低头看自己的小脚丫,看沙,一脸惊异,她的身后留下一串小小的脚印。在一望无际的大海的背景下,她的小身体格外纤小,也格外醒目。大海和婴儿,万古演化中的一个瞬间,强烈的反差,奇特的和谐。

正当我叹赏这幅图画之时,红抱啾啾到海水里,替她洗沾在小手上的沙粒,一个浪头打来,她吓哭了。

东道主安排了一个活动:下海采珊瑚。会游泳的,自己扎猛子,不会游泳的,穿潜水衣下去。离岸不远的海水里,就有成片的珊瑚,把脸埋进水中,可以清晰地看见它们暗红色的部落,形状各异,潜伏在海底礁石上,神秘地向远处延伸。

红抱着啾啾,打着遮阳伞,坐在海滩上。我一次次扎进海里,每次都带回一些收获,呈献在我的小公主脚下。

一位太太坐在她们旁边,不停地数落穿了潜水衣却始终空手而归的丈夫,说他算什么男子汉,看看人家,那才是男子汉。丈夫挂着一脸尴尬的憨笑,以视死如归的决心向大海走去,终于带回一支小小的珊瑚,太太不屑一顾,接受了男子汉的馈赠。

啾啾稍大一点后,每次看到我在文昌采到的珊瑚,就绘声绘色地说起从妈妈那里听来的故事,当然还加上自己的想象:"那个叔叔戴着潜水镜,脚上安着鸭蹼,穿着潜水衣到海里去,回来时手里举着两根稻草。爸爸光着屁股去了八次,每次都带回两支小树一样的珊瑚。"

这次海南之行的缘由,是一个学术研讨会,一些研究西方哲学的学者聚集起来,讨论胡塞尔的现象学。我对胡塞尔有所涉猎,所以应邀出席,也做了发言。但是,我承认,坐在会议室里,听着滔滔不绝的讨论,我是多么不耐烦啊。天气晴朗,透过会议室的大玻璃窗,我看见大海在阳光下起伏,白浪如皓齿,闪着诱人的光亮,我心中不停地回响着胡塞尔的一句名言:"回到事物本身。"

好吧,让学者们去讨论,我要做一个践行者。

我走到大海边,红正推着童车在海滩上散步,我俯身抱起童车里的小胖娃娃,对自己说:这就是我的回到事物本身。

我的回到事物本身,就是回到生命本身。

在事物上有太多理性的堆积物:语词、概念、意见、评价等等。在生命上也有太多社会的堆积物:财富、权力、地位、名声等等。天长日久,堆积物取代本体,组成了一个牢不可破的虚假的世界。

生命是人的存在的基础和核心。个人建功创业,致富猎名,倘若结果不能让自己安身立命,究竟有何价值?人类齐家治国,争霸称雄,倘若结果不能让百姓安居乐业,究竟有何价值？

生命所需要的，无非空气、阳光、健康、营养、繁衍，千古如斯，古老而平凡。但是，骄傲的人啊，抛开你的虚荣心和野心吧，你就会知道，这些最简单的享受才是最醇美的。

一个小生命的到来，是启示我们回到生命本身的良机。这时候，生命以纯粹的形态呈现，尚无社会的堆积物，那样招我们喜爱，同时也引我们反省。这时候，深藏在我们生命中的种族本能觉醒了，我们突然发现，生命本身是巨大的喜悦，也是伟大的事业。

爱默生说："婴儿期是永生的救世主，为了诱使堕落的人类重返天国，它不断地来到人类的怀抱。"我想，人类的堕落岂不正在于迷失在堆积物之中了，婴儿期诱使我们重返的天国岂不正是生命本身？

简单的幸福

早晨，啾啾醒了，屋子里响起了她的嘹亮的啼哭。她没有眼泪，只是用这信号报告她醒来的消息，召唤我们到她的身边去。然后，她躺在小床上开始自己玩，可以玩很久，兴致勃勃地咿呀发声，她的声音轻柔、婉转，真像是小鸟的啁啾。

在小鸟的啁啾声中，新的幸福的一天开始了。

和孩子在一起，天天是平凡的细节，寻常的情景，在外人看来微不足道。可是，身在其中的人，感受完全不同。

你外出归来，她急切地朝你伸手，扑到你的怀里。你抱她，她把温润的小身体紧贴你，小脑袋偎依在你的胸前。她的嘴恰好挨着了你的胳臂，就啃了起来，一边把她香喷喷的小手也塞进你的嘴里。这些算得了什么？但你就是感到幸福。

她在妈妈怀里吃奶，我叫了她一声，她立即松开乳头，回头看我，满眼含笑。然后，她吃几口奶，再回头看一看我，始终是满眼含笑。她的眼神，完全是相识，是接受和满意，是放心和信任。这些算得了什么？但你就是感到幸福。

婴儿期的啾啾，小脸蛋胖嘟嘟、红扑扑的，但仍是眉清目秀，我看她永远看不够。她的眼睛很美，大大的，澄澈而富有表情，眼梢上翘，红说是吊梢眼，非常狐媚呢。最好的是健康，一岁半前不曾生过病，一点儿不让我们操心。在我们眼里，她近乎完美。这当然是偏见。一切父母当然有偏见。一切父母当然有权利有偏见。

红谦虚地说："我何德何能，竟有这么好的一个孩子。"

我问："怎么好？"

红想了想，答道："在她身上，上帝把我们两人的遗传结合得这么好。"

我笑了，说："原来你是骄傲啊。哪里是遗传，上帝还给了我们两人没有的东西，所以会这么好。"

我向啾啾诉衷情："爸爸真不敢相信，爸爸会有你，会有这么好的女儿。"

红补上一句："爸爸应该有你，妈妈配有你。"

我说："对，你是爸爸的命，是妈妈的奖品。"

我喜欢给啾啾喂奶，看她躺在我怀里，一双晶莹的眼睛望着我，满足地吸着奶瓶，我也感到了莫大的满足。

看我这么陶醉，红奚落道："爸爸不要以为他喂奶，奶水就是他身上的。"

我答："奶水就是我身上的啊，因为我觉得我整个儿变成了一只大奶瓶。"

我唱《在那遥远的地方》："我愿你拿着细细的皮鞭……"

"你愿意抽他吗？"红问啾啾。

"宝贝，以后谁跟在你身旁，爸爸帮你抽。"我说。

"你想让她当老姑娘呀！"

我们的陋室里常响起这样的戏谑。

人世间真实的幸福原是极简单的。人们轻慢和拒绝神的礼物，偏要到别处去寻找幸福，结果生活越来越复杂，也越来越不幸。

有一回，红对我说："夜晚，我看书，看进去了，好像什么都忘了。抬起头，突然看见小床，那里睡着啾啾，便感到一阵惊喜，心想怎么会有这么好的事情啊。"

说得非常好，这也正是我的感觉。小生命带来的幸福感是无与伦比的。最强烈的感觉是，你就在奇迹之中，你难以置信。

本能自己在生长

啾啾躺在小床上,小床上方悬挂着一件玩具,叫音乐床挂。那是拴在发条盒下的一个塑料圆架,周围垂着四只色彩不同的布小猪,拧紧了发条,会一边奏乐一边旋转。她久久地盯着这个玩具,听它奏乐,看它旋转,不停地舞动小手小脚,不时爆发出一声欢呼。有时候,她舞动得格外欢,把盖在身上的小被子踢得老远。

从出生后第二周开始,啾啾就喜欢舞动小手小脚。舞动小手小脚,这是婴儿最初的运动,是小身体里饱胀的生命力的自我享受。这生命力似乎还没有目标,自由地挥洒,宛若阳光下飞溅的喷泉和浪花。然后,渐渐地,婴儿身体里的能量朝某一个确定的方向凝聚,呈现为肢体的某一种能力了。

最早显示出力量和灵巧的是两只小脚丫。满月那一天,洗澡时,啾啾忽然用两只小脚丫撑住盆沿,小身子朝上挺了好几下。有了第一次,她就经常施展这个本领了,躺在童车里,也总是用脚撑住童车的边缘。她的腿劲在增长,一周后,里的小玩具，过去视而不见，现在一件件玩个遍。把她放进学步车里，她半站半坐在座位上，胸前有小桌支撑，双手自由了，立刻全神贯注地玩挂在横杆上的玩具，谁也不理了。手里握着铜铃，就使劲摇。那架小电子琴，她以前只是乱敲，现在会文雅地按键了，还常常探身去拍打离得较远的各种模拟乐器的琴键，欣赏不同的效果。

婴儿是善于学习的。下面是啾啾半岁时我捕捉到的若干小镜头。

我抱她站在玩具床挂前，她伸出一只手去抓悬挂着的布小猪，布小猪立即滑走了。她把右手也伸了出来，用双手去捧，终于把布小猪抓住了。有了这么一次，以后她就总是双手合作来抓这个玩具。

她和妈妈在大床上，她坐在妈妈怀里，用手去捉那只吊着的红皮球。红皮球富有弹性，被她的手一次次弹走，她便一次次去捉。小东西非常执著，瞪大眼睛，表情十分急切，动作越来越快，真是不屈不挠。我们都笑了，可是她不笑，一直严肃地努力着。我把球稳住，她改变了方法，用双手从两边去捧，终于把球捧住了。她立即开了窍，一次次重复，都是慢慢地伸出双手去捧，每次都成功。

她手里拿着一小块饼，但吃不着，因为饼的上端完全埋在手心里了。她把饼放到桌子上，重新抓握，可是情况没有好多少，她仍然吃不着。她再一次把饼放下和拿起，这一回成功了，饼的上端露了出来，于是她开始啃食。

观察这么小的孩子如何动脑筋克服困难，获得经验，真是有趣的事。

育婴书会告诉你，婴儿到第几个月，应该添加什么种类的食物。我们无须查育婴书，是啾啾自己告诉我们的。

她一直吃母乳辅以奶粉，我们不觉得她还有别的需要。第四个月初，出现了一个新动向。我们吃饭时，无论在吃什么，她都专注地盯着我们手中的食物，盯着我们朝嘴里送。她的稚气的眼睛睁得大大的，射出的眼光几乎是悲伤的。她盯着我们正在咀嚼的嘴，她的小嘴也作咀嚼状，像螃蟹一样吐出泡泡。

我不禁笑了，同时意识到，她对食物有了更丰富多样的要求。我把一块窝窝头放到她嘴边，她立刻津津有味地用没有牙齿的牙龈啃，留下几个印痕。我们便让她试吃不同的食物，她爱吃豆腐、鱼肉、香蕉等，不喜欢米糊，基本上拒绝各种婴儿配方糊。

其实她最馋的是大人嘴边的食物。我吃花生，她目不转睛地盯着放花生的碟子，盯着从碟子里取花生的我的手，口水直流。妈妈从瓶里倒可乐喝，她的视线由瓶子到杯子，始终盯着那暗红色的液体。奶奶吃橙子，她也盯着看，不见有给她吃的意思，突然大哭起来。

一次在姑姑家，大家吃饭，她在地上玩，突然使劲敲玩具，大喊大叫，原来是抗议我们把她排除在外。我把她抱到餐桌旁，喂她吃面条，她吃得那样高兴。她是重在参与哪，渴望参加到我们的生活中来。

早晨，啾啾醒来，我把她抱起来，给她把尿把屎。一定的，她立即排出了一泡长长的尿，接着拉出了一小堆屎。每天早晨，她就这样好像有意识地等着这个时刻，决不提前把屎尿拉在床上。这是刚半岁的啾啾，她自己就养成了这个好习惯。白天，她也很少尿湿裤子，有了尿，就尖声叫唤，让大人把她。

从八个月起，她基本不用把了，自己坐在尿盆上尿。起因似乎是偶然的，妈妈买了一只新尿盆，同时也是玩具，形象是一只鸭子，拿回家后，让她坐在上面玩，没想到她真往里面撒了一泡尿。后来，估摸该尿的时候让她坐上去，都比较灵。相当一段时间以来，她拒绝把尿，现在有了解释：她要自力更生呀。小东西又一次领我们向前走。

我唠叨小屁孩的这些小屁事，你们烦了吧？如果你们是父母，也有过养育小屁孩的经历，我相信你们会对我的观察有共鸣和感兴趣的。在刚迎来一个小生命的时候，做父母的难免有手足无措之感，婴儿的小身体这么纤弱，自己这么缺乏经验，真不知如何走育婴的每一步。可是，一步步走下来了，便会发现，其实带孩子没有多难。在新生儿的小身体里，大自然已经写好了生长的密码，规定好了人的每一种基本能力的生长的时间和次序。聪明的大自然做了最主要的工作，父母的聪明只在于当好大自然的助手，本能自己在生长，我们只需细心观察和用心配合就可以了。

有一次,红对我说:"再有一个孩子,我还是不知道怎么带,因为啾啾好像自己就长大了。"我说:"不用你知道怎么带,因为这个新来的孩子也会自己就长大了。"

开口言说之前

孩子学会说话，大致在一岁左右。所谓学会说话，其实是用大人的标准来衡量的，只有当他能说我们所使用的语词了，我们才承认他是在说话。可是，事实上，孩子早就在说话了，亦即发出有意味的声音了，只是我们听不懂罢了。另一方面呢，对于大人说的话，他倒听得懂许多了，比他实际表现出来的和我们观察到的多得多。在很大程度上，他之所以不会说，只是因为尚未掌握正确的发声方法，就只好用一些不清晰的发声来表达，或者就干脆不表达。不表达不等于肚里没有货，他都藏着呢，有朝一日，琢磨对了发声的方法，一下子全倒出来了。语言能力主要是对语言的理解力，理解力好，表达只是水到渠成的事。与领会语言的意义相比，发声要容易得多，也次要得多。唇、齿、舌这些发音器官的搭配，哪一天碰对了，就豁然开朗了。在不同的孩子那里，这一天的到来有早有晚，可以相差很大，但这丝毫不表明在智力发育上也有同样的差距。所以，有的父母为自己的孩子迟迟不说话而担忧，我看大可不必。

不过，我决不是说父母可以忽视孩子的语言发展。相反，我的主张是，从孩子生下来开始，父母就要多和孩子交谈，这对于孩子的情感、性格、智力、语言的发展都有莫大的好处。试想一下，有一个孩子，时常有人用亲切的声音对他说话，他的任何一点精神的——不管是智力的还是情感的——闪光都会得到热情的关注、肯定和回应，另一个孩子，周围的气氛是沉闷的，他的精神的闪光是没人理睬的，这两个孩子是生活在多么不同的环境里，是在过着多么不同的生活。孩子的心灵能否健康发展，将来能否成为一个优秀的人，诚然取决于许多因素，但是，幼时的精神环境至关重要。现在有些父母只顾给孩子营造高级的物质环境，自以为就是尽责的父母了，甚至是了不起的父母了，却不肯花时间和孩子一起欢声笑语，对孩子的精神生长漠不关心，把孩子扔在一个低级的精神环境里，在我看来，有这样的父母的孩子是多么不幸啊。

和婴儿交谈，方式比内容重要。你一定要全身心投入，满怀热情和兴趣，出以活泼快乐的声调和表情。其实这不难，有爱心的父母自然而然会这样做。他听不懂你所说的内容，但听得懂你通过声调和表情所表达的对他的爱，并且渐渐做出回应。对于你所说的内容，他最先听懂的也正是表达感情的语词，因为重复最多，也因为声调和表情的含义最明确，比如："爱"，"喜欢"，"宝贝"，他的昵称（你们最爱的这个人），"爸爸"和"妈妈"（最爱他的这两个人）。其余的内容也并不是丢失了，他把许多都储存在记忆里了，以后都会用上的。

当婴儿开始咿呀发声时,父母和他的交流就更重要了。咿呀发声表明孩子有说话的要求了,是孩子主动开始的学习,如果得到鼓励和合作,他的学习将是最有成效的。怎么鼓励和合作?模仿他发的声音,接着他的发声往下说,通过你的这些表示,他感到他说的话是重要的,有了自信,说话的兴趣就会大增。

我从自己的经验中总结出了一个认识。在咿呀学语的婴幼儿面前,聪明的父母要具备两种本领。一是不懂装懂,孩子说一些不成语言的音节,你听不明白他的意思,也要装作懂了,予以回应,鼓励他继续说。二是懂装不懂,你听懂了孩子的词不达意的表达,不妨装作不懂,适当地提问,引导他寻找更准确的表达。

啾啾是在第三个月末尾开始明显表现出说话的兴趣的。早晨醒来,她会自己躺在那里,轻声细语说很久。逗她,对她说话,她会静静地望着你,然后,仿佛突然来了情绪,也开始对你说话。有时她会说好一会儿,发音渐趋复杂,并配以表情,多半是欢快的,有时是娇嗔的,好像怪你说了许多废话却不去抱她。发音中逐渐出现新的元素,有几天里,常常发出 bubu 的声音,像在玩唇音,玩吐唾沫。三个半月时,我发现她偶尔会喊"妈"了,是在着急而发了一串音之后,这个音蹦了出来,非常清晰,作为结尾。

第六个月,一个新的表现是喜欢尖叫,有时是在大笑之后,有时是独立出现。起初她虽然叫得很用力,但声音弱而短促,好像心有余而力不足,一两天后就叫得很响亮也比较持久了。婴儿大多有这个尖叫阶段,是在练嗓子,发育声带,此后音量就加大了。

也是在第六个月,她喊"妈"很频繁了,还经常发出"妈妈"的双音,有时一天要喊十多次。她喊时往往有明确的指向,朝妈妈伸手,要到妈妈的怀里去。偶尔也喊"爸",但好像尚非很有意识。

在这一段时间,她听懂的话已不少了。哺乳时,只要妈妈说一句:"啾啾,换一边吃。"她就会松开乳头,把小嘴凑向另一个乳头。她一边吃奶,一边把一只小手伸到妈妈嘴唇上,让妈妈嘬。"啾啾,也给爸爸吃小手。"听到这要求,她立刻潇洒地伸出另一只手,我亲这小手时,她斜眼瞥我一眼。妈妈说:"抓爸爸的眼镜。"她就伸手从我脸上把眼镜抓下来。"啾啾,小鸟在哪里?"她马上回过头去,看放在窗台上的鸟笼。"鱼在哪里?"她又马上把视线转向旁边柜子上的鱼缸。

婴儿的语言表现是波浪形的,活跃之后是沉寂,沉寂之后是进一步的活跃。

从半岁开始,大约有两个月左右,啾啾的语言表现处于沉寂期。她咿呀说话少了,也几乎没有再喊妈妈,主要的表达方式是各种声调的呼喊。与此同时,她的动作表现却异常地活跃了起来。我的解释是,她一段时间有一项中心任务,不能一心二用。

但是，对语言的理解能力仍在快速进步，听懂的话越来越多了。

妈妈说："找爸爸。"她的目光就寻找，并停留在我身上。"抱抱企鹅。"她把那个玩具企鹅抱到怀里。"抱抱我。"她扔下企鹅，扑向妈妈。"亲一个。"她把小嘴送了上去。

喂食物，不肯再吃，但不安。"啾啾渴了，爸爸给喂水。"她立刻安静了，等我喂水。在我的怀里挣扎，我猜她想活动，说："爸爸让啾啾自己走路。"她也立刻安静了，两脚一着床，马上欢快地挪动起来。

她睡着了，但仍含着妈妈的乳头，妈妈往外拔，她不松嘴。妈妈说："啾啾，不吃奶了，睡觉。"话音刚落，她立即松开奶头，转过了身去。

站在窗台上，隔着玻璃窗，问她："汽车在哪里？"她就侧转脑袋，望着停在路边的那辆捷达，露出喜悦的笑容。她知道那是我们家的车，和她有一种关系。她不看别的车，如果那辆捷达不在，她会露出一点失望和无趣的神态。

在满一岁之前，我们对她说的话，她大多能听懂了。问她什么事，她如果愿意，就会点点头，清清楚楚地"嗯"一声，如果不愿意，就沉默，或者不耐烦地喊起来。

啾啾说话再次活跃起来，是在进入第八个月的时候。她不但又有了说话的兴致，而且发出的语音比两个月前复杂而长，还经常重复某些有语词意味的音节，例如 jiajiajia（啾啾？）、nainai（牛奶？）。

就在第八个月里，连续几天，她口中经常蹦出"爸"的音。接着，有一天，她看着我，响亮地喊出了"爸爸"，一连喊了十几声。此后，有十来天没有再喊，但每天话语不断，都是底气十足的呼叫，似乎没有明确的涵义。然后，又开始喊"爸爸"，从此，在相当时间里，"爸爸"是她说得最多也最清楚的一个词。睡觉醒来，她的第一句话往往就是"爸爸"。红说她喊"爸爸"是一绝，会变换语调，表达不同的含义。我的感觉是，她喊我"爸爸"，常带一种大大咧咧的神态，仿佛在喊她的哥们。

早在半岁前，啾啾一度已经蹦出"妈""妈妈"的音了，按理说现在她应该先会喊"妈妈"才是。但是，很奇怪，直到满周岁前不久，她才重新会喊"妈妈"，而且不太稳定，时常管妈妈也叫"爸爸"。有时候，她喊妈妈为"爸爸"，喊我为"妈妈"，谁知道呢，也许她在逗我们玩吧。

满周岁后，除了"爸爸""妈妈""宝贝"外，啾啾会说一些常见事物的名称了，例如"灯""月亮""鸽子""蛋""袜袜"，发音很清晰。更多的事物，她看见了也试图说出名称，但发音不清晰，使我们颇费猜测。不经意间，她会突然冒出一个准确的词。有一回，临出门，她突然说："走呀！"回答问话，表示肯定时说"对"，全然是京腔，红说她字正腔圆。

当时我们在海德堡，有时候，她会说出一串快节奏的话，估计是在说德语吧。她的话语中经常蹦出一个词：digung。什么意思？我终于找到了答案：Entchudigung（请原谅）。这几乎是德国人的口头语，她听多了，就脱口而出了。着急时，她会叫喊：Nein（不）！她还经常说hotega，我始终不明其意。

一天晚上，给她看相片，是她与房东的儿子Fred的合影。分别指着两人问她是谁，她清清楚楚地说出了"啾啾"和"Fred"。不一会儿，又指着相片上的她问是谁，她答："是我。"我们不相信，再问一遍，她答："我啊。"就我们听到的而言，这是她第一次明确使用第一人称代词。

她爱说话，但我们听不懂的居多。相反，我们说的话，她基本上都能听懂。

地铁上，红抱着她坐在我的对面。我悄悄对红说："我旁边的小伙子正在写诗呢。"话音刚落，她立刻扭过脸去看这小伙子。

带她在院子里，给她讲每样事物的名称，很快她都记住了。到了后来，不等我问完，她就表情夸张地叫喊一声，用手一指，仿佛要预先制止我的弱智的提问。红犯愁地对我说："我感到了自己的贫乏，带她在院子里玩，发现我没有什么可以教她的了。"

43

亲情是相认

孩子离开母腹，来到世上，立刻置身在一个陌生的环境里了。在这个环境里，有一个女人和一个男人，如同对其他一切人一样，孩子一开始对他们也是陌生的。同样，这个女人和这个男人也是在孩子出生时才初次看见孩子，在此之前，无论怎么想象，他们对这个孩子都不能形成一个清楚的表象。父母和孩子之间当然有着血缘的联系，但是，孩子出生的那个时刻，却非常像是一种陌生人相遇的情境。

然后，在朝夕相处之中，父母和孩子之间开始了一个相认的过程。这个过程对于父母也是存在的，生活中突然闯进了一个新生命，自己突然成了这个新生命的父母，需要相当时间才能摆脱做梦似的恍惚感和不真实感。不过，孩子似乎是更主动的一方，她用她对你的接受、依赖和信任引领着这个相认的过程。有一天，你忽然发现，当她喊你爸爸妈妈时，你是如此理所当然地应答，你做父母的感觉无比踏实，仿佛天老地荒就已经是她的父母了。

婴儿和父母相认的第一步是凝视。

心理学家告诉我们，在世间万物中，新生儿最喜欢看的是人脸。当然，首先是父母的脸，因为父母的脸不但是她最经常看见的，而且在她面前是最有表情的。孩子被人脸吸引，主要是被脸上的表情吸引。啾啾出生十来天时，我就发现她非常注意看人脸了。我把她抱在怀里，对她絮叨，她会盯着我的脸看。如果竖抱，她还会仰起小脖子，稍微拉开一点距离，仿佛是为了看得清楚一些。不过，盯看的时间还比较短，就几秒钟吧。

第二个月，盯看的时间长了，看得更专注了，真正是在凝视。我抱着她，或者她躺着，我俯身看她，她便久久地凝视我，仿佛在端详，在辨认。当然，我也凝视她，我们的眼神相接，相看两不厌。和婴儿互相凝视的感觉是奇特而令人入迷的，心中充满了宁静的喜悦和莫名的感动。

和大人相处，是不可能有这种体验的。大人和大人之间似乎不宜长久地对视。大人的世界太复杂了，眼神的表达和解读包含了太多社会性的含义。如果要表达欣赏、感激、友善、默契等等，会心的一瞥足矣。一个大人被另一个大人长时间地盯视，心里会起反感或恐慌，因为那多半是质疑、审讯、挑衅的表示。两个大人互相长时间地盯视，则多半是一种仇恨的较量。大人之间需要有距离感，长久的盯视破坏距离感，成了非礼和冒犯，所以不适于表达正面的情感。唯一的例外是热恋中的情人，暂时没有也不需要距离感了，才可以无休止地眉目传情。

接着，在婴儿对父母的凝视中，逐渐有了明确的丰富的含义。她已经认识你，知道你是她最亲的人，看见你就高兴地笑。

啾啾躺在小床上，我到她身边，她看见我，笑了，不出声的笑，笑得很甜。从半岁开始，她常常会这样笑，当我与她小别后又出现之时，她就用含笑的眼睛看着我，笑得那样会心，仿佛在告诉我，她知道我是谁，知道我爱她，知道我和她之间的无比亲密的关系。

有时候，我和红外出上班或办事，晚上回家，啾啾看见我们，笑得那样欢。分别了一整天，别后重逢，她真正是惊喜，是由衷的喜悦。你会感到，在这一整天里，她不知怎样想念你呢。

那些日子里，最让我感动的是啾啾看我的神情。她眼中的会心的笑，如朵朵鲜花盛开在我的草地上，把我的心装饰成了一座春天的花园。

当孩子用含笑的眼睛凝视你时，她实际上已经在无声地呼唤你，喊你爸爸妈妈了。然后，不用多久，无声的呼唤就变成了有声的呼唤。

让我回到第八个月啾啾喊我爸爸的那一天。那是一个下午，我们准备带她去看望一个朋友，正给她收拾行装。她仰躺在大床上，看着我，下嘴唇略朝里收，试图发声。我和红听得真切，她在发出几声 pa 的清辅音之后，响亮地喊出了"爸爸"。她始终看着我，越喊越清晰，越喊越响亮，越喊越连贯,"爸爸爸爸"地喊个不停。我抱起她,她依然喊了又喊,并且拿眼睛看我,完完全全是有意识的。有时候,"爸爸"的前面带着 ha 的音,听起来像是喊"好爸爸"。她喊了总有一二十声吧,真是"喊"出来的,一连串响亮的爆发。

我的激动和感动无可形容,我哭了。红和外婆在旁边,我听见她们悄悄议论,说我的命太苦了,终于等到这一天了。她们显然想到了妞妞,那个一岁半就离我而去的我的第一个女儿。在去朋友家的途中,我开车,这时才发现哭过的眼睛十分疲劳。红抱啾啾坐在副驾驶座上,小宝贝一路上不断用声音呼唤我,有时还伸出小手拉我。红说,自从喊了爸爸后,啾啾与我更亲了。我说,也许吧,有了一种新的沟通。红说,她不嫉妒,她为父亲与女儿之间的情意而感动。

一个男人和一个女人站在教堂里,把手放在《圣经》上宣誓,彼此确认对方是妻子和丈夫,这是一个神圣的仪式。一个孩子把一个男人和一个女人唤作爸爸和妈妈,这呼唤出的第一声,没有也不可能举行任何仪式,但是,在我看来,其神圣性丝毫不亚于教堂里的婚礼。

一个男人使一个女人受孕,似乎是一个偶然的事件。可是,仔细想想,这个孕育出来的小生命,是多么漫长而复杂的因果关系的一个产物,它的基因中交织着多少不可思议的巧遇,包含了多少神秘的因缘。泰戈尔写道:"我的主,你的世纪,一个接着一个,来完成一朵小小的野花。"一个小人儿就更是如此了。也许有人会说,这不过是上帝在掷骰子罢了。

不错，但是，每掷一次骰子，都是排除了其余无数可能性而只确认了一种可能性，亘古岁月中一次次的排除和确认，岂不使得这最终的确认更具有了一种命定的性质？在大自然的生命谱系档案中，这一对父母与这一个孩子的缘分似乎早已注册了，时候一到，这一页就会翻开。

让我换一种方式来说。一个新生命的孕育和诞生，是一个灵魂的投胎。在基督教的天国里，或者在佛教的六道中，有无数的灵魂在飞翔或轮回，偏偏这一个灵魂来投胎了。这一个灵魂原可以借无数对男女的生育行为投胎，偏偏选中了你们这一对。父母和孩子的联系，在生物的意义上是血缘，在宗教的意义上是灵魂的约会。在超越时空的那个世界里，这一个男人、这一个女人、这一个孩子原本都是灵魂，无所谓夫妻和亲子，却仿佛一直在相互寻找，相约了来到这个时空的世界，在一个短暂的时间里组成了一个亲密的家，然后又将必不可免地彼此失散。每念及此，我心中充满敬畏、感动和忧伤，倍感亲情的珍贵。

啾啾出生后不久，有一天，红对啾啾说："我怎么会当你的妈妈的呀？"又转过脸对我说："啾啾怎么会选中我当她的妈妈的？我觉得自己特别幸运，我感谢啾啾。"

我说："这是你想过的最深刻的哲学问题。"

对于这个问题，啾啾在四岁时有一个解答。她问妈妈："妈妈，你小时候不认识爸爸吧？"妈妈说是。她又问："爸爸也不认识你吧？"妈妈仍说是。她接着编起了故事："有一天，你见到了爸爸，说：'哈，你不是啾啾的爸爸吗？'爸爸也说：'哈，你不是啾啾的妈妈吗？'你们就认识了。"

　　大自然和上帝都同意这个答案：孩子是男女之爱的目的和意义。

看世界的第一眼

婴儿看世界，一开始看到的是光和影，物体的模糊轮廓。随着视网膜的发育，双眼同时观看和聚焦的能力的形成，婴儿眼中的世界变得越来越清晰了。一般认为，在第四个月，婴儿的视力有了显著的进步。想象一下，从这个时候起，有多少事物是她第一次看见的，她的小脑瓜儿里会产生多少惊讶和疑问。

据我观察，大约在半岁左右，啾啾开始表现出了一种好奇心，特别留意看周围的事物，用她妈妈的话说，一副爱管闲事的样子。

她饿了，我说爸爸给冲奶粉，当时她在妈妈怀里，便用专注的目光看着我的一举一动，看我从冰箱顶上取下奶粉罐，在我取下以后，还非常留意地又朝冰箱顶上那个位置瞥了一眼，看我往奶瓶里放奶粉，倒开水，等等，一个环节也不放过。

有一回，红开玩笑打我的屁股，打完后，她久久地盯着我屁股上刚才被打的那一块地方。

我抱她在镜子前，举起右手做动作。她看着镜中的我的右手，又转脸看我，看见了我的正在做动作的右手，立刻一脸惊奇。于是，她来回看镜中和镜外，仿佛察觉到了一种联系。

在一家餐馆，我抱她站在大玻璃鱼缸前，她使劲把小身子朝前倾，目不转睛地追随着金鱼们的游动。我们吃涮羊肉，她惊奇地朝锅的上方看，原来在看冉冉上升的热气。

抱她在户外，她在大人怀里不停地东张西望，还常常使劲仰着脸，那样专注地看天，看天际的树影。

我们驱车外出，街上有一种彩灯，模拟焰火的绽开，红用声音形容绽开的节奏，称它为"蓬蓬蓬"灯灯。她每次看到，就说"蓬蓬蓬"，眼中满含惊喜。

在海德堡，某日黄昏，我们一家在城堡前的阳台上。暮色渐渐四合，我们倚着石栏，看城堡脚下的灯火陆续闪亮，勾画出城市和内卡河上老桥的轮廓。回头看，月亮在残墙背后升起，恰好嵌在一个没有窗棂的窗口中间。

"啾啾，看月亮。"我指给出生九个多月的女儿看。

她抬起头来，看见了，眼中略含惊奇。从此她记住了月亮，再说月亮，她就会抬头找并且找到。

走在路上，她常常停下来，伸出一根食指，指向云彩，落日，飞鸟，天边淡淡的月痕，高空只有微粒大小的飞机，或者偶尔飞过的一只苍蝇，发出一声惊叹。

我在许多孩子身上发现，婴幼儿的共同特点是关注细小事物。

在会走路之前，啾啾坐学步车，经常扒在学步车的围栏上横冲直撞，最醉心的事是冲到各个柜子前去研究插在锁眼里的钥匙，握着钥匙把柜门打开。然后，我们会惊奇地发现，她手里举着妈妈的一只鞋子或爸爸的一件上衣。

她爱琢磨。我常常蹲下往小童车底部的网篮里放东西或从中取东西，后来发现，她也常常蹲下朝那里张望，或者从地上捡一些沙子朝里面放。她还喜欢抚弄小童车的各个部件，或者她在任何地方发现的任何物件上的镶嵌部位。

在城堡，草地上有一个干涸的圆形喷泉池，四周围着石墙。我把她放进池里，她在里面走。靠墙有一截铁管，大约是废弃了的水龙头，她用手抚摩它，细心琢磨一会儿，然后走开，到处走走，接着又回到铁管旁琢磨，又走开，如此反复再三。那截铁管仿佛成了她的家，使她牵挂和踏实。到观景台，那里地上嵌着一块圆铁皮，她不停地站上去，走下来。妈妈在喊她，她舍不得离开那块铁皮，就充耳不闻。美丽的城堡花园，她关注的是铁管、铁皮这种不入大人之眼的小玩意儿。她看不见风景，她自己就是风景。

婴幼儿还有一个特点：善于看出事物中的可笑之处，或自以为可笑之处，报以领会的笑。

我抱着半岁的啾啾站在柜子旁，柜中有一些瓷器。以前，她对这些瓷器视而不见，而这时，有好几次，她自己发现了那个叫作大哈笑的弥勒佛，每次必出声地笑，仿佛受了那夸张笑态的感染。

红买回一只甲鱼，放在盆里。我们把甲鱼翻过来，腹部朝上，甲鱼便四脚乱动，借头和脖子的力量把身子翻回去。每见此景，她也大笑不止。

打印机正在工作，纸从机器下端一截截吐出，她看见了，视线便停留在移动的纸上，哈哈笑几声，又哈哈笑几声，仿佛琢磨出了什么有趣的东西。

她快一岁时，我带她在院子里玩，我们与一只小老鼠捉了好久迷藏。那是屋后的墙根，靠墙有一个装电闸的金属盒，一只小老鼠在墙根走动，因为我们的走近，就立即躲到金属盒后面去了。自此开始，它便试图从金属盒后面钻出，夺路而逃。可是，不论它从哪一端钻出，我抱着啾啾就在那一端出现，而她见了它那鬼鬼祟祟的样子便忍不住大笑，我因为她大笑也忍不住大笑，小老鼠则被这一片大笑声吓得赶紧缩了回去。就这样，它不停地钻出又缩回，啾啾和我不停地大笑，如此相持了一二十分钟。如果不是我抱她走开，这游戏还会继续下去。她对此印象至深，许多天后，只要我带她到那个金属盒前，她的目光就会寻找那只小老鼠。

孩子多么需要欢笑

人在孩提时期也许是笑得最频繁的,当然也是最灿烂的。孩子常常会无缘无故地笑,那是新生命蓬勃生长的音乐,是真正的天籁。

然而,笑不是生物性本能,而是上帝赋予人的特殊能力,人是唯一会笑的动物。在婴幼儿身上,有意识的笑是社会性交流的最早征兆,也是智力发育的伴生现象。笑需要鼓励,最重要的鼓励来自两个因素,一是爱和善意,二是有趣。

孩子对爱和善意有极为准确的直觉,决不会弄错,在爱和善待自己的人面前笑得最欢畅,在冷漠者面前则一定会冷淡和显得呆滞。

但是,仅有爱还不够,还必须有趣。我在所有的孩子身上都观察到,孩子最不能忍受的不是生活的清苦,而是生活的单调、刻板、无趣。几乎每个孩子都热衷于在生活中寻找、发现、制造有趣,并报以欢笑,这是生长着的智力的嬉戏和狂欢。

人们往往严重低估孩子对于有趣的需要,以为只要在日常生活上照料好就行了。比如说，有的父母把孩子完全交给保姆或老人带，而保姆和老人带孩子往往趋于保守，但求平安无事，鲜能顾及有趣，给孩子心智发育造成的损失虽然看不见，其实难以估量。所以，依我之见，再忙的父母，也应该安排时间和孩子玩，而且不可敷衍，一定要全身心地投入。不肯这样做的父母，或者是自私的，或者自己就是无趣的，所以压根儿没想到孩子会有对于有趣的需要。

孩子在婴儿期都有一个喜欢大笑的阶段。在啾啾身上，这个阶段是从出生第四个月开始的。

有一次，我像往常一样逗她，在她面前一边摇晃身体，一边有节奏地欢叫。她突然笑了，哈哈哈哈大笑，持续地出声地笑，笑声从她的小身体里爆发出来，一串串在空中荡漾。她一边笑，一边看我，眼睛里是领会的表情，是对我逗她的期待和呼应。这是前所未有的，以前她也有笑出声的时候，但比较短促。我们被她的大笑逗得也大笑了起来。

在这之后，逗她大笑成了我们经常的节目。夸张的声调配上夸张的动作，她必大笑，真正是仰天大笑，仰着脸，笑得爽朗而又憨厚。倘若妈妈抱着她，被我逗笑后，她会立即把脸埋进妈妈怀里，然后再抬脸笑盈盈地看我，眼中是等我继续逗她的表情。她有了主动的游戏意识。

一只小球吊在空中，我噘起嘴唇作吹气状，一边吹一边用嘴唇碰球，把球碰得来回摆动。她看见了，大笑起来。我越玩越欢，球在空中乱转，我的嘴唇追逐着球也跟着乱转，小家伙笑得前仰后合，最后笑得没声了。看她力竭，我赶紧打住。我当了一回马戏团的小丑，而半岁的啾啾全盘接受了我的表演。

我给她变魔术。一只橘子，我假装吞进口中，鼓起了腮帮，然后又假装吐出，泄下了腮帮。每当我假装吐出，手中又出现了那只橘子时，她便大笑。她拿起橘子，也要往嘴里送，我们都笑了，她仿佛悟到了什么，也跟着笑。后来，我故意让她发现我是假吞，在做了吞的动作之后，把桔子放在她看得见的地方。此后，每当我假吞以后，她就斜眼去看桔子，表示她已经知道了我没有真的吞下。

我相信，孩子在这个阶段经常大笑，实为身心生长所必需。在身体上，是声带的发育，肺活量的扩大。在心智上，是好奇心的激励，是理解力和想象力的进步，是幽默感和乐观精神的培养。所以，在孩子面前出洋相，当小丑，装傻，甚至真的变傻，这是父母的义务。在我看来，其实更是特权，你一生中很少有这样的机会，可以做一个稳操胜券的喜剧演员，用笨拙的演技博得最衷心的欢笑，还可以和这个最忠实的观众一起纵情欢笑，回归天真，忘掉人间的一切烦恼。

在这个阶段，啾啾的另一大快活事是跳舞。我和红，一人在她面前跳迪斯科，另一人抱着她合着同一节奏跳，两人边跳边唱。那时候，她必定也合着我们的节奏手舞足蹈，一边大笑不止。我的手可以感觉到，她的小身子真是放松极了，畅快极了。

孩子是多么需要欢笑。和孩子一起欢笑是多么幸福。

然而，许多时候，孩子的生活必不可免地是无趣的。啾啾几个月大时，我已发现她常有感到寂寞的时光。

红天天上班，我不坐班，可以多和她玩，但也有自己的工作要做。保姆带她在家里时，她会始终留心书房里的动静，期待我走出书房。只要一听见脚步声，她往往忙不迭地把手中的玩具扔掉，朝书房的门盯着，我一出现，她立刻欢笑雀跃。其实我只是出来倒开水或上厕所，当然，我不忍心让她失望，会和她玩一会儿。

我每周去单位一次，在这个日子，我和红白天都不在家，是她最寂寞的时光。我们出门时，她会有点儿伤感地望着我们，双臂欲伸又犹豫，想要我们抱，以此挽留我们，又似乎知道我们会拒绝。我和红一同回家，推开门，看到的情景常常是，保姆扶着她，她站在地上，脸朝门的方向，仿佛正在等候我们。红在前，我在后，她先看见了妈妈，接着又看见了我，那个高兴啊，真正是由衷的高兴，仰起小脸看我们，笑得满脸光芒。她蹦跳起来，挥舞小手，大笑不止，连声欢呼，最后竟变成了兴奋而急切的叫喊。一整天不见，她是怎样地想我们啊！我赶紧抱起她，她在我怀里仍笑喊不停，我把她紧紧地贴在怀里，紧些，更紧些……

小宝贝许多时候一定是多么寂寞啊。所有的孩子许多时候一定是多么寂寞啊。

孩子最需要的是玩伴。你在孩子面前堆满高级玩具，如果没有玩伴，她仍会感到无趣。相反，有好的玩伴，孩子的想象力会把身边的一切都变作玩具，没有玩具也可以玩得很尽兴。独生子女政策的后果之一是，孩子在家里没有同伴，十分孤单。不过，无论是否独生子女，孩子幼小时都不能缺少一个既能和她玩又能照看她的大玩伴。在我们家里，这个角色非爸爸莫属。

啾啾自小特别依恋妈妈，而我基本上是她的一个大玩伴。她跟妈妈黏糊，跟我疯玩，这是基本的格局。我们之间仿佛有一个场，一进入这个场，两人都会兴奋起来。从她几个月大开始，我们就喜欢互相逗引。她依在妈妈怀里，我假装要抱她，她便把脑袋东躲西藏，同时大呼小叫，表情是又喜又嗔。她会走路后，最喜欢的事情是逗我追她，这成了父女俩的一大乐趣。她看我一眼，眼中是招引的笑，然后立刻撒腿在屋子里跑，边跑边回头看我，使劲叫又使劲笑，而我也就叫着笑着去追她。快追上时，她进入了情境，既期待又害怕，最后必定是诉诸鸵鸟政策，把脸埋在离得最近的墙壁、柜子或床铺上，成为我的俘虏，小脸蛋被我狠狠地亲一口，这时她的兴奋达到了顶点，大笑而全身颤动，父女俩笑成了一团。

到她周岁以后，我们游戏的内容就丰富多了。常做的游戏，开始是捉迷藏，她张开胳臂在屋子里飞跑，常常弄不清是要躲我还是要找我，找着找着，就躲到了某一扇门后，嘴里还在叫："找爸爸，找爸爸！"然后，是玩过家家，从买菜、洗菜、炒菜到喂小熊吃饭，她一丝不苟，百玩不腻。玩过家家是孩子对生活经验的温习，也是想象力的训练。玩的时候，她常常会节外生枝，增添情节。有一回，她招我玩，拿着一只杯子，到左边一只大纸箱上打汤，到右边阳台玻璃门上打水，然后端给我喝。打汤和打水的位置是固定的，重复多少遍，决不会错。一次她递给我杯子，我正端起来要喝，只听见她大叫一声："烫的！"我赶紧放下，吹一吹，她才满意了。

她的又一大爱好是让我或妈妈模仿她的动作，诸如举胳膊、挺肚子、在地上爬、学狗叫猫叫、推小车、提着一个钥匙串到处游逛之类。有时候，她的动作真是别出心裁，比如把两只手那么绞着，把脑袋那么侧着，或者手扶沙发，左脚支地，右脚前后晃荡，做完后就盯着我们，看我们做得是否对。最令我狼狈的是一次在大庭广众之中，她蹲下来，嘴里哼哼，让我学她做拉臭状。大人做这些动作诚然可笑，但是，在我看来，因为怕可笑而拒绝做就更可笑了。

在亲子游戏中，幼儿都有好为人师的倾向，喜欢提出创意，设计情节，担任指挥。幼儿在日常生活中不得不依赖父母，唯在游戏中有机会做主角，游戏是幼儿发展主动性、自信心、想象力的主要领域，父母理应甘当配角。

其实，父母在游戏中并不当真是被动的。做孩子的玩伴，重要的是要有童心，能够感孩子所感，想孩子所想，进入孩子的语境。

我喜欢做一些让孩子惊喜的事情。比如说，门背后有一块蜡染，上面有三个小布兜，是红买来挂在那里的，没想好做什么用。有一天，啾啾情绪不佳，在和妈妈闹，我想安抚她，忽然有了主意。在做了小小的准备之后，我告诉她，好像有人给她寄信了，去看看有没有，她犹豫地让我抱了。走到门背后，我让她把手伸进小布兜里，她意外地摸到了一只小鞋子，接着在别的小布兜里摸到了一个小玩具、一块小积木。这使她乐不可支，笑个不停，这些熟悉得令人厌烦的小物件仿佛突然产生了新的魅力。此后一些日子里，这成了我们常玩的一个游戏，她会假装打电话说："喂，我是宝贝，快寄信呀。"打完后，她告诉我："他同意了。"然后去小布兜里寻找，总会有所收获，同时也使玩具们轮流重新焕发了青春。

我还喜欢用话语和她逗乐。比如说，她困意上来了，要喝奶，但不到该睡的时候，妈妈不让喝。我让她吃奶片，她不要，我就说，那么，吃拖鞋吧。她一听，立刻咯咯大笑。我心想好办了，就一路往下说，凡视线所及，包括床、椅子、沙发、耳朵、鼻子，都请她吃了一遍，每报一样"菜"名，她皆大笑，越笑越疯，把喝奶和睡觉忘了个干净。

由于我经常这样和她逗乐，她就投桃报李，也经常寻我的开心。有一回，我俩正玩得高兴，她突然爬上一张椅子，端坐在上面，让我坐到另一张椅子上，然后，像个大人似的一本正经对我说："爸爸，坐好，跟你说话。"我立即洗耳恭听。她凑近我，压低声音说："猪八蛋。"说毕放声大笑，双手使劲拍自己的膝盖，越笑越疯。"猪八蛋"是她临时想出的一个词，她一定觉得这个词荒诞可笑吧。这是她最早有意和我开的玩笑之一。接着，我们俩争着说"猪八蛋"，两人一起拍腿疯笑，笑成了一团。

婴幼儿也常有百无聊赖的时候，精力充沛，却不知做什么好，一般地玩一玩玩具已经不能释放精力，完全引不起兴趣。这是我挺身而出的时候了，只有和她一起疯玩和傻笑，她才觉得过瘾。我自认为，啾啾幼小时，我做了她的一个称职的大玩伴，这是我作为父亲的一项重大成就。

穿上了红舞鞋

啾啾是在海德堡学会走路的。周岁前后，一个多月里，她的最大兴趣是学步。她就像穿上了红舞鞋一样，遏止不住地要走路。当然，进步显著，真正是一天一个样。你会被她的顽强和耐心感动，而其实她从中得到的更是快乐，这是能力生长的快乐。我再一次看到，婴幼儿能力的生长完全是自发的，它的到来无须大人的诱导，甚至往往出乎大人的意料，而一旦到来，就有一种不可阻挡的力量。

我满怀兴趣地观察和记录了啾啾学步的整个过程。

周岁前35天，这天下午，在我们租住的大屋子里，啾啾突然表现出对走路的极大热情。她站在学步车旁边，推着学步车，一点点挪步，挪得越来越快，越来越自信。接着，她松开了一只手，扶住近旁的小床栏杆或桌子腿，随后松开了另一只手，沿着小床或桌子挪步。她显然因为自己掌握了一种新的能力而高兴，站在那里，摇晃着小身体，嘴里咿咿有声，一副得意的模样。接着，我稍微扶着她，她在屋子里巡游，在每一扇柜门前略作停留，把门上的锁眼研究一番。红说，她是在实现自己的理想。以往坐学步车时，这些锁眼因为学步车围栏的阻隔而成了她可望不可即的理想之物。

第二天，她坐在有围栏的小床上，举起手，攀住围栏的顶端，先跪起一条腿，接着跪起另一条，站了起来。她站在那里，仿佛在体会，然后又坐了下去，重复这站起来的过程。她把这过程重复了三遍，掌握了。于是，一天之内，她再三要求我们把她放到小床上，然后自己一遍遍坐下去又站起来，以一副热衷的劲头练习这两个动作。她还扶着围栏走，有时摔倒了，趴在床板上，两手攀围栏仍站不起来，她就用嘴顶住围栏，帮助两手用力，硬是站了起来。

黄昏，带啾啾在城堡的大观景台上。这是花园的一角，栏杆在这里转折，形成一个直角。直角的外面，一边是古堡，另一边是内卡河。直角的里面，啾啾站在空地上，为了维持平衡，小身体稍稍前倾，在妈妈的保护下，一步一步朝前挪。她走了几步，停住了，目不转睛地盯着前方。我顺着她的视线看去，只见七八个年轻人靠栏杆站成一排，七八张年轻的脸都笑着，七八双眼睛一齐看着她，都含着鼓励的意思，鼓励她继续朝前走。他们中有男有女，看样子是海德堡大学的学生。

一个小伙子用中文说了句"你好"，接着又用德文问是男孩还是女孩、多大了等等。一个姑娘走过来，朝她伸开双臂。啾啾看见自己面对这么多人，脚步有些犹豫。

我们让她扶着童车,她自己推着童车走,走得非常好。她立刻沉醉在学步的快乐中了,忘掉了周围的眼睛。(周岁前22天)

在啾啾的学步史上,周岁前20天是值得纪念的一天,她能够不需要搀扶,也不攀缘任何外物,独立地走好几步了。

小床,圆桌,沙发,三样东西依次相邻,但又都隔着一小截距离。她从小床出发,经过圆桌,走到了沙发旁。每经过两样东西之间的空隙时,她十分谨慎,必伸出手去试探,如果够不着,就扶着身旁的东西再挪一步,然后再试探。有一回,没有攀牢沙发,摔倒了,把她搀起来,她又立即再走。

她站在妈妈身旁,想去沙发那儿。妈妈和沙发之间有五六步远。妈妈说:"宝贝,自己走。"松开了她的手。她便颤颤悠悠地自己走到了沙发旁,双手扒在沙发上。妈妈说:"转过身来。"她转过了身,但两只脚仍扭着。妈妈说:"把脚放过去。"她听懂了,立即照办,然后自己走回到了妈妈身边。就这样,她在妈妈和沙发之间来回走了一次又一次。

晚上,我扶着她,她大踏步地走,异常兴奋,停不下来,红说她疯了。直到夜晚十一时半,硬把她放倒在床上,而她的确累了,马上睡着了。

几天后,她独立行走已经相当稳了。她走走停停,还故意在途中转弯,表演意识特强,走到了目的地,就转过头来看你为她鼓掌,自己也兴高采烈地鼓掌。

城堡大草地上，已过下午七时，但依然是白昼，太阳正在西下，阳光越来越柔和，草地上树木的投影渐渐拉长。啾啾穿着一件鲜红的连裤睡衣，在草地上欢快地行走。睡衣是短袖的，她露着胖乎乎的小胳臂小腿，张开双臂，撅着小屁股，用这个姿势维持着平衡。看上去她的两腿仍有些颤悠，好像随时会摔倒，但实际上走得很稳。她显然非常快乐，草地这么大，她可以随心所欲地朝各个方向走，她感觉到了一种自由，也感觉到了一种前所未有的自信。她走得很快，有时候完全是在跑，而有时候又会停下来，站在那里，抬头看天或低头看地，仿佛在沉思。她张着双臂朝爸爸或妈妈走去，我们正要迎接她，她走到跟前却突然掉转了方向，继续她的美妙的旅行。地上铺着我们带来的布，杂乱地放着奶瓶、鞋子之类，她能够轻松地绕过这些障碍。

绿色的草地上，一个红色的小精灵在舞蹈。我心中充满赞叹，赞叹上帝的万能，赞叹我的女儿的可爱。

那边一棵大树下，坐着一对年轻的阿拉伯人和他们的孩子。孩子也很小，我们彼此搭话，知道男孩的年龄是十三个月，尚不会走路。啾啾举起双手，朝这个孩子走去，但是，随着距离的接近，她的速度渐渐放慢，终于停住了。她犹豫了一会儿，转过身，朝相反的方向走了。那对父母一直友好地注视着。（周岁前4天）

啾啾走路兴浓，不能安静，无论让她自己坐着，还是我们抱在怀里，皆会大叫，而目的只有一个，就是要下地走路。

今天带着她购物,她在商店里也如此,不肯坐在童车里也不肯呆在我们怀里,号叫不止,活脱一个讨人嫌的孩子。其实呢,两脚一着地,她就心满意足了。问题是并非在所有的场合都能让她走路的,即使在家里,让她走路也是一件最使我们劳累的事,必须时时盯着她,以免意外,即使如此,仍是防不胜防。这几天,她摔倒得多了,额头上、脸颊上都磕出了乌青。(周岁后 3 天)

在 Haufhof 大商场里,啾啾自有她的玩法。她迈开小腿,穿行在货架之间,把货架上挂的衣服一件件摸过去。她走路已非常灵巧,我注意到,她在一个立式穿衣镜前玩技巧,那梯形镜座对于她是一个障碍,我担心她会被绊倒,却见她小心翼翼地抬起一条腿,跨了过去,然后又小心翼翼地抬起另一条腿,跨了过去。接着,她又重来一遍。每当她尝试了一个新的难动作,她一定会复习。商场有一个区域售书,她站在书架前,面对叠得高高的大厚册书,小手摸一下书脊,放声笑一阵,如此反复,足有好几分钟。她喜欢书,大概是所谓耳濡目染之功吧。

黄昏,城堡的草地上,她双臂后举,以小天鹅展翅的姿势快活地奔走。一会儿,她蹲下,从草地上捡一片枯叶,或一枚小果。古堡方向传来了音乐声,她伫立倾听,随即自己也哼唱起来。她自己走到了花园尽头的栏杆旁,一路上,人们对她笑脸相迎,而她也以皱鼻子的笑回报。

现在她会爬楼梯了,一不留神,就发现她在楼梯上,要

去拜访住在二楼的房东家的孩子。她是跪着爬的，双手攀住上一格，然后把两腿先后挪上去。（周岁后22天）

进超市，我在开手推车的锁，红带着啾啾朝里走，一边对我说："我看着啾啾。"可是，我刚解开手推车，眼前便出现了一幕惊险场面。只见啾啾飞快跑出店门，一个德国老太太大叫着尾随而去，啾啾的妈妈闻声也开始朝门外跑，但已落后了一大截。

唉，这就是红所说的"看着"。

一岁一个月的啾啾已经健步如飞，的确必须认真地"看着"了。

孩子一岁上下时，刚会走路，好动，是做父母的最累的时候。不过，我应该对啾啾公平，她学会了走路，带给我们的不只是麻烦，更是帮助。

每天上午，我们家谁最早起床？是啾啾。妈妈还在熟睡，她醒来了，于是妈妈在睡意蒙眬中给她穿衣，把她放到地上。然后，她下地后做的第一件事情是什么？必定是跑到爸爸身边，对着爸爸喊一声，把眼镜和鞋子一样样递给爸爸，催爸爸起床。她知道，爸爸起床以后，就可以带她到厨房，替她准备早饭了。

一天上午，我起床时找不到袜子，便喊："啾啾，给爸爸找袜子！"小家伙真的开始在屋里转，很留心地到处看，然后举起小手指向小床的方向，惊喜地叫了起来。小床是用木条组装的，未放床垫，透过缝隙，可以看见床底，而我的袜子果然在床底的地毯上。第二天，我又让她帮我找，话刚出口，我就发现袜子在沙发旁，而这时，她已经跑到小床边，弯下腰，朝床底张望。我赶紧说："啾啾，爸爸找到了，袜子在这里。"

妈妈也经常指使她帮忙。"啾啾，替妈妈把鞋拿来。"她跑去捡起妈妈的一只凉鞋，再跑回来递给妈妈。"啾啾穿两只鞋，妈妈只有一只，替妈妈把另一只也拿来。"她听懂并且照办了。

这样指使的结果，好些天里，她的最大爱好就是给爸爸妈妈拿鞋。每每发现，她提着一只大鞋，不远万里送到我手上，然后马上去运输另一只。到后来，她的搬鞋癖到了登峰造极的地步，原先只是早上或白天，看见我的皮凉鞋就一定要提着给我送来，而现在，即使晚上我已经躺下，她也不肯放过了。我告诉她，爸爸在床上不能穿鞋，但无济于事，她不屈不挠，一遍又一遍送。无论我藏到何处，都逃不过她的眼睛，她必能找出来，令我悲叹天网恢恢。最后，我只好把我的臭鞋子驱逐到了门外。

海德堡记忆

海德堡大学邀请我担任半年客座教授，当时啾啾才九个月大，我当然不能扔下母女俩这么久，便要求一家三口一起去，否则我不去了。当年我出国的机会并不多，此前也就去过一次德国，放弃这个机会未免可惜。但是，孩子幼小时，决不和孩子长久分离，这是我心中压倒一切的呼声。我想得很明白，无论对我还是对孩子来说，这一段时光都至关重要，又稍纵即逝，长久分离所造成的损失不可弥补。当社会性欲望和生命本身的需要发生冲突时，我只听从后者，不会有任何犹豫。好在邀请方很理解我的心情，费了不少周折，终于让我们一家同时成行。

事实上，我们在海德堡的生活是非常寂寞的，陌生的国家和城市，没有亲朋、社交、娱乐，天天一家三口过着相同的日子，不折不扣是隐居。不过，我觉得这没有什么不好，对啾啾来说更没有什么不好。在一周岁前后的半年里，她得到了在国内不可能得到的两样好东西，一是妈妈的全职照料，二是得天独厚的自然环境。那些日子过得特别单纯，在德国这座最美丽的城市里,藏着我们一家平凡而珍贵的亲情记忆。

想起海德堡,最先浮现在我眼前的总是这样一个镜头:我在办公室里用功,门开了,一个一岁的胖娃娃兴致勃勃地走进来,那模样结实而活泼,直奔我身边,她的妈妈则总是故意迟一步,让爸爸和女儿获得一个单独会面的典礼。这意味着我该休息了。如果在中午,该是我们共进午餐的时间了,红把带来的面包、肉肠、水果之类摆放在办公桌上,办公桌成了餐桌,而啾啾就坐在这个餐桌上,仿佛也是我们的一道点心。如果已是晚下午,则是我们该一起回家了。在回家前,我们多半会去一个小超市,买明天的或者够两三天吃的食物,然后,我和红推着童车,背着食物,气喘吁吁地爬几个连续的陡坡,踏着暮色回山上的住宅。

我忘不了的还有这样一个镜头:欧共体的一个组织在海德堡大学举办讨论会,我应邀在会上做讲演。我开讲不久,会场上忽然响起一声清脆的"爸爸"。我边讲边朝发出喊声的方向扫了一眼,只见红抱着啾啾坐在靠门口的后排椅子上,她们的眼睛都望着我,她们的形象无比鲜嫩可爱。这个景象只出现了片刻,却永久定格在我的记忆中了。事后红告诉我,她是想来给我照相的,没想到刚坐下啾啾就喊爸爸,赶快起身走了。

在海德堡,隔不多远就有一个儿童游戏场,安装着游戏设施,供孩子们玩,也使孩子们有机会互相交往。红每天都带啾啾到附近的游戏场玩一二个钟点,对此事极认真,说是为了培养她的开放性格。啾啾刚到德国时,胆子相当小,有一回,一位德国同事的女儿,和她同岁,还比她小几天,朝她大吼一声,她就吓哭了。游戏场的历练确实有效,下面是我"偷窥"到的情景——

在游戏场,只见她小小的人儿,晃着胳膊,自个儿走过来,走过去,东瞧瞧,西逛逛,一副自信又自在的样子。她有意避开红,不要她跟着,听见红呼唤,便瞥一眼,立即朝别的方向走去。一个比她大许多的女孩正在玩秋千,她径直冲过去,仿佛要与人争夺,吓得那个女孩落荒而逃,扑向妈妈怀里。可是,她自己并不会玩秋千,得胜后就离开了。女孩重返秋千,她则故伎重演,这次得胜后便席地而坐玩起了沙子。一个小男孩在啃面包,她盯着人家手里的面包,一步步走近,也是要争夺的架势。红赶紧扯了一块面包给她,她的确饿了,急急地啃了起来。

红看见一个镜头,兴奋地告诉我:一个两岁上下的小男孩去吻一个小女孩,把女孩碰倒了,他又弯腰去吻,女孩大哭,周围的大人包括家长们都笑了。

欧洲的国家,无论居民区还是公共场所,儿童游戏场是基本设施。可是,当时在中国,甚至许多公园也没有这类设施,遑论其他场所。红感到担忧的是,回国以后怎么办。一国的文明程度,的确可以由其关怀儿童的程度见出。

忆海德堡,最忆自然是那座著名的城堡了。

我们的居所离城堡很近，步行只需十来分钟。多半是在黄昏，游人已经散尽，我们推着童车，去那里享受如同自家后花园一般的宁静和闲适。城堡花园的大草地沐浴在金色的阳光中，这里那里有一棵或几棵伸展着茂密枝叶的大树。草地经常修剪，刚刚割过的草地上弥漫着浓郁的草香味。

我的记忆中的城堡，其中总有啾啾的身影，古老的城堡和宽阔的草地把她的身影对照得格外幼小。她在草地上学步，穿一袭红衣，万顷绿中一点红。

啾啾多么幸运，在这样美丽而广阔的地方学会走路，走向美丽而广阔的人生。

我们住在山上，住宅近旁有一片很大的树林，我们经常带啾啾去那里玩。那里地势起伏多变，树荫蔽天，野趣十足，环境也极幽静，我们几乎没有遇到过别的人。最好的时辰是雨后，空气清新极了，浓郁的树叶味扑鼻而来，混合着脚下厚厚的腐烂着的落叶的气味，非常好闻。树林里有许多蜗牛，外形及大小都和法国的菜蜗牛相似，跟着妈妈寻找蜗牛是啾啾的一大乐趣。

晴朗的日子，我们经常带啾啾到内卡河边玩。沿内卡河北岸朝西，那一段地势平坦，河床宽阔，河滩上栖息着成群的鹅、天鹅和野鸭。岸边的草地，翠绿的一大片沿河伸展，看不见尽头。鹅和天鹅不怕人，纷纷来到草地上。啾啾也不怕它们，站在鹅群中间，一会儿去追这一只，一会儿去追那一只。突然响起了一片拍打翅膀的声音，只见鹅们纷纷跳进河里。一只狗灵巧地在草地上来回飞跑，追逐那些落伍的鹅。它在执行自己的职责，定时上草地吃草的时限已到，应该让鹅们回河里了。

很平常的景象，可是又多么奢侈。中国的城里孩子与大自然是隔离的，对大自然是陌生的。海德堡也是城市，但依山傍水，山林和河域的自然生态保护得非常好，使人感到城市就在大自然之中，是和大自然长在一起的。惟有亲近自然，孩子才能健康生长，环境和生态保护首先是儿童的福音。

在国外的半年中，我们推着童车走了德国和欧洲的若干城市，所到之地有魏玛、维也纳、萨尔茨堡、慕尼黑、图宾根、巴黎、罗马、佛罗伦萨。

在欧洲，乘火车旅行是一件方便而又轻松的乐事。我们带着刚一岁的啾啾长途旅行，可是在交通方面没有感到任何不便。无论火车还是公共汽车，车的地板与站台的高度都非常接近，因而推着童车上车毫无障碍，车上则往往留出了专门放置童车的空间。如果是在中国，且不说旅途如何艰辛，推着童车上火车或公共汽车本身就是一件不可想象的事。

回忆旅行中的啾啾，我的眼前闪现了这样一些片段——

在维也纳寻访弗洛伊德故居，下了地铁，红向两位男性老人问路，其中一位指点了路径，然后指着啾啾风趣地问道："她也知道弗洛伊德？"啾啾当然不知道，但是，她今后可以得意地告诉别人的是，妈妈在这位伟人的故居里给她哺了一回乳。

在萨尔茨堡，从玛利亚教堂下山，在山腰上的一家餐馆里，母女俩向我庆贺生日。她手里举着三朵小野菊，妈妈说："啾啾，把花献给爸爸，祝爸爸生日快乐。"她把花一朵一朵递给我，我幸福地领受，然后一齐奉还给她。窗外，是美丽的草场和落日。

在慕尼黑的英国公园，草地上散布着裸晒者。妈妈先把她脱光，放在草地上，她快活极了，在草地上自由奔走。然后，妈妈说："你也脱吧，和宝贝合影。"我欣然从命。

巴黎，在塞纳河边，在拉丁区的街头，在卢浮宫，在所到的任何名胜古迹，她掀开妈妈的衣襟，展示妈妈的乳房。我们住在越胜家里，越胜看不下去了，挖苦说："挺好，等将来啾啾放学回来，撂下书包先来吃奶。"我们终于下了决心，让她在一岁两个月时断了奶。

梵蒂冈，圣彼得大教堂前的广场上人山人海，正逢教皇保罗二世接见群众，在发表演讲。她安静地坐在我的膝上，和爸爸妈妈一起聆听了十多分钟教皇的演讲。

古罗马广场，Karacalla 大浴场，斗兽场，许多的宫殿、教堂，许多的古迹、断垣、废墟，啾啾活泼的小身躯在其中伫立、穿行。我默默地向历史致敬。

在海德堡居住，在欧洲旅行，啾啾经常是快快乐乐的。她当然不知道自己出了国，但是，她不会感觉不到空气的洁净和景色的美丽，也不会感觉不到人们对她的友好态度。推着童车走在路上，不时可以看见她笑着拍手或挥手，顺着她的视线望过去，必能发现某一个正在向她微笑和招呼的老外，他们在越过她的爸爸妈妈进行交流。

游历欧洲后，我们即从法兰克福乘机回国。候机室里许多国人在大声交谈，一片喧哗。飞机上，一个婴儿大哭不止，母亲百般无奈，要求与坐在第一排的一个画家换位置，那里空间较大，可以安放临时摇篮。画家拒绝，指着他的画夹说："我的画贵着呢，碰坏了怎么办？"哼，这样一个家伙能画出什么好画！

从法兰克福的候机室开始，到乘飞机，再到初回北京的日子里，啾啾脸上常有困惑的表情。以前围绕她的微笑的洋面孔消失了，她突然置身于众多麻木的华夏面孔之中了。我发现，她常常试图像以前一样用眼神和笑容与每一个遇见的人交流，不同的是，人们不再用热情的招呼回答她，她的眼神和笑容仿佛投到了一面冰墙上，立刻被冻结了。

对于中西自然环境和人文环境的巨大差异，恐怕没有人能比一个孩子更加敏锐地感受到。那么，怎样的力量才能使一个在中国环境里生长的孩子拥有西方孩子的健康和快乐呢？啾啾将来当然还会出国，但是，我无意让她定居国外，只愿中国早日文明起来，使所有中国孩子都有一个适宜于生长的良好环境。

第二卷

天籁

除非你们改变,像小孩一样,你们绝不能成为天国的子民。

——耶稣

上帝借助于每一个儿童,在成人的大门口重复它的呼唤,而早晨的信息,使旋律保持完整无损。

——泰戈尔

在这个小生命中,有的是过剩的精力、欢乐和骄傲。

——罗曼·罗兰

啾啾语录

妈妈,我是谱子,你来唱我吧。

我吃过雪，是天上的味儿。云的味儿，太阳的味儿，月亮的味儿。因为月亮的味儿多，所以雪是冷的。

北京生病了，到处都挖，它疼，都流眼泪了。

蚊子在灯上，飞走了，停在镜子上，在臭美呢，原来是个女蚊子。

我长大了不工作，从爸爸妈妈那里拿一点钱，去买许多东西，再卖掉，这样就有更多的钱了。然后，我就给爸爸和妈妈买许多礼物，买一棵圣诞树，把礼物挂在上面。给爸爸买一个漂亮的小姑娘，给妈妈买一个雪橇。还买许多糖果，挂在天花板上，下糖果雨……

学会行走和言说是一个孩子从婴儿期进入幼儿期的标志，而这恰好是在一周岁上下。一个会行走的孩子，获得了主动接触事物的自由，物理的世界变广阔了。一个会言说的孩子，获得了表达和交流的自由，精神的世界变广阔了。

从一岁半开始，幼儿的语言发展就进入了活跃期，并且越来越精彩纷呈。事实上，在人的一生中，幼儿期是语言能力的高峰，对于大多数人来说，也许是以后再也抵达不了的。在啾啾生长的过程中，幼儿的语言表现给我带来的惊喜是不可比拟的。我深切地感到，这是天地间最奇妙的精神现象之一，是真正的天籁，是从大自然的性灵中迸发出来的音乐。然而，这么美妙的音乐，人间能得几回闻，它们几乎必不可免地会随着幼儿期的结束而消逝。仿佛是意识到它们的稍纵即逝和一去不可返，我贪婪地记录和收藏它们，做了大量笔记。我敢斗胆说，对于一个幼儿的语言表现，也许还不曾有人做过这样仔细的观察和记录，至少我还没有看到有人发表过。为孩子、为我自己、也许还为儿童心理学保存了这一份宝贵的资料，是我最感庆幸的一件事。

根据我的观察，我确信，幼儿都是小小语言学家，对语言的感觉非常细腻，对词的含义极其认真，很讲究表达的准确和精确。同时，又是天生的诗人，富有想象力和创造性，擅长表达的生动，常常不假思索便口吐妙语，其形象、贴切、新颖、精辟，绝对是成人难以企及的。我还发现，幼儿具有天生的幽默感，喜欢而且善于逗趣、调侃、讽刺、自嘲。

当然，幼儿的语言更是一派天真，充满童趣。她与万物交谈，太阳、月亮、动物、玩具都是她的伙伴。她经常说出令人捧腹的傻话，也经常说出令人汗颜的真话。她时而用小大人的口气说幼稚的话，时而用稚嫩的声音说地道的大人话。她还会"撒谎"，不过，请注意，在多数情况下，这只是因为她把愿望和想象当成了事实，或者她的想法在瞬间改变了而已，所以她的"谎话"也是如此可爱。

在第二卷中，我记叙了啾啾在幼儿期的各种语言表现，以及她的可爱的童稚之态。

我是宝贝

清晨，天蒙蒙亮，啾啾在床上抬起身，说："宝贝上班。"躺在她旁边的妈妈睡意仍浓，劝道："宝贝不上班，宝贝睡觉。"她催促妈妈："穿鞋，给宝贝穿鞋。"妈妈厉声道："妈妈生气了！妈妈困，宝贝睡觉！"她眯眼看妈妈，扑进妈妈怀里，顺从地说："睡觉，宝贝睡觉。"很快睡着了。

起床后，她打开电视机，要看《猫和老鼠》。这是她最喜欢的动画片，百看不厌，还会哼唱里面的曲子。尤其喜欢那一辑，内容是一只小公鸭认为自己丑，边走边哭得很伤心，又被猫追吃，直到遇见一只漂亮的小母鸭，爱上了它，才转悲为喜。她经常富有表情地向我们讲述："鸭鸭哭了，伤心了，丑，猫咪吃……"讲到这里，她自己也很伤心了，我赶紧问："漂亮鸭鸭来了没有？"她便发出一串笑声："哈哈哈……"

但是，妈妈要上班，现在不能让她看。妈妈说："宝贝不许，我们去外婆那里。"刚说完，她立刻乖乖地关掉电视机，让妈妈给她穿上了棉衣。那些天，找不到保姆，外婆暂时带她，住在对面楼我们租的一套房里，啾啾白天也在那里度过。

我在书房里，她来向我告别。她一只手拎着一个纸袋，把另一只空着的手伸向我，假装递给我一件东西，我问是什么，她答："钱。"接着又这么来一遍，我再问，她答："钥匙。"然后，向我挥一挥手，朝门口走，一边说："再见，宝贝上班了。"

看着这个可爱的小人儿，我心中不舍，便说："今天爸爸送宝贝上班，好吗？"她同意。到那边屋里，我们一起玩了一会儿。发现我穿衣欲走，她撒娇要我抱，外婆把她引开，陪她坐在地上玩。她背对着我，我穿了鞋，怕她缠我，准备悄悄离去，满以为她没有察觉，这时她仍低头在玩，突然说一声"再见"。我笑了，也说"再见"，她回头看我一眼，挥一挥手，继续安静地玩。

我在八角的住房是单位分配的，那是一套居住面积只有三十几平米的朝北两居室，由于地处偏远，又终年不见阳光，分房时没人要，长年用作单身汉的集体宿舍。研究生毕业后，我留哲学所工作，在一间地下室里住了七年。当单位把这套房分给我时，我接受了，终归比住地下室好，这一住就是十二年。我早已是研究员，和我资历相近的人都住上了三居室，我一向不愿也不会在此类事上奋斗，只好将就。啾啾生下来了，将就不下去了，我向单位申请，希望给我换稍大一点的房，但毫无结果。

最可怜的是啾啾。这个两居室，大的一间做了客厅兼我的书房，小的一间只容得下一张床，做了卧室，留给她的就只有窄小的过厅了。其实过厅也不属于她，要用作餐厅兼保姆间。有几天，家里保姆断档，我把给保姆睡的小铁床收起来，腾出过厅的一角，在那里铺上彩色拼垫，作为她的地盘，让她坐在上面玩。尽管只有巴掌大的一块地方，而且在墙壁、冰箱、桌子腿的包围之中，她仍高兴得眼睛亮晶晶的。可是，连这也长久不了，在又雇到保姆后，我不得不没收她的这一小块地盘。当我动手拆除彩色拼垫时，可怜的宝贝坐在上面不肯离开，一脸的难过。妈妈把她抱起来，她当时只有半岁，还不会说话，用小手指着自己的拼垫，啊啊叫着。每忆起这个情景，红就唏嘘不已。

从德国回来后，啾啾已一岁多，一天天长大，无论如何不能让她在这么狭窄的空间里生活了。单位靠不上，只好自己想办法，在居所对面的一栋楼里租到了一套两居室。后来，我们贷款在郊区购房，接着单位最后一次福利分房，使我欣慰的是，宝贝终于有了较大的生活空间。

当时我们面临的另一个难题是保姆。保姆难找，愿意并且善于带小孩的保姆更难找。我用啾啾的眼光挑选保姆，合适的保姆或者是妈妈型的，能关爱她，或者是姐姐型的，能和她玩，善做家务倒在其次。但是，谈何容易。

出国前，啾啾长到九个月，家里换了好几个保姆，每个都干不久，有的是嫌居住条件差而把我们辞了，有的是太不称职而被我们辞了。回国后，经人介绍，来了一个河南姑娘，那真是一次令我们啼笑皆非的经历。她几乎不会做任何家务，对逗引孩子也毫无兴趣，并且十分贪吃，家里每次买了水果、点心，转眼就被她吃个精光。这些且不去说它，最讽刺的是，她自称喜爱散文，后来干脆什么活也不干了，整天靠在床上边吃零食边看杂志。于是，小保姆在我的家里研究散文，我这个据称是散文名家的人则成了保姆，承担起了大部分家务，包括给她做饭，包括带孩子。她确实带不了孩子，啾啾完全排斥她，到了不让她挨近的地步。她给啾啾喂奶，啾啾会坚决地从她手里夺下奶瓶，送到我或妈妈手中，让我们来喂。有一回，她抱啾啾在院子里，啾啾在她怀里大哭，宁可扑向一个不认识的老太太，邻居把看到的这个情景告诉了我们。孩子的反应是最真实的，可以想见她对啾啾如何不好。

这个散文爱好者是不能继续用了，我们给她买了票，把她送到火车站，请她打道回府。当天晚上，啾啾如同得到了解放一样，压抑不住地快乐，在各个房间里欢快地走动，举着双手舞蹈，笑声欢语不断。

啾啾快满两岁时，我们在劳务市场找了一个叫小燕的安徽姑娘，虽然不善家务，却能和啾啾玩在一起，陪伴了她四年多。

保姆断档比较长久时，红就请她的母亲来北京救急，这一次也是如此。把啾啾放在对面租屋里，一老一小，她一定很寂寞，但暂时没有更好的法子。第一天，红去上班，我在这边屋里工作，克制着不去那边看她。有一会儿，我透过窗户看见外婆带她在前面空地上晒太阳,她坐在童车里,神情有些呆滞,我心中隐隐作痛。后来听说,她只在上午哭了一会儿,不停地喊:"找妈妈,我是宝贝。"接着就平静了。此后,她逐渐习惯了每天早晨去那边"上班"。

说起啾啾的乖,外婆常常忍不住掉泪。她几个月时,有一天,我和红外出,外婆在家照看她,突然心脏不适,坐着不敢动。她还不会走,知道外婆病了,便站在外婆两腿间一动不动,直到我们回家。现在这一次,外婆有一天又犯病,在沙发上躺下,她立即跑到另一间屋里找出一条大毛巾,拿来替外婆盖上,然后用小手拍外婆,就像平时妈妈哄她睡觉那样。还有一天,我们都不在家,邮递员在楼下喊,让取挂号邮件,外婆想抱她下楼,但冬天给她穿衣不方便,便对她说:"宝贝等着,外婆拿了东西马上回来。"回来时,看见她站在门口的老地方,认真地等候着。

在租屋里,外婆在做饭,宝贝做什么好呢?她盯着一面白墙思考,有了主意,拿出一盒彩笔,开始在墙上涂画。下午,妈妈下班,去那边屋子接她,看见了她的作品,大惊,呵斥道:"宝贝怎么在墙上乱画?"她看妈妈生气,举起两条小胳膊,边哼曲边转圈,给妈妈表演,想以此讨好妈妈,妈妈忍不住笑了。于是,她用小手指着墙说:"我是宝贝,画画。"意思是她做的是可爱的事,妈妈为什么要生气呢。妈妈告诉她,这个屋子是借的,所以不能画,宝贝想画就在我们自己家的墙上画。她懂了,她是一个乖孩子,凡是不许她做的事，只要说一遍，她就记住了，以后决不会再做。其实她画的那幅抽象画非常棒，可惜无法保留。

可是，回到这边屋子，她又闯了一个小祸。她小便完，妈妈帮她提裤子，她急于去看电视机里正放的《猫和老鼠》，未等妈妈把裤子提好，就猛一抬头，撞了妈妈的下巴。妈妈舌头咬出了血，痛得大叫一声，捂嘴靠在沙发上。她看妈妈痛成这样，便在妈妈面前不安地来回走，最后站定下来，伸出一只小手，说："宝贝坏，不听话，打！"说完自己使劲用左手打右手，打了好几下。然后，走到电视机前，扭开头，说："不听话，不乖，不看电视！"看妈妈没有反应，她哭丧着脸骂自己："宝贝是坏蛋。"我安慰她："宝贝不是坏蛋。"她坚持："宝贝是坏蛋，是小坏蛋。"表情是伤心的。妈妈心软了，忍痛对她咧嘴一笑。她顿时轻松了，找来一张纸，用红笔画了一些小圈，说："妈妈的嘴巴。"又用黑笔画了一些小圈，说："妈妈的眼睛。"我夸她画得好，替她贴在门上。她朝那张画一看，仿佛突然有所发现，说："咦，妈妈笑了。"

这是不到二岁的啾啾，小胖脸蛋，小翘嘴唇，既憨态可掬，又眉清目秀，憨中透着一股灵气。

每天晚上，爸爸妈妈都在身边，是她一天中最快乐的时光。她自个儿摇头晃脑，自编自唱，在屋子的各个角落里转悠，唱得颇成曲调，其中夹杂着"好爸爸""小妈妈""宝贝"等词语，还不时向我们报告："宝贝唱歌。"

她有一盒看图识字的图片，长方形的盒子和盒盖比她的脚丫略大，成了她最喜爱的"鞋子"，常常穿在脚上到处巡视。现在，她穿着这双鞋走进我的书房，站在书架前，张开一双手臂，宣布道："宝贝长大了。"我说："宝贝真可爱。"她说："爸爸可爱。"然后爬到我的身上来，坐在我的怀里。我说："真是爸爸的掌上明珠。"她应声道："掌上明珠，小明珠。小明珠下来了。"边说边从我的身上跳下来。

"爸爸该吃药了。"她提醒我。我跟她到过厅里。她最喜欢给我喂药，用小手指捏着药送进我嘴里，一边安慰说："喂爸爸药，不打针。"那是我们给她喂药时劝她的话。我说："是呀，宝贝吃了药，不打针了。"她说："宝贝不病了。"

我提议画画，她立即响应。每次她画了画，我都夸她画得好，让她送给我，她总是痛快地答应，然后说："宝贝还画，噢。"立刻又在新的纸上画起来。她的"噢"说得特别温柔，像在哄一个比她小的孩子。

这时候的啾啾已经会说许多词了，而说得最多的一个词是"宝贝"。问她爸爸和妈妈的名字，她熟练对答，可是，问到她的名字，无论告诉她多少遍，她的回答永远是"宝贝"。她用"宝贝"做主语造各种句子。她知道自己是宝贝。她当然是的。

万物都是伙伴

窗台上有一只苍蝇,啾啾举手去拍,苍蝇飞走了,她教训道:"你不听话!"

她的脚丫被蚊子咬了一个包。她告诉我:"蚊子咬在臭脚丫上了,真淘气!"然后,她把这只脚搂在怀里,对它说:"臭脚丫不哭了,噢,睡觉觉吧。"

我们养了一对小白鼠。她有一本图文对照的儿歌书,其中一页画着偷油吃的老鼠,她翻到那一页,拿到小白鼠面前,对它说:"你看看你!"

在菜场,看见木盆里待出售的鱼,她同情地问:"你们怎么会在这里的呀?"

天热,她自己光着身子,替玩具娃娃也把衣服脱光了,说:"凉快凉快。"

她穿上了一件新的花裙子,捏着裙子的一角,送到一只玩具青蛙眼前,问:"裙裙好看吧?妈妈买的。"

我用玩具搭一个小桌子,上面放一只小碗,让一个玩具娃娃坐在旁边吃饭。她开始不让,嫉妒那娃娃,我把娃娃的饥饿渲染了一番,她动了恻隐之心,当起了热情的小主人。接着,我让一只玩具猪向餐桌进攻,她急了,瞪眼朝猪大喊:"你家里有!"

一本图画书上,一只小猪在哭,眼泪画得很夸张。她对它说:"你的眼泪好长,我的眼泪好短。"

她摸着妈妈的乳房唱道:"奶奶咕咕叫。"

妈妈给她洗澡,她指着自己身上的痣说:"记号。"又指着木头澡盆边沿上的一个小黑点说:"记号。"然后,把浴巾搭在澡盆边沿上说:"穿背带裤。"

清晨,我蒙眬中听见一声咕咕声,那是从她的肚子里发出的,接着听见她咯咯地笑了起来,接着又听见她学那声音,学了几遍。我问:"宝贝做什么?"她答:"和肚肚说话。"很快没了动静,我抬身看,她睡得正香。(以上1—2岁)

幼儿是天生的万物有灵论者,在幼儿眼中,万物都是伙伴,都可与之交谈,包括小动物、昆虫、玩具、物件,甚至包括肚子里的咕咕声。

地板上有一块阳光,她坐上去,说:"宝贝坐在太阳上。"我用镜子玩阳光,她看见那个迅速移动的光斑,高兴极了,咯咯地笑,一会儿追,一会儿躲。我抬一下镜子,光斑一下子从地上到了天花板上。她吃惊地说:"亮光上那么高!"接着快乐地唱:"金阳光,金阳光,你来呀,来跟宝贝玩……"

艳红的夕阳沉落在两栋高楼之间,楼房很大,太阳很小。她注意到了两者的比例,问:"太阳怎么把楼房当成它的妈妈了？"

夜晚，她没有看见月亮，对妈妈说："月亮累了，在家里睡觉呢。"妈妈问："白天有时候太阳也不出来，是不是也累了？"她反对，说："太阳不会累，太阳很健康。"

她跟妈妈在户外散步，抬头看月亮，有所发现，说："两边都是树的时候，月亮近。"看见今晚的月亮是圆的，她解释原因说："月亮把太阳吃进肚肚里了。"（以上2岁）

太阳和月亮也是有生命的。对于幼儿来说，拟人不是修辞手法，而是直接感受。

我抱她进一个小树林，看见残雪，她很高兴，说："雪，爸爸买。"我把雪捧到她面前，她看着雪在我的手上融化成水，很惊讶，说："宝贝也买。"伸出一只胳臂，说："手。"让我替她把手从棉衣袖里拉出来，接着又伸出另一只胳臂，说："还有这个。"我抓一点儿雪放在她的小手上，她惊喜地说："雪，小手吃，没了。"（1岁）

三年后，看见下雪，她正迷上做手工，形容道："天在做手工，纸屑撒下来。"她告诉我："我吃过雪。"我问："什么味儿？"答："天上的味儿。云的味儿，太阳的味儿，月亮的味儿。因为月亮的味儿多，所以雪是冷的。"（4岁）

夏日，我们去怀柔郊游。啾啾光身穿一件鲜红的兜兜肚，蹦蹦跳跳地走在田野上，活脱是一个刚从年画上跑下来的小女孩。她高兴极了，不停地说："农村好，农村真好。"蓝天白云，妈妈指给她看，她用诗一般的话语回应："天飘你，飘云，天多高兴。"

我们住在农家。窗上有一些飞蛾，她看见了，说："蝴蝶。"我表示同意，心想，飞蛾虽然难看，也可以算与蝴蝶同种，别那么势利嘛。接着，她看见大蚊子，又说："蝴蝶。"这回我只好纠正她了。她继续抬着头察看窗户，我们大人眼里的肮脏虫豸，在她看来皆新奇而有趣。突然，她指着高处的窗檩说："松鼠。"我顺着她指点的方向看去，看到的是一只壁虎。我笑了，告诉她正确的名称，同时觉得她可爱，能够运用已有的知识来理解初见的事物。

乡下有多少新鲜的东西啊。一只躯体臃肿的母狗，和她从来所见的小巴儿狗完全不同，她看见了，脱口说："马。"在遭到否定后，又说："驴。"她是这回才认识驴的。从驴身边走过，她自语："你看，毛驴。毛驴，你好。"我带她在一片果林里玩，远处传来驴鸣，她扑向我，喊："怕。"我说："不怕，是毛驴叫。"她跟着说："不怕，是毛驴叫。"返回时，又看见毛驴，她说："是毛驴，宝贝摸摸。"我怕毛驴踢她，没有让她摸。她站在那里，不停地对毛驴说话。那头毛驴好像能够听懂，温柔地向她靠近。

在果林里，她捡到一根狗尾巴草，拿在手里，呵我们痒痒，我们忍不住笑，她也快活地笑。她又拿着往自己的光身子上呵，一边又跳又笑。看见地上有小虫，她说："小虫子，就让它们活着吧！"一副手中握有生杀予夺大权的派头。林中地上长了许多蒲公英，开满小黄花，也有一些茸球，她兴冲冲地摘茸球，把小伞一样的种子吹向空中。她鼓着腮帮，吹得很努力，而种子却不容易被吹下，我怕她累，就说："宝贝，不吹了，摇一摇。"我是让她用手摇一摇，这样种子就很容易散落开了。话音刚落，她把茸球放到嘴边吃了一下，嘴唇上沾了好些茸茸。我忙喊："不吃，快吐掉。"可是，以后我一说"摇一摇"，她就吃，我这才悟到，她是把"摇一摇"听成"咬一咬"了。我赶紧解释和检讨。（2岁）

晴朗的冬日，我们和正来两家结伴去密云郊游。

先到县城，那里仍是乡镇景象，建筑陈旧土气，街头满是面的。在一家饭店用午餐，饭菜质量很差，热菜是凉的，有的菜忘了放盐，有的菜里发现了菜虫。那一间餐厅呈长条，十分简陋，冷森森的。谁说了一句："不像餐厅。"啾啾马上补上一句："像游泳池。"妙极了，说出了我们大家的感觉，可是在她说出之前，我们都没有想到这样来形容。

餐厅里，一只小狗想靠近一只大狗，大狗叫了起来。她看见了，指着小狗说："它以为大狗爱它，可是大狗不爱它，它好糊涂。"

接着去水库。登大堤瞭望，水库已冰封。拾路到岸边，我走冰到近岸的一个小山坡，探明冰况安全。于是，我带啾啾和正来的女儿嘟儿踏上冰面，啾啾玩得很快活，让我拉着她一次次在冰上滑行。

上岸，她一路折采枯萎的狗尾巴草，举在手中，说："我的手是花瓶。"在一棵小树旁，她停下，双臂围住树干，久久不动。我问她在做什么,她说:"我是雕塑。"她的心情好极了,不停地低声唱歌,问妈妈:"你听见了吗?"妈妈说听见了,她解释:"我唱的是悄悄歌。"让妈妈也唱,说:"妈妈,我是谱子,你来唱我吧。"

归途,她指着天空,欣喜地喊道:"看呀,橘黄色的天空!"告诉我们:"现在是黄昏了,有一首唐诗叫《近黄昏》。"天色渐黑,公路上汽车的车灯都亮了,她又欢喊:"看呀,这些车像是在天上走。"我朝车外看,远处的车灯的确像是在天空移动。(3岁)

参加一个活动,母女俩跟随我去玩,住在郊区一家小旅馆里。旅馆条件甚差,房间里苍蝇成群,红借来蝇拍,打死了几十只,为此叫苦不迭。可是,啾啾有完全不同的感受,她兴奋极了,一再欢呼:"从来没有过这么多苍蝇!"

我带她在附近散步,她看见那里种的树,和我讨论,说:"我最喜欢的树是银杏,还喜欢山桃、樱花、玉兰。你最喜欢什么树?"我说:"合欢。"她说:"我也喜欢合欢,花很特别,看上去像松叶,摸起来像柳绒。"我称赞她描绘得准确。

小路边有蜗牛,她见了惊喜,捉了一些回房间。妈妈说:"不能捉,蜗牛妈妈该伤心了。"她说:"我也捉了妈妈,不光捉宝贝,妈妈和宝贝在一起。"妈妈说:"离开了草和泥土,它们活不久,多可怜。"她一听,马上跟妈妈去放了,回来告诉我,是分放在不同的草地上的。我责问:"你怎么把它们一家人分开了?"她解释:"这样它们就可以在不同的家里生活

了。"（4岁）

派对结束了，人们走到院子里，准备离去。突然，狂风大作，下起了冰雹。人们急忙退到屋檐下，三五成群聊天，有几人拿出了手机，开始打电话或发短信息。当然，不能让冰雹浪费了宝贵的时间。

只有一个小女孩仍在院子里，她兴奋地奔跑，跳跃，伸手接冰雹，每接着一颗就笑出声来。

冰雹停了。回家的路上，小女孩用惋惜的口吻对她的妈妈说："妈妈，你们浪费了冰雹。"（6岁）

童趣

1. 酒和可乐

晚饭时，我和红每人一杯啤酒，啾啾坐在餐桌那一端，突然嚷嚷，朝红伸手。红把她抱进怀里，她仍在红的怀里挣扎，朝酒杯伸手。原来，她要妈妈，是为了接近酒杯。红说，不能给她喝酒，给她喝果汁吧。我用同样的酒杯斟了一杯果汁递给她，她喝了一小口，推开了。她坐在我怀里，朝桌子嚷嚷。两只杯子，一只里是啤酒，一只里是果汁，我问她要哪个，她马上朝离她较远的啤酒伸出手。只好给她喝一小口，她还要，红把她抱开了。（0岁）

我喝可乐，被她撞见了，她也要喝，我让她喝了一口，是杯底的残余。她刚喝进口时的表情称得上惊喜，你可以看出她受到了刺激同时又极欢喜这种刺激。果然，她马上要求我再给她喝，她不知道这是可乐，说："还要喝酒。"我告诉她，这是可乐，不是酒，并谎称没有了，指着刚倒的一杯茶说，只有茶。她忽然捂着肚子望着我说："肚肚疼。"接着说：

"喝茶疼，喝可乐不疼。"我不禁大笑，然后，怎么能拒绝给她倒一小杯呢？喝完了，她很满意，在屋里转圈子，一边念念有词："肚肚疼，喝可乐，肚肚疼，喝可乐……"语调酷似电视里的广告。（1岁）

2. 佛

她对成年男人一律称"叔叔"，对成年女人一律称"阿姨"。书柜里放着一些摆设，每次她看见了，都管那几个唐代仕女塑像叫阿姨，管佛像叫叔叔。我赞道：宝贝真有普天之下皆亲人的境界啊。

我躺在沙发上，她说："像卧佛。"我问："你见过卧佛没有？"答："见过。"问："是什么样的？"其时她正躺在地上，便双手合十，接着又把一条腿搁到了另一条腿上，一副得大自在的神态，以此向我作答。（1岁）

3. 可爱的傻事

她吃棒糖，吃着吃着，棒糖不见了，妈妈问她放哪儿了，她从衣服后面拿了出来。过了一会儿，她告诉妈妈："我肚皮上有脏脏。"妈妈掀开她的衣服一看，肚皮上有一块地方又黏又亮。她向妈妈解释："给肚皮吃糖，它饿了。"

她把小手放在背后，宣布要给妈妈变出一个苹果来，大声说："变！"说完摊开两手看，上面是空的。她露出既诧异又惭愧的表情，自语道："哟，没变出来！"又试了一遍，结果依旧。我常给她变这个简单的小魔术，她以为我真是无中生有的呢。（以上2岁）

妈妈给她量身高，每次都在墙上用铅笔标出。有一天，在标出了新的高度之后，她拿着铅笔在那条线上面又画了一条线，说："以后长到这里，就不用画了。"

我们从超市回来，在楼下等电梯。她和嘟儿一人手里一个刚买来的魔方。嘟儿的魔方已弄乱，但自己对出了一面，向我们夸耀："看，我把一面对出来了。"啾啾马上举起她的尚未弄乱的魔方，说："我把六面都对出来了。"（以上3岁）

她对我说："有一件事，我不对你说。"我说："那一定是坏事。"她说："好事坏事都不说。"我说："也可能是不好不坏的事。"她说："对呀，吃肉脯算什么好事或坏事呀。"那不说的事——她在吃肉脯——就这么说了出来。（4岁）

4.可爱的傻话

她拉臭，半天拉不出来，向妈妈分析原因："我今天吃的那个苹果太小了。"

妈妈在和一位男士聊天，她看见妈妈的牛仔裤上有拉链，用老练的口气向男士解释："是装鸡鸡的。"

周末，我们开车去郊区住宅，她一路上兴奋不已，不停地问："大房子什么时候到呀？"妈妈问："你着急去大房子里干什么？"她想了好一会儿，想出一个理由，答道："尿

尿。"（以上2岁）

她对妈妈说："妈妈生个小弟弟吧，不是现在生，以后生。"妈妈说："以后妈妈老了，生不出来了。"她笑了，说："以后妈妈该生出个老太太了。"（3岁）

她和幼儿园小朋友婉儿为一件什么事争论了起来，婉儿说："我一年都不理你了。"她说："我一万年都不理你了。"说完两人都笑了，一齐说："那时候我们不是都成老太太了吗？"

一次出行，车从三环主路的一座桥下过，她抬头望，叹道："这座桥真高啊！"过了一会儿，她告诉妈妈："刚才那座桥上挂了一个牌子，写了两个字：'很高'。挂牌子的人也觉得那里很高。司机看见'很高'，不是很高兴吗，怎么也可以把车开过去。"妈妈听了一愣，奇怪怎么会有这样的牌子，再一想，大笑，明白牌子上写的是"限高"，她读成了"很高"。

到上海，住在姑姑家，她天天去看院子里的一个池塘，里面有蝌蚪，但天天都减少，终于一条不剩了。回北京后，她概述对上海的印象："上海有花园，花园里有池塘，池塘里有蝌蚪，蝌蚪被抓光。"（以上5岁）

5. 打电话

幼儿都喜欢玩电话机，大约一是模仿大人，二是对看不见人却能听到人说话感到好奇。啾啾也如此，常常去按电话键,然后拿起话筒听,有时候真拨通了。一次,话筒里传来女性的声音,她大声问:"喂,是妈妈吗?是妈妈吗?"另一次,拨通了交通报警台,对方问事故地点,她回答:"在家里。"

她感冒了,知道感冒会传染,就自觉地不去找好朋友美美玩。她在家里给美美打电话,通话时一直用手捂着嘴,说话的声音嗡嗡的。妈妈告诉她,电话里不会传染的,她不相信,坚持捂嘴到底。(以上2岁)

6.电梯里的故事

妈妈让她拿一个香蕉给电梯工吃。下楼进电梯时,她拿给王阿姨,王阿姨推辞了。上楼再进电梯时,她突然舍不得给了,回家后进了自己的肚子。第二天下午,我抱着她乘电梯,王阿姨问她:"香蕉在哪里?"她摸着肚子说:"在肚子里。"停顿了一会儿,补充说:"还有炒米饭。"她中午的确吃了炒米饭。

王阿姨每次看见她就特别兴奋,扯大了嗓门逗她。一天,我抱她下楼,等电梯时,她看见指示灯变到了"8",知道我们家住在八层,就说:"这是我们家。"话音刚落,电梯门开了,王阿姨连珠炮似的朝她吼开了:"这怎么是你们家?这是电梯……"她盯着王阿姨一声不吭,可王阿姨还是没完没了,最后她把眼睛一眯,鼻子一皱,做了一个鬼脸,显然是表示:我说的不是你说的意思,其实你也明白,就不要再朝我嚷了。

她和美美站在电梯门外商量,进电梯后谁先叫张阿姨,张阿姨是另一位电梯工,最后说定两人一起叫。进了电梯,美美望着她,等她开口。她严肃地看着张阿姨,改变了主意,说:"张阿姨可以不叫的。"提起此事,张阿姨笑得喘不过气,说:"你们家这孩子的心眼儿可真多。"(以上2岁)

7. 生肖

电视里一只猛虎在追一个人,我担心她怕,就说:"啾啾是属虎的,老虎不吃啾啾。"她立刻对着电视机说:"我属你哦。"然后告诉我:"它知道了。"

看动画片《狮子王》,里面的老虎是坏蛋,她为此很郁闷,问妈妈:"好老虎什么时候出来呀?"

我讲故事:"从前有一只小狗,名叫史努比,它的妈妈是只胖猪……"刚说到这里,她马上替我论证合理性:"我是老虎,我的妈妈是只羊,是吧?"

她说她睡的小床是老虎窝,我和红睡的大床是鸡窝羊窝。这两张床紧挨着,我问:"老虎要吃鸡和羊怎么办?"她答:"有一只小老虎不吃,要保护爸爸妈妈。"

红让小燕给我盛乌鸡汤,她听见了,嘲笑我说:"爸爸吃自己。"接着伸过头来看,看见碗里黑色的鸡块,假装惊奇地叹道:"哟,这么黑,爸爸抽烟!"

啾啾两三岁时对生肖特别感兴趣,大约是因为生肖把人和动物联系起来,给生活增添了童话色彩。可是,她并不懂生肖是怎么回事，向我问出了这样外行的问题："爸爸，你小时候也属鸡吗？"

8. 模特儿

她戴一副墨镜，举着小伞，跑来找我，对自己的这个模样做了一个说明："老外！"

她用一根绳子勒在额头上，问我："你看我像不像印第安人？"

她把塑料袋当帽子套在头上，自嘲说："像个卖包子的。"

服装设计师王化的新店开张，我们应邀出席，把嘟儿和啾啾也带去了。现场有三个模特儿表演。啾啾问："妈妈，什么是模特儿？"妈妈给她做了解释。晚上，在家里，两个孩子玩起了模特儿游戏，把窗帘坠子拴在身上，在厅里走步。她们表演时，我喊了一声啾啾，她郑重声明："我不是啾啾，我是模特儿。"（以上3岁）

9. 大钢琴

买了一台亚马哈牌钢琴，琴送来后，她高兴极了，一连三个小时坐在琴凳上敲琴键，常常忍不住偷偷地笑。她边敲边唱自己填词的歌："我问钢琴有多大……"她问妈妈："我可以把买了大钢琴告诉老师吗？"妈妈送她去幼儿园，离开时，刚转身，听见她对老师说："我们家也买大钢琴了。"口气充满自豪。

那几天里,她一有空就坐在钢琴前,一边琢磨一边弹她会唱的歌。一周后,她已经会弹好几首歌了。她把歌本翻开,搁在琴谱架上,看着歌本弹,那模样非常认真,仿佛她能读懂似的。虽然大部分的字还不认得,她的确能认出哪一页是哪一支歌了,决不会翻错。一位音乐界朋友听她弹琴,问是谁教的,她答:"没人教,我自己看书学的。"的确没人教,完全是她自己蒙的。

屋里播放着舒曼的钢琴曲。她问妈妈:"这是钢琴曲吗?"在得到肯定的回答后,她一脸惭愧的表情,对妈妈说:"我觉得我们两个是钢琴家里弹得最不好的。"一会儿,她告诉妈妈,她特别想参加钢琴比赛,动机是:"如果我弹得好,老师会奖给我一个 sticker(小贴片)了。"(3岁)

10. 小大人口气

孩子常常会用一种小大人口气说话。听一个小人儿用稚嫩的声音说出地道的大人话来,真叫人忍俊不禁。

她和小燕酝酿着要下楼,但她坐下来玩玩具,又不想去了,解释说:"工作起来就不下楼了。"

小燕要给她吃发面饼,她以前没吃过,便从小燕手里拿过来,说:"我要研究一下。"

我在电脑桌后面鼓捣,因为找不到插口而焦急,她走过来问:"发生什么问题了?"

她突然说:"妈妈有严重的问题。"我问:"什么问题?"她答:"消炎。"原来是指妈妈胳膊肘上的皮炎复发了。(以上2岁)

在野外游玩,她要拉臭,就地蹲下。我一直在给她拍照,这时也举起了相机,谁知她转过脸来白我一眼,说:"我拉臭,你照什么呀!"

亲戚家一个男孩和她同岁,长得很瘦,红给那个男孩秤体重,秤毕,她跑到他跟前,伸出双臂围住他,叹道:"这孩子怎么这样瘦呀!"(以上3岁)

她指使妈妈做这做那,妈妈讽刺她像老爷似的。她正色道:"别说这么小的宝贝像老爷似的,多不礼貌呀。"(5岁)

11. 困惑

妈妈开车带她去上班,超了一辆又一辆车,但前面总是还有车,她着急地问:"妈妈,你怎么老是赶不上前面的车呀?"她趴在后窗上看,看见有无数的车跟随而来,又困惑地问:"妈妈,它们都跟我们去上班吗?"

另一次,也在汽车上,行驶途中,她看见赶公共汽车的人朝车站跑,惊奇地问妈妈:"马路上怎么有这么多人在比赛跑步?"(以上2岁)

妈妈带她在宜家购物,她要小便,女厕所门口排着长队。在等待的时候,她用小手抚摸妈妈的脸蛋,妈妈啃她的脸蛋作为回报。过了一会儿,她突然大声问:"妈妈,老鼠有腮帮子吗？"妈妈回答不出，她接着问："老鼠妈妈喜欢它的宝贝，啃哪儿呢？"听者皆笑。

她唱歌，我跟她开玩笑，套用她的曲子，先唱妈妈是坏蛋，后唱妈妈是好蛋，她都反对。我问："那妈妈到底是什么蛋呢？"她答："什么蛋也不是。"接着，她脸上有了愁容，自问道："如果妈妈是一个鸡蛋，怎么办呢？"我说炒了吃掉，她坚决反对。我又说："孵成小鸡，你养着，多好。"她惶惑地问："那我还有妈妈吗？"（以上3岁）

12. 将来和过去

妈妈对她说："你现在上幼儿园，以后还要上小学，中学，大学，然后从大学毕业……"说到这里，她立即接上："那时候我就有单位了。"

她问妈妈："你和爸爸谈恋爱的时候，我在你肚子里吧？"妈妈说："不是，那时候还根本没有你呢。"她若有所思，问："你那时候还在读小学，对吧？"妈妈说："也不是，那时候妈妈已经在读博士了。"她恍然大悟，说："原来你是在上最大班！"

她对自己婴儿时期的那个胖娃娃形象特别抵制，不承认是她，每次放录像，她都拒绝看，也不让我们看，抗议地喊道："诽谤！"（以上3岁）

13.钱的用处

春节期间,她得到了一些压岁钱。我从邮局取回一笔稿费,她看见了,对我说:"爸爸,你把你的钱给我,我把我的钱给你。"我听了一愣,问:"我的什么钱?"她说:"稿费呀,比我的压岁钱多。"我笑了,说:"可以的,不过你没地方放,让妈妈替你保管。"她急了,说:"我有一个抽屉,专门放我的好东西。"我要看,她便把我带到卧室,拉开一个抽屉,那里面放了一些小布片、小发卡之类。我和她商量,先给她一百元,其余的由妈妈保管,她嫌少,不肯接。妈妈正在看刚冲洗出来的一沓照片,她突然急转弯,指着那沓照片,潇洒地说:"那么就把这当压岁钱吧。"

在她的小脑瓜儿里,钱有什么用处呢?她的储钱罐快要满了,妈妈问:"你把钱存满了干什么?"她答:"存满了把它们都倒出来。"问:"倒出来干什么?"答:"倒出来,好多好多硬币,看着高兴呀!"(3岁)

三岁半的旅行

春天，朋友们集体出游，三岁半的啾啾随我们同行。十几个大人，只有她一个孩子，便成了大家宠爱的对象。

在机场候机室，众人欣赏地围着她。阿兰说："你把我们都迷倒了。"红问："怎么没倒？"阿兰朝后仰，头发垂下。啾啾说："头发倒下了。"阿蓝问她："你的白马王子是谁？是不是爸爸？"她严肃地回答："爸爸就是爸爸，爸爸本身不是白马王子。"

我们多次在阿兰的俏江南吃饭，啾啾最爱吃的一道菜是鸭饼。阿兰喜欢孩子，每次看见她，总围着她转，但她显得有些矜持。红做她的工作，告诉她，阿兰阿姨本事可大了，有好多个餐馆。她问："阿兰阿姨的每个餐馆里都有鸭饼吗？"得到了肯定的回答，她才露出服气的神情。

崔健戴着那顶洗白了的帽子，从帽檐下笑眯眯地看着她，问："你叫什么名字？"她笑而不答。崔健说："你叫周健吧？"她小声说："你叫崔音序。"她用这个方式既回敬了他的玩笑，又回答了他的问题，令他吃一惊。

飞行途中,她快活极了,不停地说话和评论。机舱外,云层不厚,透过云的间隙可以看见下面的沟壑,一条略微泛红的长长的黄带子蜿蜒其间。妈妈告诉她,那是黄河。她惊呼:"妈妈你看,黄河流到云上去了!"的确,黄带子的另一端向天际甩去,被云遮住了去向。于是妈妈给她讲王之涣的诗句"黄河远上白云间",讲唐朝的诗人,提到了李白。她会背《静夜思》,问妈妈:"李白还活着吗?"妈妈向她解释,李白是古代的人,很久以前活着,早就不在了。她听了,露出思考的表情,显然感觉到了时间的令人困惑。

抵达成都,在一家宾馆休息和午餐。这次出游,京城一个作家是发起者,行前他给我们的说法是,成都附近一个景区的开发商是他的朋友,请我们去玩一玩,不需要我们做任何事。到了以后,发现事实并非如此。午餐后,我们突然被招呼参加一个新闻发布会,我和崔健还被指名在会上发言。发言就发言吧,反正我是要说真话的,谈了中国旅游开发对于生态的破坏。崔健拒绝发言,事后他对我说,他觉得我的发言特别好。

我们开会时,红带啾啾去近旁一个公园玩,在那里给她买了一只米老鼠形象的氢气球,她视为宝贝,一路上小心翼翼地举在手里。回到宾馆,她举着气球来会场找我,想给我看她的收获。一个女服务员把她拦住了,喝令她离开,她一慌张,松开手,气球飞跑了,停留在天花板上。我冲下狗屁主席台,跑去找我的受了委屈的女儿。她躲在一个角落里,一动不动地蹲着，小手撑着脸，泪流满面。我把她抱起来，向大家宣布：谁替啾啾把气球拿下来，奖一个吻。老六、和平马上搬来几把椅子，叠架成梯子，和平攀上去，把气球取了下来。啾啾信守诺言，给了两位勇士每人一个吻。

女服务员为了维护某种东西而驱赶一个小女孩，这个举动使我对那种东西嗤之以鼻。我确信，那必是一种伪善的、冷血的东西。

早晨醒来，是在山里。红带啾啾到户外散步，在草叶上寻找露珠。住地近旁的草叶是干的，啾啾很失望。走到树林边上，她们终于找到了，每一片草叶的叶尖上都有一颗晶莹的小露珠在闪亮。啾啾弯身拾取，两只小手湿漉漉的，在旭日的照耀下，她的笑盈盈的眼睛也是两颗闪亮的露珠。

正在举办郁金香花会，大面积的各色郁金香盛开，人们纷纷拍照。记者追着要拍啾啾，她一概拒绝，只让爸爸妈妈给她拍。在郁金香与小径之间，隔着一片草地，许多人踩到草地上，为了照相时离郁金香近一些。红让她也去，她不肯，问她为什么，她指着被人们踩踏的青草哭了。一个小男孩蹲在草地上拔草，她看见了，赶紧上前，用手护着那些小草，俯下身去亲吻。

修龙邀若干朋友从成都去云南，他在丽江有一家旅店，我们欣然前往。

先飞到昆明。风和日丽，我们在翠湖边喝早茶。一路走来，阿蓝常和啾啾玩，玩得非常投入，已经深得啾啾的心，此时两人正面对面坐着玩拍手的游戏。一个身披袈裟的僧人飘然而至，驻足含笑赏看良久，又飘然离去。

晚上，修龙带我们去驼峰酒吧，说那家酒吧很好玩。在出租车里，啾啾很疲惫了，仍不愿睡，说："看见好玩的地方我就精神了。"到了酒吧，看见我们只是坐着喝茶，她感到纳闷，问妈妈："好玩的地方在哪里？"我指着墙上一条标语读给她听："全世界爱玩的人联合起来。"她说："这有什么好玩！"好在有阿蓝兴致勃勃地和她玩捉迷藏，这个夜晚她仍过得很愉快。

从昆明飞丽江，机舱外是一望无际的云海，这里那里涌起形状和大小各异的云浪、云柱或云峰。高原的晴天，最好看的是云，真正是洁白无瑕，又云谲波诡。啾啾坐在靠窗的座位上，一直在观赏窗外的云景，十分兴奋，形容道："云像棉花。"觉得不妥，又说："云像大海，上面有雪浪。"我夸她形容得准确。

在丽江，我们住在修龙开的木王府驿栈。啾啾听说修龙是这个旅店的老板，觉得很新奇。但是，看见他成天只是陪着我们吃喝和玩耍，她又纳闷了，问妈妈："修龙叔叔在哪里当老板呀？"修龙的妻子从成都直接回北京，没有同来丽江，她由此做出了一个推断，悄悄告诉妈妈："宋颖阿姨一定不知道修龙叔叔当老板了。"

在这次旅行中，她始终带着心爱的玩具小羊。早晨醒来，她告诉我："我醒了。"我问："小羊醒了没有？"她说："小羊是假的，只能假睡假醒。"我说："对，小羊是假的，所以做什么都只能是假做。"她表示同意："假吃饭，假玩。"然后口气一转，欣慰地说："我是真的，做什么都可以真做，真吃，真玩。"

丽江是一个好玩的地方，一条小河穿越美丽的古城，河上有古色古香的石桥和木桥，城里布满鳞次栉比的特色小店。但是，这个可以真玩的小女孩却没有了玩兴，她病了，到丽江的第二天便呕吐、发烧，被送进当地的诊所输液。躺在病床上，她告诉我："我想小黄了。"小黄是一只绒毛兔，也是她心爱的玩具之一，留在了北京的家里。她接着说："我心里想了还不管用，还要看见它。"我称赞她说得好，把想念的感觉说清楚了。我说："你当然想念小黄，因为它是你的伙伴，它总是和你玩。"她立刻纠正道："它是假的，它不会和我玩，是我和它玩。"在表达的准确上，她从来一丝不苟。她问我，她这么想小黄，怎么办。我知道她是想家了，立即让人订机票，结束了这趟旅行。

在这趟旅行中，她交了阿蓝这位大朋友。回到北京后，一天晚上，她接了一个电话，只听见她说："阿蓝阿姨……我听出你的声音了……我给你打电话了，是一个男的接的，说你的电话改了……我们幼儿园的饭也很好吃……我们幼儿园也有许多玩具……"后面两句，估计是阿蓝邀请她去吃饭和玩，而她礼貌地谢绝了。红感慨地说，啾啾内心是很高傲的。

小小语言学家

早晨,啾啾醒来,在床上自言自语:"贝贝,小贝贝。"我问:"小贝贝是谁?"她答:"一个人。"我吃惊得不敢相信。接着,她看见我穿着针织内衣,而不是平时常穿的衬衫,指着说:"你怎么穿上这个了。"我更是吃惊得不敢相信。我一定是听错了吧?

这是一岁七个月的啾啾,一个袖珍娃娃的模样,声音还那么稚嫩,却会说出许多语义、语法、语气都准确的句子,令人不能不生出奇异之感。

在啾啾生长的过程中,幼儿的语言表现常常引起我的惊奇,我记了大量笔记。我读过皮亚杰研究儿童的语言和思维的专著,感到有两点不满足。其一,他的主要观察对象是六岁及六岁以上的儿童,忽略了幼儿阶段。事实上,从一岁半开始,幼儿的语言发展就进入了活跃期,也许正是在六岁前的阶段里,儿童的语言具有区别于成人的最鲜明的特点。其二,他的注意力放在语言的功能研究上,据此把儿童语言区分为自我中心的语言和社会化的语言,而将前者断为儿童语言的特征。事实上，儿童语言是极为丰富的现象，与成人语言比较，除功能之外，还具有许多别的特征，同样值得注意。

我不是专家，本书的任务也不是做理论研究，我在这里只是把所积累的感性材料加以整理，或许可供相关专家参考。

从一岁半开始，幼儿的词汇量迅速增加，对组词造句发生了浓厚兴趣。这个时候，父母如果多和孩子做问答游戏和练习，能起有力的推动作用。

红在这方面做得很好。我常常听见母女俩玩对口词，啾啾对答如流：饭饭——吃的，灯灯——亮的，狗——汪汪……红还不失时机地向她提问。早晨，她没有看见我，问："爸爸呢？"红说："在工作。"她问："阿姨呢？"红说："在做饭。"红趁机问她："妈妈呢？"她见妈妈在穿衣，回答："在起床。"问："宝贝呢？"她答："在这里。"然后，她自己总结道："爸爸玩电脑，阿姨做饭饭，妈妈在起床，宝贝在这里。"

她做造句练习非常主动。有一天，我们醒后在床上玩，红说："我们一家人都在床上。"她听见了，马上说："爸爸在床上，妈妈在床上，宝贝也在床上。"

这种造句练习同时也是思维训练，包含着对一般与个别、共性与差异的理解。她乐此不疲，一直延续到二岁多，所造的句子越来越具有认知的内涵。比如说，我上厕所，她在卧室里喊："爸爸，你干什么呢？"我回答了，只听见她接着发表议论："妈妈是坐着尿，爸爸是站着尿，宝贝是把着尿。"

概括得十分准确。有一回，她对妈妈如此概括全家人的职责："爸爸要工作，妈妈要上班，小燕要洗碗，我要背唐诗。"其实她很少背唐诗，这么说只是为了凑个整罢了。还有一回，妈妈唤她"心肝"，她由这个词发挥，说："妈妈是心妈，爸爸是心爸，宝贝是心宝。"通过造这类有节奏的排比句，她无疑感觉到了语言的快感。

孩子一岁多时，有限的词汇量尚不足以表达比较复杂的要求，观察孩子在这种情况下如何寻找表达的方法，是一件十分有趣的事。

早晨，啾啾醒来，在床上喝奶。一会儿，她说："妈妈，喝奶。"她已经在喝奶，妈妈不明白她的意思。她立刻把奶瓶举给妈妈看，补充说："妈妈帮忙喝奶。"原来，奶瓶里的剩奶不多了，她要妈妈帮她把奶瓶竖一竖，以便能喝到。

她穿着袜子站在地板上，我想给她穿鞋，她不让，说："宝贝穿。"她从地板上捡起自己的一双小皮鞋，走到一堵窄墙前，放下鞋子，鞋尖对准墙壁，整齐地摆好。然后，双手扶着窄墙的两侧（我这才明白她为什么要走到窄墙前），把一只脚伸进一只鞋里。可是，脚后跟卡在鞋外了，于是，她拖着一只鞋，手拿另一只鞋，走到妈妈面前，说："妈妈帮忙。"妈妈误解了，要帮她穿另一只鞋，她叫了起来："宝贝自己帮忙！"我一直在旁观察，知道她的意思，说："是不是脚后跟在鞋子外面了？"她赶紧点头，说："妈妈帮忙。"神情立刻轻松了下来。

在一家饭店吃饭，妈妈对她说："你去让那个阿姨把音乐打开。"然后观察她怎么做。她跑到服务员面前，望着她，响亮地喊了一声"阿姨"，然后朝音响跑去，一边说："看看。"用这个方法转达了妈妈的要求。

满二岁后，一个显著特点是能够理解和表达比较复杂的语法了。

她站在那里，自己突然说："小兔说我是小兔。"我估计是在转述她看或听的故事，发现这是练习人称代词的好机会，便问她："那宝贝会怎么说呢？"她答："宝贝说我是宝贝。"然后，问她爸爸、妈妈、姐姐会怎么说，都正确。再问："爸爸对宝贝会怎么说？"答："爸爸说你是宝贝。"宝贝对爸爸呢？"宝贝说你是爸爸。"爸爸对妈妈会怎么说宝贝呢？太绕了，她听不明白，我慢慢地重复一遍，她想了一会儿，答："爸爸说她是宝贝。"

妈妈说："啾啾是好孩子。"她说："不是的，是小坏蛋。"妈妈问："谁说啾啾是小坏蛋？"她答："周音序说啾啾是小坏蛋。"我在旁听到，注意到她有意避免了"啾啾说啾啾"这样别扭的表达。

红叹息："整天侍候你，整天折磨你！"她是故意把主语和宾语模糊掉了。啾啾十分警觉，立即追问："谁侍候我，谁折磨你？"

二岁时语言表达的另一个显著特点是准确。

看电视里的奥运会,她喜欢看跳水。我问她:"你会跳水吗?"她答:"不会,我会下水。"我笑了,可不,她不会游泳和跳水,但下过水,这个"下"字用得准确。

她用一根手指去勾一样玩具,勾到手后,叹道:"我终于钓起来了。"这个"钓"字也用得准确。

小燕带她去美美家,回来时,我想知道是否还带她去户外了,问她:"宝贝去美美家了还是去外面了?"她答:"从美美家去外面了。"全面、准确而简练。

朋友们在怀柔玩,住农家大炕,男女混住。红说:"男女杂居。"她跟着说:"男女杂……"说不出来了。红试图替她换一个易懂的说法:"男的和女的……"正琢磨用什么词,她接上了:"分不清。"

她善于选择准确的词。看见一种颜色,她说:"淡棕色。"我从塑料纸上撕药用胶布,她说:"很难揭。"都是我一时想不出的。

我带她在院子里采野草,要给兔子吃。院子里有许多人工种植的草,却不易见到野草。她有点着急,问:"哪儿是野草,是自己长出来的草呀?"她说出了对"野草"这个词的正确理解。

妈妈带她在商场购物,买好了东西,她问:"交钱的地方在哪里?"妈妈没有回答,她又问:"款台在哪里?"闻者皆吃惊而笑。

为了准确地表达一个意思,她常常自己造词。

她和妈妈在浴盆里一起洗澡，她给妈妈淋水，妈妈也给她淋水。她告诉妈妈："我们两个对洗。"

她手上有一个小伤口，非常小，只是一个点。妈妈说："小伤口。"她马上纠正："小伤点。"

我们在谈论某人的暴牙齿，她指着我说："你是平牙齿。"看见我在吃炸馒头，她说："你吃炸馒头，我吃鲜馒头。"这都是她自己组造的对应词。

我和她在附近小区玩滑梯，那滑梯是水泥材质的，很粗糙，坐在上面必须用手协助才能往下移。我说："这算什么滑梯呀。"她马上说："是黏梯。"自造的反义词，多么准确。

她自己造形容词，说她的一件粉红色衣服是"粉艳艳的"，儿童乐园里包裹地板和护栏的皮料是"皮绒绒的"。

幼儿是小小语言学家——这绝不是一句戏言，我也绝不是单指啾啾。我在许多幼儿身上观察到，幼儿对于用词的准确性不但敏感，而且极其认真，发现谁用错了词，每每不肯放过，要加以纠正。

啾啾拿起一张纸，上面有我用电脑打印的红的画像。她说："妈妈。"我问："谁画的？"她答："爸爸印的。"她没有顺着我的问话说"画"的，而是说"印"的。

她给玩具娃娃喂牛奶，我问："娃娃吃了吗？"她扭过脸来瞪我一眼，强调地说："喝了！"纠正了我用"吃"字的不当。

我用一本本杂志在地板上连接成长长的桥，然后我们在上面走，她很喜欢这个游戏。中间有一本杂志歪了，桥断了，我说："宝贝把它搭好。"她说："我来铺。"她不说"搭"，说"铺"，杂志紧贴着地板，用"铺"字更准确。

吃带鱼，我不吐鱼刺，因为鱼刺很脆，她注意到了。我解释说："爸爸牙齿大，能把鱼刺咬碎，宝贝牙齿太小了，咬不碎。"她纠正说："我的牙齿嫩，咬不碎。"（以上2岁）

在超市，我把她放进购物推车里，她不肯坐，我就让她站着。她想下来，说："我不坐车。"想了想，觉得不准确，纠正说："我不站车。"

那家乡村宾馆的房间里有许多臭大姐，她见了，很兴奋。我们展开了消灭臭大姐的斗争。第二天早晨，她看见屋里有死了的臭大姐，便说："臭大姐都死了，没有臭大姐了。"说毕，想了想，自己纠正："没有活的臭大姐了。"

我们看图画书，我说："一只恐龙。"她纠正："不是一只，是一头恐龙。"

小燕买回玉米，我吃了叫好，小燕说是在早市买的，不是在大棚买的。我没听明白，问："什么大棚？"她听见了，解释说："大名叫集贸市场，大棚是它的小名。"我一听乐了，她知道她有小名和大名，居然活学活用到了市场身上。我到厨房门口，告诉正在厨房里的红，赞道："太精确了。"谁知她又听见了，在我背后喊："不是精确，是准确！"（以上3岁）

进入三岁，啾啾在语言上的一个新表现是爱追问词的含义。无论看电视，还是听大人说话，她常能挑出某个生词或关键词来提问。有时候,她会自己在心里琢磨良久,然后在一个仿佛不相干的场合突然提出来,一定要问个明白。

我带她出去散步,她问我:"什么是粗心大意?"我讲解了,问她在哪里听到的,她说在幼儿园里听录音机听到的。回到家里,她对妈妈说:"有一个词对你很适合。"妈妈问是哪个词,她答:"粗心大意。"

妈妈在看电视上的球赛,她在一旁,听见电视里说球迷,问妈妈:"什么是球迷?"妈妈答:"就是爱看球赛的人。"她叫起来:"你就是球迷!"接着,给家里每个人都做了鉴定:"我是玩迷,爸爸是工作迷,小燕是做饭迷。"我说:"小燕才不爱做饭呢。"她承认,说:"妈妈要看球,爸爸要工作,我要玩,小燕就只好做饭了。"

我们谈论她的身高,红说"一般",她听见了,问我:"什么是一般?"我说就是不高也不矮。她明白了,说:"不高不矮是中。"

晚上,出去送客,她没有穿鞋,却说要散步,其实是要我抱着她走走。我说:"抱着不算散步。"她问:"怎么是散步?"我说:"散步得自己走。不过,为了办事而走到一个地方也不是散步,散步是不办事,走着玩。"她问:"骑自行车是不是散步?"我说:"不是。"她问:"开汽车呢?"我说:"也不是。如果开汽车不是去办事,而是开着玩,那叫兜风。"她问:"骑自行车玩是什么?"我说:"也算兜风吧。"

妈妈谈到孕妇,她问:"什么是孕妇?"妈妈答:"就是要生小孩的女人。"她问:"你生我的时候是不是孕妇?"妈妈答:"怀你的时候是。"她问:"生我的时候是什么?"妈妈答:"产妇。"我夸她善于通过提问题使知识更精确。

对于熟悉的词,她也常常认真地追究其含义。比如她问:"为什么有的熊是熊猫,多了一个猫字?""零食不是零吗,怎么还能吃?"诸如此类,不胜枚举。

幼儿的语言感觉非常细腻。

二岁的啾啾会因为不喜欢一个发音而拒绝一个名称。我从哈尔滨带回一种大面包,告诉她,这叫大列巴,她立即说:"不大列巴。"问她为什么,她说:"太难听了。"她还会因为不喜欢一个名称而拒绝一件物品。妈妈说要给她买一个傻瓜相机,她嚷起来:"要聪明相机!"我向她解释,这里的"傻瓜"不是骂人,她不听,坚持要聪明相机。

三岁的啾啾善于捕捉语言的有趣之处。她和妈妈在说英文单词,她突然有所发现,高兴地说:"耳朵是 ear,驴子也是 ear,ear 的耳朵是 ear!"电视里在播我的节目,是我和主持人玲玲谈两性话题。她听见"男女"这个词,便指着电视里的我和玲玲说:"这不是男女吗?男女在讲男女。"

电话铃响了,妈妈接听,高兴地说:"是一九呀。"一九是我们一个朋友的名字。她发议论了:"他怎么叫一九呢,那不是数字吗?"看见发给我的电子贺卡,上面有"石磊"这个名字,她惊呼:"啊,这个名字全是石头!"

三岁的啾啾,一大特长是善用虚词。

我们在聊一件事，她插话表示不同的意见，说："其实……"学者陈乐民在场，评论道："啾啾对于虚词掌握得很好，有语言天才，将来是一个吕叔湘。"

早晨，我睡着，红和小燕在给她找衣服，我听见她说："但是——但是太小了这衣服。"我心想：用"但是"来开始一句话，非语言大师不能啊。

两家人在饭店吃饭，她一开始就睡着了，直到我们吃完才醒来。醒来后，她仍不想吃饭，在饭店里玩了一会儿。回家途中，我们说起她一直在睡觉，所以没有吃饭，她立刻加上一句："而且还玩了。"这个"而且"让同乘一车的正来赞叹不已。

在公园玩，天色还亮，但时间已是傍晚七时了。我们要回家，她不太情愿。红说："我还没吃晚饭呢，已经饿了。"她理解地说："不但妈妈，还有爸爸也饿了。"接着说："非回家不可了。"痛快地跟我们出了公园。

小燕在调电视频道，哄她说，有芝麻开门的节目。她大声反驳："没有，一般来说根本就没有。"

请看这些语法十分复杂的表达——

早晨，我让煮汤圆，说："我喜欢吃，啾啾也喜欢吃。"她立刻告诉我："我喜欢我们俩都喜欢。"一个动宾结构的复合句。是感情的表达，还是语言的游戏？（3岁）

我和红各写了一篇故事，她都能全文读下来。阿良听说了，请她再读一遍。她拒绝，说："因为我知道你知道我能够

读。"为了找一个简单的借口,用了这么复杂的一个句子,其中包含了三重动宾结构。(5岁)

她还常常使用非常学术的语言。

她身上痒,让妈妈挠,妈妈便在她的背上挠起来。她指点:"不是背,是肩膀的内侧!"

一本杂志的封面,是一个头像,半边脸实,半边脸虚。妈妈问她,那虚的半边是什么。她想了一会儿,高兴地说:"我知道了,那是脸的形状。"

她照着一只苹果写生,画完后,告诉我们:"这是苹果的形象。"

她把家里划分为"生活区"和"玩区"。(以上3岁)

有一个两人玩的绳子游戏,互相用手指挑勾图案,我们都叫不出这个游戏的名称。她向妈妈提起来,如此描述游戏的开头:"中指紧贴手心……"

我给她表演,右手假装捏一根线,牵动左手食指上下动。她马上说:"我知道了,节奏跟它同时就行了。""节奏"一词用得确切。(以上4岁)

她做手工,产品是纸陀螺,有的旋转得好,有的旋转得不好。她解释说:"转得不好的,有的是因为坏了,有的是因为品种问题。"她指给我看,那种支点平的就属于品种问题。(6岁)

她坚持不懈地讲究表达的准确和精确,决不肯含糊。

吃药，她说药苦。我们说起感冒冲剂，她评论："感冒冲剂不苦。"然后纠正："微苦。"再纠正："比微苦还少一些。"

小燕去幼儿园接她，红发现下小雨了，便去迎她们。不一会儿，门铃响了，我开门，她在妈妈怀里。我接过来，看她情绪好，便说："妈妈接你，高兴是吗？"她反驳："不是接我，是遇到我了。"红说："发生了一件不愉快的事，告诉爸爸。"她告诉我，在幼儿园门口买的氢气球飞了。接着她开始想象：气球到云那儿去了，要把绳子拴在云上。我顺着她说："气球对云说，是啾啾给你的。"她又反驳："不是我给它的，是我的手松开了。"

早晨，她告诉我，她的眼角老有眼泪，我一摸，果然。我问她，白天有没有眼泪，她说没有。我又问，是不是每天早晨都流。她说："不是，就是现在，不是原来的现在。"清楚地排除了别的解释。

我向红转述她的话，意思是为了让老师好管理，她在幼儿园里努力吃饭快一些。她听见了，说："今天不是这样的。"我说："今天是自己就吃快了，是吧？"她说："不知不觉的。"（以上4岁）

有时候，她对语言的认真到了吹毛求疵的地步，我们之间会发生争论。这种情况较多发生在六岁上小学后。

我说："明天宝贝要上音乐课。"她反驳："不是上音乐课，是上钢琴课。"我说："钢琴是音乐的一种。"她说："钢琴不是音乐，钢琴弹出的曲子是音乐。"我问："钢琴是什么？"她答："钢琴是乐器。"当然，从我说出"钢琴是音乐的一种"时起，我已经输定了。

她比较我们家的两处住宅，说：一处在郊区，但吵闹，另一处在市中心，但安静。我说，可以有四种情况：在郊区而吵闹；在郊区而安静；在市区而吵闹；在市区而安静。她反驳："只有两种情况：吵闹和安静。"我说："加上地点，就有四种情况。"她说："你说的是地点，不是情况。"妈妈插话："爸爸的意思是有四种可能性。"她说："说可能性还差不多。"

真是一个认真的人。我觉得挺好，思维的清晰和严密就是在认真中训练出来的。

啾啾四岁时，有一回，我解释一个词，找不到合适的语言，解释得很不清楚。她听完后要求说："说我懂的话，不要说我不懂的话。"

我立刻感到深受教育。

无论一个什么道理，只要是适合于给孩子讲的，就一定要用孩子懂的话说，也一定能用孩子懂的话说。对于大人来说，这同时也是自己把道理真正想明白的过程。如果孩子不懂，往往说明大人自己没有想明白，或者更糟糕，说明这个道理根本就不适合于给孩子讲。

在今天，后面这种情况比比皆是，在幼儿园里，在小学里，人们常常对孩子进行道德的、政治的、意识形态的训话，说一些套话和官话。这种做法，撇开别的坏作用不说，对于孩子的语言发展也是恶劣的干扰，严重地败坏了孩子的语言感觉。幼儿的心智生长和语言学习本来是一个充满乐趣的自然过程，现在硬是插进了这些抽象、人为、生硬的语汇，它们在孩子的经验中没有任何对应物，却被要求经常和熟练地言说。这就好像在孩子的精神的胃里投入了一些无法消化的坚硬的石块，其结果只能是导致精神上包括语言上的食欲不振和消化紊乱。

说孩子懂的话，不要说孩子不懂的话——这是一个基本的要求，也是一个很高的要求。要做到这一点，前提是懂孩子。我常常发现，正是那些不懂孩子的家长和教师总在说着孩子不感兴趣因而听不懂的话。因此，我们可以把这个要求看作一项教育原则，以之来判断教育内容是否恰当以及教育者素质的高下。

伊甸园里的文学

孩子是天生的诗人。孩子常常不假思索，口吐妙语，其形象、贴切、新颖，是成人难以企及的，哪怕这个成人是作家，尤其这个成人是作家，比如我。

这是伊甸园里的文学，人刚刚学会命名，词汇十分有限，却是新鲜的，尚未沦为概念。眼前的景物，心中的感觉，也都是新鲜的，尚未被简化为雷同的模式。用新鲜的语言描述新鲜的事物和感觉，正是本来意义的文学。

如同儿童绘画一样，儿童的语言表达也是一个宝库，是文学的源头活水，是大师们学习的好课堂。

我从啾啾身上清楚地看到，幼儿期是语言能力的高峰，幼儿不但讲究表达的准确，而且擅长表达的生动。啾啾不时蹦出的精彩表达总是使我无比喜悦，又自愧不如，我只有虔诚收藏的资格。

1. 悖论式的妙句

她困极了,但又翻来覆去睡不着,向妈妈诉说:"我困得都睡不着了。"

她和妈妈从外面回来。妈妈说:"我都累糊涂了。"她马上脱口而出:"我累精神了。"她大约是要和妈妈反着说,但累的结果不一定是萎靡,的确也可以是兴奋。

电影里,一个男人乐极而悲,大笑又恸哭。她评论说:"他笑着哭。"(以上2岁)

2. 形象的比喻

红和我说话,她听见"口腔"这个词,问:"什么是口腔?"我笨拙地给她解释:口腔就是嘴里,里面有牙齿、舌头……她马上领悟了,说:"口腔是牙的房顶。"

她鼻子里痒,问她是鼻子里的什么位置,她想了想,说:"鼻墙。"

我没有找到奶瓶盖,就找了一个代用品。一天早晨,她告诉我,她找到了,在五屉柜上。我没有看见,她说:"在左眼上。"五屉柜的抽屉有两个凹槽,的确很像左右两只眼睛。

她要睡了,红嘱我把灯拧暗些,她立即叫起来:"不要暗!"红说,亮了睡不好。她解释:"不亮就行,暗有点像污染。"(以上3岁)

霰儿送来一束百合和一束黄玫瑰。她即兴发挥,说:"妈妈是百合，我是黄玫瑰。"我问："爸爸呢？"她说："爸爸是一棵苹果树，又大又高又粗，长满苹果，永远这样。"多好的祝福。（5岁）

3. 生动的拟人

屋外传来风的尖叫声。我说："真可怕。"她附和，说："像有人掐它似的。"

晚上，我们在院子里散步。她注意到喷泉没有开，说："喷泉睡了。"接着说："路灯没有睡，路灯要到天亮再睡。"（以上3岁）

天热了，她发表议论："以前太阳是宝贝，现在太阳……"说到这里，她停住了，在琢磨如何表达，想了想，接着说："现在阴凉是宝贝。"

她评论北京街道施工的状况，说："北京生病了，到处都挖，它疼，都流眼泪了。"（以上4岁）

在无锡，我们乘电瓶车游览高尔夫球场，风很大，迎面扑来，冷飕飕的。她说："风把我们当高尔夫球了。"

小燕洗了她的小手套，挂在阳台的横杆上。她去看了一眼，扑哧一笑，说："它们孤独地挂在那里。"横杆上只有那一双小小的手套，的确显得孤零零的。（以上5岁）

4.贴切的形容

她从幼儿园回来,对我们发表感想:"今天只有七个小朋友,老师带我们,像妈妈带孩子,像一家人,不像幼儿园。"

晚上她谈到了噩梦,祈望今夜不要做梦。早晨醒来,她高兴地告诉我,她没有做梦。我说:"很好,完全符合你的希望。"她说:"对,就好像四条边对齐,没有一点缝。"(以上4岁)

电视节目《候鸟》,有一种鸟飞翔时两脚叉开,她看时笑了,说:"像尿了裤子似的。"很贴切,但大人哪里想得到。

她告诉我,全家人一起吃饭,她吃得慢,只和爸爸或只和妈妈一块儿吃饭,她吃得快,我问她为什么,她想了想,答:"感觉就像是吃自助餐。"

我们在院子里玩,红故意僵直地走路。她说:"像没有灵魂了。"(以上5岁)

5.新颖的表达

临睡前,妈妈向她用英语道晚安,她说:"我喜欢妈妈用英语说的晚安,有一种夜晚的味道。"(4岁)

她和两个大孩子玩得很欢,红发现那两个大孩子在互相扔别人遗落的一只臭袜子,批评了她,她申辩:"我没有扔,袜子知道,不信问袜子,有没有小手扔过它。"(5岁)

我和红在交谈,她想对妈妈说话,没有机会插进来,后

来把想说的话忘记了,沮丧地说:"妈妈,你浪费了我想对你说的一句话。"(6岁)

6. 画龙点睛式的概括

晚上,我和红都在厅里埋头看报纸,她有点寂寞,批评道:"两个报纸人!"

我们一家人在院子里散步。风很大,刚好我们三人的衣服都带帽子,我们都把帽子戴上了。她和我的衣帽是白色的,妈妈的衣帽是棕色的。她形容:"两个雪人,一个豆沙人。"

我问她:"你想象一下,如果妈妈的下巴长胡子,会是什么样?"红立即喊:"如果爸爸长大奶奶,会是什么样?"她笑了,比划着说:"妈妈的下巴是爸爸,爸爸的奶奶是妈妈。"我说:"妈妈一半是爸爸,爸爸一半是妈妈,是吗?"她点头,笑着说:"半爸半妈。"(以上3岁)

有一段时间,小燕离开我们家,去广东找工作。我们请了一个小时工,一个姓陈的中年妇女,每晚来家里做一个半小时家务。小陈的敬业态度令人钦佩,每天总是主动找事做,把不同角落积压的肮脏加以清除,短短几天,我们家变得从未有过地清洁。啾啾评论说:"我发现小陈阿姨每天做的事都是不一样的。"一句话说清了小陈做事的特点。(4岁)

说起男人的胡子,我说有的男人没有胡子,她评论道:"半男半女,释迦牟尼。"

妈妈说起在报上看到的一个新闻:夫妻两人在开车时争

吵，夺方向盘，车翻了，妻受伤，两人拥抱着说我爱你。她评论道："一个悲喜剧。"

看见一个小男孩把刚买的玩具弄坏了，她评论道："任何一个小男孩的玩具都是悲惨的。"（以上 6 岁）

7. 描绘感觉现象

吃猕猴桃，她说："我一看见猕猴桃，嘴里就酸。"喝可乐，她说："可乐冒小泡泡，我的眼睛就想哭。"

她说脚痒，我问她是哪儿，她自己已经挠过，告诉我："把痒劲挠掉了。"（以上 3 岁）

咳嗽，吃的药里有双黄连口服液，味极苦，但她每日三次都喝了。有一天她吐真言："我都苦得发抖了。"

她不喜欢吃果仁巧克力，解释说："我不喜欢硬的和软的在一起，我喜欢硬的和硬的在一起，软的和软的在一起。"（以上 4 岁）

她喊累，妈妈要给她按摩腿，她说："不是腿累，是整个人累。"

她和妈妈以标准姿势接吻，然后议论道："接吻太整齐了，感觉就像自己跟自己接吻。"（以上 5 岁）

她说："晒过的被子一个味，都是太阳味。没晒时是各人自己的味，我的没晒也是太阳味。"（6 岁）

8. 描绘心理现象

为了让她好好吃饭，每天只准她在临睡前喝一回牛奶。一天中午，她要喝牛奶，妈妈妥协了，我表示不满。她对我解释道："我脑子里只有牛奶，没有水，一点就点到了牛奶。""点"是指用鼠标点击。

她问妈妈："《猫和老鼠》里老鼠躺在沙滩上唱的那首歌，你会吗？"妈妈说不会。她接着说："你听听我心里，我心里会唱，嘴里唱不出来。可是你听不见我心里。"

在车里，她很困了，我问她一个什么问题，她不答，我再问，她说："我什么也说不了，现在我的脑子里什么也没有。"（以上3岁）

她告诉妈妈："有时候我想醒来，可是还特别困，觉得自己睁开了眼睛，可是看见的仍然是我的梦。"（4岁）

她谈看《视觉游戏》的感觉："开始没有看出来，后来我体验到了幻觉。"

夜晚，她睡不着，向妈妈诉说："妈妈，我脑袋里面乱七八糟的，像刚吃完饭还没有收拾的桌子，黑乎乎的，像缠成一团的乱毛线。"妈妈用两个成语概括：杯盘狼藉，心乱如麻。

晚上，她躺在床上，很困了，向我诉说："朝右睡，看见噩梦，朝左睡，看见笑话，都睡不着。"（以上6岁）

想象力的世界

许多文豪回顾自己的文学生涯时，在其开端都会发现一个善讲故事的老奶奶、老外婆或老保姆。在今天的时代，这样的老妇已经十分稀缺，所以文豪也相应稀缺，至少难觅那种吸取充足民间营养的人民文豪了。不过，时代不同，不必在意。我想说的是，不论什么时代，在孩子心智的生长中，故事都发挥着重要的作用，讲故事和听故事是发展孩子的好奇心、想象力及语言能力的主要途径之一。

给啾啾讲故事，红是主力，我是客串。所讲的故事，有经典童话之类，也有自编的。我更喜欢自编，也鼓励孩子自编，这是对她的想象力和叙述能力的直接训练。其实，孩子不但都喜欢听故事，而且也都喜欢编故事，就看大人能否热情地倾听并且善于推波助澜了。

我在这里主要摘录啾啾自己编的故事。把孩子编的故事及时记录下来，读给她听，能使她充满成就感，是提高她编故事的兴趣的好法子。

一岁十个月时，有一天，啾啾主动要求给妈妈讲故事。她说了第一句，妈妈没听懂，第二句是："后来妈妈来了。"刚说完，我走出书房，在她们旁边坐下，于是第三句是："后来爸爸也来了。"这是她讲的第一个故事。

第二个故事也是讲给妈妈听的："从前哪，有个小姑娘，她有个爸爸……"说到这里，她停住了。妈妈问："爸爸怎么了？"她看着妈妈笑，不说话，眼神是调皮的。妈妈的猜测是，她认为妈妈会嫉妒。果然，她不提爸爸了，接下去说："她妈妈哭了……"故事到此结束。

她在澡盆里玩水，看见我，她说："水脏，宝贝不喝，那里干净水能喝，这不能喝。"接着，给我讲了一个很长的故事，大意是：警察叔叔说了，不能喝，喝了会流鼻涕，会咳嗽，要打针的。说了一会儿，她抱歉地说："宝贝说得不清楚。"我赶紧说："宝贝说得清楚，爸爸都听懂了。"（以上1岁）

她给妈妈讲故事，内容是：有一天呀，小蝌蚪在游水，这个小蝌蚪可不是水生的，它本事大极了，能够上岸。来了一只大灰狼，它不怕。小蝌蚪的妈妈叫来小金鱼的妈妈，一起把大灰狼赶到水里去了。

她翻开一幅图画，让我讲解。我说，宝贝住在城堡里，住在城堡里的是公主。她指着一座高塔问："住在这里面的是什么呀？"我说是囚徒，并解释了"囚徒"的含义。她表示理解，说："公主把囚徒救出来了。"

我把她抛起来，然后接住，这个玩法令她咯咯大笑。我问:"宝贝怕不怕?"她答:"不怕,爸爸用手接住。"接着给我讲了一个长长的故事:有一个小孩,他的爸爸没有接住,摔在地板上了,他的妈妈哭死了。我说:"他的爸爸真笨。"她马上说:"我的爸爸不笨。"

俄国核潜艇失事,报上登了一个遇难者的母子俩的照片。她盯着那照片看,我试图向她讲述事情的原委:那个小哥哥的爸爸坐一个大船,大船坏了,沉在水里了,小哥哥的爸爸出不来了。她一边听,一边点头,表示懂了。我讲完,她总结说:"他爸爸没有了,变成小老鼠了。"

夜里,她睡了一个长觉醒来,精神特别好,要缠妈妈。可是,妈妈困极了,一张嘴说的都是梦话。我睡了一小觉,精神还好,就给她编故事,吸引她的注意。我编的故事是:小兔在森林里迷路了,小熊带它找到了家,见到了妈妈。可是,兔妈妈等小兔等了一天,一直没睡觉。所以,当小兔想要和妈妈玩的时候,兔妈妈说:"我困死了,我要睡觉。"这正是当时她和妈妈之间的真实情况,她听了咯咯大笑,说:"兔妈妈就是我的妈妈。"

红对我说:"她真淘气,如果是个男孩,该飞到天上去了。"她听见了,立刻编起了故事:"那一天,我看见一个小男孩,他在喊:'我要摘星星,我要飞到天上去。'"红问:"他飞了没有?"她说:"没有,他妈妈不让他飞,他生气了。"听起来有影射之嫌。(以上2岁)

她给我讲故事:有六颗黄豆,在锅里翻跟头,跳了出来,一起出去玩,有种种奇遇,上了大学,最后回到家,都做了妈妈,生出小黄豆。

我们开车从超市回来,看见一只老鼠在路上越过,便议论起来。我说,幸亏我们住在四楼,老鼠不易进屋。她立刻开始编故事,说这只老鼠爬墙怎么也爬不上,爬着爬着就掉下来,于是对自己说:"算了吧,我还是直接去一楼吧!"我们听了都笑了。我夸她真会讲故事,她说:"有的小孩就不会讲故事,长大了还不会,她的宝贝真可怜。"

我给她讲解"想象"这个词的意思。她马上用上了:"我想象一个八岁的小朋友,腿跟我一样长,大身体小腿,穿着三岁的鞋子。"她边说边笑,知道这个情景很好玩。

夜里,她咳醒了,难受了一阵,然后精神突然好了,开始欢声笑语。给她吃薄荷糖,怕她不慎吞下,堵塞喉咙,便替她切割成小块,她据此想象道:"糖卡在喉咙里,要去医院拔出来,像拔鱼刺一样,医生笑得针头也掉了,掉得满地都是,大人都爬在地上看……"她兴致勃勃地说笑着,我们也被她描绘的荒诞情景逗笑了。

晚上,躺在床上,我和她一起编故事,故事的主人公是啾啾、爸爸、小熊维尼、两只真兔子小黑和小白、一只玩具兔子小黄,内容涉及打车、逛公园、划船、游泳等。最后,当妈妈吆喝该睡觉了时,她知趣地让这些人物也都回家睡觉了。在故事中,我们安排啾啾睡在床上,小黄睡在啾啾旁边,小黑、小白睡在阳台上,这一切都符合生活中的实际。我问:"小熊维尼睡在哪里呢?"她说:"睡在书上。"按照生活中的

实际，小熊维尼的确是书上的一个人物。（以上3岁）

从四岁开始，啾啾编的故事越来越曲折、完整，也越来越具有文学性。

朋友宴请，饭前，她给大家讲故事，开头是："有一只小鸟，嘴里叼一颗种子，种在土里，长成了一棵树。小鸟在树上搭了一个窝，一条虫爬进鸟窝里，小鸟很害怕。一只小鸡来到树上，帮小鸟把虫吃了。小鸡说，天黑了，我没有地方睡觉，怎么办呢。小鸟说，你在我这里睡吧。它们俩就睡在一个小床上……"故事很长，她没有停顿，说和编同步，听众叹为难得。

出行，在车上，她编故事给我听："一个小人遇见了一条鲨鱼，鲨鱼把小人吃下去了。小人就在鲨鱼的肚子里生活，鲨鱼吃什么，他就吃什么。他在鲨鱼的肚子里找到了一把钥匙。"这时我想，小人大约要用这把钥匙打开鱼肚出来了，可是不然。故事的下文是："这把钥匙也是鲨鱼的形状，小人把钥匙打开，里面也有一个小人，就是他自己。他看见了，说：'呀，原来是一个梦。'"真是精彩绝伦。

她在阳台上玩，看见我从南极带回的死鸟标本，为它编起了故事："南极太冷了，它冻死了，但是灵魂在它里面，它有许多灵魂，出来一个，两个，三个……一共有十个。"

她来找我，给我看她做的"书"，是她剪的纸，对折成书的样子，右半写满我看不懂的"字"，左半画一个小人，表情有些伤心，"书"脊上也写了"字"。接着，她给我讲"书"

上的故事：有一个小人，他全家都去世了，但妈妈给他留下了钱，他自己出去买吃的，遇到一个小哥哥，小哥哥帮他做饭，他想妈妈，哭了。此外还做了两本"书"，每本上有不同的故事。（以上4岁）

她编故事："有一个警察，不穿警察服，穿跟我们一样的衣服，开跟我们一样的车。"妈妈插话："那叫便衣警察。"她接着讲："他遇到一个小偷，问：'你干吗去？'小偷说：'我偷钱去。'警察说：'好，你上车吧。'直接开到了警察局。"

她即兴给我编故事："有一个小孩，练舞蹈练得身体很软，可是她自己不知道。有一天她走路，有个东西碰在她头上，她不知道是什么东西，拿起来看，原来是她的腿。"

她写了三个故事，读给妈妈听。前两个分别题为《智慧树》和《牛奶狗》，第三个只写了一个开头："从前有一个小面包，住在烤箱里……"很大器的开头啊。

她编的一个长故事：有一个小孩，他不小心踢在柜子上，把大脚趾踢痛了。大脚趾生气了，离开了他，他走路就一瘸一拐的了。大脚趾自己去旅行，遇见一只鹅，就骑在鹅上。鹅飞得离地面只有一米，太低了，大脚趾很不高兴。它说，我总是在地面上走，烦死了，给我飞高些。它在鹅身上戳了一下，鹅就飞高了。飞到悉尼，鹅被人抓走了。大脚趾找到了关鹅的地方，有许多鹅，它看见一只鹅身上有它戳的痕迹，认了出来，接着骑鹅旅行。飞到桂林，遇见一只公鹅，两只鹅结婚了，生一小鹅，就是尼尔斯骑的那只茅帧。大脚趾给

它们讲自己的身世，正讲着，遇见那个小孩。小孩说，这不是我的大脚趾吗，大脚趾回到了小孩身上。（以上5岁）

搬到南城新居后，我常带她去公园散步，她总提议边散步边轮流编故事。我为自己想象力的贫乏而惭愧，同时对她的聪慧吃惊。

有一天，她提议兜远路，编了一个极长的故事，讲了一路，至少十多分钟。那是一个古人和一个鸡蛋公主的故事。快出公园门时，她说："古人说，鸡蛋公主的故事是讲不完的。讲完了。"结束得巧妙。

另一天，讲的是玫瑰公主的故事，大意是：一个年轻国王想结婚，命国内每个男士都推荐一个自己认为最漂亮的姑娘，结果国王都不满意。后来，他看见一朵玫瑰，极喜欢，移植到宫殿里。玫瑰变成公主，与他结婚，成了王后，并生出一朵小玫瑰，是小公主。但是，每天夜晚，她俩都变回玫瑰。有一天，王后说，我想永远做人，你种一大一小两朵玫瑰，我们就不会变回去了。国王照办。王后说，有我在，这两朵玫瑰就永远不会枯萎。为什么呢？因为玫瑰公主是玫瑰女神呀，所有的玫瑰都归她管。

我跟她说起以前在农村的经历，站在湖边浅水里洗浴，上岸后发现，腿肚上叮着几十条蚂蟥，有的钻进了腿肚里。她听了，又编起了故事：一公一母两条蚂蟥钻进了腿肚里，它们一商量，为了让我们的孩子有食物，就在这里安家吧。（以上6岁）

记梦

梦是想象力的一个更为奇特的世界。梦中景象之新奇，情节之离奇，往往超出人为编造的一切故事。每个人在做梦的时候都是一个天才的艺术家，而艺术家也无非是一个善于做白日梦的人罢了。我一直把梦看作一种财富，曾经有一个习惯，做了一个有意思的梦，就及时记下来，可惜后来荒废了。恢复这个习惯是在有了啾啾以后，不过，所记的多半是她的梦。她喜欢对我说她的梦，我也喜欢听她说。她上学后，我鼓励她自己也记。一个有记梦习惯的人，在梦中仿佛有了一种无意识的警觉和主动，梦醒之后也更容易回忆起来。人一半活在人间，一半活在梦中，丢掉这另一半，岂不可惜。

在我的记录中，最早涉及她的梦是在她两岁时。一天夜里，她醒来喝奶，突然大哭，说："大狗咬我了。"她肯定是做噩梦了，但怎么也哄不住。我灵机一动，在纸上画一只狗，接着画一根棍子打它，画一只铁笼罩住它的嘴，画一只箱子把它关在里面，她破涕为笑了。我当时觉得神奇，在幼儿的心灵中，梦、艺术、现实真是不分家的，而艺术也真能拯救人生。

从四岁开始，她对我说梦多了起来。四岁的梦，基本和所看的动画片有关。看了《小熊维尼》，她做快乐的梦，其中之一是：小熊维尼的家在我们小区，它迷路了，猫头鹰进电梯，又从电梯里飞出来，去找小熊维尼，如此等等，最后，动物们都在我们家会合了。

有几天夜里，她总做相似的噩梦，梦见骨头走路。有一次，梦见的是小燕被热包子烫死了，死后也是头骨在走路。我和红被她的抽泣声惊醒了，看见她在不停地抹眼泪。她自己找到了原因，告诉我们："每次都是先看了《小鬼当家》，才梦见骨头走路的。"妈妈安慰她，和她一起回想别的动画片中的可爱场景，她笑了，感谢地说："妈妈把可怕的东西取消了。"

五岁的梦就比较有趣了，以下是若干片段。

——邻居的一个爸爸，一脚踢在儿子的屁股上，把儿子踢到山上去了。接着，在公园里，有许多木偶玩具，它们也在互相踢屁股，把对方踢到山上去。

——在雪中，妈妈带着我打雪仗，参加的还有我的几个小伙伴和一些卡通动物。我们玩许多好玩的东西，其中有投币就飞出的气球和纸飞机，按了按钮就爆炸的鞭炮。

——一个小丑，手里拿着一个话筒跳舞，我跟着他跳，手里拿着四个话筒。

——小棕熊跑了，爸爸帮我捉它，在它的路上撒了许多蜂蜜，它贪吃，被捉住了。

在给我讲了最后这个梦之后，她说："我梦见你了。是我们俩一起做的梦，你应该知道吧。"我心想：真小儿科。因为要上幼儿园，小燕叫醒了她，这个梦没有做完，她形容梦被打破的感觉说："我觉得这边没有了，那边还有，就像一只鸡蛋打破了一边。"我心想：真大师。

六岁时啾啾说梦。

——我和班上一个淘气男孩到一个糖果店，我们都长大一些了，他已经变好。后来我就回家，在糖果店旁边，是幻想的家。来了许多人，是我不认识的。我怕闹，进卧室。在卧室里，我站在窗户边，我的那颗牙掉了。（她刚开始换牙，下中长出一牙，但旧牙稳固不动，妈妈说要拔掉，她为此哭了几回，成了心病。）我很高兴，可是，我摸了一下，发现牙还在。我大概真的摸了，因为我感到手指碰到了东西，不能过去。我又回到大屋，那些人又来了，我发现我认识他们，不是真的认识，是幻想的认识。后来我又去糖果店。有些地方我忘了，我一边说，一边改了许多，和梦里是不一样的。

——我到一个地方，像金字塔，我在里面，两边是墙壁，没有人。我害怕了，赶紧出来，看见玻璃下有许多人，其中有既是砖头又是女人脸的东西，不过那女人脸还比较慈祥。我迷路了，想向玻璃下的人问路，他们听不见，我很着急，醒了。

141

八岁时说梦。

——我把一只鸡蛋放在书包里去上学,就一直担着心,怕鸡蛋碎,会弄脏书本。我乘的是"不迟到飞车",我在里面洗脸刷牙。这个车可以变成任何形状,飞速到达任何地方,有点儿像哈利·波特的魔法车。当时只有我一人在上面,后来妈妈也上来了。我下车后,看见保姆在学校门口等我。我快步上台阶,突然感到腿痛,才想起今天是要去医院看腿的。(那两天她确实腿痛,我们说要去医院。)我下台阶,看见妈妈,就和她说这个上医院的事。学校里正在选队委,队委的标志是狗,小队委的标志是小狗,中队委的标志是中狗,大队委的标志是大狗。别人是不准带狗进学校的,只有队委可以。一共有九条狗,大中小各三条。我和妈妈在说话,一条中狗到我们身边来偷听,然后去告诉另两条中狗。我想大概是说我不上课,不选我当中队委了。(那两天她的班上确实在选队委,她一直是中队委。)这时候我就醒了。

——我看见许多人排着长队,不知道干什么,我也站到队尾。一会儿,听说杀人了,杀人者二人,都是我们的熟人。接着,我发现有人拿着一根长棍捅我,意图是要杀我,但没有得逞。那个人想逃走,我看了一眼,看见他头缠白布带,身穿红衣绿裤。我心想,谁这么愚蠢呀,探身去看,就醒来了。

——下暴雨,地上裂开许多缝,我掉进其中一条裂缝里了。深不见底,向下掉了很久很久,终于掉在了一个硬东西上,一看,是我自己的床。这时我仍是在梦里。又梦见了一些别的情景,我从中知道,原来是三只鸭子救了我。

也是八岁时，一天早晨，她刚醒，坐在床上发呆。我问她在想什么，她说："我做了一个梦，在梦里我想：以前好像做过这个梦，下面是什么呢？"我说："这很有意思，我也有过这种情况。"她没有理会我的插话，接着说："是另一个我在想，朝梦里伸了一下脑袋。不是我，是另一个我在做梦，因为我能够看见我自己。如果我自己在做梦，应该看不见自己的，对吧？"我情不自禁地夸她："宝贝，真棒，把你的感觉写下来，就是大师呀。"

我真的佩服她这种审视和反思发生在自己身上的精神现象的能力。她说得对，在梦中，我们的自我是分离的，做梦的"我"和梦境中的"我"不是同一个自我。其实，醒时何尝不是如此，在那个沉浮于人世间的"我"之上，也有一个独立和超越于肉身的"我"。这个更高的"我"是谁，来自何方，又去向何方，我们一旦追究这个至深的问题，就进入了哲学和宗教的领域。

我发现一个规律：六岁前，编的故事比做的梦精彩，六岁后，做的梦比编的故事精彩。这说明了什么？莫非是随着年龄增长，上天赋予人的艺术能力受到功利和知识的排挤，被驱逐到无意识领域中了？一定是这样！幼儿都是艺术家，长大以后，只有极少数人在白天仍是艺术家，但是，艺术能力原是每个人的天赋，本性难移，只有在梦中继续驰骋了。在每个人的身上，有多少潜能遭到了压抑，未能在现实生活中开花结果啊。

幽默

幼儿的心智是一片欣欣向荣的苗圃，各种精神作物破土而出，同生共长，交相辉映，幽默也是其中之一。当然，幽默不是一种孤立的品质，毋宁说是诸多心智要素的综合表现，是新生命在生长过程中绽放的智性花朵，是健康生命遏止不住的灵性笑声。

啾啾非常幽默。她使我相信，孩子天然地具有幽默的倾向，事实上也比绝大多数成人更善于表达和理解幽默。

二岁的啾啾已经常常口吐幽默之语了。

姑姑从上海给她带来一个花布做的沙滩椅，她很喜欢，玩了一会儿，突然笑着对姑姑说："有沙滩椅怎么没有沙滩呀，你给我买一个沙滩吧。"

她听说美美的保姆小娟订婚了，见了小娟就问："你有男朋友了吗？"小娟不回答，她进一步问："你的男太太在哪里？"招来小娟的一顿笑骂。

她和妈妈各自埋头吃雪糕。小燕感到奇怪，问："你们俩怎么都不说话?"她答:"雪糕在说话呢。"

半夜醒来,看见妈妈在打蚊子,她说:"蚊子在灯上,飞走了,停在镜子上,在臭美呢,原来是个女蚊子。"

三岁的幽默已经颇具水准。

欣欣向她建议:"你长大了买一架飞机吧。"她反对,说:"买飞机把钱都用掉了,宝宝怎么办?"欣欣问:"你要一个男宝宝还是女宝宝?"她从容答道:"那要看我的肚子了。"

电视上在说"鱼类",她跟着重复,面露困惑,我便给她解释"人类""鸟类""鱼类"这些词的意思。她盯着正坐在沙发上看电视的奶奶,凑近妈妈的耳朵说:"奶奶类!"

红从幼儿园接她回来,在车里,她说了一些极有意思的话,但红忘了。晚上,红对我提起,竭力回忆,仍想不起来。她只记得,是车经过一家百货店时说的。我让啾啾回忆,她也想不起来了,便开玩笑说:"我们再重新去走一遍吧。"

冬天,街头花园里的花看上去仍色彩鲜艳,我们议论说,那像假花。她扑哧一笑,说:"真花冻成假花了。"

妈妈说:"你是妈妈和爸爸的开心果。"她反问:"我是零食呀?"

在姑姑家吃橙子,妈妈说:"酸到家了。"她不明白,问酸怎么会到家,妈妈解释了。她听懂了,调侃说:"我在姑姑家吃一个,酸到了自己家。在自己家吃一个,又酸到了姑姑家。"

她从书柜里找出一块玻璃镇纸,问我是什么,我解释了。

她一笑,说:"纸对镇纸说,啊,你是警察呀。"

四岁的幽默——

看恐龙展,有一处,几只恐龙模型在一齐哼哼,她对它们嘲笑地喊:"难道你们是合唱队吗?"

小燕说以后不给我做早饭了,她一听,立刻正告小燕:"你要再欺负我奶奶的宝贝,我就不要你当姐姐了。"

早晨,她吃煎蛋。她总是不吃脆边,我劝她吃,说那个最好吃。她向我一字一字地大声说:"不一样的脑袋有不一样的想法,不一样的眼睛有不一样的看法,不一样的嘴巴有不一样的说法。"我笑了,问她从哪儿学来的,她说是幾米的书里的。难得的是,她不但记住了,而且用得恰是地方。

她让妈妈生一个蛋。妈妈说:"我才不生蛋呢,要生就生一个宝贝。"她劝道:"生一个漂亮的蛋是可以的。"

妈妈说她美丽,她让妈妈亲,说:"尝尝美丽的滋味吧。"

因为一件什么事,我打趣红说:"这么笨,我不要你当老婆了。"然后问她:"可是我又舍不得妈妈,怎么办?"她宽容地答道:"只要不当老师就行。"

正来逗她,要她替他报名学芭蕾舞,还做了几个可笑的芭蕾动作。我笑说:"学秧歌算了,在马路上和老头老太太一起。"红接茬对她说:"我们给正来爸爸买两把红扇子吧。"她平静地说:"可能会发的。"这是冷幽默。她心中一定在想:我才不为这么可笑的事破费呢。

她还很善于自嘲。我看见她头上别了三只发卡,叹道:

"真多！"她一笑，说："杂货铺。"

妈妈开车接她回家。一路上，她口渴，不停地喊"喝水"，妈妈尿急，不停地喊"尿尿"。最后，她不喊了，说："再喊下去，我们家的饮水机、马桶都跑车里来了。"

小燕带她从院子里回来，一开门，只听见她的大哭声。原来，在花园里，她从石条凳上跳下来，失去平衡，嘴唇着地，上嘴唇中间磕破一大块，渗出了血，高高肿起。她哭了好一会儿。住哭后，她带我去院子里，指给我看摔跤的地方，忽然笑了，嘲弄自己说："地说：'什么东西呀？难道是脚吗？原来是一个嘴唇！'"

五岁的幽默——

我开车，红不停地指挥我打轮，我说："别指挥了，再指挥，我就成了你的木偶了。"她听见了，一笑，说："我们都是警察的木偶。"

红在餐桌旁尖着嗓子唱《红楼梦》选曲，她听了一会儿，不吭声，走到厨房里对我说："她的嗓子本来没有这么细，为什么要唱得这么细呢？"

红喜欢扔掉暂时不用的东西。她对妈妈说："你看见什么都说扔了，你可别看见我也说扔了。"

《读者》杂志社邀作者们游敦煌，最后一天，主客在汽车旁话别，她有点惆怅，自语道："他们都要走啦？"接着，她扑哧笑了，大声说："他们怎么一齐都蹲下弄行李？"我朝车窗外看，果然是蹲下了一大片。她善于发现好笑的现象。

她说:"我上小学,现在回答不了的问题就都能回答了。"我说:"那可不一定,你也许还会发现更多回答不了的问题。肯想问题就好,回答不了没关系。"她说:"可以去问科学家。"我说:"科学家也不一定知道。"她笑了,说:"我问一样东西为什么是这个样子的,他们可能要讨论好几天。"

午餐,我们俩坐在她的小桌旁吃馄饨。为了鼓励她吃,与她约定,她每吃一只,我吃三只。结果,我碗里的比她少了,我改成也吃一只。她笑说:"再下去,我吃一只,你该吃半只了,然后四分之一只,最后只能吃一点儿皮。"

六岁以后的幽默——

霰儿送来螃蟹,我们煮了大部分,留下两只养在盆里,它们爬了出来,我抓住放回。她议论道:"它们一定觉得我们是恐怖分子。"(6岁)

她说:"我们老师说,正方形只有一个面。不对呀,应该有两个面。"我问:"你是指还有反面?"她答:"对。"我解释:"你画在纸上,纸的确还有反面,但是,在数学里,这个反面是不存在的。"她叹息:"它真可怜!"

她坐在小桌前忙碌着,我进屋,她说了一句话,我问她是什么意思,她说她也不知道。我说:"那你就太特别了,不是一个小白痴,就是一个小天才。"她头也不抬地说:"那就当天才算了。"(以上7岁)

在宾馆,和她同住一室的姑姑坚持要睡沙发,她说:"姑姑的悲惨人生就要开始了。"

看电影《超人归来》，女主角的文章《我们为什么不需要超人》得了普利策新闻奖。在影片的末尾，女主角爱上超人，再写一文，题为《我们为什么需要超人》。她评论道："又该得奖了，这回得的是自相矛盾奖。"（以上8岁）

妈妈埋怨说："禽流感早就过去了，北京现在还不准卖活鸡。"她立即说："这就好像有一天北京已经没有人了，仍实行计划生育。"

秋天的蚊子叮人很厉害，但一到白天就不见了影踪。红悲叹："我都成了神经病了，总是仰着脸找蚊子。"她说："你都成了唐·吉诃德了。"红说："可是找不到敌人。"她说："所以是唐·吉诃德，找不到敌人就和自己搏斗。"（以上9岁）

可以看出，上小学后，她的幽默越来越有思想了。

啾啾八岁写的两篇短文——

《本年最好玩的事》："一天，小兰和妈妈在看电视，播的是刘翔的跑步比赛。小兰说：'刘翔是跨一百一十米栏的。'爸爸听见了，惊讶地问：'那么高，跨得过去吗？'"

《万能锁》："一天，小兰一家人在讨论锁的问题。小兰说：'现在的车老被偷，上锁也没用。'妈妈说：'小偷用老虎钳子撬锁，肯定容易被偷。'大家正说得开心时，保姆来了一句：'有一种万能锁，什么钥匙都能开。'全家人哄堂大笑。"

文中的"小兰"就是她自己。两篇写的都是真事，她拿给我看，我赞道："可以入《世说新语》。"

啾啾还喜欢讲笑话，大多是从书刊上看来的，但能用她自己的眼光选出真正幽默的来讲。她讲笑话是一绝，基本上用书面语，讲时不动声色，语气从容，语调生动，每次讲的时候，众人皆笑，唯独她自己不笑。

她四五岁时喜欢看脑筋急转弯的段子，六七岁时喜欢看笑话的段子，有比较明确的年龄分界，过了就不甚感兴趣了，也许体现了智力发育的某种规律。

人生有两个时期最盛产幽默。一是孩提时期，倘若家庭是幸福的，生活的氛围是欢快的，孩子往往会萌生幽默感，用戏谑、调侃、嘲弄、玩笑来传达快乐的心情。这是充满活力的新生命发出的天真单纯的欢笑。另一是成熟时期，一个人倘若有足够的悟性，又有了足够的阅历，就会借幽默的态度与人生的缺憾和解。这是历经沧桑而依然健康的生命发出的宽容又不乏辛酸的微笑。我相信，如果一个人在孩提时期拥有前一种幽默，未来就比较容易拥有后一种幽默。幽默有两个要素，一是健康的生命，二是超脱的眼光。孩子的幽默源于前者，但已经包含后者。当孩子对人对事调侃的时候，实际上已经从日常生活的语境中跳了出来，发现了用另一种眼光看生活的可能性。在想象中或在现实中看到生活的好玩和可笑，这种能力对于人生至关重要，总有一天用得上。在这个世界上，人倘若没有在苦难中看到好玩、在正经中看到可笑的本领，怎么能保持生活的勇气！

千万不要低估幽默品质的价值，它是一个人的综合素质的体现，其中交织了开朗的性格，达观的胸怀，敏锐的智力，智慧的人生态度。倘若一个人的幽默品质在孩子时期得到鼓励和发展，所有这些素质的生长就获得了一个良好的开端。

孩子天然地具有幽默的倾向，但这种倾向需要得到鼓励，才能充分地展现出来，而这就是父母的责任了。有一些正经的父母，自己十分无趣，看见孩子调皮就加以责罚，听见孩子的有趣话语也无动于衷，我真为他们的孩子感到冤枉。在干旱的沙漠中，孩子的智性花朵过早地枯萎了。在沉寂的闷屋中，孩子的灵性笑声过早地喑哑了。如果一个孩子天赋正常却不会幽默，责任一定在大人。

脑筋急转弯

除了幽默话语外,啾啾对于某个问题的回答常常出人意料,有脑筋急转弯之效,遂成妙答。

妈妈带她去老家,回到北京,在出租车上,想提醒她记住外婆,问:"妈妈的妈妈是谁?"她答:"是大妈妈。"妈妈接着问:"那么,啾啾的妈妈是谁呢?"她答:"小妈妈。"

在妈妈的办公室里,她看到一张照片,是妈妈老同学的合影,就挨个问这个叔叔是谁,那个叔叔是谁。其中有一个人,妈妈说不记得了。看见那个人面前站着一个男孩,她恍然大悟,说:"妈妈,他是小哥哥的爸爸呀。"

她把她的小被子整齐地铺在大床上。我问:"你给谁铺被子?"她随口答:"给大床。"

妈妈说她漂亮,她否认,叫她小丑妞,她也否认,说:"也不丑,也不美丽。"妈妈说:"那就是中不溜。"她仍否认:"也不中不溜。"妈妈问:"什么也不是?"她答:"我是妈妈的小女儿。"

我的一本书,某一页上有丁聪画的我的漫画头像。她看了说:"这是周国平。"我问:"周国平在干什么?"她答:"在看字。"可不,头像在右边,脸朝左方,而左边都是文字。(以上2岁)

我假装要吃她,她兴奋又紧张,急中生智说:"这是真人!"

她事事都替妈妈辩护。我故意说起有一天夜晚,妈妈没有把床围好,她睡着了,从床上掉下来。我问:"谁干的?"她答:"床。"

她拉臭。妈妈嚷道:"你太臭啦!"她反驳:"我不臭,是臭臭(粪)臭!"

她诉说,嗓子里有痰老咳不出来。我教她:"你假咳一下。"她照办了,然后"啊"了一声。我急问:"出来了吗?"她答:"咳出来一个屁。"说着便笑了。她说的是事实。

她要拉妈妈去户外锻炼。妈妈说:"我累了,锻炼不动。"她说:"不让你锻炼。"妈妈说:"我不锻炼,去做什么呀?"她说:"你看着我锻炼,你就是锻炼了,你在心里锻炼。"

红把一块尺寸不合的垫子加到她的小床上,我让撤去了。她发现了,坚决要求再放上去。红劝解说:"那块垫子太难看了。你看你的小床多漂亮,睡在上面可以讲好的故事。"她释然了,说:"睡那难看的垫子,就会讲坏的故事了。"我问:"什么坏的故事?"答:"全是医生的故事。"(3岁)

她的体重几乎没有增加,我们在议论,这样老不增加怎么办。她听见了，反驳说："不会的，难道我生小宝宝的时候还这么小？猴子才这样呢。"

早晨，她给我说梦：小羊遇到了一个坏蛋……我问："坏蛋什么样？"她说："不认识，是假装的。"我问是谁装的，是妈妈、小燕还是爸爸，她一一否认，说："是空气装的，你说谁认识？"

她和小燕斗嘴，互相说对方是小猪、小狗等等。又轮到她了，她大叫："你什么东西都是！"然后对我们说："她什么东西都是，就没有什么东西可说了。"

她捧着一只大塑料盒，里面装一只乌龟。我问她："小燕和乌龟谁漂亮？"她说："我不说漂亮，我说可爱，乌龟可爱。"

红假装用毛线针戳我。我假装喊疼，接着又承认不疼。她们在卧室，我刚离开，听见她对红说："爸爸有时候说疼，有时候说不疼……"我又进卧室，她看见我，顿了一顿，接着说："有的人这样做也可能是神经有问题。"她及时把"爸爸"改成了"有的人"。

说到什么事，她表示她和大家不一样，说："因为我最聪明。"我说："每人都有聪明的时候，也有不聪明的时候。"她说："是这样的。你们不聪明的时候，我最聪明。"（以上4岁）

开车出行，途经八角，红说那是啾啾的出生地。我说，啾啾的出生地是协和，八角是她第一个家。啾啾指着妈妈的肚子说："这是我的第一个家。"

她抱起心爱的玩具小羊惊呼:"小羊又怀孕了!"妈妈打趣道:"又怀孕?那不就超生了吗?"她赶紧解释:"它没有单位!"她居然知道,没有单位,超生了也罚不着。

一天晚上,她学完钢琴回家,高兴极了,不停说笑。红说,老师教时,她好像心不在焉,小动作特多,却把老师教的都记住了。她解释说:"屋子那么小,我怎么会忘记呢?"这个解释很别致,仿佛她之所以能记住,是因为屋子小,老师教的东西无处可逃似的。

妈妈不在家,她练琴练不下去。我让她听录音,她说,只有少许不会才有用,而她有一半不会。我问她,妈妈会多少,她说也是一半。我说,妈妈回来就好了,妈妈的一半加你的一半就是一整个了。她笑着说:"妈妈的一半和我的一半是同一个一半。"

朋友要送她饮料。在汽车里,我告诉了她。她流利地背起了这种饮料的广告词:"蓝猫要喝古鲁鲁……"然后说她不想要,我说我想要,她说不给,我说我拿东西和她换。她说:"你拿最好的东西和我换,我也不换。"我说:"我拿妈妈和你换。"她说:"妈妈已经是我的了,从我生下来就是我的。"我说:"拿爸爸换。"她说:"爸爸就是那个要和我交换的人。"这个回答完全出乎我的意料。(以上5岁)

她告诉妈妈一个秘密,我问是什么秘密,她理直气壮地说:"告诉了你,还是秘密吗?"

在超市,我和她为妈妈选生日礼物。我看见胡萝卜,说:

"就给她买胡萝卜吧。"她反驳:"她又不是兔子。"(以上6岁)

我们俩聊天,谈论她从爸爸和妈妈那里各继承了什么特征,我夸她继承的都是优点,她突然说:"我继承了妈妈最重要的东西,就是我是女的。"

我戏问:"我们家谁的地位最高?"她答:"妈妈比你高一点儿,因为妈妈把我生出来,创造了这个家。"我连连称是。(以上8岁)

可爱的"谎话"

孩子往往说真话,《皇帝的新衣》里的那个男孩便是一个象征,这基本上是事实。

妈妈给啾啾剪脚指甲。我问:"爸爸也让妈妈剪,行吗?"答:"行。"我说:"算了,爸爸的脚臭。"她点头。我接着说:"宝贝的脚不臭,是香的。"她平静地反驳:"也是臭的。"

妈妈问:"你淘气了吧?"她承认:"我心里想的是淘气,我嘴里说的是不淘气。"

她摔了一跤,哭起来。我问:"痛了,是吗?"她否认。我再问:"吓了一跳?"她又否认。我问:"那为什么哭呢?"她答:"要妈妈疼我。"(以上2岁)

夜里她尿床了。我说:"爸爸、妈妈、小燕都没有尿床,啾啾尿床了,啾啾真棒。"她纠正我:"尿床是不棒。"(3岁)

红说她有一种新的笑,我让她笑给我看,她说:"没有可笑的,笑不出来。"

在户外玩了回来,她咳嗽了。小燕责问她:"在外面怎么不咳嗽，一回家就咳了？"她答："在家里有人心疼，我就咳，在外面没人心疼，我就不咳。"接着自嘲地说："在外面和美美玩，美美会心疼我吗？"我说："不是还有小燕吗？"她说："她不是你和妈妈那样心疼。"我说："你心里还挺明白。"小燕脸上顿时显现尴尬的笑容。

朋友们在十三陵玩，天黑了，临时决定回我家吃晚饭，因为没有准备，餐桌上空空的。红唤她吃饭，她喊起来："让我吃什么呀！每天吃饭时满满一桌菜哪里去了？"主人客人皆笑。（以上4岁）

可是，我发现，孩子同时似乎又天然地会"撒谎"，特别是在一两岁时，这种情况十分常见。

啾啾打开书柜，把书一本本搬出，放在地上。红喊了起来："宝贝怎么把书放地上！"我问："宝贝，谁把书放地上了？"她答："妈妈。"红对我说："孩子就这样学会撒谎的。"我想纠正，便严厉地对她说："去把书捡起来，放回书柜里。"她居然照办了。我夸道："宝贝真好，知道把书放回去。"她接着我的话说："妈妈坏蛋宝贝好。"

她站到客厅的一个角落里，不让任何人接近。这是她要拉臭的可靠征兆。但是，问她，她断然否定。她在那里站了很久，随后转移到卧室里，仍然不让我们走近。在她终于结束了这种古怪的仪式之后，小燕发现，她的屁股上已经糊满了屎。小燕替她擦拭掉，然后，准备给她洗澡。她跑到我的书房里，喊道："不洗澡！"我问："宝贝拉臭了没有？"她

答:"拉了。"我说:"拉了就得洗澡。"她立刻改口:"没有拉。"我笑了:"你真是什么都会,还会撒谎了。"(以上1岁)

早晨,红让她喝水,她不喝,说是怕尿床。我说:"宝贝刚才睡着了,所以怕尿床,现在不用怕了。"她说:"现在也睡着了。"我问:"那你怎么还睁着眼睛?"她说:"刚才也是睁着的。"

有一些日子,她几乎天天尿床,红教育她,让她想尿的时候喊妈妈,她答应了。可是,她尿床依旧。红责问她为什么不喊妈妈,她说:"我喊了。"红抱起她去厕所,她在妈妈的怀里,看着妈妈的眼睛说:"我骗你了。"

我和红准备带她出去玩,小燕看一看窗外,叫起来:"下雨了!"她外出心切,怕我们因为下雨而不带她出去,马上反驳:"没下雨,可能没下雨。"这是我第一次听见她用副词"可能",还用得很是地方,给自己的"谎话"保留了回旋的余地。(以上2岁)

在上面这些例子里,啾啾好像真的撒谎了,她知道自己说的不是实话,但仍然这样说。但是,稍加分析,就可以发现,她是处在一种不能不撒谎的情境中,大人让她做不愿做或不容易做的事,或者不让她做想做的事,或者责备她已经做的事,她只好用撒谎来抵制,她的谎话是被大人的态度或"道理"逼出来的。因此,责任在大人,是大人不体察孩子的心理,把自己的意志强加于孩子了。

比如,幼儿都喜欢移动物体,搬运够得着、拿得动的各

159

种物件。这样做时，她是在实施自己的意图，改变事物，在此过程中，智力和操作能力都得到了发展。可是，大人往往怕孩子把东西弄乱，怕收拾起来麻烦，予以阻止。当啾啾把书柜里的书一本本搬到地上时，如果我们表扬她的举动，然后引导她把书放回去，她怎么还会当面"撒谎"乃至"栽赃"呢。

又比如，她糊了一屁股屎还不肯洗澡，未免不讲理。但是，当孩子不讲理时，最笨的做法是对孩子讲死理，设定一种逻辑，在这种逻辑中，孩子唯有"篡改"事实才不会被打败。我正是这样，设定了一个拉了臭就得洗澡的逻辑，逼得她除了否认拉臭便别无出路。如果我告诉她，拉了臭可以洗澡，做香宝贝，也可以不洗，做臭宝贝，让她选择，即使她仍拒绝洗澡，也不必撒谎了。

所以，对于孩子的撒谎，一定要在理解孩子心理的基础上加以体察。我特别要强调，幼儿的撒谎基本上是一种心理现象，是对特定情境的正常反应，不必大惊小怪。对幼儿的撒谎做道德判断，视为道德品质的问题，是对幼儿心理的无知，真正是以小人之心度君子之腹了。

幼儿的想法瞬息万变，常会有一个想法迅速取代另一个想法的情况。

红的一个老同学给红打电话。事后啾啾告诉我："叔叔找妈妈了。"接着说："我不喜欢他（她）了。"我不能判断她说的是"他"还是"她"，问道："不喜欢谁了？"她答："不喜欢妈妈了。"我笑了，让她去跟妈妈说。红正在厨房里，她走到厨房门口，我听见红先问她："宝贝爱不爱妈妈？"她答："爱妈妈。"红问："有多爱？"答："有两个爱。"（2岁）

我听见了，使劲憋住笑。真是一个小两面派啊！显然，在妈妈问她的那个瞬间，她一下子改变了想法，并且忘记了此前的想法。这是撒谎吗？当然不是。

幼儿认知的一个显著特点是愿望与事实不分，想象与事实不分，常常把愿望和想象当成事实。幼儿的所谓"撒谎"，大多属于这种情况，其实也不是真的撒谎。

啾啾看见阳台玻璃门上有一只苍蝇，喊起来："蚊子！"小燕去拍死了。我说："宝贝真棒，这么远就看见苍蝇了。"她便向我描述："宝贝看见苍蝇了，说'苍蝇'，姐姐去打死了。"在描述中，她已"篡改"了她曾经把苍蝇说成蚊子的历史。

她坐在地上，自己在玩看图识字的卡片。她把画着水龙头和毛巾的卡片找了出来，用水龙头卡片把手淋湿，准备用肥皂卡片洗一洗，再用毛巾卡片擦干。可是，肥皂卡片找不到了。我在书房里工作，听见她用发愁的口气说了许多遍："肥皂呢，肥皂哪里去啦？"就赶紧跑出来。但是，我把全部卡片翻了两遍，就是没有。我提议自己画，得到她的响应。我们每人画了一张。她画完了，自己端详着，有些沮丧地说："我画不像。"看了我画的，她很满意，用它洗了手。她再去看自己画的，说："我画得不像，一点也不像。"然后指着我画的那张说:"这张宝贝画得像。"我追问:"谁画的?"回答是明确的:"宝贝画的。"一眨眼工夫,她面不改色地夺走了我的著作权。

她把水洒在地上,妈妈责备了她。一会儿,她拿着抹布擦地,看见妈妈,她抬起头笑着说:"我帮妈妈擦,妈妈太累了。"妈妈说:"宝贝真好,把水洒在地上了,自己擦。"她反驳:"我没有洒,我帮妈妈干活呢。"

红带她去打预防针。回到家,我问:"啾啾哭了没有?"她答:"没有。"马上改口:"有一点点哭。"红一听就笑了,告诉我当时的情形。事实是,因为受了别的孩子哭的刺激,在等候时,她不停地建议:"妈妈,我们去外面散步吧。"轮到她了,她大哭,进注射室时,抓住门框死死不放,犹如被推向刑场一样。不过,真打针时,倒确实止哭了,也许是发现不像想象的那么痛。

她把《猫和老鼠》光盘插进机子,但放不出来。妈妈发现是因为插反了,把原因告诉了她。她解释说:"我放对了,它进去,自己反过来了,我都看见了。"(以上2岁)

幼儿有强烈的荣誉感,希望自己是棒孩子,得夸奖,在这种心理的支配下,往往在想象中抹掉不如意的事实,于是真的觉得自己一贯正确了。

"十一"前夜,我们开车去天安门。到了那一带,发现交通拥挤不堪,便没有停留就返回。因为常常堵车,啾啾很不耐烦。途中,她要尿尿,趁红灯停车时,红抱她下车,被路口一个警察远远指了一下。红赶紧逃回车上，开着车门，这样解决了她的排泄问题。此后，她的心情好多了，可见刚才是被尿憋得不愉快的。我开始逗她。

我问："刚才是不是有一个小孩在路上尿尿了？警察在找这个小孩。"

她答："她跑啦。"

我问："这个小孩几岁了？"

她刚说一个"两"字，马上停住，改口说："一岁。"

我问："她穿的衣服是白的还是黑的？"

她答："黑的。"她自己穿的衣服是白的。

我问："她是小弟弟还是小妹妹？"

她答："小弟弟。"

我不得不佩服她的机智。事实上，她一开始说"她跑啦"，已经表明了要把警察的注意力引开的意图，也正因此我才想到要进一步考验她的。如果说她说的是"谎言"，这是多么可爱的谎言啊。正是在修正、美化人生的意义上，我们也把艺术称为谎言。

她还常常表现出一种小狡猾。

我和妈妈假装打架，她扑入妈妈怀里。我问她："妈妈坏不坏？"答："不坏。"又问她："爸爸坏不坏？"答："虫子坏。"

妈妈问她："你喜欢爸爸还是喜欢妈妈？"她答："喜欢爸爸妈妈。"妈妈问："只能喜欢一个，最喜欢谁？"她答：

163

"喜欢小熊。"

在妈妈的办公室,那里还有一位姓丛的同事。妈妈问:"妈妈好还是丛阿姨好?"墙上贴着一张画报,她指着画报上的一个女子说:"这个阿姨好。"

她的小床前有两只小椅子,她坐一只,我和小燕都装作想坐另一只,问她给谁坐,她答:"给美美坐。"然后,她走到厅里,把那里的两只小椅子分配给了我和小燕。妈妈问:"那我呢?"她答:"妈妈坐床上。"(以上2岁)

回避得罪在场的每一个人是她的惯技,据我观察,也是大多数幼儿的惯技。这些小鬼头!

小女孩话题

1. 生小贝贝

两三岁时，啾啾经常谈论她的小贝贝。

她小肚子吃得鼓鼓的，妈妈问里面有没有贝贝了，她说有，一会儿低下头看地上，说："小贝贝会走路了。"

她做了一件棒的事，我和妈妈争相夸她，她听了，发起了感慨："将来我的小宝贝说，啾啾啊，真是一个好妈妈。"

2. 吃奶

她指着妈妈的胸衣明知故问："这下面是什么呀？"妈妈答："胸罩。"问："还下面呢？"妈妈答："皮肤，肉，还有骨头。"她窃笑，揭开谜底："是大奶奶呀。"然后看我一眼，说："爸爸的小奶没有牛奶，妈妈有牛奶，已经给宝贝吃完了。"接着说："我长很高的时候也有牛奶。"我问："给谁吃？"答："我生个小贝贝，给她吃。"说着掀开自己的衣服，

审视自己的乳头,惭愧地说:"这么小的奶奶,宝贝喝一口就没了。"(2岁)

说起她小时候吃妈妈的奶,因为妈妈属羊,她说那是羊奶。我问她是不是吃过我的奶,她否认,解释说:"爸爸是公羊,公羊要有奶,不成了女的公羊了?"她显然认为,"女的公羊"是一个荒谬的概念。(3岁)

3.男与女

她三岁时,有一天,我们逛中山公园。在公园里,她看见两只垃圾箱并排而立,不假思索地分别指点说:"这是男厕所,那是女厕所。"那两只垃圾箱上分别写着"可回收"和"不可回收",按照她所指点的,是女的可回收,男的不可回收。我立刻表示服气。

回到家里,她在大浴缸里洗澡,告诉我:"妈妈也在里面洗了。"我问:"爸爸也在里面洗,行吗?"她说:"不行。"我问:"为什么?"她说:"上面写着呢:男人不能进来。"哈哈,"男人"——这个音她发得还很生硬呢。

晚上,她情绪很好,不停地大声唱歌,一支接一支。我在书房写作,忍不住出去,夸她:"唱得好极了,我抱抱你,行吗?"不料回答又是:"不行,上面写着:男同事不能抱。"为什么都是"上面写着"?她一定是想起了男女厕所外挂的牌子。

男与女的区别是什么?她知道男的有小鸡鸡,女的没有,但是似乎认为女孩的小鸡鸡不过是藏在了里面而已。所以，有一回，她喝了许多水，就这样说："我喝水喝得把小鸡鸡都快憋出来了。"

4. 结婚

二岁时，啾啾宣布，她将来要和妈妈结婚。当然，她完全不知道结婚是怎么回事。小姨和小姨夫在北京度假，她看见他俩一同出门，告诉我："小姨去很远很远的地方结婚了。"

三岁时，她有点儿似懂非懂了。小燕开玩笑，让她和花盆里的植物结婚，她说："小燕瞎说，我和植物结婚，不是到土里去了吗？"然后纠正道："应该是男植物和女植物结婚。"妈妈问她："以后你结婚，有两个男孩，一个聪明但是丑，一个漂亮但是笨，你和谁结？"她说："和漂亮的。"我责备红："干吗让人这样选，不能找一个又聪明又漂亮的吗？"她明白了，说："我不结，我要等一个又聪明又漂亮的。"我立刻表示支持。

四岁时，有一天，妈妈从幼儿园接她回家，在车里唱："姑娘好像一朵花……"她听了，问："妈妈，现在你不是姑娘了吧？"妈妈反问："为什么？"她说："你已经是妈妈了。你总是姑娘的话，就老有男人围着你了。"显得挺懂。回到家里，她忽然满脸愁容，自语道："不知道我将来和谁结婚。"然后问妈妈："我长大了找了一个不喜欢我的人怎么办哪？"妈妈答："你就走，不跟他过。"她接着问："他不让我走怎么办呢？"妈妈一时语塞，勉强回答："叫警察。"她想了好一会儿。晚饭时，她说："我长大了不结婚，也不去别的地方，和爸爸妈妈住在一起，你们特别老了，我照顾你们。"小小的年纪，已经有遇人不淑的远忧，还有这样的孝心，让我又心疼又感动。我劝慰说，将来宝贝会遇到好人的，结了婚也可以经常回来看爸爸妈妈的。

五岁时，和阿良一家在上海相聚，餐桌上，红问他们九岁的儿子英乔有几个女朋友，英乔掰着指头算，说有五个。红问他什么是女朋友，他答："就是现在我觉得最好的女的朋友。"啾啾听了，不屑地说："你这算什么女朋友。"然后向大家宣布："我知道什么是女朋友，就是喜欢那个女孩，要和她结婚。"大家称赞她说得对，英乔面露羞惭之色。

六岁时，有一天，红对我说："一家人在一起待久了，就觉得好像从来是一家人似的。"我说："对，好像从开天辟地就是这样。"啾啾插话："我就是这样的，我一生下来就和你们是一家人了。"然后说："我和别人结了婚，和你们还是一家人。"

圣诞老人

啾啾最盼望的节日，不是儿童节，不是春节，而是圣诞节。每到快过圣诞节了，她就开始倒计时，天天掰着指头算，既焦急又欣喜。当然，魅力来自那个会给孩子们送来礼物的善良而又神秘的圣诞老人。

她四岁时，妈妈带她去商店，买回一棵圣诞树，她高兴极了。树上缠着许多小灯泡，可以自动按顺序调节明灭，红要演示给我看，她立即制止，为了在平安夜给我一个惊喜。这棵圣诞树标志着圣诞节正式入驻我们家，从此以后，年年圣诞节前夕，家里就立起这棵圣诞树，啾啾快乐地给它挂上各种小饰物和小玩具，而高潮则是圣诞节早晨在它的下面找到所期待的礼物。

对于圣诞老人会按照孩子们的许愿送来礼物，她感到非常惊奇。她问妈妈："圣诞老人是神仙吗？"妈妈说是。她说："是神仙？那就是抓一把什么都没有！"意思是神仙是看不见、摸不着的。妈妈解释说，圣诞老人的形象就是那个戴小红帽的白胡子老头，不过他的确会隐身，所以送礼物时无人能察觉。

她第一次许愿要的礼物是电子琴,许愿之后,有些不安地问妈妈:"圣诞老人真的听见我的许愿了吗?他会送来吗?"妈妈说不用担心,圣诞老人最喜欢小孩,对小孩的许愿最认真,一定会倾听和兑现的。早晨,在圣诞树下看到一台漂亮的电子琴,她甜蜜地笑了。她告诉我,是圣诞老人夜里趁我们睡着送来的,强调说:"圣诞老人是看不见的。"我摆弄这台电子琴,发现没有配备变压器,嘟哝了一声,她立刻解释:"圣诞老人太忙了。"在她的想象中,圣诞老人要给这么多孩子送礼物,跑这么多人家,疏忽是难免的。

她兴奋地对小燕谈论圣诞老人,小燕反应冷淡。她批评道:"圣诞老人这么关心你,你这么不关心圣诞老人,你有规则吗?"小燕笑了。她进一步批评:"你像话吗?"小燕答:"不像话。"她语气一转,嘲笑说:"哪有自己说自己不像话的!"

满五周岁不久,啾啾向妈妈讲她的理想:"我长大了不工作,从你和爸爸那里拿一点钱,去买许多东西,再卖掉,这样就有更多的钱了。然后,我就给你和爸爸买许多礼物,买一棵圣诞树,把礼物挂在上面。给爸爸买一个漂亮的小姑娘,给你买一个雪橇。还买许多糖果,挂在天花板上,下糖果雨……"

天真、善良的心,幼稚、美丽的理想。但是,我注意到,在她的叙述中,礼物是买来的,不是圣诞老人送来的。她是否并不真的完全相信圣诞老人的存在？她在相信的同时是否也有所怀疑？好像是这样的。

五岁时的圣诞节，她得到的礼物是几箱她喜欢的篮猫饮料，当她看见圣诞树下堆放的这些饮料时，虽然表示高兴，但又颇为无情地对我说："没有什么事情可以让我惊喜了。"然后解释说，她已经知道饮料是某个朋友送来的，所以没什么可惊喜的。她说的是事实。这要怪我们，因为匆忙，没有根据她的心愿安排这次的礼物。

六岁时，她许愿的圣诞礼物是一幅画。我找出一张国外明信片，用红圆珠笔画了她的头像和圣诞老人，写上祝她圣诞快乐的话。她在圣诞树下拿到，有些将信将疑。一会儿，她告诉我："我用红笔给我的头像补了两笔，看不出补过，圣诞老人一定是用我家的笔画的。"似乎是在委婉地表示她已经知道了真相。

七岁时，我们在东东家，两家人一起过平安夜。她开玩笑："如果东东许愿要一个老公，第二天早晨会发现，圣诞树旁站着圣诞老人自己。"东东是单身妈妈，她的玩笑开得很有水平。她自己许的愿是要一个螺丝钉，她的滑板车掉了一个螺丝钉，已经掉了很久了，无法配到。愿望虽然卑微，却使我们犯了难，红便诱导她改变愿望，她同意要一个地球仪。

种种蛛丝马迹，显然已足以使她心中生疑。

然而，在这之后，她仍表现得对圣诞老人似乎坚信不疑。九岁时，因为她在集邮，我想给她买一本集邮册作为圣诞礼物，走了许多地方，都没有买到。这天已是平安夜，礼物仍没有着落，我想让她对没有礼物有思想准备，在电话里对她说："圣诞老人很忙，可能会忘记送礼物的。"她认真地反驳道："圣诞老人一年只工作这一天，用一年的时间准备礼物，不会忘记的。"我没有了退路，在一家文具店里买了两个漂亮的笔记本，回到家，她已睡，我把笔记本放在圣诞树下，心中不安，不知她能否满意。第二天，她看见了，表示有礼物就行，态度很平静。

她到底是否真的相信圣诞老人呢？这个圣诞节后不久，有一天，她告诉我，班上一个男生对她说，圣诞老人是虚构的，他就从来没有收到过圣诞老人的礼物，她给他分析原因说："这是因为你没有向圣诞老人许愿，说明你想要什么礼物。"可是，事实上，她一定清楚，这个圣诞节她也没有许愿，而对于得到什么礼物则完全不挑剔。

啾啾十岁，是小学五年级学生了。圣诞节前好几天，她把一个精致的小信封放在圣诞树下。红偷偷看，里面是一封信，两张崭新的50元人民币，还有一张她自制的钱，上面画了圣诞小屋和圣诞树，写了"2008年制造"的字样，面额是500元。信的全文如下：

圣诞老人：
　　您好！
　　圣诞节终于又到了，我非常兴奋。不知神的

世界用不用人类的纸币，不管用不用，随信给您的100元和自制钱都是微不足道的报偿中的一份，让您对人类的情况有所了解。我今年想要一个宽发卡和扭扭笔，最好加上流苏靴。我想给妈妈项链，给爸爸烟斗，希望您能赞助。

祝您天天快乐！

——您真诚的啾啾

红看完了，激动不已，对我说："真可爱，十岁了，还这么天真，而文字却这么老练。"

圣诞节早晨，她在圣诞树下看到了想要的礼物，包括一双漂亮的靴子。她问妈妈："你是不是圣诞老人？"晚上，她问我同样的问题。我说："世界上最爱你的人就是圣诞老人。"她表示同意，然后用遗憾的口气说："我最爱爸爸妈妈，可惜我没有能力给你们买礼物。"我说："你从小到现在，给我们画了许多可爱的贺卡，还给我们带来了这么多快乐，这些都是你给我们的礼物。"她释怀了。

以后的圣诞节，啾啾还会不会向圣诞老人许愿，还会不会为圣诞礼物惊喜？当然会的，因为她心中的圣诞老人已经超越形体，获得永生，那就是爱、善良和感恩。

在西方传入中国的节日中，圣诞节是最可爱的。圣诞节之所以可爱，是因为有一个可爱的圣诞老人。

和圣诞节对应的中国节日是春节，可是，春节却没有一个对应的标志性的可爱形象。我们也许只能举出财神爷，现在许多中国人的确逢年过节就拜财神爷。有谁敢把财神爷和圣诞老人做一个对比吗？一个是那样慈祥和洁净，一个是这样猥琐和肮脏！

圣诞老人是一个美丽的童话，它带给孩子们的不只是惊喜和欢乐，更是健康的价值观，所传播的是出自喜欢而非出自利益的心愿，梦想的力量和梦想成真的喜悦，以及对爱和善良的坚定信念。

当然，无论哪个孩子，或早或迟，都总有一天会知道，圣诞老人并不真正存在，只是一个童话。但是，既然善的种子已经播下，这又有什么关系呢？

有一次，安徒生住在一个守林人的家里，他到林中散步，看见那里草地上有许多蘑菇。于是，他准备了一些小礼物，有糖果、蜡花、缎带等，然后重返草地，分放在蘑菇下面。翌日早晨，他带守林人的女儿去林中，这个七岁的小女孩在不同蘑菇下发现了意外的小礼物，眼中闪现莫大的惊喜。安徒生告诉她，这些东西都是地下的精灵藏在这里的。一个神父听了叙述，愤怒地责备道："你欺骗了天真的孩子。"安徒生答道："不，这不是欺骗。她会终身不忘这件事。我敢说，她的心，不会像没有体验过这个奇妙的事情的人那样容易变得冷酷无情。"

是的，一个相信童话的孩子，即使到了不再相信童话的年龄，仍是更容易相信善良和拒绝冷酷的。

第三卷

爱智的起点

哲学开始于惊疑。

——柏拉图

我们从哪里来？我们到哪里去？我们是谁？

——高更

神秘的不是世界是怎样的，而是它是这样的。

——维特根斯坦

每天他去发掘这个属于他的宇宙，一切都是他的，没有一件不相干的东西，不论是一个人还是一个苍蝇。

——罗曼·罗兰

啾啾语录

时间是一阵一阵过去的。比方说,我刚才说的话,刚才还在,现在已经没有了,我想留下它,但留不下来了,想找也找不回来了。这就是时间。

你老了以后,在另一个地方会生出一个人,和你长得不一样,但那其实是你。

世界的外面是什么?世界的一辈子有多长?第一个人是从哪儿来的?……

苏格拉底说:"我知道我一无所知。""一无所知"就是什么也不知道,那他怎么知道他一无所知了?

每一个世界都是矛盾的。有语言就有矛盾。你要解释一个词,就要用别的词来解释它,可是,别的词又需要解释,你又要用别的词来解释,永远没个完。你可以做手势,但你的手势也需要解释,你可以画画,但你的画也需要解释,情况都还是一样。

人一开始谁也不认识,只认识自己。

人不是最聪明的动物,不贪婪的动物才是。

天下无人不糊涂。

幼儿期是语言发展的活跃期,也是智力即理性能力生长的黄金时段,而语言不过是理性能力的一个表现罢了。

人的智力素质中,最重要的因素是好奇心和思考能力。随着理性能力的觉醒,幼儿对于周围的世界会表现出越来越强烈的好奇心和追根究底的欲望,在我看来,重视、鼓励孩子的发问和思考,和孩子进行平等的讨论,是父母在孩子的智力教育方面所能做的最有价值的工作。

孩子都是哲学家——在啾啾身上,我再一次验证了这个真理。人出生前在何处,死后去往哪里,什么是时间,世界有没有尽头,神是否存在,对于人生和世界的这些大谜,她在两三岁的时候就表露了困惑,到四五岁时则简直可以说是在进行痛苦的思考了。我的态度是赞赏和鼓励她去想这类无解的问题,想不通没有关系,怎么可能想得通呢,但这是爱智的起点,将会赋予她的灵魂以一种深度,赋予她的人生以一种高度。

这种哲学性质的思考只是智力活动的一个方面,事实上,孩子拥有活泼的心智,关注的对象是全方位的,会对各种现象发问、思索和发表见解。作为一个父亲,我深感童言有真知,我从女儿那里受到的启发决不亚于我给她的帮助。在智力的层面上,父母和孩子之间决非单向传授的关系,而是一个充满乐趣的互动过程。

让孩子真正喜欢上智力生活，乐在其中，欲罢不能，对学习充满兴趣，是智育的最大成功。在这方面，父母的榜样能产生显著的作用，熏陶是最有效也最省力的教育，好的素质是熏陶出来的。在满屋书籍和父母手不释卷的环境里，啾啾从小就养成了阅读的习惯。我们不给她报任何课外班，也无须操心她的功课，但她的学习成绩始终优秀，可见只要真正注重素质的培养，应试会是相当轻松的事。

在第三卷中，我记叙了啾啾在幼儿期及小学早期的活泼的智力生活，她所思考的问题和所发表的见解，而我的智力教育理念即寓在其中了。

生命的忧思

啾啾有爸爸和妈妈。啾啾的妈妈也有爸爸和妈妈,叫外婆和外公。可是,啾啾的爸爸只有妈妈,叫奶奶,啾啾从来没有听我们说起过我的爸爸。一开始,这个情况没有引起她的疑惑。我问:"啾啾的爸爸是谁呀?"她答:"是你呀。"我不假思索地顺口问:"我的爸爸是谁呀?"话刚出口,我知失言,没想到她给了我一个风趣的回答:"你自己当自己的爸爸呀。"想必她认为,既然我没有爸爸,就只好自己当自己的爸爸了。

不久后,疑惑产生了。她问妈妈:"爸爸的爸爸是谁?"妈妈答:"是爷爷。"她又问:"爷爷在哪里?"妈妈答:"到天上去了。"她若有所悟,说:"哦,他走了。"想了一想,追问道:"干吗到天上去呀?"妈妈说:"爷爷病了,就变成了天使,变成天使,他的病就好了。"

时隔几天,我和她交谈,问:"妈妈的家在哪里?"答:"在丹江口。"问:"你的家在哪里?"答:"在这里。"问:"爸爸的家在哪里?"答:"在天上。"我感到意外,问她为什么，她答："爸爸的爸爸在天上呀，是小天使。"我暗自震惊于她的话所包含的真理，这真理是她自己还不明白的：随着父母的去世和老年的到来，我们的家越来越从地上转移到了天上。

这时候的啾啾两岁半，此后一些日子里，天上的爷爷成了我们父女之间的一个话题。

有一回，她说她最想妈妈，问我最想谁，我说最想宝贝，她正色道："你应该最想你的爸爸，因为他在天上，你见不着了，没有人给你做老鼠箱了。"我曾经给她讲自己小时候的故事，其中之一是爸爸给我们孩子们做了一只老鼠箱，透过玻璃可以观看小白鼠爬竹梯子、踩铁丝轮。

一个夜里，她睡了一个长觉醒来，精神特别好。我们脸对脸躺着，她亮晶晶的眼睛盯着我，问："奶奶是你的妈妈吗？"我说是。问："谁是你的爸爸呢？"我说："你不是知道了吗，我的爸爸不在了，到天上去了。"她想了一想，安慰说："你已经长大了，你的爸爸不用陪着你了，就飞走了。"又想了一想，问："我长得很大的时候，我的爸爸也会飞走吗？你还陪着我吗？"我问："宝贝想要爸爸陪着吗？"她说想，我说："那爸爸就不飞走吧，陪着宝贝，好吗？"她说好。我们这样商量定了，悄悄留在我心中的是感动和悲伤。

关于已经不在人世的爷爷，红给了啾啾一个诗意的解释，死亡显得不是恐怖的事情了。

如果人死了就变成天使了，那么，人降生前也应该是天使吧？啾啾正是这样推测的。她问妈妈："我没有到你肚子里时，你没有到你妈妈肚子里时，我们都是天使吧？"妈妈给了她一个肯定的回答。

曾经是天使——多么有趣的景象，这成了她幼时想象的一个源泉。

我们去幼儿园接她回来，雨中驱车，红说起自己小时候上学，天下雨，外婆从来没有给她送过伞，她总是淋着雨回家。我问啾啾："那时候你为什么不给妈妈送伞呢？"她着急地回答："那时候我还是天使呀。"接着，她开始想象："我记得我是天使的时候，下雨了，我躲在一朵云下面，雨下大了，我把两片翅膀放在头上遮雨。"接着解释："我是一个女天使，所以有翅膀。"我说："天使都有翅膀，没有男女的分别，不是男的也不是女的。"她打趣道："哦，什么也不是，是空气吧？"

家里有一套景泰蓝碗具，她很喜欢，我告诉她，那是我在很早的时候买的，还没有她，和妈妈也还不认识。她表示理解，说："那时候你和奶奶在一起，说：'给宝贝买下吧。'"我做惊奇状，问："你怎么知道的？"她说："那时候我是小天使。天使没有身体，是影子，我就能看见你，看见你的这颗心，里面写着字，写着'宝贝'。我想，宝贝是什么呀，是怪物吧，我就跑了。"我说："对呀，后来你做了我的宝贝，就知道'宝贝'是什么意思了。"

人在出生前是不是天使，死后是不是又变回天使？人有没有一个不朽的灵魂，所谓生死是否只是形式的转换？对于这个深奥的大谜，无人能够断然给出一个谜底。我自己宁可相信，也让孩子相信，答案是肯定的。哪怕后来她发生了怀疑，幼时的天真信念和诗意想象仍会温暖她的心，在她的心中培育爱和善良的种子。

从三岁半开始，啾啾谈论死亡的时候，就已经有了一种悲伤的意味。她逐渐明白了一个无情的事实：所有现在活着的人都会死，包括爸爸妈妈，包括她自己。

她想知道奶奶的生肖，我告诉她属蛇，她陷入了沉思，然后问我："奶奶怎么会变这么老的？"我说："奶奶老早就生出来了，她已经活了八十多年了。"她问："她活这么久怎么还没有死？"我说："有的人会活很长时间。"她问："我也会吧？"我说："你当然会的。"她表示同意，解释道："牛的人会活很长时间。"我没听明白，问："牛的人？你不属牛。"她说："不是属牛，是牛的人，我打针不哭。"我说："对，你这么牛，一定能活很长时间。"

若干天后，她问妈妈："什么人都会死吗？"妈妈说是的。她接着问："奶奶会死吗？"答："以后会的。"问："爸爸也会死吗？"答："也会的，那要到很久很久以后，爸爸特别老的时候了。"问："我也会老吗？"妈妈不回答，把话题岔开。

对于人会老会死，啾啾想不通，她的小脑瓜儿始终在琢磨。她问妈妈："为什么小宝宝长大了，妈妈就会变老？"妈妈答："有的大人没有小宝宝，他们也一样会变老。"她坚持问："为什么？"妈妈一时语塞，想了一会儿，打比方说：

"你看花开得久了,就会谢,人也一样。"

其实啾啾是不愿意老,不愿意死,她内心在抗拒。
"我会变老奶奶吗?"她试探地问我,"不会吧?"
"爸爸会变老爷爷吗?"妈妈启发她。
"会的。"她说。
"那么,你会变老奶奶吗?"我问她。
"会的,"现在她承认,"每个人都会的,男的变老爷爷,女的变老奶奶。"
"变老奶奶好玩吗?"我想改变气氛。
"好玩,只有两颗牙齿。"
"要过很久很久,你才会变老奶奶。"我告诉她。
她刚上幼儿园,于是开始算从幼儿园到变老奶奶要经历哪些阶段:小班,中班,大班,一年级,二年级……小学,中学,大学,博士,单位,最后是老奶奶。然后,她换一种算法,数自己的年龄:三岁,四岁,五岁……数了很久才数到了八十五岁,那是奶奶的岁数。她相信了,的确要过很久很久,她才会变老奶奶。

每天夜晚,啾啾上床后,妈妈都陪她说一会儿话儿,给她抚摸背脊,她在妈妈的爱抚下入睡。这是一天夜晚母女俩的一段对话——
"妈妈,你很老了还会照顾我吗?"
"当然会的。"

"你很老了，我也长大了。"

"你长大了，还是妈妈的宝贝。"

"老了就会死，你死了，变成天使了，你在天上还会照顾我吗？"

"还会的。"

"我也会变成天使的吧？"

"到你很老很老的时候会的。"

"我也变成了天使，到天上去找你，你就能照顾我了。"

"对呀，到了天上，我们还是妈妈和宝贝，妈妈还照顾你。"

聊到这里，啾啾紧紧地搂住了妈妈的脖子。

啾啾四岁的时候，有一天，我们一家三口驱车外出，遭遇堵车。啾啾突然问：

"妈妈，我们都死了以后，天还是这样的吗？"

妈妈说："大概是吧。"

"到时候谁还在天下面呢？"

"那些还没有死的人呀，还有许多新出生的人。"

"世界上的人都死了，也没有新的小贝贝生下来，世界上没有一个人了，会是什么样子呢？"

"那样世界就空了吧。"

她沉默良久，说："不对，我们一家人还在，我们还活着，不会老，不会死。"

妈妈给她讲道理，说假如只有我们一家人活着，超市里就没有东西让我们买，餐馆里就没有饭让我们吃，幼儿园里就没有老师给宝贝上课,总之,必须还有别的人活着,否则我们也没法活。

啾啾承认妈妈说得对,她指着车窗外拥挤的车辆和行人解释说:"我说的是外面这些人。我觉得世界上的人太多了,我不想有这么多人。"

隔了一会儿,她带着遗憾的口气说:"其实我也不想他们死。为什么所有人都要死呢,能不死多好。"

妈妈又给她讲道理,大意是如果所有人都不死,地球上的人就太多了,住不下了。

啾啾没有再吭声。

我知道,在她的小脑瓜儿里,死已经是一个挥之不去的问题。

啾啾跟妈妈上街,在马路上看见一只死老鼠。回到家,她告诉了我,然后说:"老鼠死了好可怜,猫死了也好可怜……"说到这里,她顿住了,轻轻一笑,说:"嘻,我可别死。"说完赶紧转移了话题。

她捡到过一只死麻雀,她养的一只鹌鹑也死了,她亲手把它们掩埋在了公园的泥土中。她对我说:"我已经有两个死去的朋友了。"

啾啾还没有看见过死去的人,只看见过死去的小动物。尸体是丑陋的,看见尸体的时候,她一定不会想到天使。

为什么人死的时候,不能干干净净,没有尸体,直接变回天使展翅飞走呢?

不想长大

啾啾两岁的生日，早晨醒来，妈妈告诉她，今天是宝贝的生日，宝贝满两岁了。在为她唱了《生日快乐》之后，妈妈想检验一下她是否知道自己由一岁变为两岁了，便问："宝贝几岁了？"她答："两岁。"立即又发出表示反对的上声"嗯"，说："不是两岁！"妈妈问："三岁？"反对的"嗯"声更响了，一边使劲摇头。"一岁？"她点点头。"还想当小贝贝？"这回是表示赞同的去声"嗯"，表情很坚决。

三岁的时候，妈妈给她讲她以前的事，她听得入迷，说："要是我还那么小就好了。"妈妈说："你还那么小，现在会做的许多事都不会做了。"啾啾对此不置可否，继续说自己的想法："我长到两岁，就觉得一岁特别好，长到三岁，就觉得两岁特别好。"我心中暗惊，岁月因失去而美丽，这样精微的体验，她小小的年纪就领悟到了。

说起以后长大，她的口气常常是有些伤感的。妈妈问："宝贝什么时候变得这么可爱的？"我说："宝贝从生下来就可爱，可爱到现在，还要可爱下去。"她看我一眼，略带遗憾地说:"长大了就不可爱了。"然后转身问妈妈:"妈妈,到我八岁的时候,你还会记得我特别小的时候的样子吗?"在她的小脑瓜里,八岁已经是长大了吧。妈妈说会的,可是我知道,啾啾的担忧是有道理的。每当我迷醉于她的可爱模样的时候,我也总是听见我的心在为眼前的这个模样必将被时光带走而叹息。日子一天天过,孩子似乎无甚变化,有一天蓦然回首,童稚的情景已经永成过去。

办公室里,妈妈在埋头工作,啾啾在另一张桌子前画画。因为保姆休假,妈妈带着她来上班了。她很乖,不去打扰妈妈。在画画时,她不时地抬头看一眼妈妈。画了一会儿,她爬下椅子,走到妈妈身旁,说:"妈妈,我觉得你好漂亮。"

妈妈说:"宝贝比妈妈更漂亮。"

她说:"妈妈,我不让你老,你老了就会不漂亮了。"接着问:"外婆年轻的时候是什么样子的?那时候她漂亮吗?"

妈妈心不在焉地回答:"还凑合吧。"

她站着不走,妈妈留意了,抬起头来,问她还想说什么。她说:"我长得像你,你又像你妈妈……"停顿了一下,然后小声说:"我害怕!"

妈妈问:"怕什么?"

她说:"我不愿像外婆。将来我有了宝贝,我也不愿她像你。"

妈妈有点儿吃惊,问:"你这么爱妈妈,你的宝贝像妈妈不好吗?"

她坚定地回答："不好，她像我就行了。"

啾啾四岁半，一天晚上，在饭桌上，她突然说："我不想长大。"我悄悄观察她，她的表情是认真的，甚至是痛苦的。我知道讲大道理没有用，就用开玩笑的口气对她说："那你就缩小吧，再变成一个小贝贝。"她说："我也不缩小，就现在这样很好。"我说："你想想，如果你总这样，你周围的小朋友都长大了，上小学了，他们会笑你的。"她语气坚定地说："没有关系。"妈妈插话说："以后妈妈老了，你还这么大，我都抱不动你了。"她闻言立刻放声大哭，喊起来："我不想长大！我也不让你变老！"到这个地步，我和红别无他法，只好答应她："好，宝贝不长大，爸爸妈妈也不变老。"她止哭了。为了逗她高兴，我和她拉钩，她学我反复地说："拉钩拉钩，永远不老。"玩了一会儿，她破涕为笑了。

此后几天，我出差，她和妈妈在家里，她便经常要妈妈为永远不老和她拉钩，走到哪里，拉到哪里。妈妈开车，她坐在副驾驶座上，也伸过手去和妈妈为此拉钩。有一回，拉完了钩，她问妈妈："你说拉钩管用吗？"我出差回来了，她一见我，也急忙问："爸爸，拉钩管不管用？"我说："管用，天上有一个神仙，他看见我们拉钩，他会听我们的。"这句话又让她思考了一些天，仍觉得不十分可信，悄悄问妈妈："你说天上真有神仙看见我们拉钩吗？"

她将信将疑，心里一直在琢磨。也许是受了那天我让她缩小的戏言的启发，她产生了一个新的思路。她对妈妈说：

"我不喜欢时间这么向前过,我想倒着过。"妈妈问她是什么意思,她说:"我不想今天过了是明天,明天过了是后天,我要从最后面过起,一直到后天、明天、今天、昨天,这样我就可以越过越小,最后又可以吃妈妈的奶,又可以回到妈妈的肚子里了。"妈妈说:"你回到了我的肚子里,再往后过,你就变没有了,妈妈也变回小姑娘了。"这个推理有点儿出乎她的预料,她想了一会儿,说:"我回到了你的肚子里,就停住了,不要再往后过了。"

我心中想:我的宝贝和我太像了,这么早就意识到了岁月的无情和生命的有限,在紧张地寻找一条出路。对于人生宿命的抗拒和接受,抗拒的失败,接受的无奈,这一出古老的悲剧已经在她的小小心灵里拉开序幕。

这些日子里,啾啾格外多愁善感,她变得很爱哭。她从来恋妈妈,现在更恋了,寸步不肯离开。每当妈妈要外出,她就哭,坚决不让。她说:"我再也离不开妈妈了,因为我变小了。"

一天夜晚,她背朝妈妈躺着,妈妈以为她睡着了,正想起来去工作,她突然转过身来,紧紧搂住了妈妈。妈妈发现她在流泪,惊慌地问她哪里不舒服。她说:"妈妈,要是你很老了,死了,别人会把你埋在地下吗?"马上接着说:"你很老了、快死了的时候,你就赶紧回家,死了留在家里,我就可以一直闻你的味儿了。"妈妈说:"人死了会臭的,味儿很难闻。"她说:"我还是喜欢妈妈的味儿。"说完泪如雨下,呜咽不止。

在一再宣布不想长大的同时，啾啾的身体出现了一个异常的情况。她早就学会了控制大小便，可是，在这大约一个来月的时间里，她突然又经常尿床、尿裤子，在幼儿园也如此，老师多次捎话，让我们带她就医。我的判断是，这个症状很可能源自她的心病，是她潜意识里表示不肯长大的一种方式。不过，也有可能是尿道感染，我们仍决定带她去医院检查。

啾啾对于去医院总是很害怕的，这天下午，我们到幼儿园接了她，她坐在后座上，一听是去医院，马上哭了，嚷道："直接回家！"妈妈向她解释说，今天去医院只是尿一点儿尿，让医生在显微镜下看一看，尿里面有没有病菌。尿尿可怕吗？她承认不可怕，就平静下来了。化验结果正常，医生认为症状是精神因素所致，正与我的判断相符。

在医院里，我们看见一个一岁多的农村小女孩，站在二楼的厅里哭。她有时挪动一小步，不停地哀泣和用手擦眼睛下面，但没有眼泪。至少有半个多小时，无人来领她。肯定是她的母亲遗弃了她，我依稀记得刚才见过一个红衣农村妇女抱着她，就向院方报告，录像证实了这一点。她的嘴唇发紫，大约患有先天心脏病。我们站在那里守了很久，红不停地用餐巾纸给她擦鼻涕，啾啾也不时去抚摩她一下。红抱起她，她不哭了。红差不多动心要把她抱回家了，最后还是理智占了上风。

回到家里，我们仍在谈论这个小女孩。妈妈说："要不是收养手续太麻烦，我真把她带回来了。"啾啾说："她真可怜，以后成孤儿了。"我问："如果带回来，她就是你的妹妹，你喜欢她吗？"她答："喜欢，她挺可爱的。"我说："可是，你现在已经四岁多了，还尿裤，她会笑你这个姐姐的。你想想，同班的小朋友还有没有尿裤的？"她当真想了一会儿，终于举出了一个例子，但承认那个小朋友只是偶尔尿裤。接着她申辩："我不是要像现在这么大，我要回到妈妈怀里吃奶。"意思很清楚：吃奶的孩子可以尿裤。

啾啾要过五岁生日了，早晨一起床，她就宣布："今天是我的生日，你们必须听我的。"接着宣布："我不想办生日。"

当时正值"非典"流行，我们临时住在城郊的住宅里，红觉得她太寂寞了，就和她商量，只请小区里她刚认识的几个小朋友到家里来吃蛋糕，她勉强同意了。没有料到的是，小朋友的妈妈们也都来了，而且在客厅里坐了三个小时仍无去意。已是晚餐时间，红临时决定带大家去餐馆吃饭。我在书房里，忽然听见啾啾的大哭声，到客厅看，只见众人正在朝外走，红拉着啾啾，啾啾一边哭一边奋力抵抗。我抱起啾啾，不客气地说："改日吧，我们答应啾啾不办生日的。"妈妈们带着孩子悻悻地下楼去了。

在我的印象中，啾啾对于过生日从来不热衷，即使生日那天玩得快乐，隐隐中仍有一种抵触。这一次的生日，她是公开抵制，也许再加上客不投缘的因素，就大大地发作了一场。生日后不久，一个朋友来家里，看见啾啾，问她几岁了，她答五岁。然后，我看见她站在那里若有所思，自语道："我觉得四岁太快了，刚到四岁，就五岁了。"我顿时明白，这些日子她一直沉浸在岁月易逝的忧愁中。

上小学后,她好像把这种情绪克制起来了,但偶尔仍有流露。一个星期五的早晨,看她为上学而早起,我觉得心疼,就对她说:"宝贝,明天又是周末了,可以不上学了,我为你高兴。"不料她神色黯然地说:"我不喜欢。"说着眼睛红了。我问为什么,她答:"过得太快了,我不想长大。"

不想长大已经成为啾啾的一个相当严重的心理症结。她是一个聪明的孩子,不愿意陷在痛苦的情绪之中,自己在思考,试图找到一种能够说服自己的道理。

她问我:"你说,人会长大好,还是不会长大好?"

我答:"各有好处,也各有坏处。"

她表示赞同,马上谈不长大的坏处:"还是那么小,却满面皱纹……"

我说:"不长大就总是小孩的样子,不会满面皱纹的。"

她问:"也不会死?"

我点头。她动心了。我说:"可是也没有亲人了,因为亲人都会死。"

她提出异议,说:"亲人会有后代呀,所以仍有亲人。"

我承认她说得对,就换一个角度说:"爸爸已经长大了,知道长大了能够经历许多有意思的事,比如会有自己的小贝贝。你不长大,就永远不能有自己的小贝贝了。"

这个理由很有力量,因为她一直觉得有小贝贝是一件有意思的事。愣了一会儿,她说:"其实长大也可以,但不要老,我就是不想老。"

我说:"我也不想老。"

她说:"最好是又长大,又不会老。爸爸,你说有什么办法吗?"

我说:"从古代开始,有许多人在找这个办法,好像都没有找到。"

她叹了一口气,不说话了。

韶光流逝,人生易老,人们往往以为只有成年人才会有这样的惆怅,其实不然。我们总是低估孩子的心灵。我自己的幼时记忆,我的女儿的幼时表现,都证明一个人在生命早期就可能为岁月匆匆而悲伤,为生死大限而哀痛。不要说因为我是哲学家,我小时候哪里知道将来会以哲学为业。不要说因为啾啾是哲学家的女儿,她的苦恼与哲学理论哪里有半点关系。我要再三强调:孩子的心灵比我们所认为的细腻得多,敏锐得多,我们千万不要低估。

那么,当孩子表露了这种大人也不堪承受的生命忧惧,提出了这种大人也不能解决的人生难题,我们怎么办?

首先,我们要留心,要倾听,让孩子感到,我们对他的苦恼是了解和关切的。如果家长听而不闻,置之不理,麻木不仁,孩子就会把苦恼埋在心底,深感孤独无助。

其次,要鼓励孩子,让他知道,他想的问题是重要的、有价值的,他能够想这样的问题证明他聪明、会动脑子。有一些愚蠢的家长,一听见孩子提关于死亡的问题就大惊小怪,慌忙制止，仿佛孩子做了错事。这种家长自己一定是恐惧死亡和逃避思考的，于是做出了本能的反应。他们这样反应，会把恐惧情绪传染给孩子，很可能从此就把孩子圈在如同他们一样的蒙昧境界中了。

最后，要以平等、谦虚的态度和孩子进行讨论，不知为不知，切忌用一个平庸的答案来把问题取消。你不妨提一些可供他参考的观点，但一定不要做结论。我经常听到，当孩子对死亡表示困惑时，大人就给他讲一些大道理，什么有生必有死呀，人不死地球就装不下了呀，我听了心中就愤怒，因为他们居然认为用这些生物学、物理学的简单道理就可以打发掉孩子灵魂中的困惑，尤其是他们居然认为孩子灵魂中如此有价值的困惑应该被打发掉！

其实，一切重大的哲学问题，比如生死问题，都是没有终极答案的，更不可能有所谓标准答案。这样的问题要想一辈子，想本身就会有收获，本身就是觉悟和修炼的过程。孩子一旦开始想这类问题，你不要急于让孩子想通，事实上也不可能做到。宁可让他知道，你也还没有想通呢，想不通是正常的，咱们一起慢慢想吧。让孩子从小对人生最重大也最令人困惑的问题保持勇于面对的和开放的心态，这肯定有百利而无一弊，有助于在他的灵魂中生长起一种根本的诚实。孩子心灵中的忧伤，头脑中的困惑，只要大人能以自然的态度对待，善于引导，而不是去压抑和扭曲它们，都会是精神的种子，日后忧伤必将开出艺术的花朵，困惑必将结出智慧的果实，对此我深信不疑。

时间是什么东西

因为不想长大，啾啾在思考一个重大的哲学问题：什么是时间？

一天吃晚饭时，她问妈妈："为什么时间会过去？"

妈妈说："你问爸爸吧，他是哲学家。"

我问她："宝贝为什么想这个问题？"

她说："假如时间不会过去该多好，我就不会长大了。"

我说："如果在我小时候，时间不过去，我一直不长大，还会有你吗？"她被我的话逗笑了。但我知道我是把问题岔开了，对于为什么时间会过去这个问题，我没有回答，也不知该如何回答。

接着，妈妈开起了玩笑，说如果现在时间不过去，我们就老坐在这里吃饭，炒菜的时候如果时间不过去，小燕就老在厨房里挥胳臂。她听了越发大笑，说那是中风。我替她辩护，说她的意思不是每个人老做着正在做的事，而是做什么都行，但是人不再长大变老，她点头说对。这时她省悟到我刚才跑题了，说：

"爸爸,你还没有回答我的问题呢,我不是说时间不过去会怎么样,我是说时间为什么会过去。"

我坦白:"爸爸说不清楚。"

她用嘲笑的口吻说:"你不是哲学家吗?"

我说:"许多大哲学家都没有把这个问题说清楚,各有各的说法,我这个小哲学家更说不清楚了。"

她仍嘲笑我:"不管大小,哲学家不是都要思考吗?你就思考一下吧。"

我笑了,说:"爸爸一定好好思考。"

她的神情转为严肃,低声说:"我觉得时间这个东西很奇怪。"

我赞同地说:"宝贝说得对,我也觉得它奇怪,看不见,摸不着,可是所有人都被它拖着跑。你提了一个特别好的问题,我们一起来思考,好吗?"

宝贝的确在思考。若干天后的一个早晨,刚起床,她对妈妈说:

"我知道了,时间是一阵一阵过去的。"

妈妈没有听明白,问她是什么意思,她重复说了一遍,然后解释说:"比方说,我刚才说的话,刚才还在,现在已经没有了,我想留下它,但留不下来了,想找也找不回来了。这就是时间。"

妈妈问:"你是不是想把说过的话留下来?"她迟疑地点了点头。妈妈说:"所以爸爸妈妈一直在给你记录。"她说:

"可惜我不会写。"妈妈说:"你可以把你的意思画下来呀。"

当红向我转述这一段对话时,我心中惊叹了一声:老天,我的小哲人!她多么准确地表述了时间一去不复返的性质,举的例子又多么确切。人说话的时候,话音刚落下立即没有了踪迹,此刻转瞬成为过去,没有比这个现象更能说明时间稍纵即逝的特征的了。看来妈妈没有领悟女儿的深思,我建议她读一读圣奥古斯丁的《忏悔录》。

红是在次日傍晚去赴宴的途中提起啾啾的上述言论的。在车里,她对我说,宝贝昨天关于时间说了特别好的话。啾啾听见了,立即阻止,红悄悄说了一个开头,她竟生气了。我说,宝贝自己跟爸爸说。她坚决表示,她不想重复自己说过的话。那晚是正来请客,在餐桌上,红把啾啾的话偷偷告诉了我,我又偷偷告诉了正来,正来也连连称奇。我以为啾啾没有听见,可是,返途车中,她突然说:"我忘记我怎么说时间的了。"我立刻警觉起来,说:"我只听妈妈说了开头,后面是什么,我也不知道。"我建议她问妈妈。红正要说,她制止,问我:"你还记得开头吗?"我以为她真的忘了,便告诉她,她说的是"时间是一阵一阵过去的"。一会儿,她终于把她的意思向我说清楚:"我忘了,我要你也忘记。"我强调:"我只知道开头。"她不让步,说:"把开头也忘掉。"我只好说:"我忘了。"她追问:"现在你脑子里还有这句话吗?"我说:"没有了。"她这才罢休。

啾啾当然知道不可能用这个办法让我真的忘掉。一般来说，她是乐意和我讨论问题的，几天前我们还说好要一起思考时间的问题，因此她的异常态度格外耐人寻味。我琢磨良久，推测她的真正意思是：从此以后，我们都不要再提这个话题了。当时啾啾四岁九个月，事实上，此后一些日子里，她的确没有再就时间问题发表高论。

啾啾五岁两个月，一天早饭时，她突然自语似的问："在另一个地方会不会有另一个我呢？"

我心中一惊，赶紧打岔说："真的？那你可能会遇到她的。"

她立刻有些不耐烦地反驳："我见不到的！"说了好几遍。然后转向妈妈，解释说："你老了以后，在另一个地方会生出一个人，和你长得不一样，但那其实是你。"

妈妈点头，对我说："她说的是轮回。"

啾啾不再说话，沉浸在一种情绪中。她吃饭总是很慢，妈妈急着要送她去幼儿园，自己也要上班，催她快吃。她坐在那里，不吃，沉默。一会儿，她的眼圈红了，落下了两颗泪珠。我抱起她，问她在想什么，她不肯说，大哭起来。我哄她，让她只说两个字，我来猜。磨蹭了一会儿，她答应了，在我耳边说："姐姐。"

原来是想小燕了。她对这个带了她三年的小保姆很有感情，可是，两个月前，小燕突然辞职，据称是去广州的工厂做活了。我和妈妈向她保证，再找一个好保姆陪她玩，她仍哭。看她是真想小燕了，妈妈翻出小燕老家的电话号码，但打去无人接。她哭着说:"一想到小燕永远不来了,我就伤心。"妈妈安慰她,说小燕一定会来北京看她的。

我心里明白,真正使她伤感的不是小燕的离去,而是生活时光的一去不复返。小燕的离去是一个触因,使她又一次感觉到了生离死别的残酷,所以想到了轮回。

我不知道啾啾是怎么会有轮回的观念的,一个五岁小女孩似乎不太可能自发产生这样神秘的观念。一个可能的来源是,她已经接受了人出生前是天使、死后又变回天使的说法,也许由此就推出了在变回天使之后又再投胎为人的论断,而这就是轮回。

四岁半时,在她经常宣布不想长大的那些天里,她和我之间有一段对话,可以提示这个来源。她对我说:"你的爸爸死了,他在天上。"马上又更正:"他在坟墓里。"我说:"对,也在天上,也在坟墓里。"她接着说:"他会重新变成小贝贝。"然后问我:"人死了能不能重新变成原来的这个小贝贝?"我只好说:"能的,只要现在一直这样想,管这件事的神仙知道了你的想法,就会照着办的。"说到这里,她没有继续往下问。在这一段对话中,她实际上谈到了轮回,并且在关心这样一个问题:假如生命有轮回,人在轮回中能否回到原来的那个自己,人的自我是否有连续性。我惊讶于她的深刻,这也正是我的疑问,对于具体的个人来说,如果每一世的生命没有一个持存的自我把它们联结起来,轮回有何意义?

升天也罢，轮回也罢，真正要紧的是我们在现世所珍惜的价值能否因此保持住。啾啾深爱妈妈，使她忧虑的是，以后在天上，或在下一世，她还能否和妈妈在一起。六岁时，有一回，她问妈妈："我爱你多长时间才够？"妈妈答："一万年。"她说："那时候我们都已经死了，没法爱了。"妈妈说："到了天上还可以爱。"她说："到了天上，我们都不是原来的样子了，认不出了。"妈妈出主意："那就先做好记号吧。"她说："没有用，记号也会丢的。"还有一回，她问妈妈："下一世我会不会变成一个外国人？"妈妈答："有可能。"她说："我不想做外国人。"妈妈说："你可以选择做中国人。"她问："我还会不会做你的女儿？"妈妈答："你可以选我做你的妈妈呀。"她想了一会儿，淡淡地说："时间太长了，我怕到时候会忘记。"

除夕之夜，东东带儿子凯文来我们家。当晚有一场演出，啾啾有一点儿低烧，不肯去看。其实她是想和凯文玩，凯文比她大四岁，两人特别合得来。大人们看完演出，回到家已是半夜一时，发现告病不去的啾啾和她的伙伴在家里闹翻了天，把坐垫、玩具、书本扔了一地。

东东和凯文走后，啾啾给我看她在旧岁新年交替时画的一张画，由两幅图组成。一幅是送别旧岁，画着她自己在流泪，标题是"告别 2004 年"。另一幅是迎接新年，画了满天焰火，标题是"2005 年来了"。在画的下方，签署的时间是 2005 年 0 时 0 分。

看了这张画,妈妈说:"真的,过了午夜了,已经是2005年了。"

啾啾惊奇地问:"2004年哪里去了?"接着宽慰地说:"2005年也不可怕呀,我们家还是老样子。"

听着这稚气的话语,我心想:别看这个小哲人常怀千古之忧,其实仍是一个天真的孩子。她的画是她的心情的真实写照,其中既有忧伤,也有欢乐。这就对了,欢乐使她不会消沉,忧伤使她不会浅薄,我因此感到放心。

一个幼儿的天问

啾啾的宠物是一只黄色的绒毛兔子,她给它取名叫小黄,每天睡觉时都放在枕头旁。早晨,她醒了,抱着小黄玩。妈妈想让她起床,说:"来,宝贝抱小黄,妈妈抱宝贝。"她逗妈妈,问:"谁抱你?"妈妈说:"空气抱妈妈。"她追问:"谁抱空气?"妈妈答:"屋子。"问:"谁抱屋子?"答:"屋子外面的空气。"

她继续问:"屋子外面的空气,屋子外面的空气……"她先说出了宾语,一时不知如何组织句子了,在琢磨,很快找到了方式:"屋子外面的空气让谁抱?"

妈妈说:"太阳。"

她反驳:"太阳这么小,怎么抱呀?"

我插话:"天空抱屋子外面的空气。"(要让一个幼儿懂太阳体积比地球大不容易,别太认真。)

她表示同意:"天空抱屋子外面的空气,太阳抱天空。"(她又不说太阳小了,一个幼儿有时说话不合逻辑很正常,也别太认真。)

啾啾三岁时，类似的追问常常出现，表明她对无穷的因果链发生了兴趣。在这个谈话中，对空间的思考由近向远推进，已经触及朦胧的宇宙概念。

啾啾四岁，我给她讲故事："天上有一个王，名字叫宙斯。"
她问："你认识他吗？"
我说："认识。"
问："他是不是太阳？"
答："不是，他是神，他管太阳。"
问："他是不是月亮？"
答："不是，他管月亮。"
问："他是不是星星？"
答："不是，他管星星。"
她说："爸爸，你和我都是人，我们都姓周。"
我说："对。"
她问："那你还认识宙斯吗？"
我无言以对。原来，她带我绕了一圈，在这里等着我呢。
接着，她发表看法，大意是：天上云最厉害，云让天气好，天气就好，让天气坏，天气就坏，云让太阳出来，太阳就出来，让太阳不出来，太阳就不出来，如此等等。
倒是能够自圆其说。我问："你是从书上或碟上看来的吗？"她说："不，是我自己看到的。"
我立刻悟到，刚才她对我的诘问可谓击中要害。她的意思是：你并不认识宙斯，所以你说宙斯最厉害是没有根据的；我看到了云，所以我说云最厉害是有根据的。她在用科学反对神话。

也是四岁时，一天晚上，啾啾问妈妈："天上有什么？"妈妈答："有云。"她说："我是问云的后面有什么。"妈妈答："星星。"她继续问："星星的后面呢？"妈妈答："还是星星。"她说："我是说最后面，终点是什么？"妈妈说："没有终点，永远还有星星。"她用教训的口吻说："妈妈，什么东西都有起点也有终点，天怎么会没有终点？"妈妈承认自己说不清楚。

她来问我："爸爸，天的终点是什么？"我试图向她解释无限的概念，告诉她，天是没有终点的。她觉得不可思议，指一指天花板，意思是天也应该有类似天花板的一个顶。我承认我也说不清楚。

但啾啾一直在琢磨。有一天，她又问我："世界的外面是什么？"我让妈妈回答，妈妈说："世界的外面还是世界吧。"她立刻表示同意，说："是世界的下一曲。"原来她是有备而来的，已经找到了一个思路，来解释世界的外面还有世界，就像她听的CD光盘播完一曲还有下一曲一样。

我夸她说得好。然而，CD光盘上的曲子是有限的，世界是无限的，当我试图向她说明这个道理时，她又露出了困惑的神情，说："我想知道地球外面的世界是怎么样的，到底有多大，一直下去，外面的外面是什么。"不必说一个四岁孩子,即使像我这个想了一辈子哲学问题的大人,在面对无限时又何尝不感到困惑。我只好说:"宝贝还小,以后长大了,看许多书,就会知道许多关于宇宙的知识了。"

正来在亚运村俏江南宴请学界朋友,我们一家都去了。席上,正来提起,嘟儿最近很困惑,经常说活着没有意思。我让嘟儿说一说她的想法。她说了很多,大意是:人的一切都是上帝早已决定的,自己做不了主,所以活着没什么意思。她举例说:"比如考试,这些题目我都懂,可是有时就会粗心,再注意也没用,因为上帝早已决定让我在这时候粗心了。又比如上帝已经决定了让我活多久,我可以当心避免车祸等等,但是也许我想看看到底有没有来世,就自杀了,死了以后要是没有来世,也就回不来了。"后一个例子有点复杂,意思是上帝总会用你意想不到的办法实现他的决定。

讲完后,大人们七嘴八舌发表意见,有说这种问题想不清楚就不要去想的,有说上帝有打瞌睡或管不过来的时候的,等等。

嘟儿说的时候,啾啾在玩,好像没有听。后来嘟儿又到我和正来的座位边继续说。正说着,啾啾走过来,站到她面前,一脸认真的表情,出语惊人:"要是没有上帝怎么样呢?上帝是人想象的。"

嘟儿噎住了,尴尬地笑。她十一岁了,最近长得很快,不太有兴趣和五岁的啾啾玩了,没有料到啾啾会插一嘴并且把她问住。

嘟儿的问题和大人们的议论都在上帝存在这个大前提下展开，啾啾却对这个大前提提出了质疑，颠覆了整个思路。

我问啾啾："你认为上帝不存在吗？"她说："我不知道。"我问："你的意思是不是说，上帝可能存在，也可能不存在？"她点点头。我心想：很好，和我的立场一致。

神或上帝是否存在的问题涉及世界和人类的起源，对于这个问题，啾啾心中有许多疑惑，经常和妈妈讨论。

她问："第一个人是从哪儿来的？"

妈妈答："中国的神话说是女娲造的。"

她问："女娲是谁造的呢？"

妈妈答："神话里没有说。"

她又问："世界是从哪里来的？"

妈妈答："都说是神创造的。"

她问："神又是从哪里来的？"

妈妈答："我不知道。"

她说："妈妈，还有一个问题你肯定也回答不出来。"妈妈问是什么问题，她说："世界的一辈子有多长？"

妈妈说："世界永远存在，这叫作永恒，就像神仙会永远活着一样。"

她问："世界上管神仙的是谁？"

答："外国和中国不一样，各有各的管神仙的。"

问："那么，到底有没有神仙呢？"

答："不知道，有的人说有，有的人说没有。"

问:"真的是好人都上天堂,坏人都下地狱吗?"

答:"应该是吧。"

问:"好人在天堂里变成天使,在那里自由地飞翔。可是坏人呢?他们在地狱里干什么?管地狱的那个神仙叫阎王爷,他怎么管坏人?"

答:"都说是放在油锅里炸。"

问:"地狱里的人犯了罪,又被处死,再去哪里呢?"

答:"好像没有更坏的地方可去了,仍旧在地狱里吧。"

啾啾说:"所以,去天堂的人应该感谢,因为去了天堂;去地狱的人也应该感谢,因为地狱不收他们,他们就没有地方可去了。"

妈妈说:"他们宁肯哪里也不去,也不愿意在地狱里呀。"

她说:"可是,怎么可能哪里也不去呢。"

接着,她说起她和保姆小张之间的一次对话。她说,小张阿姨是她遇到的第一个想死的人。小张是一个身世悲苦的善良女人,有一回竟对她说自己想死。她问小张:"你死后去哪里?"小张答:"哪里也不去。"她说:"人死后只有两个地方可去,不是天堂,就是地狱,然后又变成人。"小张说:"我不去天堂,也不去地狱,去一个没有人的地方。"她说:"世界上只有天堂、地狱和人间,你说的这个地方在哪里呢?"

讲完这段对话,她问妈妈:"真的有天堂和地狱吗?"

妈妈答:"我不知道,也是有的人说有,有的人说没有。"

啾啾叹了口气,说:"看来只有死后才知道了。"

啾啾六岁，上小学一年级了。我们俩在陶然亭公园散步，一路闲聊。

她问我："地球一直在动吗？"我说是。她接着问："为什么感觉不到？"

我解释说："因为地球太大了，就好像一只蚂蚁在皮球上，皮球动，它也感觉不到。"

她表示懂了，说："我们就像蚂蚁。"

我说："按照比例，我们比蚂蚁小多了。"

她纠正说："陶然亭公园就像蚂蚁。"接着问："天上的星星都在动吗？"我说是。她想了想，得出结论："只有宇宙是不动的。"

我困难地向她解释：宇宙由所有的星星组成，所以也可以说宇宙在动，宇宙是全部，不存在宇宙之外。

她马上说："宇宙之外是一片空白。"

我说："也可以这样说。"

她说："可是，如果是一片空白，那太可怕了！"

我说："其实，不能说宇宙还有外面，因为宇宙就是全部，有外面就不是全部了。"

她问："世界的尽头到底是什么？难道世界没有边吗？"

我说："你想一想，如果世界有一个尽头，那会是什么样子的？"

她想了一会儿，说："我想不出来。"

我说："比方说，假如那是一道墙，但墙外面又是什么？即使外面是一片空白，空白的尽头又在哪里？"

209

她不愿讨论下去了，说："嗨，别想了，我们在地球上活着就行了。"

宇宙是有限的还是无限的，上帝是否存在，世界是不是神创造的，有没有天堂和地狱……人类世世代代的天问，在一个孩子的头脑中苏醒了。一个孩子的天问没有答案。一切天问都没有答案。然而，因为这些天问，人类成为太阳系中唯一的爱智造物。也因为这些天问，一个孩子走上了人类的爱智轨道。

自发的认识论

婴儿面对镜子的时候，表情是困惑的。她看见镜子里的爸爸妈妈，还看见一个陌生的小人儿，爸爸妈妈告诉她，这个小人儿就是她，她一定觉得费解。婴儿对镜子不感兴趣，基本上视若不见。到了幼儿阶段，随着意识的觉醒，她发现了镜子，喜欢在镜子前流连了。

啾啾是两岁时对镜子发生兴趣的。她是一个女孩，经常看见妈妈在镜子前梳妆，受到感染，也学会了对着镜子搔首弄姿，这很平常。我留意的是，她会怎样看待她和镜中影像之间的关系。

有一回，我假装找她找不到，她心领神会，也开起了玩笑，让我对着卫生间喊，然后走到我身边，朝卫生间里张望了一下，说："宝贝不在。"我把她抱到卫生间的镜子前，问："在不在？"她笑了，说："在。"我抱她离开，问："现在宝贝在不在卫生间里？"她答："不在。"我马上抱着她又朝卫生间走，她赶紧说："在。"她做了一个判断：只要她进去，就能看见自己的镜中影像，那个镜中影像和她是同一个人。

然后，出乎我的意料，她看着镜子里的自己，突然嬉皮笑脸地说："你是小坏蛋。"我说："她就是你呀。"她说："不是，她是小坏蛋，我是宝贝。"她仍在开玩笑，但巧妙地把镜中影像和自己区分开来了，使得其间的关系变得复杂起来，她的玩笑同时有了三个对象：我，她的镜中影像，她自己。

再大一点儿，困惑又产生了。四岁时，有一回，我发现她站在镜子前，看着自己的镜中影像发愣，问她在做什么，她沮丧地说："我没法和它说话，我说它也说，我不说它也不说了。"我表示同情，说："它太没劲了，我们不理它。"的确，恼人的是，我们既不能把镜中影像当作自己，因为它只是一个影像，又不能不把它当作自己，因为它除了拷贝自己别无所为。

在幼儿的世界里，镜子是一个促狭鬼，它在自我和非我之间制造混乱，也启迪思考。

啾啾和爸爸妈妈一同游动物园，游完后问道："动物在哪里？"她看到了猴子、长颈鹿、老虎等等，使她疑惑的是，她没有看到"动物"，而如果没有"动物"，怎么叫"动物园"呢？

当然，啾啾不可能知道，她触及了一个极其艰深的哲学问题，哲学家们为之进行了无数令人生畏的讨论：普通名词、抽象概念有没有与之相对应的实体？（2岁）

"妈妈，我的压岁钱呢？"

"不是给你买了光盘和书吗？已经用光了。"

"你再给我一点压岁钱吧。"

"压岁钱不是随便给的，只有过年的时候才能给。"

"我们给这个钱另起一个名字，你不是就能给我了吗？"

这是啾啾和妈妈的一段对话，令我惊叹不已，它涉及名与实的关系问题，而啾啾的见解何其犀利：人是事物的命名者，不应该被名所囿，为了求其实，何妨改其名。（3岁）

啾啾玩电子琴，听着里面贮备的乐曲，她领悟地说："这是各种各样的乐器造成的音乐。"接着疑惑产生了，她问妈妈："电子琴自己的声音是什么呢？"电子琴有选择按钮，可以选择钢琴、吉他等不同的模拟声音，但无法选择电子琴本身的声音。妈妈这样给她解释，她打断，说："我都知道，可是为什么它没有自己的声音呢？"

又一个哲学问题，在一定程度上可以认为她是在追问本体。哲学家们岂不一直在问：世界表现为各种各样的现象，这些现象都不是世界本来的面目，那么世界本来的面目是什么？（4岁）。

一天午饭后，我在厨房里洗碗，红带啾啾进卧室，说要给啾啾讲故事，这是啾啾从上午开始不断提出的要求。我忙碌完毕，推开卧室的门，看到的情景是——

妈妈已入睡，啾啾端坐在床上，手中捧着书，正在讲故事。

我问:"是妈妈给宝贝讲,还是宝贝给妈妈讲?"

她答:"我给妈妈讲。"

我问:"不是说妈妈给宝贝讲吗?"

她说:"妈妈已经讲了两个,她太困了,所以让我给她讲。"

她继续讲,我在一旁躺下,偷偷看,那书上文字多,图画少。她翻一页,讲一段,多数时候只有文字,她就看着文字讲。一本书翻完,她也就讲完了,讲得很连贯,但明显是自己编的。

我夸她讲得好。她说,已经讲了两本了,指给我看,那两本书整齐地叠放在一边。我要求她给我重讲一遍。

"不行,是我自己编的。"她说。

"我就想听你自己编的。"

"我已经忘了。"

"没关系,可以重新编,也可以一部分是刚才讲的,一部分是重新编的。"

"我假装是书上写的,不可以变了。"

"那就讲刚才一样的。"

"我忘了,不能一样了,所以不能再讲。"

我暗暗吃惊:这里面有多么复杂又多么准确的逻辑!甚至有多么根本又多么微妙的哲学直觉!

她接着要讲第四本,对我说:"你耽误我了。妈妈说了,讲完故事就叫醒她。"原来,她这么认真地一页页、一本本讲,对着一个入睡的妈妈讲,动力就是讲完后可以叫醒妈妈。

她这么想叫醒妈妈，但是，她仍然毫不偷工减料，而且讲得兴致勃勃，十分投入。

一会儿，看见阳光直射到妈妈脸上，她暂时中断，去拿来一把小伞，罩在妈妈脸上。

她在讲一个外国小孩的故事，她自己给书中的主人公起了个外国名字，叫文蒂，讲得绘声绘色。我看着端坐在阳光中的她的侧影，听着她的稚气的声音，看得听得入迷。

后来，我进了书房。再看见她时，她正坐在厅里画画，一边听着音乐。一定是故事讲完了，妈妈仍没有醒，她给自己做了新的安排。我夸她："真好，一边听音乐，一边画画。"她说："我给妈妈放的，给妈妈画的。"我羡慕地说："你对妈妈真好。"

我一直在回味啾啾说的不能重讲的那番话。她说了两条理由：一、记忆有出入，所以不可能完全按照原样重讲；二、假装是书上写的，所以又不允许重新编。实际上她说出了一个哲学道理：一切发生了的事情都是一次性的，不可重复，就好像是在发生的当下便写在宇宙这本大书上了一样。（4岁）

夜晚，临睡前，啾啾盯着妈妈看，妈妈换了一副新眼镜。她看了一会儿，然后说出一段意思很复杂的话。

她是这样说的："妈妈，你戴这副眼镜的时候，我想不起你戴原来那副眼镜的样子了，就觉得你戴这副眼镜的样子好看。就好像看见小羊没鼻子时候的样子，想不起它有鼻子时候的样子了，就觉得它没鼻子的样子好看。"

小羊是她的一件心爱的绒毛玩具，经常抱在怀里，时间久了，粘在脸上的塑料鼻子掉了。

我很吃惊。啾啾在说什么？她不是在说妈妈的眼镜，小羊的鼻子，她是在说人的感觉的主观性和相对性，在对这种现象进行反省，妈妈的眼镜和小羊的鼻子只是这种现象的个别例子。（4岁）

餐桌上，红讲述啾啾幼小时的故事，其中有从垃圾桶里捡坏葡萄吃的情节。我听了，责问道："你当时为什么不告诉我？"她问："告诉了你，你会怎样？"我说："当然揍你喽。"

这时啾啾发言了，对我说："我想了一个办法，你们互相把脑子换一下不就行了？这样妈妈知道的你就知道了，你知道的妈妈就知道了。"

我说："这倒是一个好办法，不过，这样一来，我就变成了妈妈，妈妈就变成了我。"

她说："不行，我还要妈妈当妈妈。"

我逗她："这个妈妈有什么好，这么粗心，让你从垃圾桶里捡东西吃。"

她捍卫妈妈："妈妈好，我不要你当爸爸了。"

我继续逗她："我只好再找一个新妈妈，也再找一个新的小贝贝了。"

她给我出难题："你可能会找一个傻瓜的，把你们的脑子一换，你就变傻瓜了，怎么办？"

我说:"我才不找傻瓜呢,到时候你替我看一看。"

她说:"有的傻瓜是看不出来的!"

在这样斗嘴时,我想着她的互换脑子的设想,它触及这样一个问题:什么是自我?自我与身体(大脑)的关系是怎样的?互换大脑是否就意味着互换自我?当然,啾啾没有想这么深,这个问题是从她的设想中引申出来的。(4岁)

电视里在说:"先有鸡还是先有蛋,先有男还是先有女……"她听见了,脱口说道:"当然都是先有喽。"

多么轻松地解决了这个千古难题。确切地说,不是解决了,而是揭露了它是假问题,把它取消了。"都是先有"意味着根本不能问哪个先有。难道事实不正是这样吗?(4岁)

红的一篇文章里提到苏格拉底的名言:"我知道我一无所知。"我们谈论着这篇文章,啾啾听见了,问道:"'一无所知'是什么意思?"

妈妈解释:"就是什么也不知道。"

啾啾问:"那他怎么知道他一无所知了?"

问得好。一个幼儿向苏格拉底挑战,揭露了哲学史上这个最著名的命题中包含的悖论。(5岁)

她指着墙上一个黑点,问妈妈:"近看大,远看小,到底哪个是对的?"

这个问题看似简单,常识会回答说:当然近看大是对的。

可是，为什么远看小就是错的？啾啾想问的正是这一点。所以，她提的问题超越了常识的眼光，很了不起。对于同一个对象，从不同视角看会得出不同认识，用什么来判断哪个认识是符合对象本来面目的，因而是客观真理？到底有没有本来面目和客观真理？这正是现代哲学探究的最重大问题，并且得出了和传统哲学迥异的结论。（5岁）

餐桌上有凉拌萝卜，啾啾嫌生萝卜辣，不吃，问："为什么萝卜要把自己长成辣的？"

妈妈答："也许是怕动物吃它吧。"

她说："你只能说'也许'，因为人怎么知道萝卜心里怎么想的？"

我立刻想起了庄子的"子非鱼，安知鱼之乐"。

妈妈接着问她："为什么苹果要把自己长成甜的？"

她猜道："也许是想让别的苹果和它结婚。"这个回答暴露了她毕竟不是庄子，而只是一个小女孩子。（6岁）

晚饭前，我偶然听见啾啾在向红发议论说："每一个世界都是矛盾的。"

我随口问："有哪几个世界？"

她答："我只知道两个世界，一个是天堂，一个是现在。"她说的天堂是指人出生前所在的地方。

我问："天堂是不是矛盾的？"

她笑了笑，说："不记得了。不过，有语言就有矛盾。"

我警觉了，听起来很像是哲学问题啊。我让她再说一遍她的想法。

她说："你要解释一个词，就要用别的词来解释它，可是，别的词又需要解释，你又要用别的词来解释，永远没个完。你可以做手势，但你的手势也需要解释，你可以画画，但你的画也需要解释，情况都还是一样。"

我太惊讶了，问："你是自己想到这个问题的吗？"

她答："是的，我一直在想。"

红让我给她解答这个难题，我承认我没有能力，只表达了这样的意思：对于一个词，一个东西，我们只能通过它与别的词或东西的关系来对它做出解释，此外别无办法。也就是说，她提出的问题是对的，词与词、物与物只能互相解释，永远不可能单靠自己就把自己解释清楚。

我无法不感到惊讶，这个二年级的小学生已经发现词（物）即是关系，并且因此感到了困惑。（7岁）

在哲学中，认识论也许是最深奥的一个领域。在很大程度上，可以根据一个哲学家在这个领域里思考的深度来衡量其哲学能力和造诣，我们因此推崇庄子、康德为大哲学家。但是，认识论的问题诚然深奥，却非哲学家的故弄玄虚、凭空杜撰，而是产生自人类思维固有的内在矛盾和真实困境。啾啾的例子证明，当理性在一个孩子身上觉醒的时候，认识会伴随着对认识的反思，从而不自觉地触及深刻的认识论问题。

做彩虹也很好

一群孩子在游戏场玩,我突然发现,啾啾离开了这群孩子,独自坐到一边,背对游戏场,面朝另一个方向,发了许久呆。我悄悄望着她,心里想:真是我的孩子啊。

这是三岁的啾啾,三岁的啾啾喜欢发呆。

一开始,我没有留意。有一回,她和我在书房里玩橡皮泥,我要工作了,这游戏只好中止。她不大愿意,但也顺从了,指着散放的橡皮泥对小燕说:"把这些给我拿走。"说完头不回地走出书房。我们都很惊奇,到厅里看她。她端坐在沙发上,面无表情,对我们仿佛视而不见。小燕说:"看她像什么?"我说像公主,便喊"殿下",假装要行下跪礼。她仍是毫无表情并且不理睬我们。我有点心虚,解嘲说啾啾是在演戏。这时她仿佛猛然醒来了,说出了一句出乎我的意料的话:"我没有演戏,我是在发呆呢,发呆挺舒服的。"我立即相信,她说的是自己的真实感觉。

妈妈说:"你再发下去吧,多舒服一会儿。"她尝试了一下,不成功,说:"发不出来了,不是想发就能发的。"她说得对，人进入发呆的状态是无意识的，无法刻意为之。

发呆是一个人从周围的世界抽身出来，回到自己，回到更深邃的存在。在发呆的时刻，我们调整情绪，修复心灵，积累感受，酝酿思想。当孩子发呆时，大人应当尊重，不可打扰。

我曾经打扰。那一回，啾啾因为什么事伤心落泪，渐渐止哭了，呆呆地看着我，其实是在发愣。我误解了，对她微笑，她突然生气地说："我发呆的时候是不会笑的！"我意识到她的判断是对的，我实际上是想用我的微笑来引发她的微笑，她对这种施加情绪影响的企图感到愤怒。我由此想到，孩子的心情有阴有晴，实属自然，大人无权支配，实际上也支配不了。

此后，我们家制定了一条规则：发呆是每个人的神圣权利，不允许他人侵犯。（3岁）

妈妈问："宝贝什么时候变得这么可爱的？"

我说："她从生下来就可爱，可爱到现在，还要可爱下去。"

宝贝却不以为然，略带遗憾地说："长大了就不可爱了。"

她转向妈妈说："妈妈，你长得好看。"

妈妈说："你也好看。"

她说："我不好看，我觉得我长得没味。"

妈妈问："怎么没味？"

她说："我像一个男孩，扎小辫时才像女孩。"然后说：

"我经常想不起我长什么样。"

我告诉她:"每个人都这样,因为平时总是看见别人,看不见自己。"

她说:"其实长什么样都没关系。"然后陷入了沉默。

我在心中猜测她的想法,把她的话补全:"长什么样都没关系,反正还会变的。"是这样吗?不得而知。(4岁)

周末,啾啾弹钢琴,弹了一会儿,她站起来,走到床边,弯下身,把脸贴在床单上,一动不动。

妈妈问:"宝贝怎么啦?"

她说:"我觉得没意思。"

妈妈说:"你去找小朋友玩吧。"

她起身,眼中含泪,摇一摇头。

妈妈说:"那就看一会儿动画片吧。"

她仍摇头,说:"不想看,没意思。"她不停地说没意思,越说越伤心,大哭起来。

我劝道:"人有时心情不好,就会觉得什么都没意思,以后心情好了,还会觉得有意思的。"

她哭道:"我今天怎么办呀。"

妈妈说:"妈妈带宝贝去翻斗乐玩,好吗?"翻斗乐是北京的一个儿童游乐场,妈妈带她去过,她玩得很开心。

她拒绝,说:"不想。"

妈妈问:"宝贝是不是觉得翻斗乐也不好玩了?"

她答:"不是不好玩,是觉得没意义。"

我夸道:"宝贝真棒,聪明孩子才会这样想问题。"

妈妈说:"我们找点儿有意义的事做,好不好?"

她问:"去哪儿找?"

妈妈说:"随便做点儿什么事呀,做着做着就会觉得有意义了。"

她仍说:"不想。"

妈妈试探道:"要不就吃块巧克力?"

她问:"听说吃了巧克力,人会快乐起来,是吗?"

她跑去拿巧克力,吃了两块,说:"还是没意义。"

这当儿妈妈已经打了电话,请她的好朋友美美来家里玩。美美到后,两个孩子很快大呼小叫地玩在了一起,看她快乐的样子,刚才的痛苦已经不见踪影。

啾啾刚才是陷入了一种情绪,这种情绪叫无聊。人生常有无聊的时候,这时候,人觉得一切都没意思,包括平时喜欢的那些事儿,实质上是模糊地意识到了生命意义的欠缺。孩子也会无聊,这不是坏事,也许正是灵魂深化的征兆,对意义的痛苦追问将会导向对意义的积极追求。(5岁)

汽车驶行,啾啾望着车窗外的夜景发愣。过了好一会儿,她自言自语似的说了一句话。我问她说什么,她仍在出神状态,声音很轻,我把耳朵凑近,听见她说的是:"我想做彩虹也没有什么坏处。"

"可是这样你就没有爸爸妈妈了,就不认识我们了。"我说。

223

"我会有许多朋友,太阳、月亮、星星、云、天空都是我的朋友。"

"可是我就没有你了,爸爸不能没有你。"

"那时候你还不认识我呢。"

我问:"你是说你生下来以前?"

她点点头。然后,我们两人都沉默了。我心中有一种深深的感动和悲哀,从她似乎幼稚的遐思中听出了一种禅意,甚至听出了一种近乎出世的意味。(5岁)

啾啾问妈妈:"要是你生的是笑笑怎么办?为什么正巧生的是我?"笑笑是幼儿园里她班上的一个女孩。她爱妈妈,为妈妈生的可能不是她、她和妈妈可能错过今生今世的因缘而后怕。(5岁)

嘟儿七岁时和她妈妈之间也有这样一次谈话,是我们同游卧佛寺时我亲耳听见的——

"妈妈,如果你和爸爸没有结婚,还有没有我?"

"当然没有了。"

"如果你和别人结婚,不是也可以生我的吗?"

"我和别人结婚,生出来的就不是你了。"

"那爸爸和别人结婚,就可以生我了吧?"

"爸爸和别人结婚,生出来的也不是你了。"

嘟儿困惑地问:"那我呢?"

她们问的都是个体生命和人间亲情的偶然性。为什么这个女人正巧生的是这个孩子?为什么这几个生灵正巧在一个家庭中遇合？没有人能够回答，佛教说是缘，但缘又是什么呢？

一天夜晚，临睡前，啾啾情绪很不好，我问她是不是烦，她不耐烦地说："不是烦，什么也不是，你说哪个词都不是，不说也不是。什么解释都不是，神仙的解释也不是！"天哪，这么哲学！但她说得对，用语词来表述情绪总是词不达意的，尤其是来表述一种不可名状的心烦意乱。

又一天，她好几次对我说她很烦，每次我问她为什么烦，她的回答都是："不知道，知道了就不烦了。"

非常准确。我想起了海德格尔。海德格尔对"烦"（Angst）做过详尽的描述，其特征正是没有确定的对象，在这种情绪中，人仿佛毫无来由地感到焦虑不安。海德格尔认为，这种情绪把人与俗世琐事隔离开来，具有启示"真正的存在"的重大意义，因而称之为一种本体论的"基本情绪"。（6岁）

在公园，我俩一路聊天。她突然说："有时我老觉得自己在做梦。会不会一直在做梦，还没有醒来呢？"

我说："夜里做梦，早晨醒来了，虽然自己知道，可是会觉得还在一个更大的梦里。你是不是这个意思？"她点点头。

我给她讲庄生梦蝶的故事，然后说："庄子是中国最伟大的哲学家，你看你多棒，和他有一样的感觉。"

她不理会我的夸奖，接着说："我生在这个家里，你是我的爸爸,妈妈是我的妈妈,这是不是也在做梦呢?我怕梦会醒来。"

她沉默了,我也无言,心中惊奇她小小的年纪已经有人生如梦的忧思。我自己何尝不是如此。现在这个三口之家,组成了我的生活的最重要内容,似乎令我感到无比踏实。然而,我心中也常常会泛起空漠之感,会想到这乐融融的生活情景只是暂时的,孩子会长大,将独自走入这个残酷的社会,命运不可知,而我会死,不再能看见和守护她的未来。在沉醉于过程的同时,我不得不时常提醒自己对结局要有精神的准备。(7岁)

啾啾说:"我总觉得深处还有一个脑子,和外面这个脑子想的不一样。"

非常好。她的意思可能是,外面的脑子是意识,深处的脑子是无意识。她的意思也可能是,外面的脑子是社会性自我,深处的脑子是精神性自我。都非常好。(9岁)

我们习惯于把情绪分为正面和负面,似乎烦恼、寂寞、无聊是纯粹负面的情绪,必须加以防止。我们总是强调对人生要有乐观和进取的态度,似乎悲观和守静是纯粹消极的态度,必须予以否定。在教育孩子时,我们尤其如此。我的看法不同。在我看来,正是一些被断为消极和负面的心情,可能是属于灵魂的,用啾啾的话说,是"深处的脑子"在思考,相反,"外面的脑子"则容易满足于浅显的欢娱。所以,当孩子出现这类心情时，不必大惊小怪，反而应该视为正面价值。我相信，有这类心情的孩子，心灵会更丰富、深刻。其实，哪个孩子没有呢，区别在多少，更在大人是否珍惜和理解。当然，凡事有一个度，孩子太深沉了也不好。不过，正因为是孩子，就不会太深沉，旺盛的生命力自然会在生命的欢乐和忧愁之间造成适当的平衡。

童言有真知（上）

1. 啾啾论人

听妈妈说到邻居，她问："什么是邻居？"妈妈答："就是住得很近的，比如隔壁的爷爷奶奶是我们的邻居。"她明白了，说："我们也是他们的邻居。"我正在为她对相互关系的理解感到满意，谁知她又补上了一句："其实都是人！"（2岁）

院子里，一棵小树旁插着一根枝条，红说那是妈妈带着一个宝贝。她领会地说："就像妈妈抱着我。"我假装不满地嚷道："爸爸只有一个人了。"她立刻教训我："每个人都是一个人的！"

我叹服。她不知道她说出了一个多么深刻的人生真理，无论谁在企求依赖别人的爱、同情、援助的软弱时刻都应该记起来："每个人都是一个人的！"（2岁）

她把妈妈惹生气了，我让她去向妈妈道歉，她不肯。我问:"那你要做坏孩子吗?"她答:"我不做好孩子,也不做坏孩子。"我问:"不做好孩子,也不做坏孩子,那你做什么呀?"她答:"我做自己。"

说得好。人们常常用一些固定的规范去教育和衡量孩子,宣布只有符合这些规范的才是好孩子,"好孩子"形象成了悬在孩子们头上的一把尺子,违背了就会挨打。啾啾把这把尺子推开了。令我赞赏的是,她这么小就有了要"做自己"的意识。我一向认为,"做自己"是人生第一重要的觉悟,任何人唯有首先做一个好的"自己",才能成为真正意义上的好公民、好官员、好商人、好作家等等。(2岁)

一次聚会,和平看见她,议论道:"像谁呢?都不像了。"于是问她:"你像爸爸还是像妈妈?"她语气坚决地回答:"像自己!"众人叹为哲学家。

"像爸爸还是像妈妈"这样的问题,是不免经常被人问到的,而她的态度总是很淡然。(2岁)

家里来了三个人,是访问我的。事后,她告诉我:"我不认识他们。"我说,我也不认识,但今天见过了,就由不认识变成认识了。她表示同意,还说出了一番道理:"人一开始谁也不认识,只认识自己。"

又是一句至理名言。这小家伙的确已经有了相当明确的个体意识。

她接着说:"我在幼儿园里认识了许多小朋友,你都不认识吧！"口气不无自豪。

我说:"是啊,以后你还会认识更多的人。每个人都有自己不同的朋友。"

她问:"认识的人就是朋友吗?"

我说:"那倒也不是,互相喜欢,才算是朋友。"

她说:"我也这样想。"(3岁)

红假装对她生气,说:"我不给你当妈妈了,你让爸爸再给你找一个妈妈吧。"我问她:"我再找一个妈妈,行吗?"她正色道:"每个人都只有一个,一个孩子,一个老婆。"

她说的基本是事实——在当下的中国。她当然还不知道,如果说只有一个老婆是合理的,只有一个孩子却是很不合理的。(3岁)

红和一个朋友闲聊,那个朋友刚当了母亲,两人的话题围绕着孩子。朋友说:没有孩子的时候,生活很简单,有了孩子,生活复杂了。红表示同意,说:孩子就成了生活的中心。啾啾插话了,带着批评的口吻:"其实每个人都有宝宝的。"

我心想:论事实,并非如此,论道理,她说得对,生儿育女属于生命的本质,人人应该有这个经历。(3岁)

我和她逗趣。我说:"爸爸爱你,比妈妈少一点。"她否认。我说:"爸爸爱你,比妈妈多一点。"她又否认。我说:

"爸爸爱你,和妈妈正好一样多。"她仍否认,然后说了一句话:

"每个人都有自己的爱的。"

意思很清楚:爱是不可比较的。仔细想想,人世间多少怨恨和纠纷岂不正是源于爱的比较,在爱多爱少上斤斤计较。每个人都有自己的爱的——你心中藏着自己的爱,好好地爱,这就行了。一旦计算爱的多少,就不是真爱了。(4岁)

她从幼儿园回来,一进门就告诉我,电梯工董阿姨正在电梯里哭,因为有人训她了。我打抱不平说:"小董这么好,还说她。"她马上呼应说:"对,她不会现在不好了,一个人是不会变的,变了还是人吗,成魔鬼了。"接下去,她离开她的哲学高见,开始了艺术想象:"你看见魔鬼,赶紧逃跑,跑到天边去了。"

我基本上也相信,人是很难真正改变的,改变的只是场景和角色。(4岁)

在餐桌上,红描述和嘲笑某人放屁的情形,小燕笑,但又表示说这个太恶心。啾啾听了,立刻发表一长串议论:"放屁有什么恶心?是个人就都恶心了!尿尿恶心吗?拉臭恶心吗?每个人都干这事的,你说恶心不恶心?"

我欣赏地望着她,心想:古希腊的智慧啊。(4岁)

她手里拿着一样东西,编故事:"给坏人吃,有的坏人吃了就死了，有的坏人吃了就变好人了。"

我问："为什么有这个区别？"

她回答："我感觉有的坏人再变不好了，所以让他死，有的还能变好。"

我表示赞同。当然，问题很复杂，包括人性与制度的关系，道德与法律的关系，暂时不可能和她讨论。（5岁）

她说："人把恐龙都消灭了。"我告诉她，不是这样，那时还没有人。她发表见解："人是猴子变的，猴子变原始人，原始人变古人，古人变农村人，农村人变城市人。"我大笑，觉得她对农村人有偏见，细一想，她有道理，城市人（商业和工业社会）还真是农村人（农业社会）变来的。（5岁）

她在客厅里玩，把动物玩具一一安顿在各处午睡。我表示："我也想当你的学生，太好玩了。"她不批准，说："我们这是动物学校。"然后警告我："你不能吃它们的东西，人什么都吃，属于杂食动物。"我当即叹为一针见血之言。

接着，我们围绕人与动物的区别展开了讨论。

"人也是动物。"她说。

"对，人是最聪明的动物。"我说。

她反驳："不，不贪婪的动物才是。"

我赞叹："说得好，比爸爸棒。"然后问："你说什么动物是不贪婪的？"

她说："不知道。"

我说:"其实人和人是最不一样的,有的很贪婪,有的很不贪婪。"

她说:"对,别的动物都差不多。"

我们的讨论实际上引向了一个发人深省的事实:人与人之间的差别甚至比人与动物之间的差别更大,恶人远比只凭本能行动的动物残忍得多。(5岁)

我们去乡下玩,有一段路是我开车,红在途中某处对我大声指点,我说了一句气话,啾啾提醒我:"她是你老婆!"就餐停车时,红又指点打轮,我认为她说反了,小有争论,这回啾啾只是一笑,超然地评论了一句:"所有人都喜欢自己的想法。"

她有一种能力,不但旁观者清,而且能从现象中观察和总结人性。

还有一例。在院子里,一个小女孩穿的衣服和她的一件衣服颜色相同,我错认作她了,叫了一声,被那个小女孩瞪了一眼。我把这件事告诉她,她议论道:"任何人被别人认作另一个人,都会很不高兴的。"(5岁)

她搬一大堆玩具到她的房间去,我想帮她,她不让。我指出,像她这样搬,房间门口被玩具堵着,进门很困难。她说:"没关系,因为我很灵活。"我叹道:"我的宝贝,你也太自信了!"她回答:"人就是要自信,不自信的话,你的生活该怎么样过呀。"想了想,补充说:"不过也应该有一点自卑,这样就公平了。"

听到后一句，我放心了。我一向认为，完全不自信的人是可怜的，完全不自卑的人是可笑的，在自信和自卑之间应该有一个好的平衡。（6岁）

2. 啾啾评社会现象

电视片里的情节：两人争夺金子，其中一人被鳄鱼吞食，另一人为此大喜。电视片结束后，她对我讲解道："刚才那个叔叔保护金，不保护人。"

话语幼稚，但直指本质，重财物轻人命正是人间恶的根源之一。（2岁）

电视里在播美国准备打伊拉克的新闻，她感到诧异，问道："让布什和萨达姆打一架不就行了？"

很幼稚的想法，是吧？但包含着一个正确的质疑：世上许多政治斗争究竟在多大程度上真正关系到人民的利益，抑或更多的是政客之间的较量？（4岁）

她常有上呼吸道感染的症状，妈妈说要带她看中医，她反对，妈妈说："看中医一点也不可怕，不用打针，医生就摸一摸脉。"她仍反对，评论道："我觉得这样（指摸脉）莫名其妙。"妈妈还是带她去看了，医生完全不问病情，只简单地摸一下脉，就开了方子，整个过程不到五分钟。看完出来，她对妈妈说:"我真的觉得莫名其妙。"

我也觉得莫名其妙。(4岁)

幼儿园里,老师给孩子们讲国家某领导人的言论。啾啾感到不解,回家后问我:"上学和官有什么关系?"我问明了情况,表示支持她,说:"宝贝是对的,不应该给你们讲这些。"她欣慰地说:"我是感到奇怪,这么小的小孩,说官干吗呀!"

看某地方文工团的演出。开演前,一个演员在台上讲话,历数本团光荣历史,列举看过其演出的高官的名字。啾啾生气地大喊:"我不要听这些!"四周观看演出的芸芸众生皆惊,我带着我的特立独行的宝贝扬长而去。

这是一个孩子对于媚官风气的本能的拒斥。(4岁)

一个书商策划了一本畅销书,是一个在国外当警察的人写的。她看到这本书,轻轻一笑,说:"每个人都可以写一本书,连警察也写书了,明天小偷也写一本吧。"明显带讽刺口吻。我赞道:"真是大智大慧啊。"她也很得意,说:"你还不记下来?"

一家出版社请我当一套青春文学丛书的评委,要看好几部长篇的稿子。她知道了,说:"不要把时间浪费在垃圾上。"我说:"这倒很像我的观点。"她大叫:"诽谤!难道你认为我说不出这么好的话?"

对于劣质出版物泛滥的现状,我平时多有抨击,她会受到影响。不过,这两次都是她独立发表见解。(6岁)

我跟红聊天,谈到现在有好些活佛住在北京,被富人供养着,红说那不是傍大款吗。我接着说,有的活佛还和富人一同做生意哩。啾啾一直在旁听着,这时笑了,说:"那他还是一个佛吗?"

当然不是。她明白,佛与敛财是水火不相容的。和那些滚红尘的僧人相比,她对佛的认识无可比拟地正确。(6岁)

我们一家人在公园里散步。公园近旁正在兴建一个大楼盘,十几层的楼房高耸在公园北侧的假山和树林之上,成百扇大玻璃窗俯视着公园里的湖泊。

红羡慕地说:"我们当初买这房子就好了。"

啾啾立刻反对,说:"他们破坏环境,我们不买。"接着议论道:"这房子从里面看外面,风景很好,从外面看里面,风景很坏。"

说得好。我夸她的环保觉悟比妈妈高。(6岁)

我带她乘列车。车开动了,乘警、列车员先后来到软卧各个房间的门口,说一通词句相同的表示提醒和关心的话。他们离去后,她评论道:"他们要不断地说完全一样的话,真可怜。"

我表示同感。我们的服务行业中有太多的职业性套话,职业性套话令人生厌,必须说职业性套话则令人同情。可是,为什么是必须的呢?不能说一些更亲切、更有人情味的话吗?(7岁)

童言有真知(下)

1. 啾啾想问题

她问妈妈:"你小时候学没学钢琴?"妈妈答:"没有,我是穷人家的孩子。"问:"爸爸呢?"答:"也没有,爸爸也是穷人家的孩子。"她奇怪了:"为什么你和爸爸小时候都是穷人家的孩子,我不是穷人家的孩子呢?"

一个不知人间疾苦的孩子的幼稚问题,但要跟她讲清楚还真不容易呢。我不想让她过早有穷富观念,便换一种方式启发她。我问她:"有一头瘦猪,生下了一头小猪,这头小猪是不是瘦猪家的孩子?"她说是。我接着说:"因为它妈妈瘦,这头小猪生下来时也很瘦,可是它好好吃饭,越来越胖。它长大后,也生下了一头小猪,这头新的小猪还是瘦猪家的孩子吗?"她欣喜地说:"不是了,它妈妈是胖猪。"(3岁)

她刚上幼儿园,学了两个英语词,其中一个是草莓,她读了出来:strawberry,重音放在 be 上。红觉得不对,查字典，重音应该在 traw 上，读作 strawberry。红犯愁了，和我商量要不要帮她纠正，怕不纠正就错下去，纠正了又得罪老师。商量没有结果，我们就把这事搁下了。过了几十分钟，准备吃晚饭了，她问："妈妈，草莓的英语到底哪个对？"红说，应该是字典上的对。她听了，用很随便的口气说："以后我在家里就说 strawberry，在幼儿园就说 strawberry。"

我吃了一惊。她听我们商量时不吭一声，其实心里已经有了主意，把难题解决得如此轻松。我对红说，我们不用替她担心了，她将来有能力对付社会。

也许有人会责备我们纵容孩子做两面派，这种可笑的责备丝毫不能扰乱我的良知。我欣赏孩子的天然的智慧，既知道了真理，又避免了无谓的斗争。（3岁）

她问我："什么是生命？"我给她举例，说人是生命，动物也是生命，动物就是会动的……她打断我，指着屋里的一盆植物说："那不是生命。"接着说："汽车是生命。"我笑了，赶紧解释说，会动的不一定是生命，比如汽车，不会动的也不一定不是生命，生命就是活着，能从小长到大，比如植物。我问她："蚊子是不是生命？"她有些犹豫，也许因为从未见过蚊子从小长到大。我告诉她，活着的东西会死，看一个东西是不是生命，最简单的方法是看它会不会死。她明白了，说："蚊子会死，是生命。"我再问汽车，她笑了，说："汽车不是生命，怎么会死呀。"（4岁）

她跟妈妈外出，坐在车里，看见一辆警车驶过，问妈妈："要是警察开车犯规，警察会扣他的分吗？"妈妈问："你说应该扣吗？"她说："应该，可是我觉得可能不会扣，因为他们都是警察。"妈妈说："会有这样的事的，这叫包庇。"她沉默了一会儿，说："这样不对，警察管交通，自己应该遵守。"（4岁）

我们给小时工付工资。她看着桌上的钞票，问我："钱不是一张纸吗，为什么还值这么多钱？硬币还差不多……"

我向她解释，钱之所以值钱，不是那张纸值钱，是国家规定纸上印的图案和字代表了那么多钱。

她点点头，接着问："破钱也值这么多吗？"

我说："对，破钱、旧钱、新钱都一样，就看纸上印的是多少。"

她继续问："谁都能印吗？"

我说："只有国家能印，私人印是犯罪的，印得再像也是假钱。"

我一边和她聊，一边心中想：问得可真内行啊。（5岁）

她考我们："火厉害还是水厉害？"

我假装答："火能把水烧干，火厉害。"

妈妈假装驳："水能把火扑灭，水厉害。"

然后我给她分析："一根火柴能把一锅水烧干吗？不能。一滴水能把大火扑灭吗？不能，所以就看谁多了。"

她问:"如果火和水一样多呢?"
我答不出了。(5岁)

她仔细看我的眉毛,说有一根像头发一样长,拔掉吧。妈妈说,这是长寿眉,不能拔,说明爸爸能长寿。她问:"女的怎么都没有长寿眉,怎么看女的是不是长寿呢?"我和妈妈回答不出。她立刻说:"奶奶长寿,你就看奶奶吧,看她有什么特征,就知道了。"

我夸她找到了一个好方法。她说的是从个别上升到一般的方法。(6岁)

她放学回来,我们俩坐在沙发上吃樱桃。她说:"爸爸,你有一个毛病。"话出口,欲语又止。我鼓励她说。她说:"别人责备你,你总是有理由。你责备别人,别人都没有理由。"我知道她是指我和红有时发生的争论,便说:"你举一个例子。"

她举的是,阳台上有一种植物爬藤,妈妈说是她把藤缠到栏杆上的,我说我在她之前就缠了。我解释,我的确缠过,妈妈不知道,因此两人可能都有理由。她点头,想了一会儿,问:"可是怎么知道谁是诚实的呢?"

我夸她提出了一个好问题,和她讨论道,也许有两个办法。一个办法是,如果有第三个人在场,那个人可以做证。她说,没有第三个人。我说,那就要用另一个办法了。她立即说:"看这个人平时是不是诚实,如果他平时诚实,这次可

能也是诚实的。"我高兴地说:"对,这正是我想说的另一个办法。"(6岁)

她问我:"事实和现实有什么区别?"我语塞,反问她,她说她是考考我,接着说:"把哲学家考住了,就是博士了。"我说:"比博士还厉害。"她说:"那是什么呢?是宝贝!"我笑了,说:"说得对,许多人能当博士,但当不了宝贝。"

她告诉我,那个问题是她自己想到的,一直想不明白。可是,我又何尝说得清楚呢。我们俩做了一番讨论,得出的认识是:这两个词是近义词,都是指真实的情况,但着重点有所不同;"事实"多指具体的个别的事情,"现实"多指笼统的普遍的情况;"事实"强调确凿性,与伪造、臆断相对立,"现实"强调客观性,与幻想、理想相对立。(6岁)

饭桌上,她问什么是刽子手,知道意思后,又问:"刽子手会不会下地狱呢?"想了想,自己答:"大约不会,因为他不是自己要杀人,这是他的工作,他不得不做。"

我赞赏地点头。她真是爱动脑筋,而且想的是伦理学中的典型难题。(7岁)

2,啾啾说道理

一位朋友听说她又感冒了,便查算命书,然后给我打电话,说她的名字不好,必须改。我说给红听,她在旁听见了,议论道:"反正改名也没有用,细菌又不害怕,管你是什么名字,随便把你弄!"

妈妈在看碟,她在旁边不时看一眼,发表议论,往往一语中的。例如,有一部片子的情节是黑社会与警察局互相派人卧底,结果卧底者都做了对方的老大。她议论道:"这样不是两头都干不成了吗?"

在餐馆吃饭,有一道菜叫佛跳墙。她问妈妈,为什么这么叫。妈妈说,因为这个菜太好吃了,佛想吃,就跳墙来吃。她发表异议:"佛用不着跳墙,他能穿墙而过。"

游敦煌,她很留恋这次旅行,对妈妈说:"我不想回北京,我还没有旅游够。"妈妈说:"以后还带宝贝旅游。"她要妈妈说一个准确的时间,妈妈说,"十一"去丹江口。她说:"那不是旅游,那是去看人。"丹江口是红的老家,每次去的确都忙于走亲访友。

有几天她睡眠不好,夜里醒很久。她告诉我:"我睡不着是因为老想着可怕的事。"我说:"你说给我听听,到底可怕不可怕。"她说:"我不说,是我觉得可怕,你们不会觉得可怕。"很懂得相对性。

我们之间经常互相调侃。有一天,她对我说:"我们做一个搞笑屋,墙上贴很多搞笑图片,进到这屋里就可以搞笑。一直搞笑会很累的。"我表示赞同。她问:"谁来当老板呢?"(以上5岁)

电视上在播我的一个关于孩子的讲座,听我说到孩子并不属于父母，她立即说："属于他们自己。"我夸她说得对。她自豪地说："我都可以给他们（电视观众）讲了。"

我让她抓紧时间，她听不懂，问："时间怎么能抓紧？"我感到惭愧。抓紧时间完全是大人的观念。

红买了豆浆机，做豆浆，为了不浪费豆渣，她把豆渣和在面里发酵做馒头，又担心失败。我说："没关系，试验就得有代价。"啾啾说："可以少做一些。"科学的头脑。

冰箱里的食物，常有搁了许多天的，那几只馄饨就是这样。吃午饭时，我问红扔了没有，她说煮在她的面条里了。我说："这么多天了，不能吃了。"她说："我那天吃还没坏，没事。"啾啾听了，仿佛自言自语似的说："这是什么话：那天吃还没坏……"我笑了，说："对，那天没坏不能证明今天没坏呀。"

红说，担心自己老，发了一通议论，大意是女人的外表以及与男人的关系对她心理的影响是很大的。啾啾听了，也发了一通议论："我不一样，自己是自己，外表是外表，快乐是快乐，就像有许多篮子，不会混起来的。"我心中惊叹，说得真好，她说的是她自己的沉静性格，也是她体悟到的一种人生智慧，而且表达得既准确又形象。

班上有一个淘气的小个子男孩，排队时总和她在一起，手拉手，每次必说："你们家的车是破捷达。"她告诉了妈妈。妈妈问："你怎么说？"她答："我什么也不说。"妈妈说："你可以说，我们家买车早，那时候捷达是好车。"她答："我不想说，说这个没意思，我就什么也不说。"又比妈妈高出一

筹,可知她内心有清楚的标准和判断。(以上6岁)

保姆吃素,啾啾与她交谈。问:"你为什么要吃素?"答:"我信佛,佛说不能杀生。"啾啾:"你说你不杀生,可是你吃蔬菜,植物也是有生命的。"保姆:"植物没有知觉。"啾啾:"其实你折断一根小草,小草也会感到痛,只是你不知道。"保姆:"眼不见为净。"啾啾:"这不是骗自己吗?"

她看电视,主角是怪物,我说真恶心,她正色道:"如果你自己是怪物会怎么样?"我承认她的角度非常好,是我没有想到的,说不定怪物看我们人类还觉得恶心呢。

网上流传上海一个青年做的《无极》搞笑版,陈凯歌宣布要起诉该青年,成为媒体的热点。她看了该青年的作品,评论道:"陈凯歌不懂幽默。"

我们一家夜宿潭柘寺。第二天上午,我起得晚,她已对寺内各庙了如指掌,领着我参观。庙内佛像皆新造,我表示不满,她反驳:"不管新的旧的,毕竟都是佛像。"有理。得意忘象,我在乎象,她看重意。

我们和阿良两家人乘"东方皇帝"号游轮游长江,她和阿良的儿子英乔对风景不感兴趣,嫌甲板上热,总是待在舱里。我说风景多美,她断然说:"美对于我一点也不重要。"我问什么重要,答:"生命对于我最重要,没有生命,什么都没有用。"我问:"除了生命,还有什么重要?"她答:"自由。"我说:"有了自由,总得做些什么,否则自由有什么用呢?"她说:"有了自由,我就可以想做什么就做什么,现在我就想待在屋里。"似是强词夺理，但逻辑严密。我由此意识到，欣赏自然需要人生的阅历和体验，是一定年龄之后的事。（以上7岁）

保姆做错了事，自责地说："我怎么总是糊涂。"她立即以哲人的口吻说："天下无人不糊涂。"语气既是批评的，又是安慰的。（9岁）

报上天天是全球金融危机的报道，她瞥了一眼，微笑着说："大家都损失，就等于谁都没有损失。"我笑了，这也正是我的感觉。（10岁）

3. 啾啾谈艺术

她给姑姑讲解最近的一本家庭相册。有一张相片，她低着头站在那里，姑姑问是什么意思，她说："我不跟你玩了。"我心想：不是极好的标题吗。（2岁）

小燕给她穿衣，拣了一件红上衣和一件红裤子。红阻止，对小燕说："红配红要小心。"她插话："会爆炸的。"

于奇送给我们一套几米的绘图作品。我翻开一本，与她同看。她指着一个变形的人物形象说："这个什么也不像的东西真好玩。"真是一语道破艺术的真谛。

看了一场现代舞，妈妈问："你看过芭蕾舞，你觉得现代舞有什么不同？"她答："现代舞都是自己想的。"（以上3岁）

弹钢琴，她把声音分成干的和湿的，说高音是干的，低音是湿的。画画，她把颜色分成闹的和静的，说大红是闹的，粉、黄、蓝是静的。

她告诉我:"心里难过或者身体难受的时候,看见自己喜欢的颜色就会高兴的。"

她喜欢一条草莓图案的床单,妈妈就老给她铺那条。她启发妈妈说:"这条草莓床单是很好看,但是,老铺这一条也没有意思了。"她说出了一个美学道理:美感忌讳单调。(以上4岁)

妈妈带她和凯文哥哥玩雪,堆了一个漂亮的雪人。妈妈的相机没有电了,拍不成照,凯文正在遗憾,她说:"我们把它记在心里不就行了吗,我们的心就是相机。"说得好。把心作为相机的人才是艺术家,心的相机关闭,拍再多的照,也出不了好作品。(5岁)

浅潜是一个有才华的摇滚歌手,一天来家里玩。她评论说:"一个女孩搞摇滚很不寻常。"红说给浅潜听,浅潜大为惊讶。

红沉湎于网上的一部鬼小说。她发表评论:"小说就是这样,它再恐怖,还是吸引人看下去。"(以上7岁)

思考比知道重要

人的理性能力是天赋的，在幼儿期，这个能力觉醒了并且迅速活跃起来了。早晨是人一天中精神最好的时候，幼儿期就是人的理性能力的早晨，是人一生中智力生长的黄金时段。

人的智力素质中，最重要的因素是好奇心、注意力、观察力、思考力、理解力、想象力等等，而这些因素实际上是互相勾连、同生共长、相辅相成的，其间并无明确的界限。说到底，根子只是一个，就是天赋的理性能力，它们都是理性能力活跃的不同表征。因此，最根本的智力教育就是提供一个良好的环境，足以鼓励、促使、帮助孩子的理性能力保持在活跃的状态。做到了这一点，上述各种智力因素的蓬勃生长完全是自然而然的事。

在智力教育中，最不重要的是知识的灌输。当然可以教孩子识字和读书，不过，在我看来，这至多是手段，决不可当作教育的目标和标准，追求孩子识多少字和背多少古诗，甚至以此夸耀，那不但可笑，而且可悲。教授知识的方法是否正确，究竟有无价值，完全要看结果是激发了还是压抑了孩子的求知兴趣。活跃的理性能力是源头，源头通畅，就有活水长流，源头干涸，再多的知识也只是死水。

对于孩子的智力教育，我不是一个很用心思的家长，没有什么周密的计划。不过，我比较有心，会留意孩子的智力闪光，及时给予赞扬和肯定。事实上，幼儿理性觉醒的能量是非常大的，一定会有好奇、多问、爱琢磨等表现，所需要的只是加以鼓励，给她一个方向，使她知道这些都是好品质，从而满怀信心地继续发扬。相反，倘若对于自然生长的智力品质视而不见，却另外给她规定一套人为的标准，她在智力发展的路上就难免左右失据、事倍功半了。

其实，在本卷前面各节中，我已经说了我在啾啾的智力教育方面所做的主要事情，就是重视她的发问、疑惑和思考，和她进行平等的讨论。也许有人会认为这不算智力教育，不妨见仁见智，反正在我的概念中，没有比和孩子一起讨论她所感兴趣的问题更重要的智力教育了。所以，这一节只是一个补充，说一说我所观察到的啾啾幼时的其他若干智力表现。

幼儿是爱动脑筋、善动脑筋的，其理解力往往超出我们的想象。

卧室衣柜的铰链发出怪声，我想修一下，却找不出原因，便自语道："怎么回事呢？"啾啾也蹲在一边和我一起察看，闻言立即跑到厅里。我跟过去看她想做什么，只见她蹲在新买的一口柜子前面，在察看里面的铰链。原来，她是要通过比较来弄清问题之所在。

一位工程师来给我修电脑，自己也带来了一台笔记本电脑，修理时需要用里面的软件。她看见桌上有两台电脑，感到奇怪，问妈妈是怎么回事，妈妈说一台是叔叔带来的。她想了一会儿，明白了，说："叔叔用他的电脑修爸爸的电脑。"

我抱她在路上走，她注意路边的树，我教她分辨松树和柏树：松树的叶子是尖硬的，柏树的叶子是扁软的。她很快掌握了。可是，我立即发现，好几棵树已经串种，两种叶子兼有，分不清是松树还是柏树了。我嘟囔了一句："爸爸也不知道这是什么树了。"她从容说："松树和柏树。"意思是两者兼是，轻松地解决了我的难题。（以上2岁）

她仿佛有所发现，告诉我："鼻子尖能看见。"我问是什么意思，她解释："是连起来的，没隔开。"我明白了，她是在琢磨一个问题：两只眼睛是分开的，但看见的东西却是连起来的，为什么？结论是鼻子尖能看见，把两只眼睛分别看见的东西连起来了。我一面向她阐述所谓科学道理，一面暗暗赞叹这孩子的爱动脑筋。

我们玩医生游戏。我分配角色，说："这回你当医生，我和妈妈都是病人，不过，妈妈不是我的老婆，我们两人不认识，都来看病。"她马上领会了，说："你们两人认识，我就不是医生了，是你们的宝贝了。"

我给她两盒酸奶，让她把其中另一盒拿给嘟儿。她一手一盒，没法再拿吸管。我说："爸爸想个办法。"她马上说："把吸管插进（酸奶盒里）去就行了。"可不，多么简单，我

却还要一本正经地"想个办法"。(以上3岁)

　　她凭自己的观察总结道:"硬的水果容易有虫,比如枣、苹果、梨。"又说:"有核的容易有虫。"我提出反证:"橘子也有核。"她补充说明:"核长在一起的容易有虫。"

　　冬天,早晨起来,她看了看窗外,说:"是阴天,冬天就是要下雪,夏天就是要下雨。"这一天白天的确下雪了。

　　我带她洗手,下意识地把水拧大了一些。她说:"爸爸,我也喜欢把水开大一点,这样水(离水池壁)就远了。"一下子让我意识到我为什么要把水开大了。这个水龙头安装得很笨,紧挨池壁,水开小了,水几乎是沿池壁流下,洗手很不方便。

　　妈妈接她从幼儿园回家,她穿着厚棉袄,像一只小球滚进门。我笑着说了这个感觉,她也笑了,解释说:"因为我小,因为我穿得多。"一下子把我产生"小球"感觉的原因说清楚了。

　　她问:"为什么会有眼屎?眼屎是眼泪变的吗?"我说:"可是没有眼泪的时候也会有眼屎的。你想一想,鼻子里会有鼻涕、鼻屎,这是一样的道理。"她说:"知道了,是眼睛拉的尿,拉的臭臭。"真是一点就通。

　　电视里在播一个外国动画片。我们看到的画面是,一个男孩在默默许愿,完毕后,他和同伴都被卷进桌上一本童话书中去了,开始经历书中的情境。她立刻说:"我知道他许的什么愿了。他本来就是书里的人,所以,一许愿就是想要回到书里去。"言之成理。后来的情节证明,误差不大,男孩实际上是那本童话书的作者。

妈妈说:"还是自己包的饺子好吃。"她分析原因:"因为没有冻过。"

逛天坛公园,走过一堵墙,四周突然静了。我问她为什么,她答:"说明墙很隔音。"我夸她善于思考,她反问:"我不是总是帮你(找到答案)的?"我承认。我没有告诉她,许多时候,我是装傻,诱使她想问题,她中了我的圈套。(以上4岁)

啾啾发问补遗——

我和红在说一件往事,她听见了,说:"我还在妈妈肚子里。"我说:"妈妈肚子里还没有你呢。"她不解地问:"那时候我在哪儿呢?"这是她第一次对"我"的神秘来源发问。(2岁)

晚上,在院子里,她看星空,问妈妈:"为什么我走路,星星也走路?星星都跟着我走了,不是就没有星星了吗?"

在街上,看见双层公共汽车驶过,她问:"双层车是不是两层都有司机?"(以上3岁)

某邻居的儿子长得很高大,她看见了,问我:"他有这么大的儿子,他还觉得像是儿子吗?"

坐在出租车里,她问:"为什么出租车在没有人乘坐时也在街上走呢?"

她问我:"为什么受凉会感冒?受凉又不是细菌。"

她拿给我一个放大镜，问："放大镜为什么能放大？"我迟疑地说："让我想一想，怎么跟你说清楚。"她问："你也不懂吧？"我说："我懂，但不知道怎么跟你说。"她爽快地说："等我长大再说吧，上大班还不行，等我上小学。"（以上4岁）

年龄稍大一点，她还表现出了一种思辨能力。

住处附近的那个家乐福超市，一向人不多，突然变得特别拥挤。归途，我议论道："人这么多，购物环境不好了，都不想来了。"她听着，笑了，说："大家都不来，环境又好了；环境好了，大家又都来了，环境又不好了。"我说："是呀，就这样一波一波地循环。"她点头，表示她说的是这个意思。（5岁）

我从盘子里拿起一个煮玉米，刚啃了一口，红叫起来："这是我啃过的！"我放回去。她立即问："现在怎么办？"她发现了一个难题：对于我和红来说，这个玉米都是别人啃过的了。

在肯德基，我开玩笑说："我带的钱足够你把肚子吃得像房子一样大了。"她的确吃得很多，便说："我的肚子已经像房子一样大了。"我顺着她说起来："啾啾的肚子像房子一样大，房子里有许多家具，还有啾啾和她的爸爸；啾啾的肚子像房子一样大……"如此循环。她笑了笑，也开始说起来。其一："从前有座庙，庙里有个和尚讲故事，他说……"其二："鸡生蛋，蛋孵成鸡，鸡生蛋……"其三："有个眼镜店，店里有一副眼镜，镜片上映着一幅画，画里是眼镜店……"

她可真能举一反三啊。

她问我:"你和妈妈怎么会结婚的?"我说:"我和妈妈说,啾啾等着投胎呢,让我们结婚吧,我们就结婚了。"她说:"我在天上看见你们,就对自己说,让他当爸爸,让她当妈妈吧,你们就结婚了。"我说:"对。"她想了一下,说:"这里有一个自相矛盾。"一会儿纠正:"是一个连环套。"她大约是指,啾啾选爸爸妈妈,爸爸妈妈生啾啾,这二者之间是矛盾或循环的关系。她又突然想起了什么,为了避开奶奶,拉我到走廊上,悄悄问:"奶奶生了五个孩子,难道你们是一起选爸爸妈妈的?"我被问住,接着诡辩了一通,大意是老大先选,后面的就都跟着了。(以上6岁)

素质是熏陶出来的

啾啾很小就喜欢书,当然,一开始是图画书。

不满一岁时,红拿起一本幼儿读物,指着上面的图画给她讲故事,但毫不知道她是否听懂了。一天,红翻开画册问她,爷爷、奶奶、哥哥、小狗、猫咪、鸭子、花花等在哪里,没想到她一一都指了出来。红向我报喜,让她给我表演了一遍,我用掌声鼓励。然后,她又表演了一遍,每指出一样,就立刻转过脸来,自豪地看我为她鼓掌。最后红问:"花花在哪里?"她没有指,而是自己鼓起掌来了。

若干天里,这本书成了她的至爱,常常自己坐在那里一页页翻,指着上面的图画大呼小叫。看她喜欢,又给她买了几本图画书。有一回,她醒来,躺在那里,自己举着其中一本,翻看了很久。她是真看,一边看,一边用手指逐一压一下图画上的每一样东西,想必心里在默读着什么吧。

一岁时,给她买了一盒看图认字卡片,才一两天,她能说出全部六十张上面的图像的名称了。地板拼图上有月牙,她说:"太阳。"妈妈说:"不是太阳,是月亮。"她听罢立刻从盒里翻出那张"月亮"卡片,看了看,才承认道:"是月亮。"妈妈自豪地说:"我们宝贝会查书了。"

我发现,她经常倒着看图画书,我把它正过来,总是遭到她的反对。她当然是知道正反的。倒看的时候,她看得格外仔细,好像在那里琢磨。在别的幼童身上,我也看到过这个现象。我揣摩,孩子可能是在欣赏和琢磨颠倒后的陌生效果吧。

两周岁上下,她会认二十来个字了,便对家里的藏书发生了兴趣,常常站在书架前观望,向我们解释说:"我挑一本。"我随手翻开一本,让她挑出里面她认识的字,一页上大致能挑出两三个。这些字以前她都是单独认的,现在出现在她所称的"大人书"中,夹在许多陌生的字中间,被她挑了出来,我发现她特别高兴,仿佛他乡遇故人一样。

这成了我们和她常玩的一个游戏。有时候,她会挑出一个字来考我们。她指着一个字问妈妈,妈妈说:"大。"她大声称赞:"对了!"妈妈告诉她,"大"下面加一点,就是"太阳"的"太"。她马上说,也是"太太"的"太"。妈妈惊讶她竟然知道太太,问她:"妈妈是谁的太太?"她从容地回答:"是爸爸的太太。"

一天晚上,她在书架前,突然指着一本书的书脊说:"回家的回。"我一看,是亨利·米勒的《北回归线》。红说,这个"回"字,前些天只教过她一次,没想到她就记住了。

她不甘心只是站在书架前观望,常常还抽出一本来,坐

255

在小板凳上读。她真的是在读，手指着书上的字，一行行往下，大声念着，非常流利，然而是一串又一串谁也不懂的句子，但她非常投入，能乐此不疲地读很久。读的间隙，她会站起来，在屋里走来走去，嘴里话语不断，也都是我们听不懂的，大约是在温习刚才读的书吧。

当然，更多的时候，她读我们给她买的图画书。每次新买了一批书，不几天，她就看得烂熟于心了。经常的情形是，我走出书房，看见她在专心看一本书。有一次，她抬头看我一眼，说："爸爸看书，我也看书。"我夸她："宝贝爱看书，是聪明孩子。"

啾啾对学习有兴趣，而且颇有自学的能力。

一岁多时，晚上，红哄她睡觉的办法之一是和她一起背唐诗。红只教过她几首，可是红发现，好些没有教过的，她都会背了，每句只要说出前面的字，她就能接上末尾三个字。问她，她说是从播放的录音里听的。

三岁上幼儿园，有英语课。开头的一天晚上，她精神好，不想睡觉，玩了一会儿，突然对妈妈说："妈妈，我英语不好，老不会说英语。"然后，让妈妈给她放幼儿学英语的光盘。于是，我们家出现了这一幕：半夜十二时半，一个三岁娃娃端坐在电视机前，安静地听英语。

她特别喜欢那些英语歌，常常自己坐着静听，有时红跟着唱，她就制止："妈妈别唱。"听完她告诉妈妈："好听得我都呆了。"爱屋及乌，她对英语课也充满热情，每回上了课，回到家，就翻出课本，跟着录音念或唱，边唱边做动作，无比陶醉，样子可爱之极。

一天凌晨，我听见她突然喊叫："拿回来，被小燕拿走了！"红问她是什么，她说是一张纸。我以为她在做梦，她说："不是梦，是真的。"红告诉我，她是要那张红给她写了英文歌词的纸，每天晚上临睡前，她都把这张纸放在身边，当成了宝贝，前一天夜里，小燕的确把它拿走了。

有一回，我看见她坐在那里，自己按顺序背着英文字母，每背一个，就写在纸片上，偶尔有不会写的，就问妈妈。最后，纸片上是完整的字母表。

我给啾啾买了一套西方童话名著，共十六册，她高兴极了，拿起这本，拿起那本，一再放声笑。当天晚上，她就让妈妈给她念书上的故事。此后，每天临睡前，妈妈都给她念。一天晚上，妈妈念了两个故事，困了，不肯念了，她批评："多看一点书，要学习。"

可是，有一回，妈妈正在给她讲书上的故事，她的小脑瓜里产生了一个疑问，指着书问道："这上面都是字，故事在哪里？"

还有一回，我在南极，红给我发传真，她看见了，问这是做什么。红告诉她："妈妈把一封信传给爸爸，信上写了好多宝贝好玩的事。"她也是诧异地问："在哪儿，在哪儿？哪儿好玩呀？这都是字。"

这是二岁的事。三岁时，情况发生了变化。妈妈前一晚给她念故事，她第二天起床后，就把书翻到昨晚妈妈念的那几页，给自己念上面的故事，虽然不认识大部分字，却念得头头是道。当然，因为她记得妈妈念过的内容。

终于有一天，那是她五岁的时候，妈妈拿着一本书正要念，她不让，说："你念了，我自己再看就没有意思了。"这本书是黑柳彻子的《窗边的小豆豆》。她极喜欢这本书，前几天，妈妈每晚给她念一段，她担心地问："妈妈，念完了怎么办呀？"她还宣布："我也要写自己的事。"因为这本书有后记，她加上一句："也要写后记喽。"事实上，在妈妈给她念的时候，她自己已经能读懂了，而她很快发现了这一点。这几天里，我曾看见她独自在灯下读这本书，很专心的样子，便对她说："有不认识的字，你用笔画出来，待会儿爸爸教你。"她回答说："不用，我都认识了。"

我们没有特意教啾啾认字，她是怎么认识这么多字的呢？回想起来，大约有几个途径。其一，平时开车外出，她坐在车里，喜欢读路旁商店的招牌，有不认识的字就问我们。其二，她看着歌谱弹钢琴，开始时大部分字不认得，慢慢就对上了。其三，看有字幕的动画片，由听台词而认识了字。其四，就是看妈妈给她念过的书，连猜带蒙，熟字越来越多，终于把生字都收编了。

由此我看到，在幼儿的心智中，作为理性能力的一个表现，认字能力同样已是一种潜能，只要给予合适的环境，便会自然地展现和生长。也就是说，认字应该是一个轻松的过程，根本不需要强行灌输。

无可否认，在啾啾身上，家庭环境也发生着潜移默化的影响，而这正是我所说的"合适的环境"的一个组成部分。她的爸爸妈妈都是做文字工作的，在耳濡目染中，她很容易对文字产生兴趣。

三岁时，她就经常给我和红写"信"，用圆珠笔在稿纸的每个方格里认真地涂写，写满一张纸，便放进信封，用胶水封口，然后一脸严肃地交给我们。当然，信上的"字"，除了少数几个，我们都不认识。

她给妈妈写了一封信，让妈妈拆开来看。我凑上去读："妈妈，你好，太阳已经老高了，你才起床，你是一个大懒虫……"她着急地制止，说："不是，这信是以前写的，妈妈还没睡觉。"我说："那你给我们念。"她挑出"大""小"两个字念给我们听了，指着其余她涂的字告诉我们："这些都不是字，是我胡说八道的字。"我说："这些字是你想出来的，才棒呢，'大''小'人人会写，这些字爸爸妈妈会写吗？"她摇摇头，然后谦虚地说："美美也会写。"

她四岁时，我们之间有一次有趣的谈话。她翻到一本书，是关于尼采的，上面有尼采的像，评论道："尼采很凶。"问我尼采是怎么回事，我对她做了解释。她说，听妈妈说，尼采后来得精神病了。我说是，就精神病问题和她讨论了一会儿。然后我说："爸爸以后不研究尼采了，研究尼采没意思，爸爸就研究你。"她说："研究我也没意思，是我觉得没意思。"我笑了，连连称是，说："让人研究真是没意思。"她一页一页翻这本书，看见有铅笔记号，问是不是我画的，为什么要画，不同的记号是什么意思。我解释说，我看书时，觉得重要的就画一个小圈，觉得不对的就画一个小三角。于是，她非常耐心地查看所有的记号，在每一处都指点着报告："这里是重要的。""这里是不对的。"最后，她有些遗憾地说："好些字我都不认识。"我赶紧安慰她说："你认识的字已经很多了。"不久后，在她的一本童书上，我看到了用铅笔做的类似的记号，有小圈，也有小三角。

还有一回，她坐在双层床的上铺，埋头做着什么。红攀上去看，发现她拿一支红笔，正在一本书上画，已经圈起一个字，用一条红线把它拉出去，再在书页的边沿上画了一个小圈。红是编辑，这是改稿上错字时用的符号，居然被她学去了。她告诉红："我学妈妈。"

我和红深深感到，父母对孩子的影响有多么大。

从四岁起，啾啾就迷上了阅读。从幼儿园回来，她一进门，总是鞋子都来不及脱，就挑了一本书，坐在地毯上读了起来。她告诉妈妈："我看书的时候，我感觉自己就好像在里面似的。"她和红各人捧着一本书在读，小燕催她们吃饭，两人都充耳不闻。我问她："我们是不是应该把妈妈手里的书没收？"她抬头看我一眼，说："不，我快要跟妈妈一样了。"

会阅读后，家里的藏书对于她有了全新的魅力，她经常会抽出一本来翻翻。一天晚饭后，她抽出一本卡夫卡的短篇集《变形记》，看见封面上有叶廷芳的名字，感到奇怪，问：

"是叶爷爷写的？"叶廷芳是我们的好友，她叫他叶爷爷。我解释，是叶爷爷翻译的。她又问："整本书都是《变形记》？"我告诉她，《变形记》是其中的一篇。她表示想看一看，根据目录翻到了那一页，看了开头，立刻笑着说："一开头就变成甲虫了。"接着抽出一本《三剑客》，是名著名译丛书中的一种，书中有书签，印着这套丛书的书目。她仔细辨认如豆小字，对照柜里的书，很快告诉我，柜里缺了《前夜·父与子》。我一查，果然。

另一天，红说没有看过《战争与和平》，这边家里没有，我说有，啾啾也立即说有，立刻替妈妈找了出来，可见对家里的藏书已经相当熟悉。过了几天，她看见红在看别的书，就问："你为什么不看《战争与和平》了？"红说："我翻了一下，觉得别的书更好看，就看别的书了。"她说："你没有进去。"真是一针见血。

刚满五岁，她已具备很好的阅读能力了。我发现这一点，是缘于她当时喜欢让我们猜脑筋急转弯的题目。她手中有一本小书，这些题目用极小的字印在每页的边缘上，她低头辨认并一条条读出来让我们猜。我看她喜欢，立刻给她买了一本书名就是《脑筋急转弯》的书，她捧在手里，兴致勃勃地给大家猜，从第一页读到了最后一页，基本上没有生字。

也在这同时期，她随手翻开《骑鹅旅行记》的一页，念出上面的一条标题："斯莫兰的传说"。红惊叹："你真行啊。"她感到奇怪，说："这里不是写着吗？"

在幼儿园里，老师发给每个孩子一份谈儿童营养问题的材料，让拿回家给家长看。发下来后，她当即就看了起来。老师惊讶地问："这些字你都认识？"她不好意思地点点头，老师称赞她是才女。

她两岁时给她买的那套西方童话名著，包括安徒生童话、格林童话、《爱丽丝漫游奇境记》《木偶奇遇记》等，以前是妈妈给她念，现在她找出来自己一本本读了。经常的情形是，我和红都在忙，我突然想起她，很长时间没听到她的声音了，在卧室里找到她，只见她坐在窗边，捧着一本书，在专心地读。我问她一句什么话，她一脸茫然，可见读得很投入。这情景真令人感动。

我知道我的女儿能够享受阅读的快乐了，应该给她准备更合适的读物，就选购了一套世界文学名著的缩写本，有二十多册，我翻看了一下，缩写得颇具水平。在一年多的时间里，她基本上读完了。最早读的是《鲁宾孙漂流记》，她说她害怕，改读《苦儿流浪记》和《八十天环游地球》，然后再回头来读完《鲁宾孙》，在书后写了一句读后感："读完后觉得是很动人心的故事，尤其在无人岛上的时候。"她最喜欢的是《唐·吉诃德》，经常笑谈其中的情节。

小学一二年级的时候，她在书柜里发现了《卡尔维诺文集》，迷上了其中卡尔维诺编的《意大利童话》，上下两集，一千多页，读了好多遍。她真是喜欢书中那些充满民间智慧和幽默的故事，常常向我们绘声绘色地复述。

啾啾看书是有自己的理解和体会的。比如说，读《聊斋志异》连环画，她发表议论："都是写爱情的，写一个书生爱上一个有点儿神秘的女孩。"很准确。一次聚餐时，一个朋友拿一本兰波的诗集让她和另一个女孩朗读，朋友告诉红，她朗读得好，还评论这首是儿歌，那首是童话，都不是诗。问她什么是诗，她的回答是："一个句子放在事物之中。"朋友觉得另一个女孩朗读得不好，要教那个女孩，她制止，说："每个人有自己的感受。"

在我们家里，最多的东西是书，满壁都是书柜，总有好几万册吧。我和红的日常生活就是看书。我几乎不看电视，红也就看看球赛，偶尔看一两部电影。除了收发邮件，我们都基本不上网。在这样的氛围中，啾啾喜欢看书和学习，是再自然不过的事了。她看电视也很少，小时候看动画片，上学后连动画片也不怎么看了，因为课余的时间太有限，她要省着用，看她喜欢的书。至于网瘾之类，对于她就是一个遥远的传说了。

在学习上，啾啾是完全不用我们操心的，她乐在其中，自己就把一切安排好了。每天放学回来，她就坐在她房间里的桌前，自己在那里忙乎。做作业是丝毫不需要督促的，做完了作业，就自己想出一点事儿来做。一年级时，有一天，做完作业后，她把学了的全部生字描在一张纸上，她说是字帖。第二天，又把学过的全部英文单词、汉字、数字整齐地写在纸上，她告诉我，这是三门主课学的全部内容。老师让每周写一篇周记，她另备一个本子，增写不交给老师的个人周记。她的学习成绩很好，但并不费力，她的班主任多次问我："你们是怎么教的？"我心想，我们没有怎么教呀。如果一定要找原因，大约是得益于熏陶吧。

　　我深信，熏陶是不教之教，是最有效也最省力的教育，好的素质是熏陶出来的。当然，所谓熏陶是广义的，并不限于家庭的影响。事实上，养成了阅读的习惯，也就开辟了熏陶的新来源，能够从好书中受到熏陶，这是良性循环，就像那些音乐家的孩子，在受到父母的熏陶之后，又从音乐中受到了进一步的熏陶一样。

分数不重要

啾啾上小学后，作为家长，我面临一个难题，就是在现行教育体制的框架内，如何尽量减少其弊端之害，保护她的健康生长。有的家长采取决绝的态度，把孩子留在家里，自己教孩子，我认为这种方式弊大于利，使孩子既失去了与同龄人交往的机会，又不能受系统的基础教育，而这两点对于孩子的心智生长是非常重要的，所以从未予以考虑。但是，我也不会像许多家长那样，让自己和孩子完全被这个体制牵着走。有限度地顺应这个应试教育的体制，同时在其中最大限度地坚持素质教育的方向，戴着镣铐争取把舞跳得最好，也许是无奈中的最佳选择。

面对应试教育有两种方略。一种是完全把赌注押在应试教育上，竭尽全力让孩子成为优胜者，如果赢了，不过是升学占了便宜而已，如果输了，就输得尽光。另一种是把重点放在素质教育上，适当兼顾应试，即使最后在升学上遭遇了一点挫折，素质上的收获却是无人能剥夺的，必将在孩子的一生中长久发生作用。

其实，根据我的体会，只要真正注重素质的培养，孩子有了好的智力素质，应试会是相当轻松的事。智力是一种综合素质，其效果也一定会体现在需要运用智力的一切事情上，包括功课和考试。所以，以素质的优秀为目标，把应试的成功当作副产品，是最合理的定位。啾啾做功课一直比较省力，考试成绩在班上也始终名列前茅，无疑是得益于综合素质。比如语文，她的成绩总是前两名，这当然和她喜欢读书直接有关。

我坚持一个原则：不给啾啾报任何课外补习班、辅导班、特长班、提高班。现在她小学六年级了，六年里，她真的是一个这样的班也没有上过。这在她的班上是绝无仅有的，一个孩子在周末上好几个班是普遍现象。有一回，班上推荐若干同学上区里的奥数班，她被选上了，回家来征求我的意见。我举出她班上一个一直在上奥数的同学，问她，和这个同学比，两人谁的数学成绩好。她说是她，我说这不就行了，事情就这样决定了，而她也很高兴。她妈妈曾经表现出一点儿动摇，觉得人家都上，唯独我们不上，好像不放心，我一个责备的眼色，她就不再提了。

我之所以如此坚决，理由有三。其一，孩子的课余时间已经非常有限，决不能再给她增加负担，我要捍卫她的休息、玩耍和课外阅读的时间，这也就是捍卫她的健康、快乐和真正的优秀。其二，我看透了这类班，料定它们没有多大价值，即使在应试上也基本如此，在多数情况下，只是把课内的教学内容提前讲授，反而打乱了知识的内在秩序，不利于理解和吸收。其三，我甚至对这类班深恶痛疾，因为我清楚，它们是当今寄生在应试教育上的整个产业链的重要一环，对于加剧教育不公平和教育腐败起着恶劣的作用。当然，我说的是总体情况，不排除有例外，但是，多么幸运的例外也改变不了总体情况的可悲。

不让孩子上课外班，并不等于对孩子的学业放任不管。在力所能及的情况下，家长还是应该给孩子以必要的辅导。至少孩子上小学时，多数家长是有这个能力的。

啾啾语文很好，不需要辅导，我只在课外阅读方面提一点建议。相比之下，她数学稍弱一点，应付功课没问题，但兴趣不大，没有领略到数学的魅力，我便引导她解一些趣味性的数学题。

我上小学时，自己曾"发明"一个数学游戏，是让对方默想一个数字，然后我报出一个又一个数字，让对方做一系列算术运算，最后我能准确地说出答案，令对方百思不解。其实道理很简单，在运算过程中，我已经把对方默想的那个数字消掉了，只是因为运算过程较长，对方未能觉察。比如：$X+12+X-7-X+5-X+20=30$。她刚升二年级时，我和她玩这个游戏，她很惊讶，说："我一定要弄个水落石出。"拿一张纸，边玩边记下运算过程，看出了奥秘之所在。她狡黠一笑，想了一个数字，说我这回肯定不知道答案。结果我仍知道，她想的数字是0。后来又想100，仍不行。我告诉她，数字大小没关系，在运算中都不起作用。她又狡黠一笑，说："我想的数字是无数，你就没有办法了。"我吃了一惊，问："你说的无数是无穷大吗？"她说是，无穷大和有限数怎么加减都还是无穷大。我真正惊奇了，她竟能理解这么抽象的问题，可见孩子在数学上的潜力不可低估。

我是在她上三年级时才开始做一点辅导的。起因很偶然，三年级上学期，我们全家去外地，她缺了三周的课，正值期末考试前夕，我必须帮助她复习。我的辅导方法是这样的：先看一下她平时的测试卷子，找出她的薄弱环节；然后，列出她曾经做错的习题，再选择一些同类型的习题，让她做；最后，检查答案，仍然错的就是理解的问题了，便和她讨论，启发她想，务必真正弄懂。整个过程非常轻松，同学们在学校里是整天复习，而每天她也就复习两三个小时，但效果很好。回到北京，她胸有成竹地进考场，考了个全班第一。考完试的那几天，她心情好极了，对我说："我就是觉得高兴，不知道是因为什么。"想了一想，说："可能是因为考得不错吧。"老师布置的寒假作业是，把考试错了的地方复习一下。她说："这样我就没有什么作业了。"

在这之后，她的学习成绩显著上升。接下来的一次考试，三年级下学期期中考，又是全班第一。红去学校接她，班主任陈老师见了就夸，说："你们是怎么教的，你们的孩子在全年级都出名了，她的卷子成了标准答案。"因为她成绩出色，陈老师特意奖给她一个可爱的绒毛玩具，一头狮子守着一个笔筒，她喜滋滋地捧回了家。

我以前从未想到要辅导她学习，觉得她不需要，现在我看到，方法得当的辅导会给孩子带来多么大的帮助和快乐。我读中学时酷爱数学，有一点儿理解力，现在在辅导孩子时用上了，我也挺高兴。一道她眼中的难题，我几句话就使她明白了，她佩服地叹道："真厉害！"通过我的辅导，她的思路似乎打开了。我说："辅导你复习的时候，我发现你概念很清楚，就知道你考试不会有问题。"她说："我是很清楚，考卷发下来，我一目了然。"我从来不把考试看得太重要，但是，一个学生在考场上能有这样的感觉，是多么愉快啊。

一个学习成绩优秀的孩子，优秀的成绩给她带来了荣誉感、成就感和自信心，以及与之相伴随的喜悦，正因为如此，她也就容易太看重分数，一旦出现波动，她会有比成绩一般的孩子更强烈的受挫感。这是我要在啾啾身上防止的。何况我一直认为，分数真的不重要，至少比真才实学次要得多。事实上，课堂上的好学生日后碌碌无为，课堂上的平凡学生日后大有作为，这样的事例举不胜举。我要让啾啾保持清醒，始终记住主要的努力方向。所以，无论她得到了好分数还是她认为的差分数，我都会向她强调：分数不重要。

小学一年级时，她不怎么在乎分数。有一回，她给美美打电话，两人聊的都是学校的事。美美问："你考试多少分？"她答："英语100。语文和数学还不知道。"美美问："你当班长吗？"她答："没有。"问："谁是班长？"答："不知道。"接着笑了，说："没有班长，只有副班长。"我发现，这类问题都是美美问的，她根本不放在心里，我们平时也不谈这类事，我从她们的通话中才知道她的英语得了 100 分。

二年级，一次数学测验，有一道题，老师批她错，她得了 88 分，很郁闷。红告诉我时，她眼泪也出来了。我看了那道题，发现她是对的。她说，她记得老师原来是像她那样做的。她的郁闷情有可原，因为冤枉。红让她去对老师讲，她说不敢。我想，不说也可，但要解开她的心结，而这也是一个教育她不在乎分数的好机会，便与她进行了一次谈话。

我说："我问你，有两种情况，一种是你都做对了，但老师批错了，只给了你 88 分，另一种是你有一道题做错了，老师没有看出来，给了你 100 分，让你选择，你愿意要哪一种？"

她答："都不好。"

我问："如果一定要你在这两种里选一种呢？"

她答："要前一种。"

我说："爸爸和你的看法一样。自己懂就行了，分数不重要。"

到了高年级，也许因为面临升学，同学之间谈论较多，她对分数比较看重了。她考试有失利的时候，所谓失利，就是总分不在前二三名了，她的情绪会因此低落。在这种情况下，我会从两个方面开导她。一方面，帮助她分析出错的原因，无非是粗心和不懂，是前者，以后细心就是了，是后者，正好把相关知识弄懂。另一方面，我会安慰她，她没有上任何课外班，花的力气最小，取得这个成绩很不错了。我告诉她，哪怕因为成绩原因而不能升入名牌学校，也不重要，我小学和初中上的都不是名牌。她问什么重要，我说就是真正优秀，比如爱读书，能思考。有一回，她为考试成绩不理想而强忍眼泪，听我这么说，她笑了，说这些她还是有的。

三年级以后，作业多了起来，她做作业是很自觉的，但即使全力以赴，也常常要做一个半小时到两个小时，有时会做到临睡。据我分析，作业有三种情况，一是有素质教育内涵的，比如语文的作文，数学的理解题，二是应试所需要的，比如语文的课文分析，数学的纯粹计算题，三是对应试也未必有用的，比如重复抄写字词和做大量简单计算题。我让她按此顺序确定轻重缓急和分配精力，但是，我自己也知道，其实没有可行性，因为作业是必须交的。有一回，数学作业很多，晚上她伏案做了很久，烦了，爬到双层床上铺，趴在那里不动。我说："我们俩一起做吧。"她说："很简单，我都会，就是没意思，如果有意思也好呀。"我立刻理解了她的感觉，说："如果比较难，要动脑筋，就会有意思，现在只是动手，的确没有意思。"她说是。看她这么烦，我要替她做，她断然拒绝。她很自尊，作业不论难易，她从来不许我们代劳。毫无办法，我只能眼看她亲自受苦。诸位家长，你们有办法吗？当然也没有。在我上面所述作业的三种情况中，教师是可以凭借个人的智慧避免第三种的，而要加强第一种、减少第二种，就只有寄希望于彻底改变应试教育体制了。

其实，啾啾所上的小学是一所非常好的学校，虽然也是名校，但和许多名校比，孩子们的学业可以说相当轻松。读了该校校长论教育的文章之后，我知道这不是偶然的。他对现行体制的弊病有清醒的认识，强调教育要回归人的精神性培育，回归教育的本质，他的教育理念使我深为共鸣。

近几年里，我接触了若干名校的校长，包括小学的和中学的，一个意外的发现是，他们对应试教育也是不满乃至痛恨的，努力在现行体制的框架中贯彻自己的教育理念，开辟素质教育的试验田。这使我看到，我们所缺的不是教育家，而是好的体制，有了好的体制，这些教育家将更能大有作为。

在为女儿选择学校时，我的标准是教学质量和轻松学习兼顾。一个学校名气再大，升名校率再高，但若应试倾向严重，学生太累，我就不予考虑。啾啾进小学时，我就曾这样放弃了一所名气更大的小学，改选了现在这一所，至今为此庆幸不已。有一回放寒假了，我问啾啾："你喜欢上学还是放假？"她回答："我喜欢轻松的上学。"很好，我也这么想。那么，升初中时，让我们仍然坚持这个标准吧。说到底，健康快乐地成长是最重要的，名校不名校是次要的，是金子总会发光，不是金子放进水晶宫也徒劳，顺其自然吧。

兴趣为王

幼儿都会表现出艺术上的某种兴趣和能力，比如绘画、音乐、舞蹈等，但这并不意味着人人长大了都要成为艺术家，都能成为艺术家。做艺术家必须有天赋，而单凭幼儿期的兴趣是不能断定有天赋的。幼儿期艺术活动的真正价值在于，它是心智发育的一个重要方面，能使幼儿的感受力、想象力、表现力、创造力得到良好生长。这本身就是重大收获，不管孩子将来从事什么职业，这个收获都会在她的工作和生活中体现出来。

所以，对于啾啾在艺术方面表现出来的兴趣，我都给予热情的鼓励，至于将来的发展会如何，则完全不予考虑。我的原则是：兴趣为王，快乐生长。她喜欢就行，高兴就行，一切顺其自然。是否在课外学点什么，学多久，也根据她的兴趣来决定。当然，要知道有没有兴趣，必须给她机会，让她尝试，并且要经过相当时间的观察。在学习一种艺术的过程中，孩子的情绪可能会出现波动，这时不要轻易放弃，不妨看一段时间再下结论。一旦发现她确实没有兴趣，就决不强迫她继续学。在我看来，长期强迫孩子学习一门艺术，是完全违背艺术的本性的。这样做往往是出于强烈的功利目的，最后即使培养出了一个艺术上的能工巧匠，付出的惨痛代价却是不可治愈的心灵创伤和人性扭曲。

幼儿最早表现出来的艺术兴趣往往是绘画。啾啾刚满一岁时，就开始喜欢涂鸦。起初是用圆珠笔在纸上随意地画一些线条，我一看，非常生动，立即珍藏起来。当时我们在国外，回国时，一再精简行装，但我把她画了线条的这些宝贝纸片都带了回来。后来，给她买彩笔，她兴致极高，画掉了好几盒。直到三岁前，她画的基本上都是随心所欲的线条，在我看来是很棒的抽象画。画得太多了，每天好多幅，我便择优保存。有一天，妈妈整理废报纸，要拿去卖，她看见里面夹有她的画，立即抢下，说："是我的画。"可见已有爱惜自己的生命痕迹的意识。其实那些是我淘汰的次品，我当即向她展示我的藏品，她大为满意，嘱咐我替她收好，放心地说："放在爸爸这里。"

三岁两个月时，我们在正来家里，嘟儿有一盒固体水彩颜料，是那种要用毛笔蘸水使用的，她看见了，极感兴趣，当场画了两幅很棒的水彩画。嘟儿把颜料送给了她，回家后，接连几天，她挥毫不止，画了二十来幅。幼儿画画时，总是不假思索，拿起笔就画，一口气画完，仿佛胸有成竹。看到在她笔下出现的这些作品，我惊呆了，不折不扣是杰作，是上乘的抽象水彩画。若干年后，我从中选了四幅，装进镜框，挂在墙上，谁见了都觉得难以置信，它们竟出自一个三岁孩子之手，画家刘彦对它们也赞赏有加。事实上，这一批画是啾啾的巅峰之作，此后未能再超越。

她对绘画是有悟性的。其后不久，在成都，到一位很著名的画家家里做客，画家向客人们展示了两幅作品，一幅是山水，另一幅是抽象，手绘的密密麻麻的小方格。第二天一早，在宾馆，啾啾用圆珠笔在纸上画，我们一看，上面的线条像山，下面是一些小方格，综合了她的观画印象。

幼儿园的三年，画画始终是她的爱好。她经常用画来表达日常生活印象，画得多的是人物和房屋，色彩和线条皆稚拙而生动。但是，那种从潜意识中涌出的抽象图像少了，她的画越来越接近一般儿童画的样子了。

四岁时，我拿雷诺阿的画册给她看，让她在喜欢的画页上夹书签，她夹了两张。我又拿米罗的画册给她看，也让她夹书签，不得了，她夹了几十张，常常连续每页都夹，我不得不给她做临时的书签。她一边看，一边兴奋地说："跟我画的是一样的。"她一下子记住了米罗的名字。我由此相信，幼儿的心智与抽象画之间有一种天然的沟通。

上小学后，她很少画了。有一天，我整理她的画，听我对她一两岁时画的那些线条赞不绝口，她宣布："我现在也会画，比那时画得更好！"过了一会儿，她当真拿了一幅线条来给我看，画得密密麻麻的，很用心，然而完全没有了那种随心所欲的效果。布置新居，挂了一些画，我评论说，她三岁画的抽象水彩画最好，第二好的是刘彦叔叔的油画。她十分警觉,立刻问:"为什么我现在的画不好?"我找理由:"你小时候老画,现在画得少了。"她说:"我现在有思想。"我说:"有思想不一定好,爸爸太有思想,就不会画画了。"她转得倒快,用兴奋的语调说:"我现在没有思想,脑子里一片空白。"

我无法对她讲清楚幼儿画不可超越的道理。其实,我对自己也讲不清楚。这是一种神秘的现象,其秘密隐藏在幼儿的无意识之中,隐藏在人类的史前记忆之中,也许还隐藏在宇宙的结构之中。

啾啾还曾经热爱舞蹈,立志长大了当舞蹈老师。看她这么喜欢,上幼儿园中班时,红给她报了园里的芭蕾舞课外班。她很自豪,接电话时,向我们的一位朋友报告:"我在学芭蕾,身体很软。"

上小学后,红又给她报了中央芭蕾舞团的舞蹈班,每周学一个半小时。老师说,她跳舞的感觉特别好。我想,舞蹈不仅仅是做动作,重要的是对舞蹈语言的理解和体会,她可能在这方面占了优势。一次舞团演出,有孩子的节目,她被选中登台,排练时,老师常让她给大家示范。我和红去看了演出,她参加演的是金猪舞,一出欢快的儿童集体舞,我看她跳得很投入,表情和情节吻合,而动作很干净。

在升级时,她被选进了提高班,而她的两个同伴都未被选上。可是,升级后不久,一个似乎偶然的原因使她中止了学习。提高班在为一台暑期节目做准备,由于她预定暑期要去英国，那是所上那个小学的例行对口活动，因而不能参加演出。于是，每次上课时，老师只让她旁观参加演出的孩子们的排练，这当然很没有意思。在这样的一次无趣旁观之后，她决定不去上课了。当然，我和红完全赞成。

好了，在放弃了葡萄之后，我说一说葡萄的酸。芭蕾舞的好处是能锻炼形体，使之柔软和健美，但毕竟太程式化了，不自然，与孩子的自由天性相悖，不学下去也罢。

啾啾至今仍在学的是钢琴。她从五岁开始学，幸运的是，她拜的老师是一位既通音乐又通教育的优秀钢琴教育家。潘老师的家庭是一个钢琴之家，夫妇俩和女儿都教学生，为中国的音乐教育倾注了全力。每年元旦，三位老师联合为全体孩子举办演奏会，场面热烈而井然有序，十分感人。

潘一飞教授曾任中央音乐学院副院长，可是，和他相处，没人会感觉他当过这么大的官。他极其和蔼可亲，善于和孩子打交道，孩子也喜欢他。啾啾这么怕生的一个人，上第一课就喜欢他的课了，魅力可见一斑。每次都是红送她去上课，红告诉我，上课时，她在老师身边小动作不断，扮鬼脸没完，非常放松。有时候，她心情太好，就和着老师的琴声跳起舞来。

在潘老师那里，她没有少受夸奖。夸得最多的，是说她听觉记忆非常好。新教的曲子，老师每弹一句，她总能准确地复弹。潘老师还说，与别的孩子不同的是，她不但感觉好，而且智商高，能动脑子想，好像没怎么费力气就学会了。有一回,弹五首曲子,听了第一首,潘老师觉得节奏好像有点问题,听完后四首,说:"第一首也没有问题,啾啾有自己的感觉,这很好。"看她兴致很高,学得也轻松,潘老师就经常给她加码,多教一首两首的。

听了老师的夸奖,她的反应很有趣。有一回,老师夸她肚里有货,她听了,就使劲摸自己的肚子。另一回,老师夸她弹得好,她找原因,说是因为搬了新家,心里高兴。

每次学琴回来,她真是高兴,不停地说笑。有一天,学完琴,她兴奋地给我打电话,告诉我,潘老师对她今天的弹奏特别满意,还告诉我,她捉到了许多柳絮,团成一个皮球那么大。我说:"你今天太棒了,又得到潘老师的夸奖,又得到许多柳絮,真是……"企图找一个恰当的词来形容,她脱口而出:"大丰收!"

那些天里,她对弹琴充满热情。在家里,她经常举办演奏会,让我们当听众,把最近学的曲子弹奏一遍。她还常常自己琢磨着把会唱的歌翻成曲子,有一回翻的是《我是一个粉刷匠》,我们夸她棒,她说:"我没法不棒,再不棒,我该弹《祝你生日快乐》了。"意思是《祝你生日快乐》的曲子实在太简单了。有一天,她在钢琴上弹出一首曲子,说是她作的曲。的确是的,而且很好听,她取名为《可爱的小兔》。她记住了谱子,后来常弹。我建议她把谱子写出来,她欣然从命,很轻松地完成了。后来,她弹给潘老师听,潘老师大为赞赏。

她弹琴时非常专注。有一回,我按门铃,长久没人来开门，进门后知道，她在弹琴，在厨房里忙碌的红和小燕则听不见铃声。她说她听见了，我问她为什么不告诉别人，她说："那样我就会干扰自己弹琴，就不是一个好自己了。"她入迷到了这个地步，常常告诉妈妈，她睡觉时也梦见自己在弹某一首曲子。

开始学琴时，妈妈也跟着学，这样，她在家里练琴，妈妈可以帮她听一听对错。可是，她比妈妈学得快，记得牢，很快就不需要妈妈了。妈妈再弹，她能轻易地发现弹错的地方，并在钢琴上把这错误演示一遍，妈妈啼笑皆非，骂她无聊。

楼上的女主人酷爱弹琴，但从早到晚只是弹着某一首老歌，而且没有和声，单调的声音无休止地重复着。夜晚，这声音格外刺耳，使我写不出一个字。正当我坐立不安之时，啾啾的房间里响起了琴声，盖住了楼上的声音。我去她的房间看，她头不抬地说："她弹得太难听了。"我连声道谢："宝贝，你救了我。"

然而，在学琴大约一年半的时候，情况发生了变化，啾啾开始表示厌烦了。都说孩子学琴有拐点，会有一段时间出现严重的抵触情绪，莫非她也如此？我们分析，原因可能有二。一是随着曲目难度增大，她学得不那么轻松了，常有通不过的时候，受表扬少了，相反受批评多了。二是上小学后，只能在课余时间练琴，的确累。

一次学琴时，她挨了训，哭得很伤心。回家的路上，她对红说:"不是我自己要学琴的,是你们要我学的。"这是第一次对学琴明确表示动摇。红说:"我们不是说好了,学到十二岁,你自己再决定是不是继续学?"她算了一下,十二岁是六年级,勉强同意了。过一会儿,又说:"到时候再说吧,也许我又想学了。"

可是,接下来的一些天里,她对学琴越来越抵触,经常在课堂上哭,在家里拒绝练。终于有一天,她递给妈妈一张纸条,上面如此写道:"钢琴给我带来了百分之千千万万亿亿的烦恼!真的!没有错!"我们意识到,不能让她这样痛苦下去了,必须做一个决定。和她商量,把学琴从一周一次改为两周一次,她同意,红请示潘老师,潘老师痛快地答应了。

没有想到的是,这样决定以后的第一堂课,到了潘老师家里,她自己对潘老师说,她不想学了。若是别的老师遇到这种情况,想必是顺水推舟,你不学就不学呗,和我有什么关系。何况潘老师在音乐界的名望极高,太多的人想跟他学还得不到机会呢。然而,听了啾啾的话,他却是和颜悦色地说:"啾啾,这样吧,以后你不想学的时候就不来,想学的时候就给我打电话,我给你安排时间,你看好吗?"啾啾点头,这一天没有学就回家了。听红说这个情况,我无比感动,深深敬佩潘老师的为人。

此后几个月里,啾啾学琴就按这个不定期的方式,大致上是两三个星期一次。然后,她度过了困难阶段,自己要求改成了定期两周一次。事实证明,尊重她的意愿,在她不愿意时不强迫她学,这样做效果很好,真正是保护了她的兴趣。

在后来的学习中，潘老师常夸她感觉很好，弹练习曲也弹得这么有感情。我知道，这是因为她真喜欢了，进入到音乐里面了。这完全要感谢潘老师，正因为他当时采取了既不放弃也不强迫的呵护态度，啾啾才有今天。在潘老师因病住院之后，啾啾由他的女儿潘澜继续教，一直学得非常愉快。现在，她上六年级，已到约定由她自己决定是否继续学琴的年龄，但她压根儿不提这个话题了。相反，以前她练琴经常要催，现在我们从来不催，她总是自己坐在钢琴前弹了起来，弹的时间远比以前多，真的是乐在其中。

无论学钢琴，还是学舞蹈，我都定下方针，决不参加考级。开始时，红曾给她报钢琴考级，考过了一级，我叮嘱红就此打住。我强调，我们让孩子学琴，只是为了让她有一种艺术生活，愉悦和丰富心灵，绝无功利目的。考级的作用，一是参加钢琴水平的竞争，二是获取小升初竞争的资本，都是违背我们的目的的。事实证明，不参加考级，没有任何来自功利性竞争的压力，轻松自由，直接面对音乐，反而更能进入真正的艺术状态。

红曾遗憾地表示，如果我们是音乐家，啾啾就能受到更好的训练，在音乐上有更大的造诣。的确，情况很可能是这样。然而，依我的性情，我肯定不会刻意把她培养成一个音乐家，所起的作用至多只是熏陶而已。现在，我是一个作家，而事实上我从来没有也把她培养成一个作家的打算，只是在我们的影响下，她对阅读和写作比较有兴趣罢了。

即使在阅读和写作上，我对她基本上也是放任自流的，从不特意提出要求和进行指导。我的一个同事的女儿，二岁时能认一二百个字，六岁时能读大部头文学作品，相比之下，啾啾的进度慢多了。但是，我仍喜欢啾啾的天真，宁愿她按照她自己的节奏向前走。现在早早出书和出名的小作家多的是，我丝毫不想让啾啾仿效。比起我自己上小学甚至上初中时的阅读和写作水平，她已远远超过，我有什么资格和理由催她呢。

对于孩子的未来，我从不做具体的规划，只做抽象的定向，就是要让她成为一个身心健康、心智优秀的人。人们喜欢问孩子："你将来想做什么？"我不问这样的问题。孩子自己有时会说，但是别当真。我直到上大学时还不知道自己将来会做什么呢。给孩子规定或者哪怕只是暗示将来具体的职业路径，是一种僭越和误导。总之，我只关心一件事，就是让孩子有一个幸福的童年，能够快乐、健康、自由地生长。只要做到了这一点，她将来做什么，到时候她自己会做出最好的决定，比我们现在能做的好一百倍。

第四卷

个性空间

弱点揭示出人类的天性，优点显示出个人的特征。人人有共同的弱点，而优点则各不相同。

——歌德

孩子的性格并不只是其父母性格中各种元素的重新排列组合，其中有的元素在其父母的性格中根本找不到。

——劳伦斯

他们是借你们而来，却不是从你们而来，他们虽和你们一同生活，却不属于你们。你们可以给他们以爱，却不可给他们以思想，因为他们有自己的思想。你们可以庇护他们的身体，却不可庇护他们的灵魂，因为他们的灵魂居于明日之屋宇，那是你们在梦中也不能想见的。

——纪伯伦

啾啾语录

人就是要自信，不自信的话，你的生活该怎么样过呀。不过，也应该有一点自卑，这样就公平了。

我和你不一样，自己是自己，外表是外表，快乐是快乐，就像有许多篮子，不会混起来的。

我总觉得深处还有一个脑子，和外面这个脑子想的不一样。

要是耳朵像眼睛一样能关上就好了。

一个人的性格特征在幼儿期就相当清楚地显露出来了。由于孩子和父母接触得最多，其性格特征也就最早显现在与父母的关系中，被父母首先感受到。观察一个小人儿的个性在眼前逐渐展现，是一种有趣的经验。

啾啾的性格，较多地继承我，偏于内向，比较安静、敏感、细心、谨慎，也有的因素继承妈妈，例如温柔、乖顺。但是，正如劳伦斯所说："孩子的性格并不只是其父母性格中各种元素的重新排列组合，其中有的元素在其父母的性格中根本找不到。"我特别欣赏她的两点，一是待人接物的优雅，既善解人意，又能把握分寸，二是内心独立，很有主见，这两个特点在我们身上至少都不甚突出。在观察她的性格的过程中，我深感受益匪浅，所学良多。

无论何种性格，皆有一利必有一弊。比如，细心就容易多虑，敏感就容易脆弱，谨慎就容易胆小。在啾啾身上，这些弱点是存在的，至少有这样的倾向。

关于性格，我有一个基本观点：性格在很大程度上是天生的，谈不上好坏，好坏是后天运用的结果。因此，人不应该致力于改变自己的性格，事实上也做不到，所应该和能够做的是顺应它，因势利导，扬长避短，使它产生好的结果。

基于这个认识，在孩子的性格培养上，我的做法是顺其自然，以鼓励和引导为主，对优点予以热情的肯定，对弱点予以宽容，点到为止，常常还一笑置之，如此为她的个性发展提供自由的空间。

所谓性格的培养，决不是要把原本没有的某种品质从外部植入，而是在充分了解孩子的固有性格特征的基础上，用优点来制约弱点。天下谁没有弱点？只要优点在发展，有一些弱点又算什么？只要把弱点限制在适当范围内，从而减少其危害就可以了，而发扬性格本身的长处便是抑制其短处的最佳方法。

和孩子相处，最重要的原则是尊重孩子，亦即把孩子看作一个灵魂，一个有自己独立人格的个体。爱孩子是一种本能，尊重孩子则是一种教养，而如果没有教养，爱就会失去风格，仅仅停留在动物性的水准上。

第四卷的主题是我对啾啾的性格特征的观察，以及我在为她的个性发展提供自由空间方面所做的思考。

十足一个女孩

男孩和女孩性情的不同，从小就分明显现。比如玩具，男孩喜欢武器、汽车，女孩喜欢洋娃娃、小动物，几乎天生如此，不需要任何诱导。一件漂亮的新衣服，一个小女孩会为此兴奋一整天，一个小男孩的快乐也许不到一刻钟。小女孩用能歌善舞赢得掌声，小男孩就用高难度的滚爬摸打来博取喝彩。女孩爱美，男孩尚武，女孩偏静，男孩好动，大自然似乎一开始就安排好了。当然，这只是大体而论，实际上一定会有交叉和例外，只要顺从天性，都是好的。

啾啾是典型的女孩性情。她幼时的最亲密伙伴是绒毛羊、兔、狗、熊，她轮流对它们宠爱，每天被选中的，就带着睡觉、吃饭、游戏、外出，形影不离。稍大一点，她与芭比娃娃为伴，她有一个庞大的芭比娃娃团队，每天不厌其烦地伺候她们，为她们配衣、梳妆，不断举办选美大赛。

只有九个月大时，漂亮衣服就会使她亢奋了。一天晚上，妈妈给她穿上一件半短袖的鲜红色小和服，她快乐得不停地在地上翻滚，欢叫，没有人理她的时候，她就自个儿朝天花板上的顶灯招手，叽叽喳喳说个不停。

妈妈坐在沙发上看书，三岁的啾啾走到妈妈跟前，突然单腿下跪，两只小手绞在一起，行了一个标准的西式下跪礼。她头上梳着一对羊角辫，小脸蛋上神情严肃，样子很好玩。

妈妈吓了一跳，问她："宝贝做什么呀？"她答："妈妈，我有一点儿小事求你。"妈妈说："那你也不用跪呀。"她站起来，说："我想让你送我一件礼物。"妈妈问她想要什么，她说："你那件郁金香花的毛衣多好看呀。"

红有一件宽松的毛衣，前襟缀着一朵硕大的郁金香花，她看见过，知道是妈妈在婚礼上穿的，不止一次表示非常喜欢。

妈妈笑了，说："那件毛衣太大了，你长大了妈妈再送你，先给你买一件小孩穿的，好吗？"

她表示同意。妈妈问她，刚才那样行礼是跟谁学的，她说是《猫和老鼠》上的，小老鼠老是受猫的欺负，就去求仙女给它一瓶药水，喝下后可以变成隐形老鼠，便是这样求的。

爱美是女孩的天性。

我们从宜家给她买回一套色彩鲜明的塑料小桌椅，她非常喜欢，围着它们又唱又跳，不断地告诉我们："颜色特配。"指给我们看，桌子是黄的，她的上衣也是黄的，有一把小椅子是红的，她的裙子也是红的。在院子里玩，她还自豪地对小朋友说："买了桌子椅子，颜色特配。"

晚上，我在书房里用功，她穿着那条红裙子，推着那把红椅子，椅背朝外，走了进来。她让我看她。我敷衍地说："你推的车真好。"她不走，看我没有下文，便问："你没看我多漂亮呀？"原来，她自己想出这个红裙子和红椅子的组合，在举行时装表演呢，已经得到妈妈的赞赏，不料爸爸竟没有看懂。

当然，我赶紧起身，跟她去厅里。她开始跳舞，闪动着双臂，跳得非常好看，还让我们跟着她跳。

三岁生日派对，餐桌上摆着一只大蛋糕。她用一根手指偷偷地挖奶油，送进嘴里。我们都笑了。她立刻声明，她是挖下面垫纸上的奶油。可是，她的小手一点点朝上移动，越来越向蛋糕顶面奶油做的花朵靠近了。

点燃三支蜡烛，唱毕《生日快乐》，开始吃蛋糕。她突然用小手护着花朵，大叫："花花不能吃，是花园里的！"

我忽然明白，刚才她也是怕别人动花朵，才会有那个举动的。其实她从来不爱吃奶油蛋糕，真正开吃以后，几乎不沾。她只是要行使生日派对主人的权力，主要决定就是保护蛋糕上的美丽花朵。

在朋友家做客，她看见一张印着小熊的纸片，很喜欢，就用不干胶纸贴在衣襟前。离开时，穿上了外衣，一路上她始终用双手捂住胸部，以防里面衣服上的那张纸片掉落。看一个小女孩那么小心翼翼地保护一张纸片的模样，真是可爱极了。

小女孩会对多少不起眼的小玩意儿着迷啊。家里有一个小女孩,意味着床架、门窗、墙壁上贴满了五颜六色的小贴片,意味着到处会遇到小发卡、小头绳、小布条之类,意味着妈妈的唇膏、香水、护肤霜常常不翼而飞,然后在女儿的房间里被发现。

比这些更突出的是,家里有一个小女孩,意味着天天过载歌载舞的日子。

啾啾从小爱唱歌跳舞。晚上,家里常见的情景是,她自己踩到小凳子上,站在上面表演。小凳子那么窄,她在上面慢慢旋转,小心不让自己掉下来。这个时候,全家人务必都到场,向她鼓掌。她一边表演,一边注意看,有谁不鼓掌了,她就停下来点名,让那个人改正错误。总有人故意不鼓掌,逗她点名,屋里笑声不断。

只要屋里播放音乐,她就会情不自禁地翩翩起舞,舞姿丰富,全是即兴发挥,韵律和音乐出奇一致。

我们带她在餐馆吃饭,去商场购物,稍不留意,她自己在空地上跳起了舞,引来了惊奇的目光。

有一晚,妈妈唱英文歌,她也跟着唱,边唱边跳舞,跳得非常投入,把我们看呆了。她跳累了,便停下来,朝妈妈喊:"该你跳了!"妈妈开始跳,她看了一会儿,又忍不住喊:"太难看了!"相比之下,她的确跳得好看。

她是一个有心人,善于学习。有一天,看着电视,她突然站起来跳舞,原地高抬腿旋转,姿势甚美,我赞叹,她解释说:"跟哪吒一样的。"电视机里正在放哪吒光盘,我一看,果然紧接着出现了跳这个舞的镜头。

直到五岁,舞蹈仍是她的最爱。有人问她,将来是不是也当作家,她坚决否认,事后对我说:"我不当作家,我要做跳舞老师,这已经定了。"

院子里,她坐在妈妈身上,母女俩一起唱歌。不一会儿,四周的小孩都围了过来,坐在她们身边静静地听。红向我叙述这个情景,说到这里,她自豪地插话:"好多好多人听着呢。"

她会唱的歌,有跟妈妈学的,更多的是自学的。电视机或录音机里播放儿童歌曲,她双手撑在小桌上,仿佛漫不经心地合着哼唱,就这样自己学会了许多歌,而且唱得字准腔圆。我说她有天赋,红说天赋就是喜欢,我叹为精辟。

她真是喜欢。带她外出,有时路途遥远,要在汽车里坐好几个小时,但她照样高高兴兴,自个儿唱个不停,把会唱的歌循环组合,其乐无穷。我们每每在这个时候才发现,她会唱的歌又增加了许多。她二岁时,我让红登录一下她会唱的歌,能够完整唱下来的达三十来首。

她经常让妈妈和她玩点播游戏。她站在电视机前,妈妈假装手持遥控器,做出按键的动作,报一个歌名,她就唱一首,一首一首唱个没完。有时嗓子哑了,仍不愿停下,妈妈只好强行"关机"。

啾啾还很讲究艺术水准呢。她未满二岁时,有一回,我俩一个白天不见,久别重逢,她边喊爸爸边笑着扑进我怀里。我心里喜欢,哼起了歌,刚开口,只见她转过脸来,严肃地说:"爸爸不唱歌,太难听了。"我哭笑不得,随即大笑。小燕刚来我们家,特别爱哼歌,但常常走调,她听见了必定叫唤和制止。

唱歌时即兴填词,是啾啾二岁时的一大爱好。真正是即兴,看见什么就唱什么。

有时候很搞笑。《两只老虎》是最早会唱的歌,她随时随地用来表达自己的当下想法。看见妈妈,她唱:"两个妈妈,两个妈妈,跑得慢,没有奶奶真奇怪。"在妈妈单位里,她要上厕所了,便唱:"我要尿尿,我要尿尿……"从办公室一直唱到厕所,走廊两边办公室里的人都听见了。进了厕所,意犹未尽,对着便间的小门宣布:"门,我要尿尿,我要尿你。"把妈妈的同事笑死了。

有一首歌的开头是:"两个小娃娃呀,正在打电话呀。"她改成了:"两个小坏蛋呀,睡在地板上呀。"其时我和她正躺在地板上。

一首她熟悉的儿歌,小燕和她边唱边玩:"我拍一,你拍二……"她接下去:"我们在拉臭。"我大笑,她马上盼咐:"爸爸,写,写下来。"

还有一首歌的开头是:"假如幸福你就拍拍手,假如幸福你就拍拍肩。"看见妈妈在打嗝,她便唱:"假如幸福你就打个嗝……"好玩的是,她每唱一句,妈妈真就打一个嗝,母女俩笑成了一团。

她的这个爱好或许是受了妈妈的启发。有一首印尼民歌这么唱:"河里的青蛙从哪里来?是从那山边小河里游来……"妈妈用原曲改编成一首儿歌:"亲爱的宝贝从哪里来?是从那爸爸妈妈心里来。哎呀爸爸,你不要为我生气,哎呀妈妈,你不要为我生气,小宝贝淘气一点儿没关系。"啾啾特别喜欢这首妈妈自编的儿歌。当然,小宝贝淘气一点儿没关系。

什么是乖

啾啾是一个乖孩子。她的乖,在亲友和邻居中人所共知,有口皆碑。常常有人对红说:"你真有福气,生了一个这么好带的孩子。"

不到一岁时,啾啾就懂得体谅爸爸妈妈了,看见我们在忙碌或休息,她常能自己安静地玩。有一天,只有我和她在家里,我累了,躺在沙发上合眼假寐,她坐在地上玩积木。发现我没有动静,她就轻轻唤一声爸爸,听我答应了,又放心地继续玩积木。在她的举止中,有一种令人感动的细心和关切。另一天夜晚,我和红各自在看书,屋子里很静。她还没有睡,精神很好,心情也很好,爸爸妈妈都在看书,她不知做什么好,所以有点无聊。她从哪里翻到了妈妈的一条丝巾,挂在自己的一条胳臂上,在地毯上走来走去。她嘴里哼着自编的小调,走走停停,停住时仿佛在琢磨下面该做点什么,然后便去实行,那无非是去拣出另一件小玩意儿。她始终在爸爸和妈妈之间走动,但不去打扰他们。她知道爸爸在这边,妈妈在那边,都在她的近旁,所以很安心。

凡是自己能做的事，啾啾就尽量不麻烦大人。二岁开始，夜里被尿憋醒了，她不再唤醒妈妈，而是自己下床，到尿盆那里小便，然后自己回到床上接着睡。听她来回走的脚步声，我心中十分感动。我知道这对于一个不足三岁的孩子有多么不易，我自己半夜尿憋时还不肯下床呢。她为此也很自豪，告诉妈妈："半夜我自己起来尿尿，一个声都不吭。"三岁时，有一些天，小燕休假回老家，家里没有保姆，她知道我们忙，想方设法自己做自己的事，比如自己打水洗脸洗手。有一回，我发现她在厕所里忙乎，原来刚尿完，自己去倒掉了，正准备冲洗尿盆呢。

对于商量定的事，她能自觉地遵守。例如，为了让她好好吃饭，我们规定她只在临睡前喝一瓶奶，开始她很抵触，后来适应了。她每次都不把瓶里的奶喝完，省下一点儿，以备半夜醒来时想喝。有一天，她因为疲劳，没有吃晚饭，临睡前把一瓶奶喝完了。半夜醒来，我问她要不要喝奶，她说不要。我说："今天你没有吃晚饭，是可以喝的。"她这才同意喝一点，其实她饿了，是想喝的。

必要的时候，她能够忍。妈妈去幼儿园接她，有时忘了带饮用水，她就说她不渴。有一回，也是这样，但妈妈后来在车里找到了一瓶纯净水，她这才告诉妈妈："我都快渴死了。"

六岁时，她有自己的房间了。有时候，她半夜会到我们卧室里来钻妈妈的被窝。对此她解释道："我一般是在自己解决不了的情况下，才来找妈妈。比如尿了床，小燕睡这么香，我站在那里没有办法。"事实的确如此，半夜里，一个小女孩，面对尿湿了的床铺，真是一筹莫展啊。

啾啾心地善良，看不得大人为她痛苦，这个特点在很小的时候就表现出来了。

在德国时，她不到一岁，很依恋我，一看不见我，就喊着"爸爸"寻找。我进厕所，她也一定会走到门前，隔着门叫我，不停地叫。有时候，厕所的门关着，我并不在里面，但她由小指示灯亮着而判断我在里面，也会去叫门。妈妈一再告诉她，我不在里面，她就是不信。最后，妈妈只好把她领到我面前，让她眼见为实。可是，有一回，我进了厕所，她立刻跟了过来，替我把门合上，我以为她已离开，而门尚虚合着，便把门拉紧。这时，忽然听见她在门外大哭起来。原来，她并未离开，她的手指被门夹着了。天哪，她在妈妈的怀里大哭，我也流着泪责备自己。而这时，她在妈妈的怀里回头看我，满面泪水，表情是十分伤心的，但我能感觉到这伤心不只是因为手指痛，更是因为看见我流泪。我说："宝贝，让爸爸抱抱好吗？"她立刻扑向了我。我心中感动极了，我可爱的女儿多么善良啊。此后，她对我也毫不存芥蒂，一如既往地和我亲。好在门的合缝不太紧，没有造成大的伤害。

还有一回，已回国，她一岁半，我们在卧室里玩。我用两条折叠好的被子在床上搭了一个舞台，在这舞台上给她表演木偶戏，她看得高兴极了，笑声不断。一会儿，红接电话，然后来与我商量某件事。说时迟，那时快，在床上的啾啾突然朝床边缘的被垛扑去，和被垛一起翻下了地。我们眼看着她头朝下落地，被垛压在她的身上。她大哭，我们马上发现，她的头顶正中肿起了一块，那是落地的部位，左眼下的脸颊也肿起了一块而且乌青，那是撞击床边一只小凳子所致。但她真好，不多久就止哭了。我抱她在屋里转，她告诉我："宝贝哭了。"接着说："爸爸哭了。"其实这次我没有哭，但她看到了我难过的样子。这时她眼里还噙着泪，用仿佛伤心又懂事的眼神看着我，使我真想掉泪。

她也不忍心看见大人不高兴。同一天傍晚，她从冰箱里拿了一小盒果冻，急切地要吃。我说，爸爸替你打开。她把果冻交给了我。可是，我接过来后没有马上打开，而是去厨房里拿小勺了。她哭叫起来，小脸蛋通红。当我回到她身边时，她从我手里夺回果冻，我再说爸爸替你打开，她就坚决拒绝。我无奈地说："好吧，爸爸不打开了。"她抬眼凝望我片刻，突然把果冻塞进了我手里。

看见大人为什么事心烦时，她总是格外知趣。三岁时，有一回，我在家里到处寻找一只装了珍贵资料的箱子，她看见我着急，也着急起来了，一直跟随着我，安慰说："爸爸，我能找到。"后来，知道家里那些箱子都不是，就用同情又打抱不平的口气说："就我们家的箱子丢了，人家的箱子都没有丢。"我实在心烦，她发现自己帮不上忙，为了不再打扰我，便无奈地说："我就自己看看书吧。"把书翻出来，看完一本，自语道："我再看一本。"独自看书看了很久。说起她的这个表现，红说："这孩子敏感，同时又有理解力。"评论得准确。

六岁时，啾啾这样自白："看见别人不高兴，我就心软。"

我劝道:"你不要这么心软,有时候该硬就得硬。"她回答:"我心硬时就会心痛。"准确地表述了同情心的特征和感觉。

"人之初,性本善",孩子天生都有恻隐之心。

二岁时,啾啾看电视,一个女子在给马蹄钉铁,她觉得残忍,又要说服自己,就说:"阿姨多好,多爱它(马)呀,钉了(走路)就不痛了。"

她七岁时,我在陶然亭公园看到一幕情景,给我留下至深的印象。近岸一座小岛,是野鸭的窝。小岛和岸之间,狭窄的湖面上,一只鸭妈妈带着三只小鸭。游船不断来往,看得出它们很惊慌。我们站在岸上,不停地呼吁游船避让野鸭。一个母亲带着一个四岁模样的小女孩站在一旁看。一只游船里是一家人,一个小男孩驾着船,一边朝鸭子冲去,一边得意地说:"我开过去把它们压死!"他的爸爸妈妈听了,赞许地大笑。红气愤地骂道:"简直是浑蛋!"啾啾接着说:"他们对动物没有一点爱心。"这时候,那个四岁小女孩说话了:"我爸爸也是一个浑蛋,他老带我去撞鸭子。"她的母亲露出尴尬的笑容,赶紧带女儿离去。

孩子天性善良,变得冷漠往往是大人带坏的,我得到了一个活生生的例证。

啾啾的乖,还表现在会体贴人。

她跟妈妈午睡,妈妈睡着了,她睡不着,轻手轻脚地起床。我夸她:"宝贝真乖。"她表示同意,说:"乖就是没有

声音，只有动作。"然后表演给我看，她的动作是玩自己的小手。(2岁)

我的腿在床架上碰伤了，出了血，家里找不到创可贴。她可挂在心上了，不断地来问我："爸爸，怎么办呢？"表情是忧虑的。我说："没关系，就这样吧，爸爸小心不要碰到伤口就行了。"后来，我抱她时，她就把她的双腿高高翘起，对我说："我不碰爸爸的伤口。"

晚上，我抱她在院子里散步，走得比较慢。我说："爸爸眼睛不好，看不清路，所以小心一点。"她大声安慰我说："我长大了抱你！"(以上3岁)

妈妈在沙发上睡着了，她想给妈妈盖被子，但被子都藏在柜子里，她找不到，只在双层床上铺发现了一条。于是，她爬到上铺，把被子推下床，拖进客厅，费尽周折终于替妈妈盖上了。(4岁)

红开车，我们去赴宴。我工作了一天，很累，靠在后座上假寐。红不停地向我说话。她严肃地说："爸爸已经很累了，你不要再和他说话。"

夜晚，我们俩在公园里的湖边散步，她怕我掉进湖里，紧紧拉着我的手。一处台阶下有假山石，她喜欢爬这石头玩，便把我送上台阶，然后自己再下去玩。

寒冬，我要出去散步，她发现我裤子薄，问我穿毛裤没有，我说没有，她就要我加衣服。我已换了鞋，怕麻烦，就说出去试一试，如果太冷，再回来加，不太冷就算了。她说："如果有点冷，你也不要硬挺。"我心里真感动，这么关心又细心，哪里像一个孩子。听从她的劝告，我换上了厚裤。

她叮嘱我每天洗脸要用洗面奶，我说我记不住，我也确实记不住。于是，每天当我起床后进盥洗室，便会发现洗面奶架在水龙头上，是她上学前特意放在那里的，让我开水龙头时必能看到。（以上6岁）

中国人总是教育孩子做"乖孩子"，称赞孩子时也多用这个"乖"字。我也常常这样夸孩子："宝贝真乖！"但是，我从来不这样夸孩子："宝贝真听话！""乖"和"听话"不是一回事。"乖"有两个含义，其一是乖顺，就是温良、听话，其二是乖巧，就是伶俐、机敏，把这两个含义统一起来就比较全面了。不过，这两个含义也可以从坏的方面理解，比如乖顺是循规蹈矩，乖巧是察言观色，二者的结合就更令人讨厌了。所以，还须仔细辨析。

在日常语言中，当我们称赞一个孩子是乖孩子时，一定是觉得她可爱，她的乖体现了某些美好的品质。仔细分析起来，孩子真正可爱的和值得鼓励的"乖"，其实包含了三个因素。一是通情，就是善解人意，关心和体察他人的感受，这是同情心，是善良。二是达理，就是讲道理、懂道理，这是理解力，是聪慧。三是在通情达理的基础上，能够克制自己不合情理的欲求，这是自制力，是节制。所以，"乖"应该是善良、聪慧、节制这三种积极品质的综合表现。倘若抽去这些品质，只要求孩子盲目地听话，训练出来的就不是通情达理的乖孩子，而是逆来顺受的呆孩子，甚至是阳奉阴违的坏孩子了。

向优雅致敬

我剪脚指甲,啾啾凑近来看。我假装训斥:"看我剪臭脚丫有什么好玩的!"她柔和地回应:"看它等着剪好玩吗?"

我琢磨拼图游戏,觉得明白了,脱口道:"嗨,我知道了!"她在旁听见了,马上也脱口道:"你知道了,你真棒,我都不知道!"

傍晚,我们准备出门散步,红嫌我磨蹭,在那边喊:"你不去,我们自己去了!"其时我正在卫生间里。啾啾走到我面前,朝我略微弯下腰,问:"你去吗?"我说去。她立刻挺直腰,朝妈妈的方向喊:"他去的呀!"

我听见她在外屋不停地说:"吃完了,还要。"说了很多遍,可是没人理她。走出去一看,红正专心看报。我责备红:"你不能不理啾啾。"她立刻走到妈妈面前,抬起小脑袋说:"妈妈理我。"

半夜,她喝完奶,红把奶瓶放到床头柜上,没够着,掉地上了。红生气地说:"讨厌!"我小声劝慰。这时,已在半睡中的她插嘴了:"妈妈轻轻地放就不倒了。"

在妈妈单位里,她和妈妈的一个同事一起玩电脑,电脑出问题了,同事解决不了,她安慰说:"我妈妈知道怎么办。"同事说:"那你去叫你妈妈吧。"她朝妈妈看一眼,说:"不可以,我妈妈在打电话。"事后同事对红直夸啾啾懂事,感慨地说,她儿子二十多岁了,从来都不管她在干什么,哪怕油锅起火了,也是想喊就喊。

这些都是啾啾二岁时的事,已经显现出了温柔、和善、礼貌的品性。

啾啾的待人接物中有一种优雅,她懂得照顾别人的自尊心,委婉地表达自己的想法。

汽车里,她坐在小燕怀里,小燕的鼻息直接喷在她的脸颊上,她很不舒服,但忍着。她终于不能忍了,用手摸那一块脸颊,说:"有汗。"这是一种提醒,但小燕不领会。她不得不明言:"是你的哈气。"然后才转移到我的怀里来。

每天吃早饭,小燕老是给她煮鸡蛋,她吃腻了。一天,她看着盘里的煮鸡蛋说:"我都忘了煎鸡蛋的味了。"以此提醒小燕变换鸡蛋的烹饪方式。(以上3岁)

红和一个同学带她在超市购物,她双手推着购物车,那个同学伸出一只手和她一起推,手的触碰使她感到不舒服。她说:"我觉得两只手正好,三只手太挤了。"启发那个同学撒手。

红让我吃葡萄,说非常甜,我连吃了几颗。啾啾很爱吃这回买的葡萄,便对我说:"你饿坏了,可是你已经吃过饭了,不会吃完的。"恰当地表达了她的担心和希望。

她提要求时总是用商量的口气:"行吗?""可以吗?""酸奶还有吗?""我刚才喝的奶不是还剩了一点吗?"在我的影响和劝导下,她很少看电视。一天晚上,她说:"我想看一会儿电视,但也可以不看。"接着发表议论:"吃了晚饭看看电视还是很舒服的。"她有好多天没看电视了,很想看,但仍用说理的方式表达她的要求。

她的确很讲理,一点儿不固执。一天晚上,我和红要去听音乐会,事先跟她说妥了,但我们临走时她有些后悔,不停地说:"妈妈,我想你,现在就想。"我略施小计,称赞她:"啾啾这么想妈妈,还让妈妈去听音乐会,真讲道理。"她马上改变态度,和妈妈挥手告别了。(以上4岁)

当她的要求被大人拒绝时,或她的兴致被大人冷落时,她常能用巧妙的方式妥协。

晚饭前,我们和她玩上课的游戏,她很入迷。我以饭后继续玩为诱饵,把她哄上了饭桌。晚饭后,她当然要求接着玩,但我在看电视播的伊拉克战争,和她商量可否不玩。她表示可以,说:"我发现你当老师有一个问题,你的学生都是女的。"她说的是事实,我当老师,学生就是她、妈妈和小燕,但这并不妨碍我们玩,她只是要找一个理由为我开脱。然后,她就坐到灯下去看书了。(4岁)

她拿着一只小茶叶盒走到我面前,说是给我的礼物。我正在找一样什么东西,因找不到而心烦,没有理睬她。她毫不生气，在我找到东西以后，又走过来对我说："现在你可以看我的礼物了吧？你一定喜欢。"我打开茶叶盒，看见里面是一些皮筋。若干天前，我曾需要一根皮筋而找不到，没想到她记在了心里。当然，我告诉她，她给我的礼物太好了。这件小事很能反映她的性格：细心，善良，温柔。

晚饭后，我躺在床上看报。她来找我，一脸兴奋，请我参加她的钢琴演奏会。我感到累，不想动，便说："让爸爸安静一会儿吧。"她愣了一下，立即又恢复兴奋的表情，一边回厅里，一边对妈妈和小燕说："爸爸没有买门票，他不能来。"我心中暗暗感动和赞赏：多么善解人意，反应多么敏捷，立刻让我也让她自己下台。

她在看光盘，到新闻时间了，我和她商量，让我看十分钟，她爽快地同意。我正看有关萨达姆的新闻，她喊道："十分钟到了！"我嫌她打扰，露出不耐烦的表情。她立刻不说话了，在我旁边坐下，把脚丫伸过来让我握。真是知趣而柔顺。（以上5岁）

当她受到大人责怪时，她很少申辩，或者会婉转地说明自己的情况。

她把火车上发的一次性小毛巾挂在卫生间的暖气片上，老用它擦脸。我觉得她是在玩，有一回责备了她，她笑笑，没有申辩。过了两天，我突然意识到，搬到新居后，毛巾架太高，她取洗脸巾很费力，就自己想出了这个解决的办法。我为我的不细心和责备她而内疚。

午餐时，面对着一碗面条，她自言自语："我是胃口不想

吃，我的胃说应该吃，我听谁的呢？"妈妈听见了，说："听胃的吧。"她接着自语："可是胃口怎么办呢？"（以上6岁）

和人相处，啾啾万事不强求，知分寸，有礼貌。

四岁的生日派对，来了许多客人，其中有两个小姐姐，崔健的女儿莎妮与和平的女儿津津。啾啾崇拜这两个能歌善舞的小姐姐，特别想和她们玩，一心追随左右。可是，这是老故事了：大孩子甩掉小跟屁虫。莎妮拉着津津躲进厕所里，两人关起门来说话。赵莉忽然发现，只有啾啾一个人在卧室里，问她："你怎么一个人在这里？"她说："莎妮姐姐和津津姐姐在厕所里说悄悄话呢。"言毕捂嘴而笑。赵莉向我们夸她，说她一片阳光，毫无嫉妒之心。

六岁时，啾啾喜欢讲笑话故事，讲得非常好，常常令大家捧腹。一天，萧瀚来家里，她给他讲了一个又一个，该吃晚饭了，兴犹未尽，约定吃完饭继续讲。饭后，她自己坐到沙发上刚才讲故事时坐的那个位置上，拿起一本书，静静地看。萧瀚忽然意识到，她是在等着继续给他讲故事，为此非常感动。使他感动的是，她记着他们的约定，却又一点儿不催他。

也是六岁时，霰儿来家里，晚上留宿，睡在她的房间里，她和爸爸妈妈在大卧室里睡。次日早上，她第一个起床。她的房间和大卧室里都有人睡觉，她去哪里呢？霰儿起床后发现，她正坐在卫生间里，在静静地看一本书。

305

面对女儿的优雅,我常心生敬意。我问自己,这究竟是一种天性,还是一种教养?当然,我和红都是不粗暴的人,我们对她说话也总是用平等的态度、商量的口气,这些无疑会发生潜移默化的作用。但是,若论教养,她的柔和度、分寸感、自制力实在要超出我们,那多出的部分从何而来?只能说是来自天性,或者,换一种说法,便是青出于蓝而胜于蓝了。

在优雅中,有情感的细腻,有胸怀的大度,有自尊和对他人的尊重。优雅是一种人性的美,无论出现在谁身上,都是令人赞赏和尊敬的。从我女儿的身上,我学到的东西太多太多。

安静小淑女

啾啾是一个安静的孩子,从小就喜静也能静。

一岁多时,妈妈忙家务,让她剥豆子玩。她坐在小板凳上,面前摆着三只篮子,中间一只里面是未剥的蚕豆,妈妈告诉她,剥好的豆放在右边的篮里,壳放在左边的篮里。然后,妈妈去忙别的事了,心想,就让她去玩吧,不准弄成什么样呢。可是,回来一看,她已剥了好几颗蚕豆,豆和壳都放在指定的篮里,丝毫不错。有时候,无论豆还是壳,不慎扔在地上了,她必探身去捡起来,放进相应的篮子里。以后,她一直喜欢帮妈妈剥豆子,能够坐很久,且不容别人插手,怕别人弄乱。她的安静、细心、耐心,由此可见一斑。

一套画笔,用久了,笔芯会缩进去,画不成了。看我处理过几回,再出现这个问题,她就不找我了,自己把笔杆里的东西倒空,插进一支铅笔,去顶那缩进去的笔芯,做得非常耐心。

四岁时,她迷上了做手工。我给她买一套书,共六册,每一页都是一件手工作品的材料,她如获至宝。每天从幼儿园回来,她就趴在桌上,专心致志地剪贴、涂色,头也不抬一下,往往一做就是两三个小时,直到大人催她洗漱、睡觉。有一回,她埋头工作了很久,要给她洗澡了,红让小燕放水,她一听,又翻开书来涂色,说:"小燕放水没有我涂颜色快。"意思是她可以抓紧时间再涂一会儿颜色,真是分秒必争。

红担心她太累,认为孩子应该多玩,不该这么用心地做事。这当然也有道理。不过,在我看来,孩子能够这样投入地做一件事,全神贯注,心不旁骛,这是多么可贵的品质。记得我小时候也曾经热衷于做手工,做的时候心特别静,做完一件作品后特别有成就感。我相信,对于孩子来说,做手工是极好的训练,能够培养专心、耐心、细心、静心等重要品质,而这些品质在以后做更重要的事的时候一定会发生作用。所以,我总是鼓励啾啾,我们只需帮助她掌握分寸,不让她太累就可以了。

一天晚上,我带她去买一种她喜欢的小贴纸。回来的路上,她自言自语似的说:"先做难的,后做不难的。"我问她说什么,她解释说:"先做难的,把难的做了,剩下的就是不难的了。"我问:"你做什么事都是这样?"她点头,举例说:"我涂颜色,先涂小的,剩下大的就好涂了。"这说明她做手工时是动脑筋的,而且善于总结,能够从个别上升到一般。这也说明,其实做手工不仅仅是做手工,她的收获是远远超出做手工的。

驱车在外,她坐在车里,常有悄然无声的时候,我转脸看,往往发现她在做眼睛操。她告诉我,没事的时候她就做。

她还教我做，传授要领说："动作要慢，一定要按在穴位上，要不就白做了……"我心想，能静的孩子多半能自主，独处时也不会无所事事。

直到现在，好静仍是啾啾的基本性格。放学回家，她常常立即进自己的房间，坐在书桌前专心做作业、看书或做别的事，她的学业从来不需要我们操心。家里来客人，客厅里再热火朝天，她可以始终静静地待在自己的屋子里，没有一点声音，常常使客人误以为她不在家。

啾啾喜静不喜闹，尤其不喜欢过于热闹。

她和小伙伴玩，也兴高采烈，但对方一疯，她就会制止或退出。三岁时，一次，她和嘟儿玩游戏，两个小家伙玩得很高兴。后来嘟儿开始大喊大叫，她便打开八音盒，说："这是安静歌。"提醒嘟儿安静。另一次，家里来了两个混血儿孩子，他们一到达，家里景象大变，开始是一只塑料球被踢得满屋子飞，接着，厅里一座玩具小屋的屋顶被掀开了，滑梯被架高变陡了，下端放一只凳子，他们一遍遍滑下来撞那只凳子，闹得震天响。啾啾始终没有加入，她在屋角的小桌子上安静地玩拼嵌玩具。

混血儿孩子的母亲因此议论说：在一次有中、法孩子参加的活动中，老师让孩子们自由地玩，法国孩子立刻闹成了一片，而中国孩子都不知道该怎么玩了。我说：中国的教育的确常常违背孩子的自然状态，不过，自然状态未必是打闹，也可以是安静的。

朋友聚会，我们总是带着她，但她并不喜欢，一是嫌人多喧闹，二是往往没有可以一起玩的孩子，的确没意思。三岁时，有一回，她缠着妈妈在餐厅外玩，不肯进餐厅，妈妈教训了她。她提出，以后爸爸妈妈和朋友吃饭，她不来了，和小燕在家里。说清楚后，她才进餐厅，对这些她决定以后不再一同吃饭的叔叔阿姨们表现出了宽容，跟他们打招呼。以后我们赴宴，就都和她商量，由她自己决定是否参加。

六岁时，"五一"长假，我们带她回红的老家。亲戚们很热情，安排了许多饭局和游玩，她十分厌烦，但一直克制着自己。有一天，她终于宣布："我不参加任何活动了。"刚说完，姨妈带人来，说要去某地玩，她气愤地说："老是搞活动，烦死了！"坚决不去。当然，我支持她。她静惯了，完全不适应这种闹哄哄的生活。其实我也一样。

她是多么讨厌喧闹和噪音啊，如此表达她的美好理想："要是耳朵像眼睛一样能关上就好了。"

啾啾喜欢过平静的生活，不喜欢折腾。

她四岁时，有一阵子，红热衷于到处看房，筹划买房，她对此很不以为然。一个周末，红又要去看房，她反对，说："好不容易是周末了，我想跟妈妈在一起。"

红说："你跟我一起去，不就是跟妈妈在一起了吗？"

她大声强调："我是想跟妈妈安静地在一起，不是到处走。"

我讽刺红："这样吧，咱家把全北京的房子都买下来，啾啾就可以跟妈妈安静地在一起了。"

啾啾立刻说："啊，这样别人就没有房子了。"面色十分严肃，似乎是替别人担忧。

我对红说："你总是愿望走在能力前面，我总是愿望走在能力后面，这大约就是女人和男人的区别。"

红说起她看中的一处房，地点和户型都好，我问买房的钱在哪里，啾啾开口了："这样吧，等我长大工作了，我们四个人（包括小燕）的钱放在一起，那时候再买。"

她的口气是半真半假的，像是幼稚的打算，又像是开玩笑。红提议，把我们家现有的两处房子卖掉一处，来买这个房子。啾啾表示舍不得卖，她想了一会儿，笑着说："我在想，三个房子里卖一个吧，就卖这个新的，这样不是不用动了吗？"

她八岁时，红又一次动念买房，她激烈地反对，一再说："我们家多出这个房子干什么用！"红解释说："将来你长大了，可以用。"她反驳说："还不知道我将来干什么、在哪里呢！"我当即称赞她高瞻远瞩。

喜静的孩子未必不爱动、不善动。静是啾啾个体的性格，动是孩子普遍的本性。她小时候有很好的运动能力，称得上静如处子动如兔。

我们经常带她去公园、野外或风景名胜游玩，一到自然的环境中，她总是很活泼，喜欢攀登和奔跑。孩子吃苦耐劳的能力往往超出大人的估计。三岁时，在大连登燕窝岭，一开始，我抱着她拾级而上，连续的上坡，她看我累得汗流浃背，就要求自己走。妈妈唱着她喜欢的英文歌，她跟随着节奏，两条小腿专心地攀登。石阶很陡，路很长，她不停留地走过来了。到达坡顶，在一个亭子里休息，她的小脸蛋红扑扑的，心情极好，不停地蹦蹦跳跳。为了奖励她，我们给她寻摘她喜欢吃的桑葚。

红担心她太静，非常注意训练她的运动能力。三四岁时，荡秋千，轮滑，骑儿童自行车，她都学得挺快，颇具水平。上小学后，学会了游泳。无论学什么运动项目，开始时她都会有些胆怯，但很快就拿出了埋头苦干的劲头，也肯琢磨，注意体会和掌握其要领。

她自小跑步是一绝，摆动胳膊，跑得飞快，我们都不易追上。小学三年级，一天放学回家，她高兴地说，今天有一件好事要告诉我。原来，在班级运动会上，她获得了400米赛跑女生第一名，成绩是1分52秒。她说，起跑时她的位置不好，落在别人后面，但她逐渐超过了所有人。我看她衷心为此高兴，叙述时脸上漾着幸福的笑容。

遗憾的是，近年来她好像有些不爱动了。一个原因是功课紧，做完了作业，就已经很累，不想动了。即使还有时间和精力，她宁愿看书，不愿去户外锻炼。这导致了体质有所下降，我目前还没有找到好的解决办法，甚为苦恼。

在遗传上，啾啾的性格较多继承我，偏于内向。内向的人好静，外向的人喜欢热闹，基本如此。内向的根源，可能是心性的敏感和细腻，因此要躲避外界的刺激。

关于一个人性格是内向还是外向，我有一个也许可笑的判断方法。我看这个人拉臭时避不避人。拉臭必须避人，有别人在场会极其不自在甚至发生障碍，我相信这是一个人性格内向的可靠证据。这里面有一种强烈的羞耻心和隐私感，羞于示人以不雅。有的人可以敞着门拉臭，甚至边拉边跟人聊天，我真觉得不可思议。十拿九稳，这样的人是性格外向的。

一岁时，啾啾拉臭就要避人，避不开时，她会把两只小手掌放在脸上，遮住眼睛。一次，妈妈把她拉臭，她在运气，看见我进屋，立刻嚷了起来，说："爸爸不来。"我说，爸爸去那间屋子等，宝贝拉完再来，好不好，她满意地点头。我说，爸爸替宝贝把门关上，好不好，她更加满意地点头，表情一下子放松了。

另一次，她站在那里，一动不动。妈妈问："是不是要拉臭？"她皱着眉，伸出一只手，阻止妈妈问，也阻止妈妈靠近。我进屋时，她们正这样相持着。红也阻止我靠近她。我说："啾啾，跟爸爸到厕所拉臭，好吗？"她答应了，自己从远离厕所的墙角朝厕所走去。进厕所后，我发现，尿布里已经兜着一团硬屎了。

还有一次，我进厕所，她站在门外叫我，然后没有了动静。我轻轻推门，遇到了障碍，说明她仍在门外。我叫她让开，并试图再推开一些，她哭叫了起来。原来，她正在拉臭。红说，不要打扰她，让她拉完。她拉完后，我带她进厕所里清理，使劲表扬她。

这种情形非常多，我只是随便举几个例子罢了。

与此类似的情况是洗澡。我永远适应不了公共浴池里的群裸。啾啾也是很早就有了为身体害羞的意识。三岁时，我带她和嘟儿去游泳，游泳后淋浴，嘟儿想到她的隔断中，和她同用一个喷头，她不让。于是，嘟儿进了她对面的隔断，彼此能看见，她立刻把自己那间的布帘拉上了。

我由这些征兆判断，她会是一个性格内向的人，后来得到了证实。

在幼儿园，在小学，老师都不约而同地把啾啾称作小淑女。我欣赏这个小淑女。在某种程度上，这是惺惺相惜，因为我自己也是一个安静的人。假如我的女儿是一个小魔女，活泼好动，花样百出，我会怎么样呢？我同样会欣赏，那对于我将如同一种异国情调，他乡风景。无论何种性格，只要出于自然，都有其特殊的美。

老子说："静为躁君。"我把老子所说的"静"解作一种内心状态，而不是单指性格。不过，我相信，性格沉静的人是更容易获得这种内心状态的。我祝愿我的女儿今后在人生的风雨中有足够的定力，沉稳地驾驭自己的生命之舟，平安度过时代的惊涛骇浪。

生在这样一个时代，平安足矣，夫复何求。

关于豌豆公主

啾啾又是一个非常细心的孩子。她的细心，也是在一岁上下就分明显现了。

当时我们在巴黎，住在越胜家。有一天，大家一同去附近的树林里捡栗子。归途中，我抱着啾啾，她在我怀里突然非常不安。她是脸朝前坐在我的手臂上的，这时却喊叫着把身体使劲朝背后的方向扭转。红说，她是不想回家。我抱她朝相反方向走了几步，她的身体仍在我怀里扭动。我想她一定是困了，便把她放倒在怀里，要哄她睡。她却不睡，自己把身体调整成面朝地的姿势，不停地左右扭动脑袋，仿佛在寻找什么。这样走了一小会儿，越胜的女儿盈盈突然喊了起来："啾啾的鞋子没了！"我们一看，果然，她脚上只有一只鞋子了，于是恍然大悟，知道她不安的原因了。红眼睛尖，看见远处一个黑点，就向那里飞奔过去，而这时，啾啾立刻安静下来了。

她的记性真好。她的衣物和玩具，家里别人的常用之物，问她，她准能找来拿给你。一天晚饭后，我穿了衬衣躺在沙发上，觉得冷，便试探着对她说："宝贝替爸爸拿一件毛衣来，好吗？"她听了立即朝另一间屋子走去，很快回来了，手里果然提着我的毛衣。她用双手提着，其中一只手提着一只下垂的长袖，显然是为了不让它碰地。

我装窗帘，漏掉了两个小环，没有套到杆上。她发现了，把那两个小环递给我。我嫌重新装麻烦，而且少两个小环也没关系，就说："宝贝玩吧。"她马上说："不玩，装。"一定要我安装上去，我只好遵命。

她吃冰，是套在细长的塑料袋里的，必须一边吃一边往外挤。挤到最后，剩下一小截，不容易挤，她就让我帮忙。我帮她挤出，她一口吞进嘴里，我准备把小塑料袋扔掉，她盯着小袋的底部，说："还有水呢！"可不，还有冰融化的一点儿水，她舍不得扔掉，我倒进她的嘴里，她这才满意。（以上1岁）

夜里，她尿床了，妈妈说没有尿垫了。她睡意仍浓，头脑却清醒，问："那个方格的尿垫呢？"然后说："那个我没有尿湿，其实是干净的。"她说的是事实。

她喂妈妈吃药，妈妈告诉她，有两种药，白的和黄的，各三片，她记住了。第二天，她又喂，从两个小瓶里各取出三片药，放在相应的瓶盖里，一边有条不紊地操作，一边头也不抬地对站在旁边的小燕说："白的黄的各三片。"

她坐在尿盆上尿尿，若有所思。妈妈问她在想什么，她答："我在想，口红该盖上了，要不然就坏了。"

妈妈带她去商场，给她买了熟玉米和烤香肠。回家的路上，她问："我的玉米带回来了吗？"听说带了，又问："塑料袋扎上了吗？"妈妈说放玉米的袋子扎上了，她立即问："还有香肠呢？"妈妈悲叹：步步紧逼，滴水不漏。

每天夜晚，妈妈总是把几个奶瓶灌了奶，放在床头，供她需要时用。一天，她突然提出异议："不会掉床头下面吗？那么大的缝呢！"（以上2岁）

早晨，她一睁开眼，就对妈妈说："妈妈，今天你要缴电话费和水电费，还要给我买眼药。"这是她昨天听妈妈说过的，便惦记着了。

妈妈带她去单位，到了那里才发现，忘了带办公室钥匙，便打电话让小燕送去。刚放下电话，只听见她说："妈妈，你没有告诉小燕，不在四楼，在五楼。"的确，因为装修，红的办公室暂时搬到了五楼，而红忘记把这一点告诉小燕了。（以上3岁）

唉，这么一点儿大，就这么心细，这么挂念事儿，不免让人心疼。

啾啾小时候也极喜爱整洁。她睡的床上有一小粒沙子，床单有一个小皱褶，枕头稍微摆歪了一点，她都会不舒服，妈妈说，整个一个豌豆公主。她的玩具和物品，一定要放在确定的地方，一旦发现错位，就立即纠正。晚上，她洗完澡，就把洗澡时玩的玩具都从水里捞起来，放回架子上。画完画，要睡觉了，就把彩笔整齐地放回盒里，说："让彩笔也睡觉。"

上幼儿园后，她养成了一个好习惯。每天睡觉前，自己每脱下一件衣服，就叠得整整齐齐的，甚至连扣子也一个一个都扣好，叠放在床边的一个小椅子上。这显然是在幼儿园里学的，睡午觉时，老师是这样要求的吧。

每到年末，啾啾就自己绘制一些贺年卡，送给小朋友和亲友。四岁那年，她预备寄给姑姑的一张贺年卡画得十分精美，她自己很珍惜，问妈妈放在哪里好，妈妈让放在桌上，她不同意，说："桌上太乱，会丢的。"妈妈说放在抽屉里吧，她照办了，然后，找来一张小纸片，写上"1个"二字，放在紧挨抽屉的桌面上。妈妈问她什么意思，她解释："怕忘了。"看见这张小纸片，我不禁笑了。在小纸片上记备忘事项，这十足是我的习惯，她怎么就学去了呢？

她的名字里有一个"序"字。她果然讲究秩序。

我也是一个讲究秩序的人。我喜欢各样东西在确定的位置上，不但美观，而且方便，需要时立即可以拿到。维持整洁似乎花费了时间，只要养成了习惯，实际上大大节省了时间。我还喜欢做事有条理，这是效率的源泉。有人说，大艺术家、大学问家都是不拘小节、不修边幅、杂乱无章的，我才不信呢。在最好的情况下，这是只看表面现象，没有看出天才们为自己建立的秩序。我确信，灵感只是上天赐给有条理的工作者的奖品罢了。

所以，我多么希望啾啾能保持讲究秩序的良好习惯。

心细的人往往有洁癖，啾啾也是如此。

她喝酸奶，手指上沾了一点儿，便停止喝，皱起小眉头，举着那根手指,说:"好恶心。"

妈妈从自己的碗里舀饭喂给她吃,她拒绝,说:"宝贝要自己的。"

红上班,我哄她午睡,不一会儿她就醒了,哭着要找爸爸。我抱起她,她又哭着要找妈妈,哭得满脸鼻涕眼泪。突然,哭声停了,她用一种唤声提醒我看她。我一看,她伸出了舌尖,舌尖上有许多鼻涕和一粒鼻屎,等我给她擦掉呢。我给她擦掉后,她才接着哭。

她找妈妈,我告诉她,妈妈在洗澡,让她去卫生间看。她已经是在卫生间门口了,却朝厅里跑,说:"没穿鞋。"她知道卫生间的地湿,一定要穿上拖鞋才肯进去。(以上1岁)

妈妈给她洗澡,洗完后,用儿童润肤霜给她擦小腿和脚,擦毕,手上还有剩余,就顺手往她脸上抹了抹。她立即大哭,边哭边用困惑的眼神望着妈妈,喊叫:"妈妈!妈妈!"那语调显然是说:妈妈怎么是这样的!我闻声赶去,问明了原委,表明态度:"宝贝是对的,擦脚的油怎么能抹到脸上呢?"事后红讽刺地说:"真是小贵族,这么讲究。"

她去卫生间洗手,自己抹了洗手液,然后,当她再打开水龙头时,就用手背,不让手上的洗手液弄脏水龙头。没有人教她,是她的细心在指挥她。(以上2岁)

在游泳馆里,她吃巧克力,天花板上不时滴下水来,我让她小心别让水滴在巧克力上。一会儿我发现,她一手拿巧克力紧挨着下巴,另一只手在鼻子之下嘴巴之上搭成一个棚,这样,不论她在吃还是不在吃,水都滴不到巧克力上了。

她和一个客人在客厅里。她吃薯片，一片薯片掉地上了。客人替她捡起来，她拿在手里，迟疑地望着客人，仿佛在等待什么。见没有反应，她问："怎么办？"客人说："吃呀。"她仍迟疑着，半晌再问："谁吃？"客人说："你吃呀。"这时她用坚定的口气说话了："我爸爸说了，掉在地上的东西，小孩不能吃。"

她咳嗽咳得呕吐，把刚喝的牛奶全吐了，哭喊道："妈妈，腿。"她嫌呕吐物把腿弄脏了，为此感到的难受远远超过病痛。（以上3岁）

红每次用自己的筷子给她夹菜，她都会制止，并申明："你给我夹菜，要用我的筷子。"去红的老家，亲戚们热心地给她夹菜，我看她非常难受，但碍于情面，只好忍着。

她告诉我，在幼儿园里吃饭，对面那个男孩总是张着嘴咀嚼，太恶心了，为了不看见，她就低头只看自己的饭碗。（以上4岁）

在安徒生笔下，那个因为二十床垫子和二十床鸭绒被下面的一粒豌豆而彻夜难眠的公主是一个"真正的公主"。安徒生告诉我们，那粒豌豆因此被隆重地送进了博物馆。大约不会有人认为，安徒生是写了一篇讽刺童话吧。

精致，细腻，敏感，这些都是美德，有这些品质的女孩是可爱的，缺少这些品质的女孩则是令人遗憾的。这会有什么疑问吗？

《豌豆上的公主》不是在刻画娇气，而是在歌颂精致、细腻、敏感,在安徒生看来,这是真正的高贵,就像他在《海的女儿》中歌颂了坚强、勇敢、忠诚一样,那是高贵的另一面,二者全然不是对立的。事实上,我们在许多优秀女性身上可以看到二者的完美统一。

宝贝太操心了

啾啾细心,加上善良,就不免常常为大人的事操心。比如说,大人丢了东西,她会记挂在心,比大人还着急。

红突然发现挂在颈上的项链已断,那个果核形的坠子不见了,便满地寻找。她看见了,也弯着腰,眼睛盯着地,一副仔细寻觅的模样。寻了一会儿,她又踮脚朝洗脸池里张望。我笑了,告诉她,不会在洗脸池里的。晚饭后,红喜出望外地喊叫起来。她觉得拖鞋硌脚,一看,坠子在拖鞋里。她把坠子安好,重新戴在颈上。啾啾一直在旁边观察,这时一声欢呼,跑到妈妈跟前,指着坠子喊道:"找到啦!"(1岁)

红焦急地寻找一本借来的英文书。过了好几天,啾啾还惦记着,问妈妈:"英文词典你找到了吗?"

红的证件包丢失了,里面有身份证、驾照、交通卡、借记卡等。红回想,证件包一直是放在背包里的,昨天下班后,她背着这个背包去超市购物,应该是在那里被偷的。听见我们谈论,啾啾走到妈妈身边,担忧地问:"妈妈,你的包呢?"我们去交通队和银行办了挂失手续,补办驾照则比较麻烦，红至少一个月不能驾车了。回到家，啾啾第一句话就是问："妈妈，找到了吗？"

三天后，有人给红打电话，说是捡到了她的证件包，让她去取。在约定的地点会面，一对朴实的农村夫妇，带着一个六岁男孩，拖着一辆板车，是在北京靠收破烂为生的。包是女人当天上午在超市附近草地上捡到的，想必小偷发现里面没有钱，就随手扔了。女人告诉我们，她是基督徒。捡到包后，他们不敢再做别的事，一定要找到失主，怕被误认为是他们偷的。男人说，已经等了我们三个多小时。幸好包里有一个电话号码，如果还找不到，他准备按照身份证上的那个地址去找了。真是好人，我们很感动。我给女人一些钱，她惊慌地拒绝。我又拿给孩子，孩子笑得合不拢嘴。听我们道谢，女人说："感谢主。"基督教的确是一种道德纯洁化的力量，我所遇到的信教的普通人，其善良都远在社会平均水准之上。

啾啾听说找回了证件包，立刻跑到妈妈面前，高兴地说："妈妈，你又可以开车了。"（以上2岁）

星期天，我们开着车，带着啾啾，高高兴兴去购物，第一站是一家电器商店。把车停在商店门外的路边，那里停着一溜车。尽管如此，我仍怕犯规，红说不会，我想也有道理。当时公共停车场甚少，商店附近若无停车场，车停路边是常规，禁停路段会设禁停标志，而那里没有设。在商店里待了半个小时，订购了一台西门子洗衣机。出商店的门，路边仍有一长溜车，但我们的车不见了。我注意到，啾啾脸上立刻露出困惑的神情。

莫非被偷了？我拨打110报警。想了想，也有被交通队拖走的可能。去问商店的守门人，回答是经常有车被拖走。打电话到附近交通队查问，得到证实。交通队下午二时上班，我们就近吃午饭。我抱啾啾走出饭店，正遇见又有一辆车被拖走。不设禁停标志，电器商店也不给予提示，简直是一个陷阱，每天不知有多少顾客上当。等到了交通队上班，因为车辆证的副证未带，被拒绝办理。周末的愉快购物，结果是沮丧而归。

次日上午，我和红去交通队，又横生枝节，不但要罚款，而且要吊销驾照一个月。只好托人，下午再去，结果是交了拖车费200元，停车费10元，免去了吊销驾照。

这两天，啾啾特别乖。我和红外出，只要说是去找车，她从不纠缠。见了我们，她常常问："把车开回来了吗？"她似乎由此事领会了世事的艰难。

第三天，我们又驱车带啾啾外出，给她定购了一件大型玩具，韩国造的塑料小屋，有秋千和滑梯，她非常高兴。接着，到一家地毯店，选购了几块地毯。走出商店，没想到等着我们的又是一个大扫兴。刚在车上坐定，发现前窗外有一张违章罚单。我们的车停在一截死胡同里，顶头是一堵围墙，丝毫不影响交通，怎么是违章呢？那里还停着一溜车，也都被下了罚单。罚单仍是那同一个交通队下的，我们只好再走一趟。没想到的是，除了罚款和扣分，又要吊销驾照一个月。

红忍气吞声恳求，才免去了吊销驾照。

返途中，我和红的心情可谓悲愤，我们都说再也不在亚运村一带停车购物了，因为你完全无法判断在哪里停车才不违章。我们议论时，啾啾始终一声不吭。小东西已经感觉到，她的爸爸妈妈不是全能的，他们在这个世界上也会有不可抗拒的苦恼。

在这之后的一些天里，她十分忧虑。半夜里，她在睡梦中会问："我们的车呢？"红带她出行，她坐在副驾驶座的儿童椅上，红让她睡觉，她拒绝，说："我帮妈妈看着警察，警察看见车上有个小宝贝，就不抓妈妈了。"（2岁）

上幼儿园后，红每天开车送接，附近只有一个很小的停车场，根本容纳不下这么多车，家长们只能把车停在路边。可是，往往趁你离开的一小会儿工夫，交通协管便给你贴了罚单。红被贴了好几次，啾啾为此忧心忡忡，以至于提出不让妈妈送，说："警察会贴条的。"有时我骑车接送，她会感到轻松，打趣说："自行车上没有玻璃，不能贴条，让警察去贴空气吧！"（3岁）

啾啾还老惦着要给爸爸妈妈省钱。

在王府花园吃饭，那里有游艺室，欣欣抱她去玩，说要买筹码，她立刻警惕地问："拿谁的钱？"欣欣说："当然是拿欣欣妈妈的钱呀。"她顿时放松下来。（2岁）

家附近的一个公园分成两部分，进龙潭湖要买门票，进龙潭西湖不要。有一回，带她进了龙潭西湖，归途中，妈妈

325

对她说："龙潭西湖太臭，以后去龙潭湖，只要很少的钱。"她马上反驳："龙潭西湖根本就不要钱。"后来，又带她去，路上，她一再申明去龙潭西湖，明确说："我要省钱。"到了那里，她仍坚持，直到妈妈说龙潭西湖停车要钱，她才答应进龙潭湖。（3岁）

冬天，我们带她去龙潭湖公园。湖上圈出一块儿童滑冰场，可以租滑冰车在上面玩。所谓滑冰车，只是木板下铆两根铁条，租金一小时10元。我们租了一个双人车，是单人车另加一只小板凳，租金一小时16元。那只小板凳很简陋，卖1元钱也没人要，一小时租金竟达6元。我和红对此议论了几句。到了冰场上，她不肯坐这滑冰车，我和红正感到奇怪，发现她掉下了一串泪珠。我们会心地互望一眼，知道她是因为刚才听了我们的议论，心疼钱或者对租金贵感到不满。差不多有半小时，无论我们怎么劝说，她始终拒绝玩。她强调："我今天没有想滑冰。"我说好吧，我们去逛公园，让妈妈自己滑。红诉说孤单。我说，啾啾心疼妈妈，陪妈妈玩一玩吧。她这才同意坐上滑冰车。一玩起来，她就高兴了，忘记了所有的不快。

给她买葡萄，22元一斤，我说了一声贵，她听见了。回到家里，洗了一些给她吃，没有吃完，她让我放进冰箱。我说："不用放，你一会儿可以再吃。"她说："今天我不想吃了。"我说："没关系，你不吃，别人也可以吃。"她说："我想省一点。"我说："不用省，吃完了再买。"她说："老买，钱会用光的。"我说："可以再挣。"她说："挣了还会用完的，

少花一点好。"（以上 4 岁）

节俭是好品质，但是，她的态度里有一种小小年纪不该有的多虑。反省自己，我们有责任。给孩子买了东西，一定不要在孩子面前议论价格的贵贱，这种议论势必给敏感的孩子增添心理负担。你或者干脆不买，或者买了就不要议论。其实对自己也应该这样。

红开车去上班，不多久，打电话来说，车熄火了，在劲松桥转弯处。这会造成堵车，必须马上处理。我正准备去跑步，便穿着运动服赶往那里。啾啾听说妈妈的车坏了，立刻很不安，我出门前，听见她开始吭哧。我和红一起推车，一个警察走来，也帮着推。红表示歉意，没想到这个很年轻的警察大度地说："没什么，这很正常，谁都可能遇到。"推到路边，红又尝试发动，失败了，我们俩一筹莫展地坐在车里。我说我来试一试，她表示不屑，我说没准是因为你的手臭。我居然成功了，把车开回了小区。小燕已送啾啾去幼儿园，我一直担着心，这小家伙心太重，不知会怎样。果然，小燕回来说，我走后她大哭了一场。

红早上出门，说今天要办很多事：幼儿园退园，新房入住手续，上班，等等。啾啾要跟妈妈去。我们都劝她不要去，她去了，妈妈就更累了。她坚持，哭了。我听出，她之所以要去，就是因为妈妈要办很多事，她不放心，怕妈妈太累，要陪着妈妈。我赶紧对红使眼色，说："妈妈不要办这么多事，留一些明天办，啾啾就放心了。"果然，她点头，不哭

了，也不要求跟妈妈去了。（以上5岁）

啾啾心细、敏感，心细就容易多虑，敏感就容易脆弱，加上善良，一心为爸爸妈妈分忧，这样会活得很累，常令我们心疼。心细和敏感是好的，怎么使心细不成为多虑，敏感不成为脆弱，对此我颇费思量。我自己也是一个心重、多虑的人，在这方面难免会给孩子以消极的影响。红比我粗心，但比我开朗，在很大程度上制约了我的影响。我提醒自己，在孩子面前，遇事一定要表现得从容乐观，哪怕内心并非如此。父亲经常需要在孩子面前扮演英雄的角色，扮演本身其实也是在校正自己的性格。同时，我在下一节将谈到，克服性格弱点的真正力量就在性格自身之中，便是发扬性格优点。

性格无好坏

谨慎是啾啾的又一个性格特征。谨慎也源于细心，因为细心，所以在行动时会瞻前顾后，防患于未然。

在德国时，带她到游戏场玩，如果光着脚，她就一定站着不挪步，给她穿上鞋，她才开始撒欢。在屋里，她喜欢去关门，我担心她会夹着手，但这种情形从未发生，每到门快合上时，她总是迅速把手移开。

她玩一辆儿童三轮车，朝前推，然后又朝后拉。朝后拉是难的，两只后轮很容易碾压她的脚。她低着头，眼睛盯着那两只后轮，小心地协调着手脚的动作，居然一次也没有被碾压到。

她进我的房间，走到靠墙堆放的书报前停下了，站着不动。我说："宝贝来呀。"她盯着那堆书报，说："倒了。"可不，那高高堆起的好几摞书报均已倾斜，岌岌可危。（以上1岁）

红带她进卫生间，准备给她洗手，把她放在凳子上后，忘了什么，便离开卫生间去取。我看见了，批评红太大意，红辩驳说自己带孩子已经很辛苦了，我说再辛苦也应该小心。我们争论着，她说话了："妈妈，你怎么这样，怎么让我一个人在凳子上面呢？"红发感慨："有你们两人管我，我没有好日子过了。"（2岁）

住在某地旅馆，我外出，她和妈妈留下。她在卫生间里洗淋浴，妈妈要做事，让她自己洗一会儿，洗完喊妈妈。她说："我们试一下，关上门能不能听见喊。"不但谨慎，难得的是她会想到预先试验一下。红对我叙述时说，当时她想到了我，真跟我一样。（4岁）

太细心就成心重，太谨慎就成胆小。在公共场所，她的心重和胆小表现得相当明显。

红与朋友们在饭店吃饭，带她去了。顾客逐渐稀少，服务员关了两排灯，但并未催他们走。可是，她担心了，不停地催妈妈走，说饭店要关门了。

在一家餐馆，晚上有演出。我带她去演出厅，看见人们正在布置，她非常好奇，但坚决要我带她离开。我说，看一看没关系，她不答应，一再说："我们先不看。"她是太遵守规则，太在乎别人可能对她采取的态度了。（以上3岁）

我和红带她在人大会堂看演唱会。时间长了，孩子是坐不住的，我便带她去外面大厅散步。回来时，因为我身边只带了一张票，守门的不让进。我说："票在孩子的母亲那里，我可以把票拿出来给你看。"他仍不让进，我问："你说怎么办，是要把我和孩子分开吗？"趁他管别人时，我带啾啾进去了。然后,我再要带她出去,她坚决拒绝。我去厕所,回来时,她问我:"爸爸行了吗?"我不明白,她又问一遍,我恍然大悟,她惦着我刚才说要把票拿出来给守门人看的话,以为我去做这件事了。(4岁)

她这么敏感,就不免脆弱,而且受了刺激往往闷在心里,加重了痛苦。

三岁时,有一回,带她参加一个聚会,来客很多,有不少也带了孩子的。午饭时,她一直和一个熟悉的小姐姐在餐厅门口玩,我突然发现她正在极其伤心地抹眼泪,问她为什么,她不肯说。小姐姐告诉我,她被一群男孩挡在了一个角落里,想走出来,一个年龄最大的男孩故意拦住她,使她受了惊吓。我让那个男孩向她道了歉。

小学二年级,一天放学回家,我发现她在看电视,这是很反常的。我劝她不要看,像平常那样先做作业。她关了电视,但不做作业,说没有意思,坐在阳台上发愣。我问她什么有意思,她说什么都没有意思。我要和她一起做手工,那原是她喜欢的,现在她拒绝。让她给妈妈打电话,让她继续看电视,她也都拒绝了。她躲开我,钻在厕所的角落里,钻在餐厅的桌子底下。她并不是像以往那样要和我捉迷藏,而是不愿见人。后来终于出来了,我和她聊,说聪明的孩子常常会有忧愁,不像不聪明的孩子总是傻乐。她听了这句话,有些高兴了,举出她班上傻乐的同学的例子。不过,她始终情绪低落。接妈妈的电话,她哭了。晚上,在餐桌上,我套出了她的话。她说事情和体育课有关,让我猜。她逐渐增加提示,说体育老师自相矛盾,夏天的校服是裙子,那怎么办。我听明白了,因为她穿裙子上体育课,挨了批评。她不愿多谈,我不知道老师是怎么批评她的。第二天早晨,她发烧到38度,没有感冒症状,显然是精神因素所致。

因为这件事,红回想起来,上学期,她曾经含着泪要求妈妈跟班主任说,允许她不上体育课。红终于问出了原因,是因为男女生分组,男生少一人,老师就把她安排在男生组,唯有她一个女生在男生组中,长久如此,这使她很痛苦,成了心病。

后来有一天,我们在一家餐馆吃饭,她突然非常紧张,催我们快走,原因是她发现这个男老师在另一桌上。

啾啾的胆小,还表现在不敢冒险,遇陌生的事容易先拒绝,然后才可能怯生生地尝试。第一次下游泳池,第一次乘船,她都害怕,开始时都坚决不肯。对于她来说,万事开头难是铁律,难就难在要克服恐惧心理。不过,一旦克服了,万事都不难了,她头脑清楚,意志坚强,能够克服具体的困难,取得成绩。

她还害怕灾难。有一回,她问我和红:"你们知道我最怕什么?"自己马上用一个很哲学的表述来回答:"灾难,灾难包含了许多可怕的东西。"媒体报道的灾难太多了,使她对这个世界失去了安全感。

和平过生日,朋友们在修龙的马驹桥别墅举办派对。她困了，要回家，有人说高速公路封了，她一听，吓得大哭，一定觉得封路是可怕的事。我抱她去与和平告别。和平戴一顶纸帽，脸上抹了许多生日蛋糕上的奶油，正喜冲冲的。她看见了，大哭中笑了起来，混合成一种亦哭亦笑的奇怪表情。和平看她这样，喜冲冲中也做出欲哭的样子，两人的表情十分对应，众人皆笑。（4岁）

她第一次经历的灾难是非典，当时她四岁，北京是重灾区，我们避居在郊区住宅里。从每天的电视新闻和大人的谈论中，她已经知道非典的可怕。我们说起这个话题，她常常会喊起来，不让我们说。我咳嗽，红开玩笑说我得了非典，她听了立刻哭起来。她问我："非典能不能治好？"我说："能治好，严重的治不好。"她纠正我："又治得好又治不好。"我问她是什么意思，她说："特别严重的治不好，一点点严重的治得好。"我们玩自编生肖的游戏，她举出羊（因为妈妈属羊）、月亮、太阳、星星、云等，然后说："再说一个人人喜欢的生肖——健康。谁都喜欢属健康。"当然，是非典给她的灵感。北京每日新患非典的人数终于降到了二十以下，在小区户外活动的人显然增多了，她回来报告："好像没有非典了，外面这么多人！"接着宽慰地说："我们一家人可以安心地过日子了。"

禽流感暴发时，她七岁。一次，在饭桌上，正来问她："你想没想正来爸爸？你想正来爸爸，你就会漂亮。"当时大家都在谈论禽流感，她回答："我想的是能够让我不得禽流感的人。"

333

这还都不是直接面对灾难。五岁时，有一次有惊无险的遭遇，她的表现令我永远难忘。我们在嘉峪关旅游，登悬壁长城，天色已晚，突然传来消息，来路的一条小河发洪水了，桥即将被淹。沙漠里的洪水，令人难以置信。导游吆喝大家赶紧上车。跑在最前面的是谁？是啾啾，只见她拼命朝车的方向跑去，爬上车就坐到自己的座位上，一脸惊慌。那几个上了长城的人未能赶到，司机不再等待，开动了车。车到桥首，发现湍急的洪水已淹过桥尾。由于车的底盘低，司机不敢开过去。她被吓着了，放声大哭。我使劲向她解释说，总能想出办法的，她仍大哭不止。听说另有一处拱桥，估计车能过，司机请一个老乡带路前往，她这才止哭。车过了那座桥，但前面是戈壁滩，车无法行驶。有人打手机，得知原先那座桥的洪水已退，于是返回，终于安全通过。

五岁时，她的担忧可多了，经常问妈妈：我们家会失火吗？什么是做坏事？我会做噩梦吗？妈妈说："不会的，噩梦只会去找做了坏事的孩子。"她担心地问："噩梦它会搞错吗？我有时候会做噩梦，是不是因为噩梦搞错了？"妈妈的回答显然不妥，怎么能把做噩梦扯成道德问题呢。如果是我，就会告诉她：谁都可能做噩梦，这是正常现象，只要没有做坏事，就不用害怕。

其实，啾啾也常有胆大的时候。她的胆小多半表现在接触陌生的人和事时的畏怯，以及对未知灾难的莫名恐惧，而在运动方面，她却能谨慎而又执着地进行冒险。

在麦当劳,她玩得很欢。滑梯一大一小,她从来玩那座小的。上那座大的,要爬一截垂直的梯子,我让她上,她不敢。可是,不一会儿,她自己仿效那些大孩子,玩起了大滑梯。大滑梯陡而长,我不放心,在一旁保护她。她越滑越好,自己提出来:"爸爸不保护。"直冲下来,稳稳地着地,然后立刻跑向起点,乐此不疲。我站在滑梯的下方,看她的脑袋一次又一次在高台后面出现,接着是整个身子,有些吃力地拱上高台。她不看我,也不笑不喊,非常投入,埋头苦干。

公园里,一座假山,有一面是长而滑的石面滑梯。我试着搀她向上攀,我自己也必须努力才能避免滑下,她有些害怕,说了出来。但是,当我们到达顶上,然后从阶梯走下之后,她立即主动要求再攀一次。这回她不让我搀,自己攀着旁边的假山石登上去了。

住在卧佛寺,她热衷于冒险,例如从很高的台阶往下跳,爬石阶旁很陡的坡,乐此不疲。

以上都是她不到三岁时的事情。我常常发现,她喜欢尝试新的技能,每次开始时十分审慎,但在终于成功之后,总是兴致勃勃地再接再厉,为这新的技能而陶醉。在冒险时,她特别反对大人保护,显然认为这损害了她的成就感。

七岁时,红给她报了一个舞蹈班,直接上第三级。去了一两次,看见别的孩子都会侧滚翻,她不会,再去就顾虑重重了。她自尊心强,不甘落后,于是天天在家里憋着劲苦练。一天晚上,我们和客人在厅里聊天,只听见大卧室里不断有响声,客人走后,她给我们表演,非常标准的侧滚翻。我赞

335

不绝口,她也快乐异常。

啾啾温顺,安静,但不软弱,内心有一种自强的力量。

也是非典时期,在郊区住宅,一天,她在附近一所幼儿园的院子里玩,同玩的还有几个小朋友,这使得因为非典而长久没有同伴的她十分兴奋。就在这兴奋之中,她不慎扭伤了腿。事后她回忆,当时是在疯跑,她把右腿跨得太大,左腿跨得太小,感觉到右腿腹股沟沿部位一痛。我估计,是拉伤了肌肉。第二天开始疼痛,第三天痛得更厉害了。

我抱她到院子里,让她晒晒太阳。她真的很痛,右脚不能着地。她告诉我:"昨天我走路是瘸的,今天不能走了。"我们在大花园的花坛边缘坐下。她从来和妈妈亲昵,和我很少有亲昵之举,我尊重她,所以只是坐着,不是挨得很近。没想到她主动挨近我,把身体靠在我身上。我能觉察她是有意的,心中不免感慨:从前的那个小贝贝正在长成一个小女人了。

这是阶梯式花坛,边缘也随阶梯而时有斜坡。坐了一会儿,她表示,她要沿边缘挪动。她说:"练习练习,也许明天就能走了。"于是,她慢慢挪动屁股,每挪一个位置,都要用手搬那一条受伤的腿,并且不让我帮助。沿着斜坡,她挪动了一个来回,加起来有几十节阶梯的距离吧。我抱她回到我们楼前的小花园,她又要求我搀着她练走路,一步一步,走得艰难而顽强。

啾啾遇小事和情况不明之事容易紧张，可是，一旦置身于明确的紧急境况中，却能表现出一种难得的冷静和镇定。我分析，也许是因为生性敏感的人容易受想象力的折磨，而一旦面对现实的情境，清醒的理智和周密的思虑就发挥了作用。我举她七岁时的两个例子。

我们去上海玩，顺便把我母亲接到北京小住。因为堵车，到虹桥火车站时距开车只有十分钟了。我们下车的地点偏偏离进站口很远，我和红提着沉重的行李拼命奔跑，啾啾拉着奶奶跟在后面。进站口挤满人，好不容易挤进去，安检后，我找不到皮箱和背包了。我在嘈杂的人群里团团转，不停喊："我的包没有了！"与此同时，红也在人群里团团转，不停喊："我的孩子呢？孩子没有了！"我倒看见啾啾了，她拉着奶奶的手，站在离安检处不远的地方，静静地站着，看着正在喊叫的我们，眼中有同情，没有惊慌。我回过头去找，在安检的传送带上看见了皮箱和背包，大约刚才被卡住了。然后，乘滚梯上二楼，找二站台口。进站台口后，离站台还有相当长的距离，我在前面狂奔，想先放下行李，再回来接一老一小。后来知道，奶奶摔了一跤，好在摔得不重。啾啾真是好，自始至终牵着奶奶的手，没有松开过，或者说，只在奶奶摔跤时松开了一次。她解释说："奶奶太重了，我抱不起来。"谢天谢地，总算在启动前上了车。我和红都已精疲力竭，提行李上车十分艰难，但列车员完全袖手旁观，甚至不肯伸手搀一下老人和孩子。自进站始，在整个过程中，我们的感觉是呼天天不应，呼地地不应，没有一个工作员表示一点关心，提供一点帮助，简直是一场噩梦。

我在深圳出差，突然接到啾啾的电话，她带着哭音说："爸爸，妈妈起不了床了，头晕得厉害，她说可能要叫120。"我问具体情况，她说得很清楚：只能用一个姿势躺着，一直用手遮住鼻子以上部位。我说："宝贝，不怕，爸爸马上叫120，你现在就给东东打电话，让她来家里。"她嗯了一声，马上行动。我叫了120，又给东东打电话，她已在路上。后来红告诉我，在此期间，啾啾一会儿到卧室，趴在妈妈身上哭，一会儿去接电话或打电话，120先到，她就打电话让东东直接去医院，所有电话都是她一边哭着一边处理的。好在红没有查出什么大病，估计是颈椎病所致，东东从医院来电话说："她这个娇可撒大了。"我改签了机票，赶回北京，回到家，我对啾啾说的第一句话是："爸爸为你自豪。"

小学一年级结束时，啾啾郑重地把学生手册交给我保存。她翻给我看，告诉我，她是全优。我看到的是，在心理健康一栏，两个学期都是"良好"。她向我强调："良好就是优。"我欣然表示赞同。其实我知道，可能由于她心重、多虑、与人交往不主动等原因，老师没有给她评优。

我在上面也谈到了啾啾性格中的这些弱点。她安静、敏感、细心、谨慎，这些都可以是优点，但是，倘若过了头，安静会变成封闭，敏感会变成脆弱，细心会变成多虑，谨慎会变成胆小，就成为缺点了。很不幸，我是有这个倾向的。更不幸的是，也许因为我的影响，啾啾也是有这个倾向的。

然而，仅仅是倾向。我自问：能够消除这种倾向吗？回答是不能。一个人的性格的所谓优点和缺点是紧密相连的，是一枚钱币的两面，消除了其中一面，另一面也就不存在了。所以，在享受性格之利的同时，承受性格之弊，乃是题中应有之义，只需把这个弊限制在适当的范围内就可以了。

如何限制？最好的办法是发扬性格本身的长处，抑制短处。比如说，安静者有丰富的内心生活，这是高质量的交往的基础；敏感者有强烈的自尊心，会奋起自强，拒绝脆弱；细心者善于观察和思考，可学会排除不必要的多虑；谨慎者三思而后行，能使勇敢不成为冒失。

性格在很大程度上是天生的。既然是天生的，就谈不上好坏，好坏是后天运用的结果。一个人不应该致力于改变自己的性格，事实上也做不到，所谓改变一定是表面的。所应该和能够做的只是顺应它，因势利导，扬长避短，使它产生好的结果。也就是说，要做自己的性格的主人，不要做自己的性格的奴隶。一个人做了自己的性格的主人，也就是尽可能地做了自己的命运的主人。

基于这个考虑，在孩子的性格培养上，我总是顺其自然，以鼓励和引导为主，对弱点则点到为止，常常还一笑置之。只要优点在发展，有一些弱点算什么？我自己有这么多弱点，不是活得好好的？想让孩子把性格的弱点都改掉，这是极其愚蠢的想法，实质上是要孩子变成另一个人，既然这是不可能的，那么，实质上是要孩子变成不是人。"做最好的自己"——这是恰当的提法，在性格培养上尤其恰当。

这是一个灵魂

啾啾两个月时,我在日记中写道:"我发现她的目光里常常有一种冷静,这孩子将来可能是一个有主见、对世界有距离的人。"三个月时,我写道:"她最会说话的是眼睛,它总是即刻表达了对当下情境的理解和态度。我相信,她将来会是一个感受得多、想得多而说得不多的人。"随着她的成长,我越来越发现,我的预感是对的,她会是一个内心独立、很有主见的人。

最不寻常的是她看人的那种专注的目光。这种目光在两三个月时就出现了,不论谁抱她,她都会久久地凝视着抱她的那个人的面庞,目光里含有审视的意味。

四个多月时,我们带她在海南参加一个会议。每次就餐,十来人一桌,她坐在我们怀里,必定会选中同桌某一个人的脸,执拗地盯着那张脸,一直盯得那个人感到不自在了,不得不向她扮笑脸。可是,这时候,她决不笑,而是把目光移到另一张脸上,开始了新的执拗的盯视。

刚满半岁,某日,家里来了两个生人,她盯着其中说话多的那位看，看的时候，小下巴收了进去，显得很严肃。那位客人注意到了她的这个表情，评论道："这孩子将来是有主意的。"

三岁时，看见她的人普遍表示，这小家伙的眼睛太有内容，看人的神情总像是在琢磨着什么。

啾啾对人有很好的直觉。她不喜欢的人，基本上乏善可陈。五岁时，我们带她在一个小区里玩，遇见一个熟人，那个熟人邀我们去他家，她坚决不肯，我碍于情面，独自去了。红带她上楼来找我，她仍不肯进屋。她对这家人非常抵触，嚷道："里面的气味太难闻！"熟人威胁她说："你不进来，我把门关了，让你一个人在外面。"我很吃惊他用这种方式对孩子说话，其素质由此可见一斑。当然，啾啾放声大哭。当然，我义不容辞地走出屋子，抱起她，扭头就走。

孩子幼小时，父母是最基本的人际环境，孩子的性格特征也就主要在和父母的关系中显现出来。我很早就发现，啾啾虽然很乖，很爱爸爸妈妈，但决不盲从。对于我们的言行，她若不以为然，就一定会表明自己的态度。我非常欣赏她的这种表现，总是给予鼓励。要让孩子将来成为一个有主见的人，必须现在就鼓励她不盲从父母。其实，孩子都是乐于说出自己的真实感觉和想法的，而只要真实，就总有一定的道理。可是，如果大人不予尊重，孩子就会逐渐失去思考和表达的兴趣，也失去自信心，从而成为一个没有主见的人。

很小的孩子就已经有很强的自尊心了，对父母是否尊重自己非常敏感。啾啾一岁时,有一回,我随手把一个无用的盒盖扔到她的玩具篮里,开玩笑说:"这篮子里有什么?玩具和垃圾。"她看到了一定也听懂了,大叫一声,跑过去,捡起盒盖,使劲朝地上一扔,然后生气地望着我。她的激烈反应出乎我的意料,我立即意识到自己做错了事,赶紧向她道歉。这件事给我印象至深,使我从此留意自己的言行,千万不可伤害孩子的自尊心。

看到一个小人儿对事物发表与你不同的见解,和你顶嘴和争论,真使人感到神奇。这个时候,我会想起纪伯伦的话:"他们是借你们而来,却不是从你们而来,他们虽和你们一同生活,却不属于你们。你们可以给他们以爱,却不可给他们以思想,因为他们有自己的思想。你们可以庇护他们的身体,却不可庇护他们的灵魂,因为他们的灵魂居于明日之屋宇,那是你们在梦中也不能想见的。"是啊,站在我面前的这个发表独立见解的小人儿是我的女儿,但更是一个灵魂,一个和我完全不同的灵魂。如果说她看事物有自己的眼光,那是因为她的灵魂正在觉醒,是她的灵魂通过她的眼睛在看。

我认为,和孩子相处,最重要的原则是尊重孩子。从根本上说,这就是要把孩子看作一个灵魂,亦即一个有自己独立人格的个体。而且,在孩子很幼小时就应该这样,我们无法划出一个界限,说一个人的人格是从几岁开始形成的,实际上这个过程伴随着心智的觉醒早就开始了,在一两岁时已露端倪。爱孩子是一种本能,尊重孩子则是一种教养,而如果没有教养,爱就会失去风格,仅仅停留在动物性的水准上。

在我们家里，啾啾是可以自由地和大人顶嘴的，事实上她也经常反驳我们，反驳得好，一定会得到夸奖。她头脑清楚，占理的时候居多。有时候，我会故意说错话，给她制造反驳的机会。鼓励孩子发表不同看法，既能培养独立人格，又能锻炼思维能力，是一举两得的事。

还在婴儿期，啾啾就有一种不盲从的倔劲。她不高兴，你再逗她，她也不笑。跟她说话，有时她嫌我们啰唆，就举手朝随便哪个方向一指，喊叫一声，制止我们说下去，红说她是声东击西。

稍大一点儿，每听到不入耳的话，她会责问："你干吗对我说这种话！"

临睡前，妈妈说："宝贝的屁屁真臭，妈妈给洗洗。"她说："不臭，昨天洗过了。"妈妈说："昨天洗过，今天没洗，熏得我都透不过气了。"她盯着妈妈反问："你透不过气了？"然后责备道："你乱说！"

她在卧室里躺着喝奶，我走进去，她制止，说："不打扰。"我请求在她旁边躺一会儿，她同意了。我开玩笑："爸爸要喝水，也用奶瓶。"她反对："用杯子。"我说用杯子会撒的，她严肃地说："坐起来喝。"

我说："我感冒了，因为宝贝老把被子掀掉。"她反驳："不是的，我掀掉自己的。"

晚上，我睡着了，枕着两个枕头，红睡时就没有枕头了。她问："妈妈，你的枕头呢？"红告诉了她。她说："拿一个过来。"红说："爸爸睡着了，不好拿。"她责问："他和你不是好朋友吗?"

在卧佛寺玩,她快乐地奔跑,摔了一跤,面颊和鼻翼擦伤了,正要哭,众人赶紧劝说:"啾啾真棒,摔了跤也不哭。"她愣了一下,哭喊起来:"我就要哭!"抗议我们用表扬来剥夺她哭的权利。我立即表态:"哭一下也不是不棒。"(以上2岁)

她玩钉书钉,我阻止,说会把手扎伤的。她看我一眼,批评道:"你说得可怕。"

红带她去医院看病,回来告诉我,几个护士说她长得好看,还说上午见过她,然后,红评论道:"宝贝真好玩。"她立刻反驳:"我一点也不好玩!"的确,在红讲述的整个经过中,没有任何她的表现,谈不上她好玩。她不能容忍不合逻辑的赞扬。

每次她咳嗽,红都拍她的背,而她都会制止。一次,我听见她这样对红说:"妈妈不要拍了,拍了还是会咳的,不管用的。"她不让自己受安慰疗法的蒙蔽。

早晨,在床上,她亲妈妈,不肯亲我,找了一个理由,说因为我有烟味。我说:"爸爸的工作要动脑子,只好抽烟。"她责问:"难道说抽烟就是动脑子吗?"我哑口无言。

我对红讲一件事,她以为我们发生了分歧,便说:"要照妈妈那样做!"我问她,妈妈那样是什么样,她说不出,我笑了,笑她盲目地支持妈妈。她嚷起来:"我不喜欢听人笑!"我给她讲道理:"每人有每人的自由。你喜欢红的,我喜欢绿的,你能不让我喜欢绿的吗?"她说不能,但是她接着解释:"我没有听见的时候你可以笑。"这说明她听懂了我讲的道理,并且提出了一个合理的反驳:我有笑的自由,但她也有不听的自由。

她借口生病,不肯吃饭。红说:"吃饭病才会好。"她反驳:"你们大人是这样的,我们小孩不是这样的。"红说:"我小时候也是吃了饭病才会好。"她纠正自己的说法:"啾啾不是这样的。"

吃晚饭,荤菜只有肉丸,她不肯吃。我说:"我们去散步,吃丸子的人去,不吃的人不能去。"她立刻说:"我是反方向,不吃丸子的人才可以去。"

她不肯刷牙,红说:"你要是刷了牙,妈妈带你去一次梦幻乐园。"那是她很喜欢的一个儿童游戏场。她听见了,突然往地上一靠,小手在背后撑地,摆了一个二郎腿,然后说:"妈妈,这样吧。你要是不给我刷牙,你就带我去游乐场,你要是不带我去游乐场,你就给我刷牙。"

从早晨起床开始,她就喊累喊困。她是不想去幼儿园。只要不想去幼儿园,她就这样唉声叹气的,甚至说她累得全身疼。我说:"你真困了,就上幼儿园,正好赶上在那里午睡。你要不困,就在家玩。"我是故意将她一军。她尴尬地笑了,知道是我的诡计,很快想出了应答:"我在家里午睡。"她不怕你玩逻辑,永远不会被绕糊涂。(以上3岁)

我说:"啾啾爱吃牛肉干,我就不吃了,留给啾啾。"她立刻质问我:"难道因为她喜欢吃你就不吃了吗?"我笑问:"她是谁?"答:"我呀。"

幼儿园的兴趣班,红给她报了芭蕾,上过一课。我想学芭蕾也许比较枯燥,便同她商量:"你觉得学芭蕾好,还是学表演好?"她回答:"我没有学过表演,不知道学表演是怎么样的,怎么知道哪个好?"的确,她无法比较,并且马上说出了原因,决不糊弄我也糊弄自己。

我开车,小区外的那条街很窄,路上有自行车,我按了一下喇叭。过了一会儿,她对我说:"爸爸,见了自行车不要嘀,你嘀了自行车也走不快。"我夸她说得对,然后解释:我不是要自行车走快,我是提醒后面有汽车,让骑车的人小心。

红在说着什么事情,并说好玩。她发表议论:"我怎么觉得好玩的事一点也不好玩。"我问:"你觉得什么事不好玩?"答:"所有你们觉得好玩的事,我都觉得不好玩。"

我只睡了五小时,早晨仍醒来了,自语道:"反正睡不着,再困也起来吧。"她听见了,跟着说:"一会儿就趴下了。"我说:"我说的是事实呀。"她说:"我说的也是对的。"(以上4岁)

她喜欢好利来的一种面包,形为长条多节,她称作毛毛虫。以前红经常给她买,自从单位附近的一家好利来关闭,很久没买了。我在离住处不远的地方发现了一家,给她买了一条。这条比红买的那种大,这里没有那种小的。她说,她喜欢小的。我说,你是没有什么就想要什么。她反问我:"在沙漠上,人特别渴,想喝水,你也说没有什么想要什么吗?"

（5岁）

　　四岁时，啾啾开始表现出一种强烈的独立倾向，反对我们对她的过度关注，尤其反对我对她的过度关注，因为——很惭愧——过度关注的那个人往往是我。

　　早晨，我起床后，看见她自个儿在厅里看光盘，便问她："你吃早饭没有？"她不屑地说："又是老问题。"我笑了，同时发现她正在嚼馒头。

　　她在盥洗间洗手，我站在她旁边，叮嘱她挽袖子、用洗手液等等。她对我大喊："出去！"我问："为什么？"她答："免得你在这里说来说去。"

　　洗手池的龙头坏了，只好用底下的截门来控制开关。她洗完手，我要帮她关，她不让。我说截门脏，她自己关，又会把手弄脏。她不说话，用塞子塞住洗手池，放水在里面，然后去关截门，然后把手伸进洗手池再洗一下，然后把手擦干。做完这些，她看我一眼，说："这样就可以了。"

　　晚上，红给她洗澡。然后，在床上，我要替她擦头发，她不让，说她自己会。她用手弄乱头发，然后用毛巾擦，如此反复。一边擦，她一边向我解释："我把头发弄乱，就可以把头发顶上擦干了。"我夸她："宝贝什么都懂。"她反驳："我自己想出来的主意，有什么不懂的？"我不得不承认她说得有理："只有对别人想出来的主意，才有懂不懂的问题，对吗？"她点头。

也是四岁时,她开始对我们的过度夸奖表示反感。

红带她去某单位办事,她说了一句有趣的话,红转述给别人听,后来又转述给我听。向我转述时,她在场,沉默了一会儿,突然严肃地说:"以后你们不要说我说过的话了。"我没听明白,问:"你不想再说?"她说:"我是说你们,谁听见了就听见了,没听见的你们不要再说。我听了不舒服。"我一下子明白了,赶紧说:"对,爸爸也是这样,别人在我面前说我怎么样怎么样,我也不舒服。"我看一眼她,发现她神情专注而略显不快,仿佛在沉思,心中不禁暗暗对她生出一种敬意。

这种情形是常有的,她说了一句有趣的或聪明的话,我们很欣赏,就忍不住要向人夸耀,没想到她早已对此感到了不满。在她的不满中,有一种真正的自尊心,对于自己的智力的自信心和平常心,所以认为不值得大惊小怪。如果是受虚荣心支配,她无疑会喜欢我们的夸耀的。她给我上了一课,使我清楚地看到了自尊心和虚荣心的相反性质。

对于当面的夸奖,比如我经常夸她棒、聪明,她现在同样会表示反感,命令道:"别说了,我不爱听。"我因此意识到,今天人们津津乐道的对孩子的夸奖教育法,比如重复说"宝贝真棒""宝贝真聪明"之类,在我这个四岁的女儿身上完全不适用了,我们仍应鼓励她,但必须用更加含蓄、智慧、有内涵的方式了。

在她的抵触中,肯定有一种细腻、优雅的审美感觉在起作用。五岁时,有一天,她在家里弹钢琴,弹得很好,我和红在一旁看着她，眼光大约比较陶醉。她叫起来："我不要你们这样看我，你们看我的样子有点傻！"

啾啾容易患呼吸道感染的毛病，从四岁起，在生病时，她也表现出了一种尊严，反对我们的过度关注。

她抗议道："不要我一打喷嚏，你们都跑到我面前来。"实际上那个一听见她打喷嚏就跑到她面前去的人是我，她和红常为此取笑我。她说："我最怕打喷嚏了，一打爸爸就来了。"红说："爸爸怕你感冒。"她说："我最讨厌我一打喷嚏，就有好几个人站在我面前。"红加上一句："还有一人手里拿件衣服，让你穿。"她说："穿上以后出汗，出汗以后着凉，就真感冒了。"红说："王子更惨，他打喷嚏，面前马上会站一排人，每人手里拿一件衣服，他穿得累死。"她听了哈哈大笑。（4岁）

可是，对于我来说，现实是无情的，让我笑不起来。有一回，她发烧，咳嗽，部位深，声音哑，我心疼而又担忧。然而，整整一天，她对我很冷淡，不让我靠近。晚上，临睡前，她突然严肃地对我说："以后我咳嗽，你不要再说啊哟宝贝了。"我想起来，早晨她咳嗽时，我的确这样喊过。我明白她是在解释对我冷淡的原因，便问："是因为这个？"她点点头。我说："我只说了一次。"她说："你说了一百次！"她是指以前我也常这样说。我赶紧承认错误。（5岁）

后来，她发烧，常常自己偷着量体温，量完赶紧按掉，不让我们看。问她多少度，她不说，或者谎报军情，故意说

349

低。有一回，烧到39度多，她说38度，红趁她睡着时量，才知道真情。她宁可自己忍受病痛，也不愿意看我们忧虑的样子。我说："爸爸爱你，你应该告诉爸爸。"她说："不喜欢你爱的方式。"我说："你说一说，爸爸爱的方式怎么不对，爸爸改。"她说："算了吧，你就这样吧。"完全是一副已经把我看透、认定我不可救药的口气。我心中震惊，一为她的成熟，二为她眼中我的问题之严重。我想，我是该好好反省自己了。（6岁）

六七岁时，她经常对我的"爱的方式"提出批评。

带她去医院看病，归途中，我俩坐在后座，我看她的模样可爱可怜，情不自禁地唤"我的宝贝""我的小心肝"。她突然制止："我最不喜欢听你说这话。"我改口："我的小坏蛋。"她解释："我是说调调。"我故意用粗嗓子重说一遍。她又教导我："说得普通一些就可以了。"我心服口服，想：真是我的老师。

另一次，也是在车中，我为一件什么事夸她，说："我的宝贝，真是好孩子。"她正色道："不要这样说话，这样说话肉麻。"接着解释："我做了好事，你就哼哼唧唧，好像不高兴似的。"

我陪她游泳，在旁边不停地鼓励她："宝贝真棒！"她说了一句什么，我没有听清，她再次换气，脑袋露出水面，抬高声音重复说："闭嘴！"

报载北京多发疯狗咬人的事件，小区里养狗者甚多，我宣布她不能独自在院子里玩，必须由保姆陪伴。没想到遭到她的激烈反对，她说："我不喜欢她在我旁边，这会使我感到不自由，感到我自己很无能。"又责备我："你说过我到七岁可以自己下楼玩，你不遵守诺言。"我解释说，原来没有考虑到疯狗的问题。这引来了她的长篇大论，大意是她已经知道怎么对付狗，不能跑，也不能叫，狗看出你害怕，就会欺负你，只要站着不动，不出声，狗就不会怎么样，她试了，确实这样。她叙述得非常清楚。事后她对红说："爸爸老这样会妨碍我独立的。"

她的性格真是柔中寓刚，温柔中有很独立很尖锐的一面。在这种时候，我心中由衷地赞赏，同时感到羞愧。随着女儿逐渐长大，她在引导我调整我的父亲角色，让我成为她的一个有男子气概的朋友。

鱼刺事件

啾啾三岁一个月时,发生了一件令我们瞠目结舌的事。

那一天晚上,苏林的儿子求求满周岁,我们两家人在一个餐馆吃庆生饭。开吃不久,我带啾啾到餐馆的楼上转了一圈,然后回到我们的餐桌旁。这时,红正抱着求求,她让我吃饭,说她一人带两个孩子不成问题。我把啾啾放下,她站在红面前,突然用手指捏着喉部。红问她为什么这样,是不是扎了鱼刺。红刚才喂她吃熏鱼,是有这个可能的。红问了几遍,啾啾开始小声哭泣。我把她抱起来,责备红粗心,红挺生气,从我手中夺过她,抱着她离去。

一年前,红喂饭时,啾啾也扎过鱼刺,当时的情景记忆犹新。那也是晚上,我们驱车奔向协和医院,一路上,她在我怀里始终张着嘴哭,时而喊一句:"去医院,打针。"鱼刺造成的痛已经使她不在乎打针的痛了。协和的急诊医生一看是幼儿,不肯接收,让我们去儿童医院。我给于奇打电话,她很快联系好,让我们去同仁,那里有喉科急诊。在这过程中,啾啾发现协和不接收,哭得更伤心了。幸好同仁的一位女医生很有经验，很快用镊子从她的咽喉部夹出了那根鱼刺。有过一次教训，红怎么仍不改粗心呢。

我无心继续吃饭，在餐桌旁坐立不安。她们回来了，啾啾仍在哭。我让啾啾吃一口饭，想用饭把鱼刺带下去。她张着嘴，把饭含在口中，不肯下咽，哭得更厉害了。上次扎鱼刺时也有这情形，使我感觉到了问题的严重。我抱起她，不停地走动。这时她开始咳嗽，仿佛想借此把鱼刺咳出来。我鼓励她咳，她很配合，但并不奏效。她始终张着嘴，呻吟着。不能再犹豫了，必须立即送医院。她听说送医院，好像略感放心，哭声小了些。匆忙结账，把菜打包。苏林一路快车，奔往同仁医院。在车上，啾啾一直张着嘴，啊啊地哭喊。我忧心忡忡，最担心的是，她是在吃鱼之后颇久才开始感到扎痛的，那么，鱼刺的位置一定很靠下，是在食道上了，不易取出，怕要动手术。别人的心情和我差不多，苏林几次闯红灯。

到了同仁，穿过黑洞洞的院子，找不到门诊楼的入口。啾啾仍然哼哼着，我们四处乱窜，焦急万分。终于找到了，上到四楼喉科急诊室，挂了号。护士说，医生不在，但马上回来。这时候，啾啾在我怀里已经直起身来，也不哼哼了。红发现医生在诊室里，让我抱啾啾进去。啾啾开始挣扎，一遍遍说："我们去散步一下。"我问她鱼刺是不是下去了，她很迟疑，回答模棱两可。我拿不准，决定依从她去散步，把情况摸清。

我抱着她上五楼，在无人的大厅里慢慢走，引她说话，

353

以便套出实情,并且观察她说话是否困难,据此可以判断是否还扎有鱼刺。

"宝贝,告诉爸爸,是不是没有鱼刺?"我试探地悄声问。

她点头。原来如此。

"那你为什么说扎了鱼刺?"

"我没有说。"

我回忆,她的确没有说,是我们说的。在整个过程中,她压根儿没有说"鱼刺"这个词。但是,在我们说了扎鱼刺之后,她没有否认,还做出真扎了鱼刺的样子。

"你是不是不想在饭馆里,所以做出那种样子?"

"嗯,我不想在饭馆里。"

"你不想在饭馆里,应该说出来,不能做出那种样子,你看爸爸妈妈多着急。"

她不说话。我抱她在宣传栏前站住,引她对上面的图画发表意见。她的嗓音越来越正常了。我放心了,尽管难以置信,但她确实是对我们施了一个计谋,目的是让我们带她离开饭馆。

回到四楼,那几位也已经猜到了真相,相逢大笑。当然,虚惊一场总比真有事好。

返途中,我琢磨啾啾的动机,忽然想到,根子是她对求求嫉妒。当最小的孩子成为大人们关注的中心时,较大的孩子通常都会嫉妒。去餐馆前,在我们家里,大家逗求求,她已表现出这种嫉妒,虽则比较克制。到了餐馆,她看见妈妈抱求求，便下意识地用手捏喉咙。她是想以此提醒妈妈，她在生病。后来她确实解释说，她在感冒，嗓子里难受。当妈妈问她是否扎了鱼刺时，她便立刻抓到了一个更有力的让妈妈关注她的理由，因为扎鱼刺是比感冒更大的痛苦。随着我们的惊慌，她很可能真的进入了这种痛苦的心理状态中，因而反应越来越强烈。她不能从这种痛苦中出来，因为正是它使她重新成为注意的中心，并迫使人们离开饭馆，这意味着拆散求求的生日宴席，这个使求求得以成为主角的舞台。当然，在终于要受皮肉之苦时，她清醒了，她的戏演不下去了。

回到家里，我们把菜盒打开，继续被拆散的宴席。啾啾在干什么呢？她兴高采烈地在屋子里转圈子，边走边大声唱一支英文歌，唱了一遍又一遍，估计不下十遍。她在庆祝她的胜利。她知道我们在谈论她今天的举动，也是故意唱给我们听，干扰我们的谈论。她唱得极好，使音乐家苏林感到吃惊。

送客人离去。她吻了苏林夫妇，但坚持不吻求求。她要求我抱她在院子里走走，在院子里，她再次向我强调："我没有说扎鱼刺，是妈妈说的 。"

这件事使红觉得有些沮丧，但我只感到惊奇。一个三岁的小人儿，竟有这般缜密的心思和冷静的表演，真正是滴水不漏。同时我也感到，我们肩负的责任更重了。

乖孩子也会发脾气

人说，小孩子是猫一天狗一天。乖孩子也是如此，再乖的孩子也有发脾气的时候，而且，我要特别强调说，也有发脾气的权利，哪怕是发无理的脾气。不许一个小孩发脾气，等于要求这个小孩是天生的圣人，世上没有比这更无理的要求了。

婴儿就已经会发脾气了，不过仅限于饿时和困时的哭闹。幼儿就不同了，发脾气时会表现出明确的对抗性和攻击性，会用语言和行动表达自己的不快、烦躁、愤怒。在啾啾身上，这种情况最早出现在一岁七个月时。那几天里，她突然动辄情绪激烈，挑眉瞪眼，张牙舞爪，大声嚷嚷。有时候，好像是半真半假，故意要和你吵架，带有游戏的成分。我试探地问："啾啾，我们来吵架，好吗？"果然，她点一点头，立即露出了这副好斗的面目。

也许，在孩子的成长中，人性中的每一种因素都会依次觉醒，在一段时间里集中展现一番，然后退居幕后，仿佛存了档一样。十八般武艺逐渐完整，一旦需要就可以调出来施展。一个混沌中的小人儿,就这样逐渐长成了一个有七情六欲喜怒哀乐的社会动物。

三四个月后,她发起脾气来就很顶真了,有一股倔劲和泼劲。

红陪亲戚去世界公园,把她也带去了。在公园里,她一直要妈妈抱,不肯坐带去的童车。让她坐,她生气,抓起一份导游图使劲扔在地上。红捡起来放进自己的衣袋,她大叫:"宝贝的!"可是,给了她,她又故伎重演。

晚上,她困了,非常烦躁,与妈妈大闹,达两个小时之久。她缠着妈妈,一直不让妈妈吃饭。后来,她要喝奶,倒了奶她又不喝了,刚放进冰箱她又立即吵着要喝,如此反复。

在红的办公室里,她把稿纸扔了一地,红捡起来,她就尖叫,从红的手里夺走,再扔到地上。红说:"宝贝,你这个样子,妈妈就走了。"她说:"妈妈走。"红真的走了一会儿,再回来,看见她还在踩地上的稿纸,用脚拨拉。见红回来,她喊:"妈妈走!"红说:"这是我的办公室,你走!"她气急败坏,冲过去给了红一巴掌,拖长声音大叫:"妈——妈——走!"红扭头就走。最后,她拉着红的一个同事找到了红,说:"宝贝找妈妈。"红问她:"宝贝做坏事了没有?"她"嗯"了一声,红问怎么办,她把手掌伸出来,让打了三下手心,答应以后不这样了。

红出差,我和保姆带她。夜晚,她困极,但直到十二时仍不肯睡,不断颁发无理的命令。她不准我进书房,一定要我待在卧室里,端正地坐在床沿上,不许躺下,又命令保姆端坐在小厅的小床上。我们两人中任谁站起来,她都立即制止,令人哭笑不得。

二岁时,她的一个突出表现是喜欢顶嘴,好心情的顶嘴是斗智,坏心情的顶嘴就是斗狠了。

夜里,我和她躺在床上,红去别的房间做什么事,我怕她闹觉要找妈妈,便使劲跟她说话。我说,爸爸身上疼,给爸爸摸摸。她说不。我说,爸爸疼死了怎么办。这时她盯着我,脸上有一种挑战的神情,大声喊道:"没关系。"这些天,每当我们让她做什么事,她不肯,而我们强调不做的坏后果之时,她都会这样喊。

晚上她几乎没吃东西,喂她喝肉菜粥,大家都说好吃,她不以为然地说:"我觉得不好吃。"我装作不理她,小燕对她说:"爸爸不高兴了。"她毫不妥协地用强调的口气说:"宝贝自己高兴。"为了刺激她吃,红假装喂小燕,小燕说:"给我吃我真高兴。"这时她大声一字一顿地说:"我更高兴!"

她稍不如意就大喊大叫,我和红教育她,她顶撞:"要发脾气!"我故作严肃地命令她:"跟我来。"她顺从地跟我走进书房。我开始和她谈话:"还发不发脾气?""不发——发,发!""你发脾气,我们都不喜欢你了。""我自己喜欢。""好吧,以后你要喝奶,我们都不管你了。""我自己管。"谈话失败,她装出一脸的不在乎,走出书房。不过,一会儿,她开始找话跟我说,显然是想改善气氛。才两岁三个月哪,已经这么复杂了。

她闹觉，我说吃冰激凌，她不闹了。可是，一看是盒装的冰激凌，不干了，硬是要"有棍棍的"。我施缓兵之计，说给她变，不料她认真了，而我又变不出来。我说，我们马上去买。她不答应，哭喊着："不要买，要爸爸变。"很是无理取闹，但责任在我的失言。

晚上，我们想带她出去散步，她自己也想去，可是，当我们做好了出门准备时，她蹲在地上玩起了地板拼块。我们催她，她说，玩好了再走。我们等了很久，她仍蹲在那里，不理睬我们的催促。我们说，你玩吧，爸爸妈妈走了。这时候，她站起来，转过身，用足全身力气大吼，一口气吼到底，如长长的鸣笛，脸蛋涨得通红，然后，放声大哭起来。我无言地站着，看着她那失去理性的样子，觉得不可思议。和她一起把地板块拼好之后，我们终于出门了。在外散步时，她仍常常发脾气。红从一堆自行车的缝隙挤入小花园，我抱着她，不方便，就绕道，她大叫着逼我回去挤那个缝隙。红正来例假，觉得头昏，在石栏上坐下，她又叫嚷着逼红站起来。最后，我们都累了，要回家，她再次哭喊着反对。

三岁时，初上幼儿园，内心焦虑，加上因此而经常生病，格外容易发脾气。发起脾气来，她真是花样百出。

用蛮话顶撞我们——

入睡不久醒来了，仍然很困，她就发脾气。我和红安慰她："啾啾真可爱……"她打断，叫起来："我不可爱，你们才可爱！"

离开东东家,到楼下,一块牌子写着"儿童活动室",她读出其中三个字:"儿童","室"。我夸她认识"儿童"二字。她说:"我早就认识了。"我说:"我不知道。"她说:"不知道不行。"我赶紧说:"以前不知道,现在知道了。"她喊道:"以前不知道也不行!"她是困了,在归途的车里睡着了。

妈妈哄她睡觉,她睡不着,说:"你说什么我也不睡!"妈妈说:"好,好,我不说什么。"她说:"你什么也不说,我也不睡!"

学会了说狠话——

她发脾气,大叫:"我要打人,我要杀人,吃人!"我问:"你要杀谁?"答:"谁都杀!"动不动说打死这个,打死那个,或者干脆:"我把你们都打死!"是否从幼儿园的小朋友那里学来的?红问她,她举出一个男孩的名字,说他打她了。

晚饭时,她躲进小屋,红催她出来吃饭,她责问:"你们为什么老要叫我,不让我自己享受一会儿?"说完把门重重地关上,关上前警告:"谁来叫我,把他打死!"

不准我们笑——

在商场购物,她情绪一直不好,动辄发脾气。看她这样,我笑了一下,她发现了,指着我大叫:"你不准笑!"旁边的售货员都笑了,有一人说:"连笑也不准了。"她听见了,为了证明自己不是无理得不准所有人笑,又指着我大叫:"爸爸不准笑!"

她罢上幼儿园,待在家里。黄昏,我们回到家,按门铃把她吵醒了。她坐在床上,不让我们接近,望着窗外的晚霞,长久地发愣。晚上,又开始哭闹,对每个人都吹毛求疵。"不许笑,哪里都不许笑!"她命令。她宣布笑为非法,禁止我们脸部的任何一块肌肉有笑的意味。

外出归途,在车里,她让我给她挠痒。我挠了,她不满意,要自己挠,说:"我挠得重,你们挠是咯吱。"我和红都笑了。她生气地说:"你们笑什么?有什么好笑的?"我说:"我们是觉得你说得好,不是笑话你,是欣赏你。"她不依不饶,说:"你们笑得难听,我不喜欢你们的声音。"然后,她宣布困了,要我把椅子靠背朝后放,让她睡得舒服些。听见我为此发笑,她又厉声喝道:"不许笑,我睡觉时不喜欢听人笑!"红评论:等着吧,将来她有得和我们抬杠了。

三岁时,啾啾有两回闹得比较厉害。

小燕送她去幼儿园,她们刚下楼,我接到红的电话,说外面很冷,得给啾啾穿羽绒服,我赶紧把她们叫回来。她一进门,就大叫:"外面太热了!有什么热的!"后一句的意思显然反了。她反复这么叫,每叫一回,就双脚原地蹦一回,表情和姿势都活像电影里的泼妇。小燕取出要给她穿的衣服,她统统扔在地上。最后,我只好妥协,不给她加衣服了。下午,从幼儿园回来,到家后,她站在走廊的角落里不肯进屋。我问为什么,她说:"我生王阿姨气了,不回家了。"原来,上午走时,电梯工王阿姨知道她不肯加衣服,批评了她。现在她仍记着这事,见了王阿姨不理睬。我们只好把她带到王

361

阿姨那里，争取和解。王阿姨笑着向她道歉，红在一旁圆场说："王阿姨和啾啾最有感情了，怕啾啾受凉。"她一脸怒气，不依不饶地说："我和王阿姨没感情！"晚上，我和红搬出大纸盒，整理新买的光盘。她一天心情不好，加上又到了闹觉的时候，大哭大叫，用脚踢翻纸盒，一边喊："我把它们都扔了！"

另一回，也是晚上，在家里，真正干了一大仗，是她整个幼儿时期最严重的一仗。起因是她不肯吃饭，其实红有相当的责任，偏在这时辰和她一起看动画光盘，看得比她还投入，喂饭就极不专心。我提出关电视机吃饭时，她事实上已经不看了，却不让关，以逃避吃饭。她伸手打翻了桌上的饭，表示她的强硬态度。那时候我真生气了，厉声呵斥她。她大哭着扑向小燕求援，我警告小燕不准抱她。红也叱责她，她举手打红。小燕抱她到小厅，红宣布不准她靠近自己。我把自己关进了书房。外面好一阵哭闹声，后来我知道，她搬起小椅子扔向红，红重重地打了她屁股，小燕说都打出了手指印。哭闹持续了很久，她哭累了，要睡觉，最后是喝了牛奶，基本未吃晚饭，但平静下来了，并且分别向红和我说了对不起。我说，能认错就是好孩子。她倒会找台阶下，接着我的话说："有的小孩不认错，是坏孩子。"

一天晚上，在啾啾闹了一场被哄睡以后，红心事重重地对我谈起了女儿的教育问题。她说："如果有旁人看见她闹的样子，会有什么感想？岂不整个是一个讨人嫌的孩子？"是啊，任性，霸道，蛮不讲理，无理取闹，如果单看发脾气时的片段，真可以认为她是一个十足的小霸王。可是，我不这么看，也不甚担忧。

我忆起啾啾一岁时带她在欧洲旅游时的相似情况。在旅途中，大多数时候，她皆快乐而安静，她那胖嘟嘟的可爱样，她的生动表情，到处引来含笑的目光。但是，她毕竟太小了，整天的游逛使她难免有疲惫的时候。当她疲惫时，她最受不了乘车，尤其在乘客比较拥挤的情况下，她会不安地叫嚷，挣扎着要下车。当然，人们不会对一个吵闹的孩子投以欣赏的目光了。当时，红颇有哲人味道地总结道："啾啾是我们家幸福与不幸的标志。她招人爱时，别人会觉得我们是一个幸福的家庭。她招人嫌时，别人一定会认为我们很不幸，像一个盲流家庭。"

说得好。孩子都有招人嫌的时候，但我们自己清楚，我们确实是一个幸福的家庭。现在仍是这样，啾啾绝大多数时间是乖的，安静的，快乐的，发脾气只占很小的比例，所以我不认为是什么大问题。事实上，从四岁开始，她就越来越明白事理，越来越有自制力，几乎不发脾气了。

对于孩子发脾气，要根据其不同的原因，采取相应的态度和方法来处理。据我分析，啾啾发脾气的原因大致有三类，一是身体不适，二是精神因素，三是强烈的要求遭拒绝。在实际情境中，不同原因会交叉并存。

身体不适，最常见的情况是闹觉。二岁上下的孩子大约没有不闹觉的吧。孩子闹觉的时候，实际上处在一种非理性状态，因为困倦而十分难受，自己不知道原因，想解除这难受，提出种种要求，但怎么做都不对，所以又都拒绝，便显得像在无理取闹了。孩子有一个共同特点，就是再困也不甘心上床睡觉，仿佛舍不得白天结束，困倦和兴奋在她的身上打架，使她闹得更加厉害。不过，困倦终将取胜，往往在闹得最厉害时，转眼就睡着了。所以，在闹觉的情况下，只需注意不刺激孩子，耐心等待就可以了。另一种情况是生病，大人生病时容易烦躁，孩子也一样，不用说，这时候需要的是体贴和爱护。

精神因素，比如初上幼儿园时的焦虑，受到不当责备后的委屈，以及受了其他不快刺激而产生的情绪波动。在这些情况下，孩子内心都是很痛苦的，大人首先应该做的是关心她，安慰她，帮助她减轻内心的痛苦。

当孩子的某个强烈要求遭到拒绝时，最容易大发脾气。要求有合理和不合理之分，但即使是无理的要求，孩子自己不会认为是无理的。不管孩子因为什么原因发脾气，第一条原则是大人自己要冷静，不可也发脾气，这只会刺激孩子，使她越发失去控制。对于孩子因为无理要求被拒而闹，表示冷淡即可，这比发怒更容易使她妥协和平静下来。有时候，啾啾发脾气，我只是故意冷冷地看着她，她会委屈而又仿佛自省似的自语："我干吗呀，我做什么坏事了？"

面对孩子的无理要求，大人的态度不可激烈，但一定要明确、坚定、一致。有一回，吃饭时，啾啾发脾气，朝妈妈嚷道："你们都走！"妈妈告诉她："这是我们的家，我们不走！"然后，我们都沉默地继续吃饭，不理睬她，她甚感无趣，闹不下去了。每当她提出无理要求，而我们的态度真正坚决之时，她往往都会退却。孩子发无理脾气时，一定不要和她辩论，跟她讲死理，她肯定是听不进去的，让她清楚地知道你的态度就可以了。当孩子表示妥协时，则一定要给她台阶下，及时给予鼓励。

大人立场的一致非常重要。有一天，说定要去幼儿园，啾啾反悔了，我决定用不理睬她来表明我的态度，向她宣布："我不想理说话不算数的孩子。"她一再试图引我和她说话，都未能得逞。下午，在红的说服下，她答应去了。傍晚，红把她接回家时，她情绪很好。吃晚饭时，我听见她在那里说："谁都离不开我的。"说完又来向我重复，问我是不是。我中计了，顺嘴说："是啊，我怎么能离开我的宝贝呢？我是假装不理宝贝，只要宝贝讲道理了，我当然就理了。"这时红正色说："你不能这样误导孩子。"原来，在接她回家的车里，她已对红说过这话，当时红回答她："你不听话，谁都离得开你，爸爸不想理你，就会去郊区的房子里工作的。"红做得对。这小东西知道我们爱她，竟想以此作资本来控制我们，的确不能让她得逞。应该让她知道，我们再爱她，她也是要遵守规则的，不能随心所欲。

如果孩子提的要求是合理的，就应该尽量予以满足。

二岁时，我们在朋友家做客，顺便带着她到那里小区的幼儿园玩。一进幼儿园的游戏场，她那样高兴啊，不停地放声大笑，冲向每一样游戏设施。她玩了一样又玩一样，快乐地说："这么多好玩的东西！"最后，我们觉得该回家了，催她走，她不肯。我们假装要先走，她站在那里望着我们，突然大声喝令："你们谁都不许走，都在这里！"这次她的脾气发得有理，我赞赏地看着她，和她商量，让她继续玩了一会儿。

三岁时，有一天，她大约在幼儿园里睡了一个很好的午觉，到了夜晚仍精力充沛，玩兴极高。过了零点，她突然要求去户外。红觉得这个要求实在荒谬，严词拒绝，小燕也在一旁附和。她大哭。我为她打抱不平，说："宝贝，爸爸带你去！人家想浪漫一下有何不可！"电梯已关闭，我抱着这个泪水未干的娃娃，一步一步走下八层楼梯，来到空无人影的黑洞洞的院子里。风很大，我与她商量，她同意回家，我又一步一步爬上了八楼。回家后，她仍没有睡意，到二时才入睡。

如果孩子发脾气是因为大人有错，大人应该诚恳向孩子检讨。有一回，在正来家，大家准备一会儿去餐馆吃饭。红看见啾啾在吃一块华夫巧克力，怕她一会儿吃不下饭，便制止，她不从。正来也说不能怂恿，装出一副凶相来教训她。她放声大哭，委屈地说："他们都吃了。"确实，另外三个孩子都在吃，而且把一盒巧克力吃完了。难怪她委屈，不但委屈，简直是愤怒，大声宣布道："要不然我就吃个够！"我们都赶紧向她道歉。她不记仇，平静下来后，主动去和正来说话。

交往中的个性

1. 同龄的女孩

和同龄的女孩相处，啾啾相当自信，往往占主导地位。

二岁时，我们和朋友两家人住在宾馆里。朋友的女儿叫小薇，比她稍大一点。相比之下，她伶牙俐齿，心眼也多，两人在一起，总是小薇服从和模仿她。

她俩各人在玩一只瓶盖，她的那只小，小薇的那只大。她说："小薇你好，我要大的。"小薇乖乖地给她了。

小薇在玩一件玩具，她也想玩，从背后搂住小薇的双肩，说："小薇，我们两个是好朋友吧？我们一起玩。"小薇立即听从。

她俩站在床上，靠着墙壁，她举起双手使劲拍墙，小薇跟着学，两人笑成一团。她在宽敞的大堂里高视阔步，用力甩手，又跑又笑，小薇跟在她后面亦步亦趋。受到一个年龄相近的女孩的崇拜，这显然使她感到兴奋。

她和住在同一栋楼的美美是好朋友,两人常在一起玩。逢年过节画贺卡,她会给美美画一份。有时美美去奶奶家住,她会很想念。一天晚饭后,下楼散步,一出电梯,迎面遇见刚从奶奶家回来的美美,两人都愣住了,喜出望外,然后手拉手又笑又跳,一溜烟跑院子里去了。

可是,四岁时,一天晚上,她在床上辗转反侧睡不着,红问她,她睡不着时怎么办,她说:"我就想事情,把我的小秘密放在一起想。"红问她有什么小秘密,她说:"不能说。"但马上就说了:"我在想,我和美美做朋友有什么好处呢?就是从幼儿园回来可以跟她玩呀。"红推测,她一定是觉得和美美玩不太有意思,在劝说自己。

在美美家里,她写自己的名字,美美的姥姥看见了,很惊奇,叹息美美不会写。美美问她:"你会写我的名字吗?"她无情地顶回:"你的名字我为什么要会写?"

驱车外出,在汽车里,我问她的愿望是什么,她回答:"我的最大愿望是美美不要不上幼儿园,那样她会变笨的。"

2. 比自己大的女孩

幼儿崇拜比自己大的同性孩子,小女孩崇拜大女孩,小男孩崇拜大男孩,基本如此。

在德国,她十个月,越胜一家从巴黎来海德堡看我们。他们的女儿盈盈四岁半,很可爱,但与这个年龄的孩子一样,不能容忍大人把注意力放在比自己小的孩子身上。她缠着我和她玩积木,一面是觉得有趣,一面也是要和啾啾争夺我。啾啾一如既往地崇拜比她大的孩子,用羡慕的眼光注视着盈盈的一举一动。

我答应盈盈搭一个最牢固的城堡,她催我兑现。好吧,我说,提起篮子把里面的积木一下子都倒了出来,发出了哗啦啦的响声。啾啾正坐在地毯上,见状突然放声大哭起来。她大约是受了惊,因为她从未看见过她的这一篮子积木遭到这样粗暴的对待。我赶紧把她抱近我,说:"啾啾不哭,爸爸也搭给啾啾看。"她真乖,立即不哭了。可是,那边盈盈突然放声大哭起来。我又赶紧安抚盈盈。没想到的是,在我安抚盈盈的时候,啾啾朝着盈盈一阵叽里咕噜,表情是怒气冲冲的。这小东西终于忍无可忍,对她的崇拜对象也要反抗了。

不过,她毕竟崇拜盈盈。在巴黎居住时,她对盈盈真是亦步亦趋,万般讨好和模仿,尽管盈盈看不上她,嫌她碍事。她的典型的舞姿,双手举头,双脚跺地,身子徐徐旋转,正是跟盈盈学的,接着就总给盈盈表演,想以此取悦盈盈。她颇憨厚,经常的情形是,她拿起一样东西,盈盈便夺过去,而她并不相争,又去拿另一样东西。

她一岁多时,朋友们在京郊宿营,莎妮兴致勃勃地逗她,她在妈妈怀里左右躲避。她比较拘谨,对于不很熟悉的人往往是拒绝的。晚上,在一间活动室里,莎妮朝地上一坐,做了几下新疆舞里扭脖子的动作,又站起来随意地舞了一圈。她看见了,崇拜之感油然而生,态度发生一百八十度的变化。

在这之后，莎妮跑，她跟在后面跑，莎妮拉她的手，她高兴地让拉。第二天早晨，她还让莎妮帮她洗手和梳头，红对此惊讶不已，因为除了妈妈，她还不曾同意过别人给她梳头呢。

在艺术才华面前，她由衷地折服。

嘟儿比她大五岁，是她幼时的亲密伙伴。嘟儿时常在我家住，夜晚，两个小女孩几乎脸贴脸在一张小床上酣睡，情景可爱而动人。两家人相聚时，嘟儿像姐姐一样照顾她，带她玩。可是，嘟儿毕竟还小，看见大家围着她转，也会嫉妒，从而发生一点有趣的冲突。

啾啾三岁时，我们两家人郊游，住在怀柔的一个宾馆里。晚上，嘟儿要求睡在我们的房间里，为了克服床铺的拥挤，我们把一张床的垫子移到地上，于是需要决定谁睡垫子，谁睡床座。尽管床座上铺了被子，仍不如垫子软，她们两人都表示要睡垫子。嘟儿突然发怒了，脸涨得通红，嚷道："我什么都让着她，她怎么一次也不能让我！"啾啾愣住了，站在那里有些不知所措。然后，只见她扭头就走，走出了房间。我跟随她，见她走进隔壁房间，对正来说："正来爸爸，嘟儿姐姐要睡软的，我也要睡软的，我没法睡了。"原来她是告状去了。告完状回来，她倒十分平静，不再与嘟儿争执，和妈妈一起睡到了床座上。嘟儿其实是在吃醋，她对欣欣说："爸爸对啾啾发嗲发了一天了，真让我恶心。"欣欣对她的表现表示不满，离开我们屋时不理睬她。嘟儿因此很不安，从床上爬起，回自己屋去睡了。

两个孩子都渐渐大了,将来,回想起幼时的趣事,想必会开颜一笑。

3. 男孩

凯文比她大三岁,是她的男朋友。他是一个称职的男朋友,性格也比较内向,但静中有动,既能耐心地和她玩,又能想各种招逗她乐。两人真是合得来,在一起的时候,可以寂静无声,各自埋头画画,也可以欢声笑语,一片闹腾。

她承认凯文是她的男朋友。别人问她有没有男朋友,她说有,就是凯文。

她四岁那年,凯文要去法国度假了,我们带她到东东家,让两个孩子好好玩一玩。晚饭时,东东的一个客人开玩笑说:"凯文,你在法国是不是还有一个女朋友呀?"凯文说:"你瞎说。"她正在啃鸡翅,这时飞也似的朝屋子另一端跑去,从那里传来她的怒喊声:"臭!真臭!"大家愣住了,赶紧怂恿凯文去安慰她。凯文是一个腼腆的男孩,一时手足无措。大人们谈起了别的话题,他悄悄离开,走到她身边,可以听见他在低声问:"你怎么了?你怎么了呀?"不一会儿,他们又玩在了一块儿。

可是,一年后,五岁的啾啾"变心"了,不承认凯文是她的男朋友,只承认是哥哥。她向爸爸妈妈解释理由:"我有点害怕。我长大了以后,会有许多人喜欢我,我也会喜欢别的人的。"我心中一乐,真是深谋远虑啊。我说:"男朋友不是不可以改变的,现在喜欢凯文,以后还可以喜欢别的人。"她将信将疑地点头。

虽然不承认是男朋友了,她见了凯文仍然喜不自禁,迎上去又笑又抱,直到有一天,她突然发现凯文已经长成一个小伙子了,两人才生分起来。

她四岁时,我们和朋友在餐厅吃饭,我观察到了她与一个男孩从斗争到友好的全过程。男孩是朋友的儿子,刚上小学,比她大两三岁吧。

我们围餐桌而坐,附近墙边有一张贝贝椅。每隔一段时间,她就爬到那张贝贝椅上坐一会儿,大约是寻求安静,我笑说是为了回到自我。男孩从别处搬来一张贝贝椅,紧挨着放在一旁,也去坐在上面。她立刻转过身,表情是生气的。她突然爬下来,朝餐厅一端飞跑。男孩跟随着跑过去。她跑回来,坐到餐桌边的位置上,看上去已经十分懊恼了。然后,是长时间的拉锯战,只要她去坐她的那张贝贝椅,男孩也就马上去坐他的那张,她脸朝相反方向,男孩则心虚地偷窥。显然是男孩在追求女孩。

局势的转变起于一个场景。餐桌一边是玻璃墙,墙外是街道,男孩在玻璃墙外出现了,朝里面做手势和鬼脸。这当然是男孩的狡计,但非常有效,她觉得有趣,慢慢地靠近玻璃墙。不一会儿,两人隔着玻璃墙互相做手势了。又过了一会儿,我发现两人各坐在自己的贝贝椅上,脸对脸,交谈得十分热烈,她不时大笑,真正是谈笑风生。我的女儿就这样被一个狡猾的骑士征服了。

我们和阿良两家经常一起度假。阿良的儿子英乔比她大四岁，天真而淘气，两人在一起，反显得她成熟。

她七岁时，两家人在珠海度春节。走在街上，英乔饿了，一路喊叫"我要吃面包"，还对着她的耳朵喊，她只是宽容地笑笑。阿良夸她，批评英乔，英乔叹道："算是我倒霉。"她立刻幽幽地说："不知道是你倒霉还是我倒霉呢。"

站在岸上，她指着大海中的一叶孤舟说："君看一叶舟，出没风波里。"用得很到位。然后，她背诵了这首诗的后两句："江上往来人，但爱鲈鱼美。"看见英乔正在小摊上玩气枪打气球，改口说："岸上往来人，但爱打气球。"

4. 小学的同学

她在班上有几个好朋友，最好的朋友是女生小岚和男生小晨。我发现，她的好朋友的共同特点是憨厚。

她和小岚无话不谈，她们说的悄悄话，我偶尔得知一二，但尊重隐私，不披露了。

小晨是个一派天真的乖男孩。一年级下学期，小晨几乎每天给她打电话。我问有什么事，她说是问作业，接着说："其实问作业是借口，他是想和我聊天。"接着又说："也不是聊天，有什么聊的，他是报个到。"我笑说："你倒看得明白。"

不过，有时候，我听她和小晨在电话里聊天，聊得挺带劲的。二年级上学期，有一天晚上，他们聊了半个小时，爸爸的官司、报刊的评论等等，内容丰富得很呢。

二年级期末，一天晚饭时，她带着自嘲的口吻说，她被选为班上最快乐的人了。她又告诉我们，小晨被选为班上最不快乐的人，很沮丧，问她："我怎么不快乐了呀？"她说："你被选为最不快乐的人，当然不快乐。"小晨说："这是我唯一不快乐的事。"我问她："你觉得自己是最快乐的人吗？"她说："不是。"我说："我也觉得不是，你是既快乐又不快乐。"我给她分析，班上同学之所以选她，是因为他们觉得她很棒，应该是最快乐的。居然有这样的选举，很别出心裁，孩子们的反应也很有意思。

二年级时，班上一个男生给她写情书："I love you。"一些天后，我问情况怎么样了，她说："还在向我求婚呢，老给我写。"我说："你不是拒绝他了吗？"她说："我也没有完全拒绝。"我问："你怎么对他说的？"她说，她对他说："我也喜欢你，但这不是爱。"还说："咳，你还这么小！"我夸她处理得好。

餐桌上，红认定我说过某句话，我不承认，辩解道："如果说过，我没有必要否认，因为这句话没什么不对。"这时她插话了："你怕出丑。"我明白她的意思，说："我不会为了面子撒谎。"她说："那就好。有的人就是这样的。"接着她说起了那个男生，说："他对小晨说，他最喜欢我，小晨当他的面告诉我,他就否认。其实我知道。在许多同学里,他总是第一眼看我,眼睛里很不安。"我为她观察的仔细而感到有趣。我告诉她,那个男生是害羞,害羞是一种复杂的情绪,和为了面子撒谎是两回事。

晚饭时,她用欣赏的口吻说起小明,说他只要愿意,什么事都能做好,比如一次写作文,写得比谁都快,比如画画很好,有丰富的想象。她又说,她不知道为什么她一说小明好,她的好朋友都反对。这时红解释道:"啾啾宽容。"我说:"不对,啾啾是欣赏小明,这是一个聪明人对另一个聪明人的欣赏。"她显出赞同的表情。

小明是班上出名的淘气包,自上小学以来,她经常说起他,有控诉,也有赞扬。小明欺负她,又喜欢她。我发现,随着年龄增长,赞扬越来越多,控诉几乎没有了。这说明两个人都越来越懂事了,小明不怎么欺负她了,而她也越来越能够看到小明的本质方面了。成长中关系的这种变化非常有意思。

幼儿园纪事

多亏友人帮忙，啾啾进的是一所条件很好的公立幼儿园。

正式入园前，按照园方的安排，家长送孩子去那里待半天，类似于预习。我们全家出动，啾啾情绪很好，显然喜欢去。小二班的教室里，一屋子的大人和孩子。她显得很自在，自个儿在不同玩具区之间穿行，玩玩这个，玩玩那个，玩够了，又去院子里玩户外的游戏设施，脸上有一种自豪的主人翁的神态。

入园第一天早晨，她是从睡梦中被叫醒的，听我们说上幼儿园不能迟到，就高兴地起床了。我骑自行车用小座椅带她，一路上，她在我背后小声哼着歌。到了教室，孩子们已在吃早饭，我们迟到了。老师让她和爸爸说再见，她乖乖地顺从，表情却有些呆滞。

教室的门关上了。前两天，她虽然来过幼儿园，但有我们陪同，只体会到了幼儿园有吸引力的那一面，主要是那些大大小小的玩具，所以乐意再来。今天情况不同，她将第一回与亲人分离一个整天，不知会怎样。不过，我对宝贝有信心，她头脑清楚，应该能够适应环境的变化。

下午，红下班后开车去接她，到达时，留下的孩子已不多，她乖乖地坐在小板凳上等候，额头上贴着一朵小红花。回家的路上，她很安静，妈妈问她喜欢幼儿园吗，她点点头。回到家，她高兴地扑到我怀里，看来情绪非常好。

总之，第一天的情形出乎意料地好，似乎表明那种令一般家长恐惧的初入幼儿园的困难在她身上并不存在。

可是，第二天的情形很快证明，我们是过于乐观了。有一点是红处理不当的，她在昨晚答应，今天由她送。我原来的安排是，一直由我或小燕送，鉴于啾啾对妈妈的依恋，有必要避免受和妈妈分离的刺激。不出所料，红带她到教室门口，刚推开门，她立刻拽着妈妈的衣服朝楼下走，边走边说："我们去外面玩吧。"老师出来，把她抱进教室，她要哭了，挣扎着喊："放我下来！我要妈妈！"门关上后，红把耳朵贴在门上听，没有听见哭声，稍稍放了心。

晚上，红给她洗澡时，她突然大声宣布："明天我不去幼儿园了。"然后说："我不喜欢幼儿园了。"把这句话重复了无数遍。直到临睡前，她仍不停地提这个要求，直到妈妈答应，她才睡着。夜里，梦话和呻吟不断，睡得极不安稳。

当天红去接她的时候，曾和老师商量，孩子不适应，开头一些天可否早接，让她逐步适应，遭拒绝。老师一再强调，必须按时接送，并且不能缺课。红接了她，她想和妈妈一起在幼儿园的院子里玩一会儿，也被老师阻止。园方规定，除

377

了集体活动时间,孩子不能玩院子里的游戏设施。这就说明,这个老师和所有的中国好老师一样,重视的是完成自己的工作,而不是孩子的快乐。

那一天,我在日记里写道:"现在我已经把我的孩子送到了社会上,送到了职业的幼儿教育者手上,心情是有些酸楚的。我马上就明白了,中国的孩子不愿上幼儿园,主要的原因是他们在那里被剥夺了自由。孩子的天性就是自由,这天性在开明的父母身边是一直受到尊重和鼓励的,却在幼儿园里遭到了压制。这也是中国与西方在幼儿教育上最根本的区别。那么,从今以后,我的责任之一便是帮助孩子尽可能多地争回一些自由了。"

啾啾睡了十个小时,早晨醒来了,第一句话便是:"今天不去幼儿园。"接着说:"我还想睡。"妈妈说:"睡吧。"她立刻强调:"睡醒了也不去幼儿园。"事实上她没有再睡。我让红去上班,我来处理。红走后,我和啾啾商量:"今天就去半天,好吗?"她问:"什么是半天?"我说:"就是中午爸爸来接你,而不是等到晚上来接你。"她笑了:"半天!不在那里睡午觉了!"

她痛快地跟我出了家门。到了幼儿园,一进院门,她后悔了,不肯进教室楼。我带她在院子里走,走了一会儿,她坚决要出去。我抱她在街上来回走,她说困了,躺在我怀里,却并不真正睡。就这样,我们磨蹭了一个多小时。实在无奈,我只好说:"我们去跟老师商量,今天不上了。"她勉强同意了。可是，敲开了教室门，老师马上把她接过去了，而她则大哭。

在教室外，我向老师谈了她的情况，要求午后来接。一开始，她不同意。我说，我对孩子从来说话都算数，这次也不能骗，她这才同意了。

与老师约定，下午一时半去接。我准时到达，孩子们都在午睡，只见啾啾一人端坐在桌子旁，她看见了我，笑了。一会儿，老师送她出来，她站在我面前，看着我，由衷地笑着，不说话。我不会忘记这笑容，这么会心，仿佛她知道我们之间有一个快乐的誓约，而这誓约实现了。老师一再催促她叫我，最后她叫了。当然，她是为了老师才叫的，我们都知道这是不必要的。听老师说，我才知道孩子们十二时半就睡了，那么，宝贝独自坐在桌旁等了整整一小时。

带她出园，她高高兴兴的，但一路上不怎么说话。快到家时，我忽然听见她在我背后用坚决的语气说："明天我不去幼儿园。"我回头看，见她十分激动，小脸蛋涨得通红，把这要求重复了好多遍。

接下来的若干天，送她去幼儿园始终是一场艰难的斗争。

在家里发表罢课声明，尽量拖延上路时间，进了幼儿园放声大哭，这些基本上是每天上演的剧目。有一回，在幼儿园门口，她要求妈妈"退园"，命令妈妈："你去打幼儿园！"不过，有趣的是，不管她哭得多么厉害，到了教室门口，在我们的手接触门把手的那一瞬间，哭声一定戛然中止。这说明她很有现实感,知道哭没有用了就不再哭,也很有自尊心,不愿当着老师和同学的面哭。

按规定,星期五可以在中午接回,她就比较乐意去。一天送她时已近十点钟,实际上她在幼儿园只需待不到半天,就非常高兴,妈妈送她时,她不断地强调:"半天的半天!"

星期六,她还没有周末的观念,以为仍要上幼儿园。早晨起床时,她拒绝穿衣,给她穿T恤,不要,穿衬衫,也不要,她说只要"衣服",而这些都不是。她在玩"白马非马"的把戏。红突然明白,她是在用这个办法阻止上幼儿园的步伐。红对她说明,今天不用上幼儿园,她立刻穿上了衣服。我故意说:"该上幼儿园了。"她快乐地嘲笑我:"今天休息。你搞错了,跟我一样,每天糊涂一回。"

入园后第一个国庆节,幼儿园放假,她笑着大声说:"有八天,太长了,真把我高兴死了!"

基本情况是,入园后两周内最艰难,过了这个坎,她的抵触大为减少,一个月后就经常是痛痛快快地去,高高兴兴地回了。此后也有反复,原因各异。节日在家里待久了,比如春节以后,再送她去就比较困难,这是惰性所致,但很容易克服,去两次就又没有障碍了。

入园之初,午睡是她的一个主要的精神负担。送她去时,她经常提出要求:"我不在幼儿园睡觉。"她在家里没有睡午觉的习惯,而在幼儿园里却必须加入集体午睡。我能想象,二十七个孩子都遵守纪律乖乖地睡了,只有她躺在那里睁着眼睛睡不着，或者孤零零地坐在小椅子上，要熬过两个小时，那种滋味怎能好受。

上中班时，有一段时间，她的最大忧虑是吃饭慢。她经常对妈妈说："我害怕。"问她怕什么，她说："怕明天吃饭还不快。"妈妈问："是不是今天吃饭不快，老师又说你了？"她说是。她告诉妈妈，她总是一扒拉一大口，嘴巴里满满的，就不能嚼了。妈妈教她，每一口少扒拉点儿，她急得要哭，说她不会。当然不是不会，她是怕受批评，急于想吃快，不由自主地要塞一大口。妈妈答应她去跟老师谈。中班的老师是一个粗率的人，红去谈了，被一句话顶了回来："吃快些不就行了！"

啾啾多么希望自己能吃饭快啊。上小班时，她吃饭就慢，但那时没见她为此发愁，因为小班的老师用的是鼓励的方法。一天夜晚，在床上，她突然唱歌一般地说："第八名的宝贝回家了。"我问原委，红告诉我，这一天在幼儿园里，她吃饭快慢排名第八，为此心中好不得意。上中班后，受了批评，她很重视，经常对我们说，为了让老师好管理，她要吃饭快一些。

上中班时的另一大忧虑是迟到。我和红都是夜猫子，由于我们的影响，她也总是晚睡晚起，一般是每天十点左右到园，无疑是全班到得最晚的人，因此也常被老师批评。她告诉妈妈，老师说了，她再这么晚去，老师就不喜欢她了。可以想象，敏感如她，当着全班小朋友的面敲开教室的门，受到老师的批评，心里会多么痛苦。我本来认为，上幼儿园早去晚去没什么关系，但是，两害相权，宁可让她早起，不要再让她承受精神上的痛苦。她很有毅力，在做了决定以后，开始天天早起，到幼儿园去吃早饭。一个四岁的孩子，天不亮就被从睡梦中叫醒，迷迷瞪瞪踏上行程，真难为她了。看她累，我们劝她多睡一会儿，偶尔迟到没关系，她不答应，说："我不想让老师再提醒我。"身体不适时，她也非去幼儿园不可。她对妈妈说，现在老师看她的眼神都不一样了。她要保住这眼神。唉，为了荣誉，为了让老师喜欢自己，孩子什么罪不愿受啊。

在同行业中，啾啾所上的这个幼儿园是出类拔萃的。但是，中国的幼儿教育存在着共通的毛病，就是强调集体和纪律，忽视个性和自由。诸如能否午睡、吃饭快慢、是否迟到之类，本来不必一律，应该容许有差异，这当然会增加管理的麻烦，但麻烦并不很大。从早晨到傍晚，长达十小时的时间，孩子们始终在过集体生活，遵循同一个作息表，玩相同的游戏，没有自由活动和个性空间，即使是一个大人，也会难以忍受的。

从啾啾上幼儿园开始，我就意识到我们已经面临一个问题，便是帮助她协调与社会的关系。一方面，要让她适应社会，哪怕是社会不甚合理的地方，不要因为冲突而受损。另一方面，要让她和社会保持一个距离，不被同化。她太敏感，自尊心太强，这使她既容易受到伤害，又容易压抑自我，因此会太累。我采取的方针是，一方面，鼓励她适应幼儿园的集体生活，做一个让老师满意的孩子，另一方面，又淡化她在这方面的意识，不要把这些看得太重，在两者之间把握好一个度。

具体的做法是，基本上每个星期我都让她少去一天幼儿园。这样，她既得到了休息的机会，不至于那么累，又减轻了心理压力，不会把上幼儿园看得那么重了。对于她来说，缺勤比迟到好，因为不会经受敲门进教室的尴尬。对于老师来说也是如此，因为有人迟到毕竟干扰了教室秩序。事实上，她和老师两方面都默认了这个做法。

她身体稍有不适，我一般也是把她留在家里，课可上可不上，还是身体重要。我把这个政策延续到了她进小学，她告诉班主任："我身体一不舒服，爸爸就说，今天不去了。"居然"出卖"了我。班主任听后笑了，说如果不是身体特别不好，还是要来上学。

既然她自己挺在乎，每当她不论因为什么原因不想去幼儿园时，我都支持。有一回，老师来电话，说明天园领导到班上听课，希望她一定去。每次有这种情况，老师都要求她去，大约因为她聪明，回答问题好，能为班上争光吧。可是，这回她坚决不肯去，怎么劝都不听。红很生气，上班去了。我估计她是因为心里紧张，并不喜欢这种场面，便对她说："上幼儿园是啾啾自己的事情，由啾啾自己决定。"她点头。我问她："爸爸和宝贝是不是好朋友？"她又点头。我说："宝贝的想法，爸爸都明白，爸爸的想法，宝贝也都明白。"她说："对，妈妈就不知道。"我赶紧说："妈妈有时候不知道，但许多时候也知道。"她表示同意。

在这之后，"自己的事情自己决定"这句话成了她的武器，常常用来对付我们。不想吃饭,不肯睡觉,她都搬出这个武器。我鼓励她有自主意识,但得让她明白相关的道理。我告诉她,自己的事情自己做了决定,就要负起责任,比如夜里不睡觉,早晨起不来,上幼儿园迟到,这个后果你要自己承担。我还告诉她,有的事情不是你一个人的事情,比如你不吃饭,大家吃完你再吃,就给别人造成了麻烦,所以不能完全由你决定。她宣布要自己做决定时,我根据情况给她讲这些道理,她有理解力,会渐渐懂得的。

有一回,红去接啾啾时,老师告诉红,啾啾自己对老师说:"幼儿园里快乐多,在家里太孤单。"她说出了她喜欢幼儿园的两个原因:有上课、游戏等活动;有小伙伴。

上幼儿园后,回到家里,她最热衷的事情是自己当老师,让我、妈妈和小燕当学生,把在幼儿园里学的东西演示给我们看,让我们跟着做,包括游戏、体操、唱歌、折纸、画画等,甚至包括洗屁股。她真是兴致勃勃,学生不耐烦了,开小差了,她仍坚守岗位,舍不得下课。一天晚上,她告诉妈妈,在幼儿园里做操,老师让她站在全班前面领操了。我能想象出她领操时那生动的模样。在家里,她天天教我们做这套幼儿操,一边大声朗诵:"早晨起来空气好……"她向妈妈宣布:"我长大了要当老师。"和所有幼儿一样,她崇拜老师,在她的心目中,天下没有比教一群孩子做游戏更荣耀的工作了。

她在幼儿园里培养了一些好习惯,比如睡觉前把脱下的衣服迭叠整齐,自己洗脸、洗屁股,等等。另一大变化是独立而大方了，与朋友在饭店聚餐时，她不再缠着我们，能够自己玩，也愿意和别的大人交谈。

她谈在幼儿园里交的朋友，说："笑笑一天和我是好朋友，一天不是，不是的那天，笑笑自己玩。"妈妈问："那么你呢？"她答："我还有两个好朋友。"有一个是小男孩，她上厕所的时候，他就在外面唱："啾啾，啾啾……"妈妈问："另一个呢？"她答："我不知道他的情况。"到了大班，她人缘就非常好了，告诉我们，大家都要和她做好朋友，一个女孩对她说："因为你可爱。"

对于幼儿园，她有一种自豪感。一次乘电梯，电梯工打趣她："啾啾，你现在就穿上棉袄啦？"我替她反击："连是不是棉袄也分不清，你到啾啾的幼儿园去学学吧。"她立刻瞪大眼睛，认真地反驳我："我们幼儿园里不说什么是棉袄的！"仿佛我把幼儿园和棉袄扯在一起是莫大的亵渎。

在上幼儿园期间，啾啾参加过几次园里组织的郊游，她的兴致都很高。

第一次是去动物园秋游。她刚三岁，我们开车带她外出，从来是大人抱着她，或是把她放在有安全带的贝贝椅里，现在让她自己坐没有安全带的汽车座位，我们很不放心。幼儿园门外停着六七辆大巴，我们把她送进教室以后，回到街上，躲在一旁，窥看她和孩子们上车的情形。一拨拨孩子在老师带领下走出园门，终于，小二班的孩子也出来了，她和一个孩子手牵手，随着队伍朝指定的车走去。我们躲在相反的方向，她没有看见我们。她的神态是自然的，仿佛理所当然是那个集体中的一员。我心中有一种感动，也有一种失落。我眼看着孩子就这样走进了一种我不能参与的生活，她越来越适应那种生活，离我越来越远。

第二次仍在小班，是去八达岭野生动物园春游。曾经听说，有的野生动物园发生过事故，因此我们不免顾虑。这是一个艳阳天，但中午刮了一阵大风。孩子真是牵扯着父母的心，刮风那会儿，我没来由地担着心，仿佛那风是专门朝孩子们刮的。游毕归来，她脸蛋红扑扑的，心情极佳，到家后又唱又跳。问她游园的情况，她能清楚地叙述。她说，他们坐在大车里，蓝色的玻璃。有没有窗？没有，因为玻璃上没有把手。看见老虎和狮子了，它们没有到车旁边来。熊到车旁边来了，车很高，熊只能够着车下面的边缘。我羡慕地说，爸爸妈妈还没有去过野生动物园，没有见过这样的景象呢。

上中班时，秋游去海洋馆，早晨七时半必须到园，所以要早起。她对此认真极了，前一天晚上，怕明天起不来，七时多就上床了，毕竟早睡了太多，睡得很不安稳。半夜，她醒来，说："我睡不着了。"接着说："刚去过天安门，又去海洋馆。"说完笑出了声。她真的感到幸福啊。凌晨四点，她就想起床，被我们劝阻了。其实红不久前刚带她去过海洋馆，可见对于她来说，幼儿园的集体活动具有不同寻常的意义。这天回来，她却显得很平静，并不主动说海洋馆的事。晚上，我们俩画画。她画了一张漂亮的画，是各种形状和颜色的鱼，她一一给它们命名，还画了潜水镜，都和海洋馆有关。红给这幅画题名为《海洋馆印象》。

当孩子很小的时候，她始终是在我们的视野之内，她的一切都被我们看见，都是我们所熟悉的。可是，从她上幼儿园的那一天开始，情况突然有了改变，一天中的大部分时间，我们看不见她了，她走出我们的视野了，她的生活中的许多内容是我们所陌生的了。对于父母来说，孩子的长大同时便意味着分离，这是不可避免的，也是必要的，却仍是令人惆怅的。事实上，对于这个分离，父母的艰难不亚于甚至超过孩子。可是，父母倘若因此给分离设置障碍，就太短视也太自私了，因为这意味着阻碍孩子长大。

我很想看一看啾啾在幼儿园里的表现，她上小班时，有过两次机会。

入园半年，幼儿园举行新年联欢，请家长们参加。那一间教室里，家长比孩子多。许多家长举着摄像机，追随着自己的孩子。首先给每个孩子发一件纸裙，让他们在上面贴各种颜色和形状的小纸片。然后，穿上这纸裙，戴上纸高帽，集体表演歌唱。最后是游戏。在整个过程中，我发现啾啾有两个特点。一是极守规矩，老师让孩子们去里屋化妆，她头一个朝那里走。二是胆小，表演时往后缩，不肯站在前排。活动结束，要吃午饭了，老师让孩子们去洗手。她洗了手出来，大哭着扑向妈妈。她解释说，她是怕爸爸妈妈走了。后来她又解释说，人太多，太闹了，她害怕。她拒绝吃午饭，我们带她回家了。

第二次是"六一"演出，情况好多了。许多天前，她就为此兴奋不已了。每天一早，她就乖乖地去幼儿园，为的是赶上排练。在家里，在院子里，她常常把节目演给人们看，一个体操，一个小鸭子的舞蹈。还有一个青蛙的舞蹈，她说她没有参加，她一口气说出了参加的小朋友的名字，心里一定是很羡慕的。这一天终于到来了，我目睹了演出的全过程。我发现，在跳集体舞时，她被安排在一个很偏的位置上，但她跳得很好也很投入。相反，有些被安排在显眼位置上的孩子却跳得很差，有的几乎不会跳。在演出那个青蛙舞时，她在旁观席上，旁观席上的好几个孩子自发地跳了起来，她也是，眼睛盯着演出的孩子，目光是羡慕的，但表情依然很愉快。她还不懂得嫉妒。演出的空档中，老师问了几个简单的问题，她都大声地答对了，但老师摸了一下另一个也答对了的孩子的头，夸那个孩子聪明。红注意到了这个细节，心中希望啾啾不在乎，没想到晚上临睡前她问："妈妈，老师为什么不夸我聪明呀？"

其实老师是欣赏她的聪明的，常常称她为才女。上大班时，红参加一次新春活动，老师让孩子们对家长说祝福的话，孩子们七嘴八舌，说的都是祝妈妈或奶奶节日快乐之类。老师让啾啾说，她趴在桌上，几乎是耳语了一声，在老师的鼓励下，终于大声说了出来："妈妈我爱你！"说完羞得满脸通红，把头藏到肘弯里，老师马上带头为她鼓掌。

幼儿园三年，啾啾有许多愉快的日子，性格也变得开朗了一些。感谢老师们！

小学纪事

啾啾即将小学毕业了。时间过得真快,她上学第一天的情景还历历在目。那天,妈妈送她到学校门口,分别时,她抱住妈妈,脸埋在妈妈怀里,再抬起脸来,妈妈发现她的眼睛红了。早晨起床时,她肚子有点痛,她问妈妈还痛怎么办,妈妈说,还痛就告诉老师,老师会带她上医务室的。她点点头,然后沿着长长的甬道走了,一次也没有回头看妈妈一眼,妈妈心里直疼。

上幼儿园时,我们经常让她迟到或缺课,上小学就不可以了。每天清早,她在熟睡中被叫醒,跟着妈妈上汽车,在车里吃早餐。到学校后,下了车,妈妈给她扎好小辫子,拎着她的书包,送她到校门口。然后,跟她拥抱一下,替她把书包背在肩上,看着她小小的身体掩在大大的书包后面,两个小刷子辫儿一甩一甩的,她的背影很快消失在甬道的拐弯处了。这是天天重复的情景,在这重复中,女儿一天天长大了。

令人宽慰的是,啾啾对小学生活立即就适应了,说起来总是满意的口气，觉得什么都比幼儿园好，而最满意的是有课间休息，可以自由活动，不像在幼儿园从早到晚都过集体生活。

她真是喜欢学习，每个新学期开学，她比放寒暑假还高兴。开学第一天是发新课本的日子，她回到家里，总是把所有的新课本摊开，兴奋地向我们展示。当然，书皮是一定要包的，而且必须由她亲自动手。往往在几天之内，她就把新课本浏览了一遍。

早晨上学，基本上是妈妈送，下午放学，我常常会去接。等在校门口，看着一队队学生由老师送出来。啾啾年龄和个儿都小，排在她的班级队伍的最前面，远远的就能看见。低年级的学生出来，会有一名男生举牌通告是某级某班。她上二年级时，我看见一年级的孩子出来，有了对比，才发现二年级的孩子大多了，也才意识到她比一年前大多了。不知不觉中，我的女儿的班级标志牌在升级，同班学生一年比一年大。忽然有一天，她是高年级学生了，从另一个校门出来，而队伍前方没有标志牌了。和同学比，她仍显小，好些同学已经明显在发育了。

我去接啾啾的时候，经常会看见班主任陈老师的身影。这所小学实行班主任跟班的制度，连续六年，从入学到毕业，每个班固定一位班主任。这是一个特别好的制度，能使班主任对每个孩子有深入细致的了解，孩子们对老师也熟悉而适应，彼此间形成一种亲切自然的氛围。一年又一年，陈老师把一（5）班的孩子们迎进了学校，又即将把六（5）班的孩子们送出学校了。

在小学阶段，班主任极其重要，拥有直接影响孩子幼小心灵的权力。孩子在学校里学习和生活得是否愉快，在很大程度上也取决于班主任。啾啾是幸运的，她有一个爱孩子、懂孩子的好班主任。我相信，她长大后，当她回顾自己的成长道路时，最感激的人里面一定有陈老师。

我一开始就感觉到了陈老师的好。啾啾刚进小学，一天放学时，红有事，让小燕去接，而小燕迟到了。我为此很担心，可是，啾啾回来，我看她没有丝毫惊慌或委屈的情绪。她告诉我，同学都被接走了，只剩下她，陈老师说特别喜欢她，如果还没有人接，就带她回老师的家。她还说，她觉得陈老师说话很有趣。于是我知道，这是一位喜欢孩子、善于和孩子交流的老师。也是刚开学，一天红去接时，陈老师谈对啾啾的印象，说她内向，头脑很清楚。于是我又知道，这位老师有一双知人的慧眼，善于迅速把握孩子的性格特征。

后来我见到陈老师了，一个爽快、率真、不乏幽默感的女子。我心想，一个本色的人，有人性，懂人性，所以一定懂孩子，懂教育。

啾啾经常说起学校里的好玩的事，其中往往有陈老师的影子。

语文课，课文上有"鸟语花香"一词，陈老师说，"鸟语"和"花香"是对应词，让同学举同类例子。啾啾两次举手发言，分别说的是水和火、大海和高山，得到了夸奖。最后，陈老师自己举对应词：小明对小华。这是班上最淘气男生和最淘气女生的名字，包括小明和小华在内，孩子们都开心地笑了。啾啾告诉我，对于班上的淘气学生，陈老师从不严词责备，常用这种半开玩笑的方式点拨，使他们既意识到自己的问题，又没有心理压力。

一个同学丢了十元钱。上课时，同学们七嘴八舌，有的说，偷东西是要判刑的，也许还判死刑或死缓，比如偷国家机密。陈老师说，关于这个问题，你们下了课再慢慢讨论吧。下课后，陈老师对啾啾说，你来破这个案吧。她这么说，是因为啾啾也丢过钱，而且自己破了案。那一次，啾啾看见同桌的淘气男生把两张十元送给另一个淘气男生，很像她放在书包小口袋里的那两张，回家后发现她的钱的确没有了。为了帮助那两个淘气男生，我们劝她报告陈老师，她鼓起勇气说了，陈老师把钱追了回来。啾啾平静地对我们议论道："这就是学校生活。"对于学生中偶发的"偷窃"现象，有的老师可能会大惊小怪，陈老师则从来淡化处理，她显然明白，小学生的"偷窃"常常只是淘气罢了。

语文期中测试，成绩普遍不好。按照惯例，学生必须把每次的测试卷子拿回家让家长签字，然后让老师检查。可是，这一次，陈老师向同学们宣布："这次成绩都比较低，你们回家让不让家长签字，就随便你们了。"她是多么理解孩子的心理，在小节问题上又是多么豁达和通融。课后，那个得了低分的同桌对啾啾说："幸亏有这个话，要不明天我该打着绷带来上学了。"

对于陈老师的通情达理,我有直接的感受。比如有一回,正逢期中考试,啾啾感冒了,时有低烧。她心重,执意要参加考试。我们十分犹豫,不想让她参加,但知道她是怕老师不高兴,在这种情况下,一般老师的确会要求孩子参加考试。和陈老师商量,她痛快地说,不是重要的考试,而啾啾学习很好,病好了补考吧。啾啾不负所望,补考得了满分。

我从啾啾身上看到,在她的班上,孩子们非常快乐。啾啾经常兴奋地向我报告,班上又要举办什么活动了,比如跳蚤市场、小超市之类。我知道,这是陈老师设计的模拟社会生活的游戏,让孩子们在其中学习相关知识。她的教学方式也相当活泼,她上语文课,课堂上总是欢声笑语。有一次,她主编了一本《二(5)班的书》,每个学生写一篇自由选题的作文,自己剪贴图画装饰,合订成册。然后,请每个家长在上面写感想。我写了我的真实感觉:"这是世界上最可爱的一本书。通过这本书,我认识了二(5)班每一个可爱的孩子,看到了他们眼中多姿多彩的世界,也看到了老师的爱心、教育艺术和独具匠心的想象力。"

啾啾内向,胆小,我曾担心她在课堂上会比较沉闷,但很快发现这是过虑。首先也得感谢陈老师,陈老师深知她的性格特点,总是悉心呵护她,鼓励她。

一年级,一天放学回到家,她很兴奋,一进门就说,今天受了七个表扬,因为发言积极而且讲得好。比如,一个同学做值日做得好，老师让大家发表看法，别的同学只说了谢谢，她说完谢谢，还说向那个同学学习。又比如，老师让大家对"行走"这个词谈想法，别人都说行走不是跑、不是跳之类，她说了要靠右行走，老师还让她表演怎样靠右行走。

二年级，一篇课文题为《难忘的一天》，写一个孩子冒着严寒去科技馆为"邓爷爷"演示，归途中觉得阳光特别温暖，天特别蓝。老师问：为什么会这样感觉？她举手回答：这是因为心情的原因。老师夸她把全班同学提升了好几级。

啾啾的作文经常得到陈老师的点评和表扬。我看过她对啾啾作文的批改，也在家长会上听过她点评学生的作文，一个突出的感觉是，她很重视文章有无真实感受和独立见解，这和我的写作理念完全一致。如果我是语文老师，我也会像她这样教。

啾啾告诉我，各门课的老师都喜欢向她提问。在老师们的鼓励下，胆小的她成了在课堂上积极发言的学生。孩子都是看重荣誉的，她的发言常常得到老师的称赞，这使她增添了自信心。她的学习成绩好，与老师们帮助她形成的这种好的心态是分不开的。

在小学的几年里，啾啾得到过不少荣誉，诸如十佳少先队员、区红领巾奖章、区三好学生之类，是一个几乎每种荣誉必得的人。我觉得最有意思的是，多数荣誉是通过全班同学评选和表决而授予的，而她经常得到的是最高票数。由此可知，同学们也是很喜欢她的。在人际交往上，她比较拘谨、被动，在人群里放不开，不会很快和人熟起来。不过，从幼儿园到小学，她都颇受孩子们拥护。如此看来，她的内向性格似乎并不成为沟通的障碍。

红感慨地说，我们小时候都不这样受同学拥戴。我读小学时好像什么荣誉也没有得到过，当时特别佩服班上的中队长，也是一个每种荣誉必得的女生。但是，事实证明，每种荣誉必得未必将来就优秀，因此我会做适当的提醒，让她不把这些荣誉看得太重。孩子得到荣誉总是喜悦的，不过，据我观察，她内心相当淡然，一般她不主动向我报告，往往是我问起了学校里有什么新闻，她才用平静的口气说出来，对此我甚感满意。

啾啾的小学时光是充实的，愉快的，为此我真心感激她的老师们。我知道，这并不容易，由于她性格内向，如果在学校里缺乏爱和阳光，她的小学时光很可能会是另一种情况。

在这所小学，校方鼓励老师们自由组合，进行课余文化活动，陈老师的那个小组命名为"雕刻时光"。有一年，在全组成员和我座谈之后，我给小组题词，写了一句话，表达了我对老师们的感谢和敬意："教师把孩子们的时光雕刻成成长的里程碑，把自己生命中的时光雕刻成爱的丰碑。"

第五卷

真爱如是

孩子一旦生了下来,想不爱他已为时过晚。

——爱比克泰特

了解自己孩子的父亲才是聪明的父亲。

——莎士比亚

慈父对儿女的爱是如此纯洁,不以占有为目的,除了爱本身,别无所求。

——笛卡尔

通过对孩子的爱,母亲爱她的丈夫,父亲爱他的妻子,双方都在孩子身上使各自的爱得以客观化。

——黑格尔

凡出于爱所做的,永远超越于善恶。

——尼采

我的孩子，让他们望着你的脸，因此能够知道一切事物的意义；让他们爱你，因此他们能够相爱。

——泰戈尔

　　尘世上那些爱我的人，用尽方法拉住我。你的爱就不是那样，你的爱比他们的伟大得多，你让我自由。

——泰戈尔

啾啾语录

　　妈妈是百合，我是黄玫瑰。爸爸是一棵苹果树，又大又高又粗，长满苹果，永远这样。

　　我长大了，不管长到多大，也还是要跟爸爸妈妈住在一起。有的小孩长大以后，就自己买个家了。我长大以后，就不买自己的家。

　　等到我长大了，爸爸妈妈老了，我带你们去商场买东西，对你们好。我长大了会是个小美人，小美人带着你们去买老人穿的好看的衣服，漂亮的鞋子，不给你们穿那种难看的黑鞋子。我还带你们去玩，冬天的时候，你们坐在冰橇的小板凳上，我划着走，特别好玩，你们会说：有啾啾这个女儿可真好呀！

你们死了，我不让火葬，让土葬。我把你们埋在一起，这样你们还可以相亲相爱。我死了也和你们埋在一起，还是你们的小贝贝，不过那时候我已经是九十九岁的老太太了。

笛卡尔按照强烈程度把爱分为三个等级，爱对方弱于爱自己是一般的喜爱，爱对方同于爱自己是友爱，爱对方强于爱自己是热爱。对应于这个划分，父母对孩子的爱无疑是最有把握归入最高等级的。尤其在孩子幼小时，父母对孩子的疼爱，孩子对父母的依恋，其强烈和纯粹真是无与伦比。

在第五卷里，我就要讲述我们和孩子之间的这种无与伦比的亲子之爱和天伦之乐。

然而，读者将会看到，我没有把这种爱理想化，确切地说，没有把它概念化。所谓女儿是父亲的前世情人，在我的书里找不到对这个伪命题的图解。我要告诉人们，现实生活中的亲子之情是千姿百态的，根本不存在一个统一的模式。我还要告诉人们，人间真实的天伦之乐不是仙境，不是童话，父女之间，母女之间，都会有许多喜剧性的小恩怨，而这本身就是天伦之乐的一个组成部分。随着孩子长大，甚至会发生严肃的交锋，在我看来，这恰恰赋予了亲子关系以一种质量和品格。只把纯情的场景剪辑出来，舍弃掉一切内涵更深刻的素材，拼成一幅唯美的亲子图，这样的事情我是不屑于做的，我相信聪明的读者也是不喜欢看到的。

事实上，在我们家里，若要说前世情人，妈妈更有资格如此自许。啾啾对妈妈真像对情人一样，百般依恋，情话连篇。同时，母女之间又如同情人之间那样，充满了小争吵和小恩怨。我倒是想让女儿也这样爱恋我，但实际上却常常像一个不受欢迎的第三者，被阻挡在她们的二人世界之外，只好用哲人的智慧自我劝解。好在为时不久，在她心理断奶之后，我的地位总算从第三者提升为三人世界的亲密一员了。我和啾啾的关系，大致经历了三个阶段，一开始是她的一个称职的大玩伴，然后是她眼中一个很会逗乐的憨豆先生，最后则逐渐成为一个可以在一起聊天和谈心的大朋友。随着她心智日益成熟，目光日趋敏锐，经常对我发表独立见解和尖锐批评，我还悄悄给自己安排了一个身份，就是做她的学生，虚心向她学习。

总之，我要告诉人们：真实的爱是这样的。多么纯粹和热烈的爱，只要是人间的真实的爱，就必然具有人间性，沾染了人间的烟火味。其实，不但亲子之爱，而且一切人间之爱，包括恋人的情爱，佳侣的恩爱，人间性都是必有的性质。如果罗密欧与朱丽叶真能喜结良缘，日久相伴，两人一定也会发生或大或小的摩擦。我们都生活在现象之中，都只能通过现象来体悟本质，没有人直接生活在爱的本质之中。如果有谁把自己的生活当作爱的本质展示给人们看，不用说，那肯定是在作秀，而且作得很不高明。

妈妈的味儿

在我们的家庭收藏中，有两件奇怪的棉织物，像纱网，又显然不是，我相信没有人能猜出它们的来历。那曾经是红睡觉时经常穿的衣服，两件印花的纯棉小布衫，但现在已经面目全非。从断了奶开始，啾啾就养成一个习惯，必须咬着妈妈的衣服才能入睡。渐渐地，她只认这两件衣服，如果妈妈睡时穿别的衣服，她一定会命令脱掉，换上这两件"睡觉衣服"，她称之为"能吃的"，大约因为质地软，或"干净的"，大约因为颜色淡。在被咬出了许多碎洞以后，她也知道不能穿了，不再坚持要妈妈穿，但每天睡前一定把它们抱在怀里，啃咬不止。天长日久，它们终于成了现在这个样子，与其说是衣服，不如说是两团棉纱了。我把这两团棉纱珍藏了起来，它们是一个幼儿的爱的创造，是最真实的艺术品。

在啾啾心目中，这两件小衫仿佛是她的圣物，别人不许碰的。有一回，她发现其中一件在我的床上，就一脸严肃，一把抓起来，朝她和妈妈的卧室走，一边说："拿回去。"我逗她："妈妈和睡衣，你喜欢哪一个？"她答："都喜欢。"我说："只能要一个。"她斩钉截铁地说："都要！"她还常跟这两件小衫交谈。一次妈妈出差,她手里捧着它们不停地说话,我听见她对一件说："你不好,你要找妈妈,打屁屁。"对另一件说："你好,你是乖宝贝,你不找妈妈。"她想妈妈想得厉害,在用这个方式劝告自己。

啾啾为什么喜欢妈妈的睡衣？她说因为"里面有妈妈的味儿"。她的确经常把它们捂在鼻子上使劲嗅,还经常在妈妈的脸上和身上嗅来嗅去。她告诉妈妈："我喜欢妈妈的味儿,有时候就存在鼻子里,过一会儿再呼出去。"妈妈什么味儿？她说像大苹果,又香又甜。她还这样唱赞歌："妈妈像一棵树一样香。"我开玩笑："妈妈抹香水了,你闻到的是香水的味儿。"她反驳："没有一种香水是妈妈味儿的。"

有一天早晨,她醒来,看见我枕着妈妈平时用的那个枕头,立即放声大哭。我莫明其妙,心中有气,故意不理她。她知道得罪了我,向妈妈解释道："我不让爸爸枕你的枕头,不是不爱他,我怕枕头有他的味儿,就闻不到你的味儿了。"原来如此！对妈妈的味儿竟然痴迷到了这般地步。

关于自己的这个癖好,啾啾还提出了理论根据呢。理论之一："我喜欢妈妈的味儿,妈妈喜欢我的味儿,因为每个人都要喜欢一个人的味儿的。"理论之二："对于我来说,妈妈是香的,因为我在妈妈肚子里就开始闻了。"倒还都能自圆其说。

我的理论要简单得多：感情是睡出来的。

自生下来，啾啾一直是和妈妈睡的。一开始，是为了哺乳方便。我们早给她准备了童床，但是，她睡童床，红夜里哺乳就必须起床，困得不行，于是没几天便把她转移到了大床上，我只好让位，睡到书房里，渐成定局。断奶之后，她仍要妈妈哄睡，红把她哄睡着，往往自己也睡着了，就这么稀里糊涂延续下来了。总之，女儿一生下来，我就重新变成了一个单身汉。

为了让红休息好，也为了让啾啾充分享受母爱，我倒是心甘情愿的。深夜，我结束工作，都到卧室看一下。在昏暗的灯光下，在一片静谧之中，看见女儿小小的手臂搂着妈妈的脖子，母女俩都在熟睡之中，我心中便感到一种满足。

啾啾更感到满足。她在被窝里搂着妈妈时，常常这样说："爸爸在工作，小燕在干活，宝贝和妈妈在享受。"

她可真会享受。临睡前，她必有三件事：喝牛奶，挠背背，吃睡觉衣服。不管身上痒不痒，挠背背决不能少。有一回，妈妈老是挠不到痒处，她就抱起一只绒毛兔，指着它背上相应的位置，妈妈终于挠对了地方。还有一回，她干脆吩咐妈妈："你把我背上全国各地都挠一下。"

孩子和谁睡，就与谁更亲。种瓜得瓜，妈妈付出最多，也理应得到最多。

人们常说，女儿是父亲的情人。至少在啾啾幼时，我们家的情况不是如此。相反，她堪称妈妈最热烈的情人，只要妈妈在家，她不思饮食，不睡午觉，身前身后紧紧跟随，还老要求和妈妈脸贴脸"亲热亲热"。妈妈说:"我们俩亲热的时候有点儿……"她立刻快乐地接上:"有点儿肉麻。"

妈妈出门,她真想念妈妈。一岁时,有一天,红回家晚,她已入睡。半夜,红突然有所感,回头看,啾啾在静静地抚弄她背后的衣服,心满意足地望着她,见妈妈察觉了,便甜蜜地一笑。另一天,红下班回来,她捂着肚子告诉妈妈:"我想妈妈,想得肚子疼了。"

二岁时,有一天,红躺在沙发上看书,她围着妈妈转。一会儿,她吃力地爬上一张椅子,从餐桌上拿到一杯剩茶,双手捧到妈妈面前,说:"妈妈渴了怎么办呀?喝点儿茶就好了。"红喝了一口冰凉的剩茶,她问:"好喝吧?"然后,把茶杯放回餐桌,接着又给妈妈端了一回,在付出这些辛苦之后,她道破真意,要求道:"妈妈亲一下宝贝。"

在家里玩捉迷藏游戏,她躲着,妈妈一走近,她就忍不住大声喊"妈妈"。在院子里玩老鹰捉小鸡游戏,妈妈当老鹰、她当小鸡时,妈妈还没有捉她,她就主动投进妈妈的怀抱。

从三岁开始,她上幼儿园了。每天保姆带她出门前,她一定要回卧室里跟妈妈亲热一番,才肯离开。倘若妈妈上班比她早走,她要求妈妈走前一定要跟她道别,她睡得再深,也必须叫醒她。有一回,妈妈不忍心叫醒她,她醒了,立即给妈妈打电话,责备妈妈不守约,妈妈保证明天改正,她恳求:"妈妈,你现在跟我说一声再见,行吗?"母女俩在电话里互相补了道别,她才心安。

她在家时，妈妈若外出，她总要跟随。有一回，我和红一起外出，红想让她和院子里一个小朋友玩，决定不带她，我们悄悄地走了。她发现后，打电话给妈妈，泣不成声，责备道："妈妈，你怎么能不跟我商量，不跟我说一声？"晚饭时，提起这件事，她捂着脸，眼泪又下来了。

有一天，红去上班，我们俩在家里。我忽然发现，她正捧着妈妈的照片在仔细看。她说她想妈妈了。那个像框一直放在书柜里的，她自己取了出来。那是红和我恋爱时的照片，我告诉她："那时候还没有你呢。"她说："我在妈妈的肚子里，妈妈正低头看我。"照片上的红的确是微低着头的。我问："妈妈现在在哪里？"她答："在上班。"马上又改口，说："在这里，在我的心里。"

妈妈必须上班，这始终是啾啾的最大遗憾，以至于她在三岁时说出了一句马尔克斯式的箴言："我要两个妈妈，一个在家里陪我玩，一个去上班。"马尔克斯小说中的一个人物也如是说："一个男人需要两个妻子，一个用来爱，另一个用来钉扣子。"

情话连篇

啾啾真是爱妈妈，每天不知要向妈妈说多少情话，发多少爱誓。

她依在妈妈怀里，说："我们两个都是妈妈，因为我是宝贝，你也是宝贝。"

她说："妈妈，我好爱你，因为你生出来一个我。"

她和妈妈亲热得不得了，于是有点遗憾似的说："女的和女的不能结婚。"我说："那你就和爸爸结吧。"她答："不行，我跟大哥哥结，那时候我变成大姐姐了。"

看见妈妈坐在沙发上发愣，她问："妈妈，你怎么了？"妈妈说没事，她说："妈妈，你过来，我告诉你一件事情。"妈妈凑近她，她大声说："妈妈，我特别喜欢你。"

妈妈感冒了，她也感冒了，妈妈比她严重。晚上，她俩同屋分床睡，妈妈唱歌为她催眠。她仍想睡到妈妈的床上去，妈妈说不行，她表示理解，说："妈妈传给我，我感冒也和妈妈一样严重了。"接着拿我开玩笑说："我们和爸爸睡在一起吧，妈妈把感冒传给爸爸，我也把感冒传给爸爸，爸爸感冒了,我们感冒就好了。"看妈妈弯曲着两腿,她赞美说:"妈妈这样把腿弯着好可爱。"又说:"我和妈妈离得远,妈妈唱歌更好听了。"她在安慰生病的妈妈,顺便把我揶揄一下。(以上2岁)

她说:"我跟妈妈最亲,亲得不留一条缝。"言毕,紧紧搂住妈妈的脖子,脸儿相贴,立即实现这个美好境界。

她说:"我喜欢妈妈都喜欢到天上去了。"觉得不过瘾,加上一句:"我爱妈妈一百。一百是什么呀?就是最多!"(以上3岁)

早晨,她躺在床上,小嘴说个不停:"妈妈,我们两个爱、爱、爱!""妈妈,我爱你爱死了,爱得都站在心和花里面了。"心和花是什么?妈妈猜是经常用来象征爱情的尖心和玫瑰花图案。

她深情地看着妈妈,说:"要是我能和你结婚就好了。"妈妈说:"哪有宝贝和妈妈结婚的?"她说:"我知道不能。可是,要是能,我们两个会多高兴。"我在旁听了,心想:真是一厢情愿。

妈妈问她:"你为什么喜欢爸爸?"她答:"爸爸老逗我玩。"问:"如果他不逗呢?"答:"他已经逗了。"妈妈不得不提供"正确"答案:"因为他是你爸爸呀。"她说:"我知道!"妈妈又问:"你为什么喜欢妈妈?"答:"因为你香。"问:"如果不香呢?"答:"因为你温柔。"问:"如果不温柔呢?"答:"因为你是我妈妈。"问:"如果不是你妈妈呢?"答:"你永远会是我妈妈的。"(以上4岁)

晚上临睡前,她对妈妈说:"我学好了钢琴,挑一首你最喜欢的曲子,每天都弹给你听。这是最温柔的一部分。"妈妈问:"是曲子温柔吗?"她答:"不是,是这件事温柔。"

她告诉妈妈,幼儿园里整托的小朋友,他们的妈妈来接的时候,他们都特别高兴。妈妈说,那是因为他们好几天没见到妈妈了,问她:"你也整托好不好?"她回答:"把我整托到你的肚子里去吧!"

妈妈讲故事,她喜欢听,感激地说:"有你当我的妈妈,我真幸运呀!"(以上5岁)

啾啾四岁,和妈妈玩谁先到终点的棋。第一盘她领先,她说:"妈妈,要是你在前面,我也会高兴的。我不想你输。"她赢了,的确丝毫没有喜形于色。第二盘妈妈领先,她担心地问:"妈妈,如果你赢了,也不会太高兴吧?"妈妈不置可否,先到了终点,发出一声欢呼。

她平静地看着妈妈,问:"妈妈,你不高兴吧?"

答:"我赢了,挺高兴的呀。"

问:"我输了,你是不是也有一点儿不高兴?"

妈妈一愣,没想到问题的性质这么严重,想了想,说:"我高兴我赢的那一部分,不高兴你输的那一部分。"

她不说话了。在下棋的过程中,她的心情是矛盾的,作为竞争对手,她想赢,因为爱妈妈,又不想妈妈输。她想知道妈妈是否也是这样的心情,实质上是想知道妈妈是否也像她爱妈妈那样爱她,棋盘上的博弈同时成了爱的考验。

听了红的叙述，我感到心疼。女孩在感情上太细腻了，也许就会脆弱，即此而言，妈妈的粗放对于她倒是一帖良药。

啾啾是铁杆妈妈派，永远坚定不移地捍卫妈妈。哪怕我是为了她而批评妈妈，她也必定会站在妈妈一边予以无情的反击。

我假装打妈妈，妈妈假装哭，她立即扑向妈妈，放声大哭起来。一会儿，妈妈假装打我，在我掩面假哭了好几声之后，她也哭了，但没有向我扑来，而是更朝妈妈怀里钻了。（0岁）

电视里在唱"天下的妈妈都是一样的"，她生气地反驳："不，不一样的！"（1岁）

她坐在地上，扳着自己的脚趾，说大脚趾是妈妈，中间那个是爸爸，小脚趾是宝贝。我逗她，亲了亲中间的和小的，假装打大脚趾。她立刻喊道："不许打妈妈！"

去上班前，红和她开玩笑："看住爸爸，不要让爸爸找新妈妈。"她答应了。我想考考她是不是真明白，就说："我们找一个新妈妈。"她用喊声抗议。我问："那宝贝没有妈妈了怎么办？"她真生气了，指着红喊："妈妈还要回来的！"

红开玩笑说给她找一个新妈妈，她反对，拍着红的身体，一字一字地说："就是要这个旧的妈妈。"

她在吃肓青肠时把口腔咬伤了，哭了起来。红安慰她说，妈妈以前也咬伤过。她听了立刻暂停哭泣，问："爸爸心疼你了吗？"（以上2岁）

红开空调，总也开不成，我一下子就开成了，嘲笑红是笨蛋。话音刚落，只听见她脱口而出："你才是笨蛋呢！"

红假装对她生气，说："我不给你当妈妈了，你让爸爸再给你找一个妈妈吧。"我问她："我再找一个妈妈，行吗？"她正色道："每个人都只有一个，一个孩子，一个老婆。"

她和妈妈亲昵，我假装羡慕地说："我也想当妈妈。"她反驳："当男的以后就当不了妈妈了。"

红坐在沙发上，我累了，把头枕在红的腿上小憩。这时小燕喊开饭了，红问她："爸爸把头枕在我腿上，我动不了，怎么办？"她命令我："爸爸，你快起来，妈妈不能吃饭了。"我开玩笑："让妈妈的腿留在这儿，嘴巴去吃饭吧。"她大声说："妈妈的脖子没有那么长！"

她抱着妈妈的睡衣，说："又臭又香。"我说："对，妈妈穿过，所以臭，宝贝咬过，所以香。"她立即反驳："不是，宝贝咬过，所以臭，妈妈穿过，所以香。"（3岁）

我和她逗着玩，也许我说了妈妈该打之类的话，她立即露出不快的表情，接着对我说了以下的话："我生气了，生打我妈妈的人的气——假装有人打——可是我真的想我的妈妈不要挨打。"表达之准确、完整、有分寸，我不由得暗暗叫绝。

我把她抱在怀里，假装哄她睡觉，一边对红说："宝贝睡着了，妈妈快铺床。"红知道是假装的，仍配合我的玩笑，动手铺床。这时候，我怀里的啾啾已是泪光闪闪。妈妈问她怎么回事，她只是哭。我猜："是不是妈妈太笨了？"她摇头，哽咽着说："不能骗妈妈。"

红说小时候的事。有一天,她路过村里一个人家,看见那家的一只母鸡刚生下一只蛋,便把蛋捡起来,磕碎后倒进嘴里吃了。当天晚上,她已经睡了,她父亲把她从被窝里拉出来打了两巴掌。这是她小时候挨过的唯一的一回打。啾啾听了,拉着妈妈的胳膊,把脸贴在上面,又要掉泪。红问怎么了,她说:"不能打妈妈。"

红提起去年住郊区住宅时,她两次摔跤,一次小燕带她,一次红自己带她。她马上表示:小燕带她是在外面,和她在一起,所以要怪;妈妈带她是在家里,妈妈在阳台上,看不见她,所以不能怪。说到这里,她激动起来,哭了,说:"不怪妈妈,真的不怪妈妈。"

我为一件什么事奚落红,她立刻说:"妈妈这样真可爱。"接着说:"爸爸要这样就太可笑了。"(以上4岁)

啾啾对妈妈如此多情,我羡慕,但不嫉妒。由于母亲的孕育和哺养,孩子来到人世后的第一个爱恋对象是母亲,这理所当然。看到一个幼儿这么爱一个人,而且能这么动人地示爱,我觉得赏心悦目。我相信,这表明她懂得感恩。懂得感恩非常重要,它是爱心的开端和基础。一个孩子倘若只是受到宠爱而不知感恩,将来的发展就十分可怕了。

母女小恩怨

如同热恋的情人一样，在幼儿对妈妈的爱之中，也有一种强烈的占有欲。这种占有欲，由于根源于生物学上的依赖性，甚至比热恋的情人更强烈。

啾啾爱妈妈，和妈妈亲昵得无以复加，常常黏在妈妈身上，不让离开一步。只要妈妈在家，她就缠住不放，拒斥保姆，要求妈妈亲自伺弄每一件事，包括吃饭、洗漱、大小便等。倘若妈妈顾不上或不耐烦，她会哭闹乃至发脾气。这种情况较多发生在二岁上下，生病时或闹觉时尤甚。

啾啾闹觉的时候，一定只要妈妈，不许别人包括爸爸在场。为了缠住妈妈，她一会儿屎一会儿尿，其实并不真想拉。有一回，她这么闹着，发起脾气来，把手里的果冻和匙子狠狠扔在地上。我悄悄对红说："这种情况，你要批评她。"红便问："宝贝错了没有？"答："错了。"红又问："以后还这样吗？"答："不这样了。"可是，一边说，一边望着妈妈窃笑。我对红说："才一岁多，连假检讨也学会了。"

人容易在最爱的人面前任性，孩子何尝不是如此。妈妈不在场的情形下,她总是好好的,极少无理取闹。有时候,她刚和妈妈闹过,妈妈一走,她立刻又好好的了,甚至没心没肺地唱起歌来。

因此,对于红来说,虽然啾啾的爱给她带来的主要是甜蜜和感动,但有时也会是一种折磨。于是,母女之间不免会发生一些争吵。

二岁时,有一回,妈妈累极而生气了,训斥说:"你是坏宝贝,不心疼妈妈,妈妈也要当坏妈妈,不管你了!"她听了大哭,连连喊"好妈妈"。妈妈问:"那你是不是好宝贝?"她激烈地回答:"不是,我是坏宝贝!"妈妈说:"你是坏宝贝,妈妈就要当坏妈妈!"她哭喊:"坏妈妈你走!"妈妈说:"我不走,这是我的家!"她说:"这不是你的家,妈妈的家在丹江口,这是我的家!"

后来,母女俩已经和解。可是,提起旧事,她看妈妈的眼光里又有了怨。她扑进我怀里,喊好爸爸。妈妈要抱她,她不让。

"你不是我的好朋友吗?"妈妈问。

"不是。"

"但我是你的好朋友。"

"也不是。"

"那好,我不和你玩了,你玩你的,我玩我的。"

这时她不想太闹僵了,就笑着说:"我玩你的,你玩我的。"她用这种句式伸出了橄榄枝,着实令我吃惊。

然而，和妈妈吵架的事仍是她心中的阴影，使她心烦。在电梯里，她一反常态，不理睬电梯工，并与之顶嘴。晚上，看光盘，一只小啄木鸟找妈妈，她看着看着眼睛红了，接着大哭起来，喊着妈妈，扑进妈妈怀里。后来她又看电视，我要坐她旁边的小凳，她不让，立刻要妈妈坐。我知道，她是热切地要向妈妈表示爱意。临睡前，她搂着妈妈，急切地问："妈妈，我爱你，你爱我吗？"每当妈妈对她生过气以后，她总这样问妈妈，急于要证实妈妈没有变心。

啾啾并不固执，她是善于和解的。

也是二岁时，有一天，她缠着妈妈，不让妈妈去上班，妈妈无奈只好带她一起去，但挺生气。到了单位，她又吵着要回家，妈妈更生气了，训斥了她，然后拨通我的电话，把话筒递给她，我听到的是她的放声大哭，喊道："我要找爸爸！"我劝红耐心些，她肯定是感到无聊了，抱她上外面走走就会好的。

第二天，妈妈参加单位的一个联欢，要带她去，刚出门，她自己说："我不去上班了。"妈妈问："妈妈自己去，行吗？"她答应。果然，她痛快地回来了，而且整天都非常乖。当然，她回忆起了昨天跟妈妈去上班的没意思，但一定也多少感觉到了她的纠缠给妈妈造成的烦恼，隐约有了改变的决心。

红记录了啾啾三岁时母女俩的一次争吵。

"宝贝,听说你自己会叠被子了,是吗?"

"是呀。"

"明天你起床后自己叠被子,好不好?"

"不行,叠被子有点儿累。"

"你在幼儿园里怎么不怕累?"

"我在家里有点儿赖皮。"

"什么家务都让妈妈做,妈妈累死了。你也应该做一点儿家务了。"

"我太小了,做不了。"

"你不做,我也不做了。"

"不行,你要做家务。"

"我不做,让家里变成垃圾场吧。"

她生气地瞪着妈妈,厉声说:"我把你赶出去!"

妈妈拿起一个橘子,边剥边说:"做完家务吃橘子,真好吃呀。"

她也拿起一个橘子,说:"我不做家务,吃橘子也好吃。"

妈妈说:"做了家务,肚子里的东西消化了,嘴又渴,吃橘子正好。"

她继续顶嘴:"我不做家务,吃橘子也正好。"

她不理睬妈妈了。过一会儿,她试探地问:"妈妈,我们跟以前一样,是假吵架,不是真生气吧?"妈妈立刻表示同意,把她搂进了怀里。

啾啾爱妈妈,缠妈妈,唯其如此,受了妈妈的严厉对待,她就感到格外委屈和伤心。

一天晚上,她十分烦躁,不断大喊大叫,为此红严厉地训斥了她。平息以后,红扑在床上,一动不动,半真半假地表示难过。她便去抚摩妈妈,亲吻妈妈,但妈妈毫无反应。她努力了很久,总不见效,便坐到床头,吩咐我:"你去安慰安慰她。"那口气是老练而沉静的,像是从一个成年人口中说出,我不由得笑了。

可是,深夜十二时四十分,我在书房里,忽然听见她在外屋放声大哭,赶紧出去,只见她扒在她的那张小桌上,哭得那么伤心。看见我,她大叫:"爸爸走,回书房去!"她不让任何人靠近,红试图抱她,她不停地喊:"妈妈上一边去!"哭了很久,红竟担心她神经出问题了。最后,红一再温言细语唤她,她终于让抱了。

她的这种表现是前所未有的。听红说,起因是一件不顺心的小事。我分析,原因是综合的,疲劳,困倦,幼儿园生活造成的焦虑,而最主要的是红训斥她留下的委屈,郁结在心,终于爆发了。

在和妈妈发生冲突时,尤其在遭到妈妈严厉对待时,她常常会投向我的怀抱,或者接受小燕的照料。

三岁时,有一晚,红腰疼,她仍缠妈妈。我严厉地向她宣布,妈妈被她累病了,从现在开始,小燕照顾她,不许再缠妈妈。她听了大哭。红痛苦地喊道:"我为什么要当妈妈,我不当妈妈多好!"然后下令:"让她一个人在屋里,谁也不

417

要理她！"说毕冲出卧室，让我们也离开，并把门关上。我于心不忍，把门推开，发现她安静了下来，眼睛盯着屋外。一会儿，她低声唤小燕，小燕进去后，她很快睡着了。

还有一天，下午，红去幼儿园接她的归途中，母女俩已经吵过嘴，起因是她怪红听错了她说的一句话，红坚持说没有听错，她生气地说妈妈耳朵坏了，她不要这个耳朵坏了的人当妈妈了。晚上，红和她躺在床上看书讲故事，说了一句"该睡觉了"，因为有下午的积怨，她立刻大哭起来，喊道："我不喜欢妈妈了，我喜欢爸爸！"我闻声走进卧室，红向我控诉道："躺了一个半小时还没有睡着！我就不要工作了？"我赶紧劝解说："有时候很快就睡着了，有时候老也睡不着，这很正常。妈妈去工作吧，爸爸来陪宝贝。"她一听，止哭了，振振有词地说："有时候睡着了，有时候睡不着，爸爸你也是这样的吧？妈妈也是这样的。"母女俩吵翻的结果是，我和她玩了两个小时，使她破涕为笑，度过了一个愉快的夜晚。

啾啾快二岁时，红去上海出差，她第一次离开妈妈，人人都担心她会哭闹不止。没想到的是，一切顺当，保姆陪她睡，夜里一声也没有哭。她当然是想妈妈的，但至少还能够忍。红知道后，在电话里攻击说："她是一个现实主义者。"然而，当她知道这是妈妈来电话时，再忍不住了，伤心地抽泣起来。红在那边说："妈妈给宝贝买了新衣服。"她哭着说："不要。要妈妈。"

接着有一次，红去郊区开会，夜里不回来，她也是一点儿没闹,还亲昵地喊小燕为"姐姐妈妈",让小燕把她哄睡了。

红说她是一个现实主义者,此话不错。欣欣说过嘟儿小时候的一件事,在超市,嘟儿坐在购物车里,一个朋友推着车,爸爸妈妈离开了一会儿,嘟儿立刻开始夸那个伯伯最漂亮。所有的孩子都是现实主义者,不会让自己长久处在孤独无援的沙漠上,得不到心目中的琼浆玉液,就一定会退而求其次,接受眼前的一杯水,当最依恋的那个人不在场的时候,就一定会转而依恋另一个在场的人。不要以为孩子离不了谁,没有这回事,这也是对的,寻求安全和保护是孩子的一种生存能力。

红不常出差,因此啾啾反而不易适应,对于她来说,妈妈每次出差都是大事。不过,她总是尽量克制自己。四岁时,一次红出差,她很想妈妈,但只表现为坚持把妈妈回来的日期算错,朝前挪一天。她知道妈妈出差三天,便认为应该是第三天回来,我向她解释,出差三天就是第四天回来,她拒不接受。红回来前一天半夜,她醒了一小会儿。我听见她出声一笑,问她笑什么,她说:"我还以为今天就是明天呢。"我说:"你再睡,醒来就是明天了。"她说:"我是睡觉前以为的。"我由此知道,这三天里,她一直在心中计算着日期,她就这样非常克制地想念着妈妈。

直到七岁时,她仍依恋妈妈,逢妈妈出差,则努力让自己理智地对待。一次,红出差,当天晚上来电话,两人在电话里缠绵良久。放下电话,她趴在沙发上,面对窗外,半响不动。我走过去看,已是满面泪水。她无心再盥洗了,我照顾她上床。她终于说话了:"我已经忘记了,妈妈为什么要给我打电话……"说着哭了起来。我说:"以后不让妈妈出差了,好吗?"她摇头。我又说:"跟妈妈说,让她别打电话来了,你想她,你给她打,好吗?"她点头。此后,白天她给妈妈打一个电话,晚上妈妈不来电话,她为此感到满意,说:"今天妈妈没有刺激我。"

有一段时间,啾啾不好好吃饭,一到该吃饭的时候,便要求喝奶,而喝了奶就再吃不下饭了。妈妈决心改变她的这个习惯,只允许临睡前喝一次奶,母女俩常为此进行较量。

一天晚饭时,她勉强吃了几口饭,又提出要喝奶,妈妈坚持不答应,她便靠到床上,咬牙切齿地说:"你不让我喝奶,我就用饭把我自己噎死!"我们闻言皆惊愕,用自残作威胁手段,居然是一种本能。我逗她:"你告诉爸爸,怎么样用饭把自己噎死?我也想学一学。"她指着喉咙说:"饭不嚼,放在这里。"她把小嘴使劲儿吧嗒了几下,我们都笑了。

因为她不好好吃饭,妈妈没有少斥责她。在多数情况下,她似乎自知理亏,几乎忍气吞声。有一回,妈妈喂她,她不吃,妈妈生气了,大声说:"看你黄皮寡瘦的,成什么样了,还不好好吃!"她听了一脸沮丧,但只是耳语似的轻声问道:"你说话怎么这么难听?"妈妈命令:"谁也不许喂她,饿她两天!"她噙泪走进卧室,倚在床上,自语道:"我不要这么厉害的妈妈。"

过一会儿，又是她主动和解。她走出卧室，对妈妈说："妈妈，你过来，我有事。"妈妈走近她，她对着妈妈的耳朵一字一字地说："妈妈，我爱你。"当然，妈妈的气立刻消了。

我常常作为一个旁观者观察母女之间的恩怨，觉得十分有趣。

啾啾上幼儿园之后，每天早晨，常常是和妈妈一同出门，小燕送她上幼儿园，妈妈则去上班。有一天，红要去办别的事，不上班，不想早起，仍躺在床上。啾啾已经穿好衣服了，看妈妈这样，就又回到床上，并且脱掉了衣服，要再跟妈妈一同起床。红只好赶紧起床。早饭后，她又把妈妈拉出家门，要和妈妈一同下楼。红尚未吃早饭，但只好陪她下楼，看着小燕骑自行车带她离去，再返身上楼。小燕回来后告诉红，在路上，啾啾如是说："我去上幼儿园，妈妈去上班，这还差不多。"

我给红分析：啾啾是要求你绝对忠诚，如果她上幼儿园，你却在家里，这无疑是背叛行为，所以她不能容忍。

在一般情况下，是小燕陪啾啾去户外玩。有一天，红在家，她便不肯让小燕陪，一定要妈妈陪。小燕说："不放过妈妈呀。"她跟着说："我放不过妈妈。"立即纠正："我是离不开妈妈。"红想在家里写点东西，抱怨又没有时间了，她理直气壮地指出："家里有一个小宝贝就是这样的！"

我比较认可这个论点。当然，红要上班，在下班后和休息日又常常被孩子缠住，的确太累，付出甚多。有的人家一开始就把孩子完全交给保姆带，包括夜里和保姆睡，孩子就不会这样缠妈妈了。但是，与此相应，也不会和妈妈这么亲了。在我看来，那样做，失远远大于得。一切音乐中都必定有不和谐音，爱的音乐也是如此。而且，正如啾啾所说，家里有小宝贝才是这样的。由此推论，小宝贝长大了就不这样了。事实也是如此，啾啾最磨人的时间集中在二岁上下，此后就越来越懂事了。

小冤家

啾啾纠缠妈妈的另一面，便是对我的排斥。所以，我还有我的委屈呢。

这种情况主要发生在临睡前，这时我如果出现，她一定会嚷嚷："爸爸走，不要爸爸！"有一晚，她又这么嚷嚷，我问她，今天是谁把啾啾拉臭臭，抱啾啾过马路，给啾啾买奶片的，回答都是妈妈，而事实上都是我。我笑了，说："宝贝睁着眼说瞎话，真能够当政客了。"

她更不允许我睡在她们的床上。有时候，她会来软的，比如劝诱我说："爸爸去小床睡，多好看呀，好多好多蓝格子。"她是在描绘我书房里小床的床单。倘若我撒赖，故意躺着不走，她必定不客气地下逐客令。

不过，啾啾绝非无情之人，在得罪我之后，她会适时地给我一点安慰。红从上海出差回来的那天晚上，她守着妈妈，不准别人进卧室。我走进去，她竟然赶我去上海出差，嚷道："爸爸走，爸爸去上海！"次日早晨，她醒来后发现我在床上，又赶我走。我不理她，背对着她继续睡。在半睡眠中，我感觉到她用小手抚摩我，还听见她轻声喊"好爸爸"。我醒了，她躺在那里，一边和妈妈玩，一边把脚丫伸到我脸上，不停地蹬我。我知道，她这是在讨好我，表示和解。我说："啾啾脚丫真臭。"她说："不臭，洗干净了。"我拿起她的小脚丫闻闻，说："真的不臭。"也表示了和解。

我也有小心眼儿真生气的时候。有一晚，全家在郊区住宅，我因为前一天通宵写作而特别疲劳，准备睡觉时又发现小卧室床上的被子太薄，便想去大卧室里睡。她看见我，立即叫起来："我困，爸爸走！"我说："好，我走，我回城里。"便向红要汽车钥匙。她真急了，朝我的背影喊："你会撞车的！"我说："没关系。"她哭了，委屈地说："我爱你的，我太困了。"我赶紧说："爸爸不走，宝贝晚安。"

有一回，我们俩单独相处，趁她和我玩得高兴，我教导她说："啾啾什么都好，就有一点不好。"听我这么说，她马上注意地望着我。我接着说："就是爸爸要和宝贝一起睡觉，宝贝总是不让。"她抱歉地笑一笑。我再接着问："以后让不让？"她答："妈妈上班去了，爸爸和我睡。"我说："晚上妈妈不上班，爸爸要和宝贝、妈妈一起睡，宝贝也让。"她毫不犹豫地说："不。"她和妈妈睡觉不许第三者插足，这是她的坚定原则，毫不含糊。我说给红听，红评论："滴水不漏。"

啾啾闹觉的时候，我慎言慎行，有时仍不免成为替罪羊。

她二岁时，一天傍晚，我们郊游回来，她因为困倦而显得烦躁，我想出各种花样和她玩，她的高兴都很短暂。在饭桌上,她坐在我对面,跟我说了一句什么话,我没有听懂,她愤怒极了,盯着我,简直是声嘶力竭地把那句话又喊了一遍,但我仍没有听懂。一般当我们听不懂她的话时,她都很着急,但很少见她这样生气。妈妈赶紧来圆场。她仍盯着我,说:"爸爸不喜欢宝贝。"我说:"爸爸喜欢宝贝。"她无情地重复:"爸爸不喜欢宝贝。"我问:"宝贝喜欢不喜欢爸爸?"答:"不喜欢。"我说:"宝贝不喜欢爸爸,所以不让爸爸喜欢宝贝,是这样吗?"回答是斩钉截铁的"是"。

晚饭后,她的困劲过去了。我在和红说,我的腿上被蚊子叮了三个包,红说抹点花露水吧,我们不经意地说着,没想到她听在耳里,记在心里。一会儿,她走进书房,问我:"爸爸,宝贝给你抹,好吧?"我赶紧说好,知道她是在为刚才的发脾气表示歉意。我试探地问她:"宝贝对爸爸发脾气,爸爸还喜欢宝贝吗?"她不答,只是摇头又点头。我问:"不喜欢?"她否认。我又问:"喜欢?"她仍否认。我追问:"到底喜欢还是不喜欢?"她开口了:"又喜欢又不喜欢。"我惊奇她的这个表达,如此准确地捉摸到了我在这种情境中会有的复杂情绪。

她三岁时,有一天,也是外出,回家途中,红开车,我抱着她,她一直不说话。我问:"宝贝困了吧?"她说:"没有困。"我问:"累了?"她说:"是你弄累的。"我表示不懂,她生气地重复:"是你把我弄累的!"我想平息她的无名火,指给她看路旁草地上的射灯,说:"你看,那些灯把树照亮了。"她立即反驳:"不是树,是草。"我说:"对,是草,但

425

草后面有许多树,也照亮了。"她又反驳:"那不是树,是大草。"她进入了反对我的情绪中,显得坚决而不讲理。到家后,她不小心咬了舌头,哭起来,我说了一句安慰的话,她立刻大喊:"不是,是爸爸弄的!"对我怒目而视。红评论道:"啾啾每次睡觉前都要把老爸教训一顿。"她的确困了,红把她哄上床,她很快就睡着了。

夜晚,看着她睡梦中光洁恬静的小脸蛋,我对红说:"小宝贝在我身上不知制造了多少冤案,她长大了,我得让她平反。"

啾啾对我的态度十分微妙。妈妈不在场,她跟我亲得很,玩得特别高兴。妈妈在场,她却明显地厚此薄彼,亲疏有别,对我保持一个距离。

妈妈变成哑巴了,她凑近妈妈的脸蛋,在两颊、额头、嘴唇上各吻了一下,然后喊"妈妈",妈妈响亮地答应,哑巴被治好了。这是她和妈妈常玩的游戏。我也变成哑巴了,可是,当着妈妈的面,她就是不吻我,只是用手触我,或隔着距离做亲吻状。当然,这样是治不好的,她怎么喊"爸爸",我也只动一动嘴唇,发不出声音。她一直追着我,继续那不得法和不见效的治疗。突然,她打了一个喷嚏,我不由自主地喊了一声"啊呀",我的哑巴不治而愈了。

她喜欢钻妈妈的裤裆。我站到妈妈前面,也叉开腿,她硬是不钻,从旁边挤出来。她的解释是:"我喜欢闻妈妈的味儿。"后来,她来找我玩,我提条件,要她答应钻我的裤裆,她想了想，说："行，捂着鼻子。"

她亲吻妈妈，不亲我。我亲她，逗她说："我要把你亲妈妈的亲回来。"她说："亲不回来了，已经亲到脑子里去了。"我对红说："这可是哲学。"她听见了，嘲笑说："爸爸是哲学家，怎么都不知道亲到脑子里去了？"

红问她："郭红是不是一个好妈妈？"她用温柔的声调回答："是呀。"我接着问："周国平是不是一个好爸爸？"她回答："好像。"我追问："好像什么？是好还是不好？"她大声说："好像就是好像，不是别的！"

一天晚上，临睡前，她坐在被窝里，给妈妈画了一张画，画上是她和妈妈两人。画上的妈妈，穿一件宽松的毛衣，前襟缀着一朵硕大的郁金香花。这是妈妈结婚穿的衣服，她特别喜欢。

这张画画得很生动，我看了羡慕，请她也给我画一张。

她说："不行，我累了，要睡了。"

我说："那就明天画吧。"

她又拒绝："明天我要上幼儿园。"

我说："那后天吧。"

她说："后天我也要上幼儿园。"

我说："那就星期六吧。"

她说："到时候我会忘的。"

我说："没关系，到时候我提醒你。"

她说："我不是说忘了画，是说忘了怎么画。"

我承认她说得对，画画是需要灵感的嘛，只好放弃。

在啾啾面前，我若要争一个和妈妈同等的地位，真是难于上青天。

夜晚，她已上床，我走进卧室，她立刻表示不欢迎，说："我要睡觉了。"然后宣布："我第一喜欢妈妈。"我问："第二呢？"她说："第二喜欢小羊，第三喜欢小兔，第四喜欢史努比，第五喜欢爸爸。"小羊、小兔、史努比都是她喜欢的绒毛玩具。唉，只轮到一个第五。我假装生气，转身就走。她喊："爸爸，你看我。"我说："我不是你爸爸。"她改口："叔叔，你看我。"我一看，她在对我笑，然后用安慰的口气说："妈妈第一，小羊第二，你第三，这样可以了吧。"妈妈属羊，所以小羊的地位也不能动摇。我只好接受，说："比第五好多啦。"

我光着膀子，她用手指抠我的背，痒痒的。我怂恿她去抠正在看电视的妈妈，她拒绝，说："我爱妈妈。"我问："那你是不爱爸爸了？"她说："我爱妈妈一百，所以一下也不抠，爱你九十九，所以要抠一下。"我要求："你把爱我九十九改成爱我一百吧。"她严肃地说："不能，爱你只能九十九，祝你平安可以一百。"然后，像哄小孩似的说："别吵了，你们都很多了。"想了想，问我："你的电脑里不是有'爸爸'的、'妈妈'的、'宝贝'的、'大家'的吗？"我明白她是指开机时屏幕上的用户选择，但不知道她为什么说起这个。她接着说："在'大家'的里面，我是爱妈妈第一，爱你第二。"我问："在'妈妈'的里面呢？"她答："是爱妈妈一百。"我说："那么，在'爸爸'的里面，你应该是爱我一百了。"她否认，说："是爱你九十九还多。"我说："不行，在'爸爸'的里面，你得爱爸爸一百才行。"她不同意。我问："是不是爱妈妈必须比爱爸爸多一点，但爱妈妈一百已经到顶了，不能再多了？"她说："还有一万呢。"说到这里，她有了主意，说："这样吧，爱你一百，爱妈妈二百。"我妥协了，说："好吧，爱我一百就行，我就不去管你爱别人是多少了。"

当啾啾对我排斥得厉害的时候，我心中难免也会有一点儿酸溜溜。有一回，我忍不住说："你真是我的小冤家。"她立即抗议："我不是小冤家，我是小心肝！"她哪里知道，如果不是小心肝，还成不了小冤家呢。

我心中清楚，她当然是爱我的，只是爱的方式有所不同。她和妈妈是情人，和我是哥们儿。在她面前，我和妈妈发挥不同的作用，扮演不同的角色，各得其所。

小棉袄穿上了

对于啾啾来说，爸爸的书房是一个有特殊吸引力的地方。因为妈妈一再叮嘱，她知道不能打扰爸爸工作，这是一个禁区。可是，她多么想和爸爸玩啊，又常常忍不住要进去。书房和客厅紧连着，她在客厅里玩，虽然书房的门关着，她仍随时听得见里面的动静。一个二岁上下的幼儿，要有自制力抵御近在咫尺的诱惑，谈何容易。

每当开饭的时候，都是她来叫我，这时可以合法地进书房，这个权利非她莫属。她会关切地呼唤："爸爸吃饭，一会儿菜凉了。"倘若我仍不放下工作，她就拉着我的手说："爸爸一起走。"妈妈削了水果，也总是她自告奋勇给我送来。她很细心，每次离开时都不忘叮嘱："爸爸关门。"一开始，她曾试图自己把门合上，但她太小了，够不着门的把手，使不上力，只好叮嘱我关。

其余的时间，她尽量克制自己。实在克制不住了，她把书房的门推开，两只小脚丫站在门外，眼巴巴地朝里望，硬是不让小脚丫越界。不过，如果想出了一个理由，她会径直走进来。妈妈说过没事不要找爸爸，有事当然另当别论了。

她吃枣。我曾叮嘱她，有的枣坏了，宝贝不要吃。她推门进书房，递给我一颗枣，说："这是坏的。"我一看，果然，枣上有一小块塌陷。我收下了，夸她是乖孩子，她一脸乖样，自觉地离开了。一会儿，这个乖孩子又推门进来，送上了另一颗坏枣。

她走进书房，对我说："有事。"问我："那个小轱辘的青蛙怎么没有了，在哪儿呀？"指着墙壁说："墙上没有，你看，是空的。"她说的是一个玩具，我带她到厅里找到了，她却并无兴趣，可知找玩具只是一个借口。

她进书房来拿走一个盒子，一会儿又给我送回来，告诉我："这是你的。"她把她的一本书拿来送给我，一会儿又来取这本书，解释道："这本书借给我，我已经送给你了。"诸如此类，名堂真多，都是她认为的"有事"。

有时候，她在客厅里假装找我，大声喊："爸爸呢？爸爸在哪里？"然后跑进书房来对我说："你呀，刚才没找着你。"或者干脆捣乱，在门外突然把书房的大灯打开，然后躲到客厅的一个角落里，引诱我去捉她。

当然，也有直接闯禁区的时候。她穿了两件毛衣，滚团团的，在外屋推一辆玩具车，假装给玩具车上的兔子买牛奶，然后喂它喝。一会儿，她进书房来找我，闻到烟味，立即退出，说："把窗打开，烟出去，我再进来。"我遵命。小燕要带她下楼了，她又进来，说："爸爸带我去。"我答应："爸爸先工作，工作完了来找宝贝。"她说："爸爸要游泳。"这是因

431

为以前我也这么答应过,事实上却是去游泳了。我忙说:"爸爸不游泳了,来跟宝贝玩。"这是我的真心话,看她这么可爱,我真觉得我写作或干别的都是浪费。小燕在催她,她说:"我自己去。"小燕拿起她的帽子,她夺过来,说:"我自己戴。"小燕要开门,她抢着走到门旁,说:"我自己开。"这时她与小燕相撞,跌在地上。她爬起来,喊道:"姐姐坏蛋,气死我了!"这口气把我们都惹笑了,她自己也笑了。

可是,别的小孩若要进书房,她坚决不答应。红的妹妹来京,带着比她大半岁的女儿妮妮。妮妮走进我的书房,她立即跟进,朝妮妮气愤地大叫:"爸爸工作!"一副爸爸的工作神圣不可侵犯的样子。

其实,在她的概念中,爸爸的工作不过是"玩电脑"罢了,问她爸爸做什么工作的,她的回答总是"玩电脑"。

啾啾想不通,爸爸为什么一定要工作。她问妈妈:"爸爸怎么老工作呀?"她套用一支童歌的曲子唱道:"我的好爸爸,每天工作又又又工作。"她太想和我玩了,我无法向她解释清楚,为什么爸爸不能只和她玩而完全不工作。我向自己也解释不清楚。

住在郊区一家旅馆,开两天学术会,我把母女俩带去了。会开得很枯燥,但是,有宝贝在身边,生活仍然丰富多彩。一回到房间里,耳中就满是她的可爱的声音和话语。

夜晚,我在某个房间里开会,听着无聊的讨论,一心想脱身。正在这时,门外远处传来啾啾喊"爸爸"的声音,她想找我，但不知道是哪个房间，便站走廊里大喊。我如获救援，惊喜地冲出房间。父女俩从长长的走廊两端迎着对方快跑，边跑边笑，接近时都张开双臂，大笑着搂在一起。

十一点多了，红哄她睡，哄了好久之后，她一骨碌从床上爬起来，说还要找爸爸。红说："妈妈带你去。"她说："宝贝自己去，宝贝大了。"她自己开了房门，穿过长长的走廊，到了开会的房间门外。红说，爸爸在工作，不要去打扰。于是，她在那一截走廊上来回走，经过那扇门时便转脸看一看，听一听，一脸恋恋不舍的神情。

红也真好，总能安排一些节目让我惊喜。有一次，散了会，我回到五楼，远远地看见走廊那端，从我们房间里探出两只脑袋，妈妈的在上，女儿的在下，喜洋洋地目迎我回家。我想起了一部动画片中的一个相似镜头，真觉得我们一家的生活富有动画情趣。

世纪之交的冬季，我参加科学考察队去南极，在那里生活了两个月。这次远行，我最放心不下的是这个仅两岁五个月的女儿。红让我放心，说："我还没那么差吧。"我说："你还行，迄今为止也就是翻车把我抛到沟里，喂饭把鱼刺卡在啾啾的喉咙里，破天荒整理一次冰箱，又把我在新疆买的虫草当作垃圾扔了。"我说的都是事实。红比较粗心，让她一人带孩子，我的确担心，幸好后来一切平安。

没想到的是，啾啾好像也意识到了我这次出门不同往常，小小的年纪竟会表达恋恋不舍之情了。那些日子，由于我们

433

经常谈论,她已经知道爸爸要去一个叫南极的地方,也知道这是一个非常远的地方。临行前一天,我们带她去海洋局,她看见了记者采访的场面,好像明白我很快要走。返途的汽车里,她坐在我怀里,突然自己说出这样的话来:"爸爸不要去南极了吧,我不让你去南极。我想你,想得不得了。"然后,仿佛自言自语似的,把"想得不得了"这句话重复了十几遍。

我到南极后,隔几天给红打一次电话,啾啾总在电话里连连喊爸爸,说:"我想爸爸,特别想,快回来。"红告诉我,她真的想,经常想得哭了,说:"我想爸爸了,怎么办呀?"妈妈劝慰她,说爸爸快回来了,她说:"可是我现在就想,怎么办呢?"她要立刻给我打电话,可是,从北京往南极打电话极不方便,妈妈让她用玩具电话假打,她哭道:"我要真打。"有一回,这么哭着,妈妈提议给正来爸爸打,她同意了,在电话里,听着正来的嘱咐,她不停地说"行""嗯""好",乖极了。情绪好的时候,她也会拿着玩具电话假打,口齿清楚地说:"喂,爸爸,你在哪里呀?你在南极呀?你想我了吗?我想你了,想得不得了。"然后告诉妈妈:"爸爸在南极跟企鹅玩,还堆雪人了。"又说:"爸爸在脑子里看我,他说:嗯,宝贝。"她还睹物思人,爱屋及乌,常常把我的一条毛巾捧在手里,凑近鼻子闻,说:"毛巾上有爸爸的味,爸爸在里面玩呢。"妈妈要暂时拆除书房里我的那张小床,她不让,问:"爸爸睡哪里?"妈妈说一起睡大床,她才让。她想象我在南极一定只能吃到冷饭,吃饭时说:"爸爸老吃冷的,我替爸爸吃热的。"不爱吃饭的她,果真比一向吃得多了。

两个月终于熬过去了,回到北京,红带着她去机场接我。她在妈妈怀里,望着我,眼睛里是惊喜的神情,不说话,我伸开双臂,她一下子扑进了我怀里。到家后,我整理东西,把墨镜戴上逗她,她盯着我,突然大声喊道:"真酷!"

久别重逢,她心情格外好,对我格外亲。一会儿不见,哪怕是我上厕所,她叫爸爸的声音就响遍屋子。她告诉我:"爸爸坐飞机去南极了,我没有看见了。"她是用现在时讲过去。我睡着了,她不一会儿就跟妈妈说一句:"我去看看爸爸。"然后到卧室里,好奇地打量熟睡中的我,还用小手轻轻地触摸我的鼻子和嘴唇,轻声唤"爸爸",回头对跟过来的妈妈会心一笑,再跑开去玩一会儿,如是反复。

我们的家安在城里,郊区住宅的那套房子就成了我的工作室。为了安静写作,我经常会去那里住几天。啾啾三岁上幼儿园以后,这种情况就比较多了。每一次离别,我们父女俩都难舍难分。

有一回,她听说我又要去郊区住宅,放声大哭,喊道:"我不要爸爸去,我想爸爸怎么办呀!"然后扑到我的怀里,小手紧紧地搂着我。我劝道:"周末你来看爸爸。"她说:"我忍不了怎么办?"妈妈说:"你可以给爸爸打电话。"她说:"这不管用,我是要看到真人。"那天我还是去了,她发现后,一再要求妈妈马上接我回来。第二天一早,刚睁眼,她就问:

"爸爸呢？"然后给我打电话，问我昨夜为何不回家，并要求："今天妈妈从幼儿园接了我，就去接你，好吗？"

我本来就舍不得她，看她这样，往往就动摇了隐居的决心，跑回城里和母女俩打成一片了。一天，终于再下决心。红劝导她说，爸爸如果工作不好，就会着急，很快会变成一个老爷爷，问："你愿意让爸爸变成老爷爷吗？"她说不愿意，只好跟着妈妈送我到了郊区住宅。这一回她倒潇洒，我问她让我在这里住几天，她伸出两根指头，接着伸出三根、四根、五根，我问为什么不伸一根，她幽默地答："只住一天，我们开车开到半路就要回来接你了。"可是，她们刚踏上返途不多会儿，电话响了，红告诉我，啾啾已经在号啕大哭，反复说想爸爸了怎么办。我让啾啾接电话，向她保证明天就回家，她才止哭。

还有一回，我在郊区住宅住，母女俩来看我。准备返回时，她要求我一起回，我心动了，但仍有些犹豫，便说："我们玩石头剪子布，你赢，我就走，我赢，我就留下。"她怔了一秒钟，马上哭起来。在那一秒钟里，她肯定想到了输的可能，而她输不起。当然，我立即把她抱起来，坚定地告诉她，爸爸跟她回。

我在郊区的日子，她每天从幼儿园回到家，都必定先给我打电话。有时候，她会说些她眼中的小新闻，或者让她的那些动物玩具跟我说话，当然是她自己捏着嗓子的声音。更多的时候，是我们互相表达想念之情。她告诉我，她想我想糊涂了，我明明不在家，她从幼儿园回来，一进门就问："爸爸呢？"她还诉说："你不在家，我们没有意思。以前我到书房，就会听见你喊宝贝呀，现在什么也没有了。"红告诉我，她夜里说梦话，会泣喊："爸爸不走！爸爸不走！"她还对妈妈说："爸爸不在家，家里欢乐少。"红安慰她说："爸爸不在家，虽然我们少了点欢乐，但还是过得挺高兴的。"她立即反驳："我过得不高兴！我想爸爸，我要让爸爸回来。"说着眼泪就出来了。

完全能想见，我不在家，母女俩够寂寞的。事实上，小小的三口之家，少了谁都显得冷清。不过，对于啾啾来说，少了我这个大玩伴，无趣的感觉会格外强烈。有一回，我出差，她给我打电话说："爸爸，你不在家，少了好多乐趣。"我对她的表达感到惊讶，以为她是学妈妈的，问红，才知完全是她自己这么说的，在打电话前已经说过好几次了。

过了二岁上下的坎，啾啾和我越来越亲了。夜里睡觉，她不再排斥我，我去躺到她旁边，另一侧是红，她高兴极了，不停大笑，说："我在爸爸妈妈的中间。"她还会主动要求和我睡，让妈妈去睡小床，解释说，爸爸个儿比妈妈高，睡在小床上脚会不舒服。睡觉时，她紧挨着我，把脚丫插进我的被窝。白天，她走路时拉着我的手，坐时依偎在我身上。我累了，她牵着我的手，把我安置在沙发上，给我盖上毛巾被，又找出一个垫子压在我脚上，然后播放她喜欢的音乐给我听。红感慨地说："小棉袄穿上了。"

电视镜头里，一个小孩在说他的爸爸"像鸭蛋一样臭"。

我问:"如果你爸爸也这么臭,你说不说他?"她答:"不说,怎么样都是我的爸爸。"

汽车里,我和红说着什么,红说了"好爸爸"这个词,她听见了,立刻搂着我说:"我的爸爸是一个好爸爸。"接着对我说悄悄话:"我懂事,能够分清好爸爸和坏爸爸。"

在外地旅游,一家三口走在陌生的街道上,我拉着她的手,她突然自己说起来:"我有时候最爱妈妈,有时候最爱爸爸,有时候对爸爸妈妈一样爱。"红听了,会心地瞥我一眼。

人说,女儿越大,就越和爸爸亲,信然。

爸爸是憨豆

在啾啾的幼年时期，我是她的一个大玩伴。和她玩时，我特别投入，真正百虑皆消，活在当下，仿佛也成了一个孩子。与孩子游戏，一定要认真，孩子才会感觉到乐趣。相比之下，红比较容易一心二用，边玩还边看电视、报纸什么的。所以，啾啾更愿意我做玩伴。

玩的过程中，我喜欢和她开玩笑，其实我是情不自禁，看她可爱就想逗她，但结果会使游戏更有趣。

还在她一岁多的时候，我就经常和她玩一个游戏，我们俩互相嚷嚷，嚷的都是无意义的句子，却充满了争论的激情。有一回，我们这样玩着，她非常投入，仰着小脖子，双目怒睁，声嘶力竭。红怕她不明白这是玩，动了真情，太伤精神，在旁阻止我。我赶紧停住，笑着对她说："我是跟啾啾玩的。"没想到她也马上说："是跟爸爸玩的。"不过，她来不及从刚才的情境中出来，仍是余怒未消的神情。

她稍大后，我的花样就多了，装傻，搞笑，故意出错，正话反说，佯装对立，逗她和我争论。这使她在面对我的时候，会立即进入一种游戏状态，撩我逗我，比如冷不防从背后捶我一下，飞快跑开，或者用手掌压我，想象把我压成了一个薄片，或者调侃我，和我打嘴仗。

幼小的年龄，有时难免分不清是否玩笑，弄假成真了。有一回，我和她斗嘴，她斗不赢，去向妈妈告状，不停地哭诉："爸爸笨死我了。"她说的是"爸爸笨死我了"，不是"爸爸笨死了"，这可不是语病，她的感受一定是，爸爸这么笨，提出这样荒谬的意见，她还驳不倒，真是让她太委屈了。

不过，这个笨爸爸毕竟功大于过。从总体上看，我的方式有益于她性格和智力的发展，使她思维活跃，富有幽默感。在我面前，她嬉笑怒骂，无所顾忌。在我这里练就的打嘴仗的本领，她有时在别人那里也小试锋芒。三岁时，在一位朋友家，她和女主人一来一去，打了不下一百个回合嘴仗，她不动声色，从容应对，找对方的漏洞，一句接一句噎人，使得女主人又气又佩服。

我的方式大致是，造成一种似乎荒诞的情境，看她如何反应。她的即兴反应常常是出乎我的意料的，多半还是聪明、有趣的。

方式之一是搞笑和装傻。

我故意拧她挚爱的妈妈的耳朵。她立刻双臂合抱，挡在妈妈前面，表情严厉地盯着我，大声说："看我的脚的样子！"只见她左脚的脚跟着地，脚趾翘起，有节奏地上下摆动，是一种满不在乎的挑战姿势。妈妈立刻在她背后做同样的姿势。我见了，呈抱头鼠窜状，大喊可怕，身后响起了一阵欢笑。

红用毛线针轻轻扎我，我假装大喊其疼。红又依样轻轻扎她，她会心一笑，说一点儿不疼。红再扎我，我也说不疼了。她们在卧室，我刚离开，听见她对红说："爸爸有时候说疼，有时候说不疼……"我又进卧室，她看见我，停顿了一下，接着说："有的人这样做也可能是神经有问题。"她把"爸爸"改成了"有的人"。

她半躺在沙发上看光盘，一副舒服的样子。红上去亲她。我假装批评红挡住了她的视线，她说没关系，我便用报纸挡她的视线。她理直气壮地说："有事可以挡住，爸爸没事就不可以挡。"

我的搞笑也有搞砸的时候。一天晚饭后，我们在院子里做游戏，内容是她带领我和红做操，做完操原地踏步。我在踏步时故意做错，右脚踏步时右臂前摆，左脚踏步时左臂前摆，那样子当然很可笑。她大声喊不对，但我仍故意纠正不了。她便给我做示范，可是，受了我的影响，她的动作也错乱了。我和红笑了，她立刻大哭，委屈地说："都是爸爸把我弄成这样的。"我赶紧检讨，罚自己按正确动作使劲做练习，她才破涕为笑。

其二是调侃。

她把小物件摆在凳子上，说是蛋糕，让我来买。我假装买了一块，假装吃，然后喊道："你的蛋糕不新鲜了，我吃了

441

打喷嚏。"她反驳:"不会的,不新鲜只会肚子痛。"我又假装吃一块,喊道:"我吃了浑身痒。"她嘲笑我说:"再下去你该学小羊叫了,说吃了蛋糕变小羊了。"

我逗她:"你的鼻子是大蒜,耳朵是饺子……"她反击:"你的鼻子才是大蒜呢。"觉得不过瘾,改口说:"你的整个人都是大蒜!"

其三是故意提出不合理的或者明知她不会同意的要求。

她过生日。我说:"过生日真好,我也想过。"她认真地说:"你已经过过了。"接着给我算账:"一岁过了没有?"我承认过了,她便往下算,一直到十岁,然后说:"你看,你不是都过了吗,还过什么?"我只好承认她有理。

我带她散步。她唱歌:"我的好妈妈……"我要求她唱"我的好爸爸"。她说:"这么唱不好听。"我说:"你试一试,唱给我听,我看是不是不好听。"她唱了一句。我说:"很好听呀。"她说:"只要唱'好爸爸',你肯定就说好听。"

她晚上洗了澡,对我说,妈妈和小燕都洗澡了,如果我不洗,就不让我睡觉。我说:"求你了。"她说:"求我也没用。"我说:"给你一元钱……"一直加到一万万元,她都说没用。我说:"把我的脑袋、我的胳膊给你……"她打断我,说:"还是把你自己给自来水吧!"

其四,故意把话说错。

红替我洗了一只茶杯。我说:"谢谢老婆和宝贝。"她问:

"谢我干吗呀?"我解释:"你没有缠着妈妈,这样妈妈就可以给我洗茶杯了,所以我要谢你。"她听明白了,但纠正说:"应该是妈妈谢谢我。"

她和妈妈谈论妈妈单位里子女的年龄。我插话:"郭红的女儿比啾啾大。"她反驳:"不,跟我一样大——和我就像一个人一样——她就是我。"

寒冬,预报明天有雪。我说:"夏天快到了,真冷啊,冬天才暖和呢。"她嘲笑说:"你明天还这么想吗?你记着这句话吧!"

妈妈带她从幼儿园回来,进门后,我开玩笑:"你们走错了吧,走到别人家里来了。"她做出一副严肃的神情,问我:"你的女儿叫什么名字?"我答:"周音序。"她又问:"你的老婆叫什么名字?"我答:"郭红。"她说:"我就是周音序,她就是郭红。"言毕,以凯旋的姿态朝屋里走去。

因为我的上述方式,我曾在女儿那里蒙冤。她评论家里的人,说妈妈和她聪明,小燕傻,问到我,她迟疑了一下,小声说:"有点儿傻有点儿聪明。"我不服气,咕哝了一句:"等你长大了,你就知道爸爸有多聪明了。"在看了光盘《憨豆先生》之后,她下一断语:"爸爸就是我们家的憨豆。"从此称我为"憨豆爸爸"。妈妈夸她:"这么可爱的宝贝能不喜欢吗?"她马上跟一句:"这么逗的爸爸能不喜欢吗?"她问妈妈:"你是不是看爸爸好玩,才和他结婚的?"又问:"下辈子你还会当我的妈妈吗?"妈妈说不一定,她立刻说:"对

443

呀，你也许会当我的爸爸，这样我就有一个最温柔的爸爸了，还有一个最逗的妈妈。"无人会想到，在女儿眼里，我的最大特点是逗，因为在其余一切场合，我根本不是一个逗的人。只有作为爸爸，我才是憨豆，对此我身不由己，又心甘情愿。我是因憨而逗，简言之，我只是一个憨爸而已。

调侃老爸

啾啾喜欢调侃,而主要的调侃对象是爸爸,这既是对我经常逗她的回应,也是因为她的幽默总能得到我的激赏。下面是一些片段——

在卧室,妈妈问:"宝贝睡在哪个位置?"她指给妈妈看。问:"妈妈的呢?"她又指。我问:"爸爸的呢?"她做惊奇状,说:"没有了!"

妈妈下班回来了,她坐到那张她认定只属于她的沙发上,让妈妈坐在她旁边。这可是特殊待遇。我说:"爸爸也要坐在宝贝旁边。"她说:"不要。"我问:"那爸爸坐哪里?"她指指远处的沙发。我说:"不要。"她立刻指天花板,我笑了,她也大笑,自嘲说:"坏蛋。"

她给自己戴上那顶新买的红礼帽,神气地招呼我:"坏蛋爸爸,过来!"我走到她面前,夸她的帽子漂亮,问:"爸爸戴什么帽帽呢?"她想了想,小手在空中一抓,递给我,说:"戴这个。"

早晨,我起床如厕,又回到床上。她见了,说:"没睡够,爸爸没睡够。"假装随手抓了一个东西,说:"脏脏。"我说:"宝贝不吃。"她递给我,笑喊:"爸爸吃这个!"捣乱完毕,命令道:"爸爸睡觉吧!"

她刚洗了澡,香喷喷的。我在她脸上亲了一口,她立刻伸手抹掉,说:"刚洗脸了!"

我合眼躺在书房的床上。她哼着小曲走进来,用小手胡噜一圈我的脑袋。我说:"你真是一个可爱的小东西。"她回应:"爸爸是大东西。"然后又哼着小曲离去。

看见妈妈在卫生间里梳妆,她告诉我:"妈妈漂亮。"我问:"爸爸漂不漂亮?"她看我一眼,转过脸,轻轻说:"不漂亮,做爸爸的朋友。"

她拿着一张看图识字卡来找我,指着图上留小胡子的男人告诉我:"坏爸爸,很坏的爸爸。"图上的配字是"爸爸",她显然不喜欢那个留小胡子的样子。我说:"好爸爸在哪里?你去替我找来。"她指指我,说:"在这里。"

她盯着妈妈的肚子看。我问:"啾啾以前是不是在妈妈肚子里?"她说是。我问:"谁让啾啾出来的?"她答:"爸爸。"然后转过脸来,看着我,双手握拳作一个揖,大声说:"谢爸爸!"(以上1岁)

我抓住她的小脚丫,假装要吃,说是吃小猪脚,她不让,我还是假装啃了一口。她指着那个被假装啃过的位置,表情严肃地命令我:"吐出来!"

她和妈妈搂着躺在床上,说是在谈恋爱。我要加入,她不让。一会儿,她下床要去外屋,我逗她说:"你走了,我就和妈妈谈恋爱了。"她马上拉着妈妈的手一起朝外走,一边对我说:"看你和谁!"

妈妈对她说:"你再烦我,我揍你。"她立即对我说:"妈妈揍我,我揍你。"接着安慰说:"妈妈揍很疼,我揍很不疼。"

妈妈指着自己腹部的伤疤告诉她,宝贝是从这里出来的,是一个医生把她从伤口里抱出来的。她听了不悦,抗议说:"不要医生抱宝贝,要妈妈抱。"妈妈转移话题,问她:"宝贝看看,爸爸身上有没有伤疤?"她在我的肚子上仔细寻找,找到了一个很小的伤疤。妈妈问:"谁从爸爸的伤口里出来了?"她回答:"虫虫。"

她走进书房,对我说:"妈妈,天气怎么这么好呀!"我说:"我不是妈妈,妈妈在厨房里。"她说:"这里就是厨房呀。"

我在书房里,听见妈妈在叫她:"甜宝贝。"接着听见她跟一句:"酸梅精爸爸。"我跑到外屋,她笑着问我:"爸爸你是不是很酸?"

她在外屋听妈妈说了什么,走进书房,问我:"爸爸的病好了没有?"然后,眼珠朝天,做出一副自以为伤心和同情的表情,说:"爸爸这么老了还要带我出去玩,真是倒霉到家了!"

她叹息:"我好幸福。"问她为什么,答:"因为妈妈有王子。"问妈妈的王子是谁,答:"爸爸。"

447

我去跑步，妈妈带她去附近一个小区玩滑梯，说好我们在那里会合。她们先到达那里，没有看见我，妈妈说："没关系，我们先玩儿我们的。"她马上说："让爸爸去玩儿别人的。"

我和她玩，她在大床上，我站在床下。我说："你演戏我看。"她不同意。我又说："我演你看。"她仍不同意。我说："好吧，我们俩演。"她仿佛抓住了我的漏洞，得意地说："那就没人看了！"

她和妈妈聊天，得知妈妈是我的老婆，很兴奋，跑到书房来问我："爸爸，你的老婆呢？"从此这成了她逗趣的材料。妈妈下班回来了，她兴冲冲跑进书房，向我喊叫："你的老婆回来啦！"妈妈和她玩，故意出洋相，她也跑来喊我："看你的老婆这个样子了！"（以上2岁）

趁她换衣，我要亲她光裸的小身体。她看着我的光着的上身，说："你没穿，你亲自己吧！"

她在床上，我要出门，去向她告别。她抬起光着的小屁股，摇了三下，笑着对我说："我用屁股和你再见。"

红让我闻她，说奶香味真浓。我凑近，她笑着躲开，说："你的烟味会把我染臭了。"

在商场里，红想替我买一双新的凉鞋。当时我穿着旧凉鞋，其中一只的后搭胚脱线了，只能跋着走。突然发现周围的人在笑，回头看，啾啾把自己一只凉鞋的后搭胚也撕开了，正在学我的样走路。

早上，我躺在床上，想到一点东西，要记录下来，便拿了纸笔，对她说："现在我要在床上工作一下了。"她笑笑，说："现在我要到床下尿一下了。"说罢下床去厕所了。

从亲戚家出来，她不肯自己走楼梯，红抱着她走，说她是小坏蛋。我说："你说宝贝是小坏蛋，我就跟你急。"红说："你跟我急，宝贝就会跟你急。"我说："那我跟谁急呀？"我所捍卫的这个宝贝在妈妈怀里得意地说："你跟墙急吧！"走在狭窄的楼梯上，近在眼前的正是墙。她还真善于即兴发挥。

傍晚，在院子里散步，她要求排成列队，她第一，妈妈第二，我第三。走了几步，我要求换一换，我排第一。她立即反对，严肃地说："近视眼不能走第一。"

在户外，红抱着她，我要抱她，她不让。我说："爸爸冷，抱宝贝会暖和一些。"她一听，让抱了，搂紧我说："现在你穿四件衣服，不冷了吧。"我们两人穿的衣服加起来是四件。

她要喝奶奶，我拿给她后，她一边喝，一边笑着说："我喝完了奶奶，你就变成孤儿了。"她是在故意混淆"奶奶"一词的不同用法。

她问妈妈："什么是嘲笑？"妈妈解释：嘲笑就是笑话别人。她明白了，说："爸爸没有牙，我嘲笑爸爸。"那些天里，我的一颗烤瓷门牙脱落，经常成为她取笑的题材。她说了一句什么话，逗得大家围着她笑，她气愤地质问："你们笑什么？我又不是门牙缺！"我解释：笑可以因为可笑，也可以因为可爱。她的情绪舒展了，奚落说："爸爸，要是缺一颗门

牙，就可笑了。"言毕，她把桌上的两只玩具羊的脑袋按下，自己也埋下脑袋扒在桌边，装作一齐对我惨不忍睹的样子。（以上3岁）

许多天没有游泳了，这天决定去游，临走时我说："爸爸再不游泳，就会有一个大肚子，一双细腿。"红问："爸爸那个样子，怎么去幼儿园接你？"我接着问："小朋友会不会笑话你？"她答："不会，会笑话你。"

晚上散步时，红告诉我，啾啾把CD盘的盒子插倒了，结果卡在机器里，取不出来了。回到家，我用杆锥把盒取了出来，再顺放进去，响起了音乐。我操作时，她一直守在旁边，看得出她很担心。音乐一响，她松了一口气，脱口说："天才爸爸！"

我开车不记路，她评论说："爸爸不记路，一定要妈妈告诉他，还要用笔写下来。"最后这句话把我惹笑了。我从来没有这样做，但平时喜欢随时用笔记一点东西，她抓住了这个特点，用在这里了。

早晨醒后，她精神极好，话语不断。红在说自己想妈妈。她问："爸爸怎么不想他妈妈？"我说我也想。她指出："你一次也没有说过。"我说："有的人想了就说，有的人想了不说。"她倚在红的怀里，笑眯眯地说："女孩子说，女孩子忍不住。"一会儿，下床后，看见我仍靠在床上，她欢快地喊道："爸爸的眼睛睡着了没有啊？爸爸所有的地方睡着了没有啊？"

我躺在沙发上，红走来躺到我身上，她又赶紧躺到妈妈身上。我说："我身上躺了两个人，真累。"接着问："沙发身上躺了几个？"她答："三个。"问："地板身上呢？"答："四个。"我说："还是地板最累。"她大声提醒我："爸爸有生命！"（以上4岁）

她看光盘《海底总动员》，我从书房出来，问她好看吗，她说："我猜你看了一定会感动的，因为小鱼的爸爸很伟大，它救了小鱼。"后来，她看《宝贝小情人》，我又从书房出来，问她好看吗，她不回答，去卧室抱来了一条毛巾被，盖在我身上。我正奇怪，她说话了："你看了一定会睡着的。"

红生病了，说："真可怜。"她问："谁可怜？"红答："我可怜。"她反驳："爸爸才可怜呢，养一个生病的老婆，还要照顾自己，做这么多事。"（以上5岁）

她放学回来，一进门，问我："爸爸，你工作完了吗？"我说还没有，她打趣道："你老工作，只有你的大鼻子不工作，它吃喝玩乐，养得胖胖的。"

她坐在窗前做作业，我怕她受风，把一扇窗关上。她拿起扇子，夸张地扇，说道："难道你不怕我热吗？"我赶紧又把那扇窗打开。她得意地说："哈哈，我吓着了一个男人！"

她在院子里玩石头，我看见一种绿色石头，告诉她，这是我小时候常玩的。她听了淡淡一笑，说："我去你的从前，看看你的小时候。"

老六去西藏，邀我同去。我征求她的意见，她说："我有

451

一点儿不太同意——不同意——很不同意。"原因是:"家里没有大男人了。"妈妈说:"我到外面找一个。"她说:"我不要东西,别的大男人都是东西,只有爸爸不是东西。"我们大笑。这次是误伤,夸我变成了骂我。

我做了一件什么事,红说:"你做了老公应该做的事。"她马上说:"你刚才也做了老公应该做的事。"她是指我刚才坐在阳台上,耐心地把那些不开口的开心果吃完了,因为不开口,剩下后一直没人吃。(以上6岁)

玩游戏,她赢了,我问她要什么奖品,她说:"给我一个爸爸。"我说:"好,把我给你了。"她说:"还要一个你,这样,你老死了,另一个可以接着用。"(7岁)

一天早晨,我因为一件家务小事责备红,她说:"爸爸的嘴是闹市口。"我顿时惭愧闭嘴。为了找台阶下,我说:"好吧,我们吃早饭,把闹市口变成菜市口。"

我开玩笑:"啾啾的房间有魅力,所以我老想来。"她平静地说:"这说明你有品位。"

她说:"听爸爸打电话,从爸爸的声音就可以听出来,那边是男的还是女的,女的漂亮还是不漂亮。"我把话岔开,说:"还是给你打电话最容易听出来吧。"她承认。(以上8岁)

啾啾讲爸爸的笑话——

其一:"爸爸带我去桂林参加全国书展。有一天,在宾馆,出版社的一个叔叔跟爸爸说话,爸爸茫然地听着。这个叔叔提到了'李民'这个名字,爸爸问:'李民是谁?'这个叔叔说：'就是我呀。'"

其二："在东东阿姨家里，大家说话说得很热闹，其中说到'陈天一'，爸爸一脸困惑，问：'陈天一是什么东西？'东东阿姨的儿子叫凯文，和我是好朋友，陈天一是他的中文名，爸爸怎么不知道，竟然这样问。"

针对这两个笑话，她对妈妈发表感想："爸爸太忙了，所以谁也不认识，只认识我们两人。"我说："还是啾啾最理解爸爸。"（6岁）

小燕姐姐

小燕十八岁到我们家，和啾啾相伴四年多，啾啾对她有很深的感情。

作为保姆，小燕是伺候她的，她内心中会有一种优越感。小燕老实单纯，未脱孩子气，她在小燕面前又感到轻松自在。她喜欢调侃，在家里，除了我，小燕也是她的主要调侃对象。

她吃着饭，突然叫起来，说："咬到舌头了。"小燕安慰她说："没关系，姐姐也咬到过。"她立即下令："姐姐咬。"

她望着小燕，突然说："姐姐是个东西，一块钱，放在塑料袋里。"我不相信，问："你是说姐姐的东西一块钱吧？"她摇头，把她的话重复了一遍。

她生了小燕的气，嚷道："你回老家，回安徽老家！"想了一想，又改口："回厨房老家！"想必是想到，如果小燕回安徽老家，就没有人照顾她了。（以上2岁）

她最开心的事是想象把小燕送到医院里去，受医生的折磨。一天，我听见她这样奚落小燕："你在医院里过生日，一边吃蛋糕，一边打针，打了十针，医生在你屁股上拔了一颗牙。"说完咯咯大笑。我心想：荒诞的幽默。

小燕看见她的手有点儿皱，问："你的手怎么啦？"她反问："你是想说我的手老了吧？"小燕说是，她反唇相讥："我的手老，你的手就更老了。"

她老听说某某队被淘汰了，便问妈妈什么叫淘汰，妈妈解释了。晚上，她在厅里，未开灯，她够不着开关，便喊人开灯。小燕要给她开，她不让，我在书房里听见了，就出去开了。她立刻用得意的口气说："小燕被淘汰了。"（以上3岁）

在郊外摘野枣，小燕边摘边吃，后来才发现许多枣心里有虫。回家后，她给姑姑打电话，兴高采烈地说："小燕吃了满肚子虫，变成小鸡了。"

她问我，是不是快过年了。我说，还有三个月。她对小燕说："你可以回家了。"小燕开始抒情，说回家后会因想她而哭的。她立刻用快乐的声调讽刺道："你回家也哭，不回家也哭。在家里想我也哭，在这里想你妈妈也哭。你到底想在家里过年，还是在这里过年？"（以上4岁）

单独和小燕在一起时，她对小燕可亲了，甜甜的声音"姐姐""姐姐"不离口。她很体贴小燕的心情，小燕想家，最爱谈论明明和满满，那是小燕的弟弟和妹妹，她就老提这个话题，小燕顿时兴奋得不得了。小燕腿受伤，她安慰道："姐姐，不要难过，我做你的妈妈吧。"说着就用手抚摩小燕的背。红要带小燕去看医生，小燕在医院受折磨原是她的开心的想象，她一听，兴奋了，说："妈妈，我和你们一起去吧。"她想看看那个场面。听小燕说害怕,她又立刻安慰道:"其实不像你想象的那样痛。"

有时候,她也会批评小燕。有一回,小燕说了一句什么话,她不爱听,严肃地训了小燕。小燕说:"以后我什么也不说了。"她马上和缓下来,说:"就这一点,别的你还可以说。"

她对小燕真是有感情。三岁时,听说小燕春节要回家,她老早就开始不安了。半夜,她在梦中大哭,醒了还哭好久。问她做了什么噩梦,她说不是噩梦,是伤心的梦,她梦见小燕要走了,两人在一起大哭。她总问妈妈:"小燕回家后会给我们打电话吗?"妈妈说:"会的,我们也可以给她打。"她问:"你知道她的电话号码吗?"妈妈说:"我们可以问她呀。"她叮嘱:"你记下来了吗?你不要忘记记下来。"

小燕快走了,她对妈妈说:"小燕不回来了怎么办?"妈妈开玩笑说:"我给你找一个更好的。"她说:"我觉得小燕挺好的。"妈妈继续逗趣:"我给你找一个漂亮的。"她说:"小燕已经很漂亮了。"

小燕告诉我们,那些天啾啾老是问她想不想家,老是亲她,还说:"我觉得你比以前漂亮了。"

小燕回乡的日子里,她常常念叨想小燕,说着眼睛就红了。她还想象道:"小燕在家里可能和我一起哭,一起停。"当然,这只是她的单相思,小燕不会想她到这个地步。

真是一个重情的孩子。

小燕是啾啾的好伙伴，不过，平心而论，做家务就不称职了。她不会做饭，也不想学，她自己吃饭总是胡乱对付，对烹饪毫无兴趣。做卫生也相当马虎，家里又脏又乱。她比较粗心，而我是一个细心的人，有时就不免有烦言。她性格不甚开朗，受了批评，会郁闷很久。在这种情况下，啾啾总是保护和安慰她。

我在宿舍楼前的垃圾箱旁看见一袋垃圾，很薄的塑料袋敞着口，坍在地上，有一些垃圾已滑落出来。我说："谁家这么缺德！"红说是我们家的。在这之前，我也发现过小燕乱扔垃圾，便批评了她。她应了一句，意思是她的做法很正常，然后就不再吭声。我觉得应该和她说明白，就又说，大意是要用厚些的塑料袋，要好好地放而不要随手一扔，要讲公共道德。这时候啾啾发言了，她看着我，说道："你说一遍就行了。你想说的话，一次都说出来就行了。"我解释："有些话爸爸刚才没想起来，是后来想起来的。"她说："你说多了就好像你对每个人都在生气似的。"我一时语塞，想不到她会这样来责备我。看见一个人在对另一个人生气，作为旁人也会有压抑感，她准确地说出了这种感觉。我想了想，说："宝贝，你说得有道理。不过，爸爸是想跟小燕说清楚，让她知道以后该怎么扔垃圾。"她点点头，表示理解。

红给她买来沙画颜料，她极喜欢，我替她放在一只透明的巧克力盒里，不同的颜色分放在不同的格里。小燕收拾时，把这只盒子颠倒了，啾啾再用时，发现不同颜色的颜料混在了一起。我责问小燕："你怎么这样放？"啾啾马上说："别说了,小燕该伤心了。"我说:"好吧,现在你只好用这混合的颜料画了。"她表示同意,一边用这混合颜料涂抹,一边说:"还是挺美的呀。"过了一会儿,她仍低头工作着,微笑着用平静的语气说:"小燕犯了个小错误。"略微停顿,又补上一句:"下回别这样放了。"我知道,其实她心里也很惋惜,但自始至终没有露出一丝愠色。我一直欣赏地观察着她,心想:我应该向她学习的东西真是太多了。(以上4岁)

某一个学琴的日子,红嘱咐小燕下午把琴谱等用品送到幼儿园,这样她接了啾啾可以直接去音乐学院。小燕不但忘记了,而且外出不归,红只好急忙回家取。晚上,我们批评小燕,啾啾一直不作声。批评完了,她望着蹲在地上显得很难受的小燕,用清亮的声音说:"姐姐,以后不这样就行了噢。"语气中含着同情、宽容和劝导。

我开饮水机,发现没有水了,便批评小燕不及时叫水。小燕大声申辩,说她没有喝水。我很不高兴,也大声制止她。啾啾在一旁温柔地说:"姐姐,饮水机没有水有什么关系,叫水有什么难的呢?"口气是一半批评,一半安慰。我很感动,也很惭愧,她的方式对于我是一个示范。(以上5岁)

啾啾满五周岁时,一天中午,小燕接一个电话,我在旁边听见她说买火车票之类,问她,她说她决定去广州工作了。此前她从未谈起,我们很感突然,但挽留无效。

啾啾的反应很有意思。她听说了,大喊:"我不让你走!"可是,看到小燕态度十分坚决,就不吱声了,躲进卧室看书,不让小燕进去。她再见小燕就显得比较冷淡,不过,悄悄告诉妈妈,她要画一张画,春节时给小燕寄去。

小燕走后两个月,她想念小燕,大哭了一场。红就打电话到小燕老家,本意是问她现在工作地点的电话,以便联系。没想到她父母告知,她在广东被骗,事实上根本不是进厂做工,而是掉进了一个传销网,白丢许多钱,狼狈逃回老家。两天前,她又来北京找工作了,啾啾恰恰也是在那天大哭的,莫非心灵感应?红表示欢迎她回我家,她很快来了。

可是,回来后,尤其是在我家的最后半年,也许因为个人生活的某种不顺,她变得相当阴郁,连啾啾也一再评论说:"不管谁跟她说话,她看你的样子都是不高兴的。""我们都是有好天气有坏天气,她天天都是坏天气。""她除了对男朋友不烦,对谁都烦。"

她照顾啾啾也很不用心了。啾啾凉鞋上的小花饰脱线了,让她缝一下,每天说,她始终不动手。有一天啾啾又催,她说明天吧,啾啾急了,嚷道:"明日复明日!明日复明日!"她给啾啾喂蛋羹,很不耐烦,啾啾烫得哭起来。

一天下午,我出门,看见她带啾啾在院子里,她傻坐着,啾啾傻站着,我便领啾啾去玩了。我们玩了很久,回屋后,红让她再带啾啾下楼与一个叫小玉的小女孩玩。啾啾回来告诉我:"小燕一直不高兴的样子,小玉说:'你姐姐好像变了个人。'"

然而,尽管如此,她对小燕仍充满温情。一天,她告诉我:"明天是小燕的生日。"我说:"你应该送她礼物。"她说:

"我已经送了。"迟疑了一下,接着说:"明天你就不要和她说话了。"又迟疑了一下,鼓起勇气把话说明白:"你就不要那么重地和她说话了。"

我又一次惭愧无言。

现在,小燕已经结婚,有了一个女儿。她的丈夫是一个有上进心、爱读书的青年,我觉得她的婚姻很美满。她的个人生活中的不顺已成过去,每次看见她,她都显得很快乐。小两口都在北京打工,和我们常来往,如同亲戚一样。啾啾一如既往地喜欢小燕姐姐,小燕每次来探亲,她都如同过节一样快乐。

以女儿为良师

夫妻日久相处，难免会发生一些口角。在我们家里，当出现这种情形时，啾啾常常是一个乖巧的安慰者，一个机智的调解者，一个公正的仲裁者。

她的安慰对象一定是妈妈。

在一次争吵之后，妈妈挺伤心，爸爸妈妈都沉默不语。突然，她站在妈妈面前唱起歌来："一闪一闪亮晶晶……"边唱边舞，唱了两遍后，扑到妈妈怀里，看着妈妈的眼睛，说："妈妈，笑一下，笑一下。"妈妈百感交集，反而流下了泪。（2岁）

妈妈对她说："爸爸不给我买新衣服，我就不给他当老婆了。"她抬头望着妈妈的脸，颇感为难，半晌无言，然后说："我长大了给你买吧。"（3岁）

她爱妈妈，但并不偏袒，当她觉得妈妈不太对时，往往不评说是非，随便找一个理由来制止争执。

夜里着了凉，她咳嗽比较严重。我责备红给她盖一条小厚被，身体太热，四肢却露在外面，红反击，说谁做事多谁容易出错。她听见了,制止说:"不要吵了,我已经闭上眼睛了。"

半夜,她睡不安,常常哼唧,红极困,就训斥她。早晨,我为此批评红。事实上,她哼唧是有原因的,起床后发现她有低烧。她一向是护妈妈的,现在大约觉得护也不是,不护也不是,便说:"别说了好吗?我正在玩这个呢。"让我们看她手中的贴片。

我们为什么事在争论,她正抱着玩具小羊,便说:"小羊说,你们不要吵了,它要睡觉。"(以上4岁)

也有许多时候,她会主持公道,明确批评争论中的某一方。我受批评较多,但她对她所热爱的妈妈也能秉公直言。

晚上外出,归途的车里,她说她要睡觉了。我和红正在说话,我说得多,红说得少,她就让我不要说话,没有责备红。我假装表示不满,红发了一句替她帮腔的议论,我趁机说:"你也别说话。"企图变被动为主动。没想到小东西反应极快,马上说:"妈妈告诉你(不能说话)是可以的。"她不是顺着我的逻辑走,而是一下子跳出来反驳我的逻辑,头脑太清楚,我只好心悦诚服地认输。(3岁)

红提议去郊外爬山,我有些犹豫,她到书房里来对我说:"妈妈从小在农村长大,老待在屋里受不了。"准备出发,我抱她还没有坐稳,车门也没有关,红就把车发动了,我赶紧制止,责备道:"你老是这么冒失,多危险!"她听了马上批评说:"爸爸,你怎么总这样跟妈妈说话?"我诚心诚意检讨了自己。

红长湿疹,我说湿疹会传染,红说不会,我们争了几句。她在一旁听了,对我说:"你心疼我,怕我也长湿疹。"表示对我理解,同时也是巧妙的调解。

红在佛庙捐款,得了一个塑料的小物件,想在上面钻一个小洞,挂在汽车里,因为钻不动,她又想用烧红的铁钉烫。我说会烫坏的,红说不会,她听见了我们的争论,对我说:"你就让妈妈做吧,看妈妈说得对还是你说得对,做了妈妈就知道了。"说得合情合理,我顿时心服口服。

我应约去一家医院看病,红觉得累,不想开车送我,我就自己骑车去。往返很疲劳,加上做灌肠,回程一直肚子痛,骑得很吃力。听我诉苦,她用批评和同情的口气说:"妈妈,以后你送爸爸去医院。"(以上4岁)

从郊区住宅回来,我开车,她俩坐后座上。红责备我:"你和我犯一样的毛病,开得这么猛。"她平静地说:"谁坐在后座上都会觉得开车的人猛。"

我把酒杯碰翻了,红说,这不怪她,我说,我炒菜累了,你又老说话,我脑子里乱糟糟的,全是声音。啾啾马上正色道:"你还要找另一个理由来怪妈妈,这不礼貌。"我立刻服气。一会儿,我说我老吃剩菜,红说她也吃,她又出来主持公道,说:"爸爸就是老吃剩菜的。"(以上6岁)

红坚持要带孩子去天安门看焰火,我反对,怕人多,对孩子不安全。红生气地说:"在我们家,你是话语霸权。"这时她发言了:"你就当他不是话语霸权好了,就当你们是在争

论好了。"我暗暗赞叹，可爱的女儿，她用多么巧妙的方式劝架和批评妈妈。（9岁）

当父母发生争吵时，孩子的处境相当为难，尤其是像啾啾这样敏感的一个孩子。

我特别不能忍受家里脏乱，红比较不在乎，在这方面对保姆很放任。有一回，我们为此争了起来。啾啾哭了，说："我不要这么干净。"我们赶紧一齐劝她，打趣说，啾啾不喜欢太脏，但也不喜欢太干净。她脸上的表情有些困惑，仍在小声哭泣。我说："啾啾不是为这个哭，啾啾是不想让爸爸和妈妈争。"她这才点头止哭。这的确是她哭的真正原因，刚才她被弄糊涂了。

我们开车去野外，天色已晚，人烟稀少。孩子太小，我怕遇到歹人，红比我胆大，听我表示担心，很生气。我们争吵时，啾啾听着，不吭声。她一贯更亲妈妈，去拉住妈妈的手。我要牵她的手，她躲开。但是，她又不想让我难过。红牵着她一直朝河边那条路的深处走，除了过往车辆外，没有一个人。我不得不建议往回走。回到大路口，我独自坐在河岸上。一会儿，她来找我了，给我送来一根狗尾巴草。归途中，她对我很亲，同时又常常去摸一下妈妈的手臂。我知道，她心里不能忍受与我们任何一人的疏远。（以上4岁）

晚上，红在卫生间里洗漱，时间颇长。她议论："难道妈妈晚上还要化妆吗？我要和她谈一谈。"马上又叮嘱我："你不要说，我和她谈。"她这是要预防我和红发生争论，其实不

至于。(5岁)

一次争吵后,我很生气,想出去透透气,坐在门口小凳子上换鞋,突然听见旁边有动静。一看,她钻在餐桌下看着我。她小声说:"你穿这么少去散步,会冷的。"我说:"不冷。"她又小声说:"妈妈原谅你了。"我说:"我不原谅她。"接着开始解释所争论的那件事的道理。她说:"小声点儿。"看她温柔地劝和,我感动了,说:"宝贝真懂事,我也原谅妈妈了。"她点点头。(6岁)

多么好的孩子。她真是有教养,打心眼里不喜欢父母的争吵,不喜欢一切争吵。每回当着她的面发生了争吵,我总是内疚。我们当自重,我当自重。

在她稍大一些后,当我们发生口角时,她往往不再就事论事,批评某一方,而是高屋建瓴,同时批评双方,教育我们不要为小事情争吵。

我嫌红做事不认真,红反驳,为此常有争论。有一天又如此,她当即批评说:"我发现你们俩现在老是争论。"我赶紧承认错误。她说:"我跟你说句悄悄话。"然后凑近我耳朵轻声说:"以后她狠,你就不说话,你狠,她就不说话,这样就不会吵了。"接着又在红耳边重复了一遍,并宣布说的是同样的话。我连连称是好办法。她说:"你们练习一下。"红假装对我厉害,我沉默。我假装对红厉害,红对我也厉害。她宽容地说:"练错了。"(5岁)

我发现,夫妻俩都会开车,行车时常常会为开车的问题发生争论。有一晚，红开车，一路打哈欠，一辆卡车停在路上，她急刹车，我脱口而出："小心。"她不快了，说她一直集中注意力，谁开车都可能遇到情况，等等。我小声说："我不是就说了一句小心吗？"当时啾啾困了，起先有些闹觉，这时快睡着了，劝道："过去了就算了，不要再说了。我知道你们都很累了，把力气用在说话上好，还是用在自己身体里好？"我很感动，她多会劝解，立刻笑着说："宝贝说得对。"（6岁）

有一次，在餐桌上，也是为小事发生争论，我和红各自强调自己的理由。红说理由时，她打断，说："不要说理由了。"红说："对，用不着说，理由很清楚。"她摇头，不满的表情。我说："啾啾的意思是，这样的小事不值得争论，两人都不要再说理由。"她点头。我赞赏地看着她。

我和红拌嘴，她制止我们，说："不要生气，生气是毒药。"这是她从电视上看来的。她说，她看了以后就不再生气，因为不想给自己喝毒药。她对我说："你自己不要喝毒药，别人喝毒药，你应该可怜他。"

她一再地教导我们："小事情就不要互相责备了，要宽容。""你们为小事争吵，这样有什么意义呢？弄得心情也不好，你们觉得有价值吗？"红向她解释："我们不是真吵，是在开玩笑。"我说："半真半假吧。"红说："基本上是开玩笑。"她立即说："那还是半真半假。"一会儿补充说："一开始是说着玩，说着说着就当真了。"（以上7岁）

跟我们讲道理时，她的口气平静而坚决，真不像一个孩子。她的确比我们明白，我感到敬佩而又惭愧。我打心眼里认为，啾啾比她的爸爸妈妈优秀得多。

我在这里不惮把家庭口角披露于众，因为我不愿为了面子而隐瞒我从女儿那里所受的教育。我还相信，再和睦的家庭也会有磕磕碰碰，这是真实生活的正常状态。如同尼采所说："朋友，走近了你就知道，即使在最美丽的帆船上也有着太多琐屑的噪音。"在婚姻这部人间乐曲中，小争吵乃是必有的音符，倘若没有，我们就要赞叹它是天上的仙曲了，或者就要怀疑它是否已经临近曲终人散了。当然，不和谐音也不能太多、太刺耳，否则，超过一定限度，整部乐曲就会崩溃了。

事实上，在我们这个家庭，和谐是主旋律，啾啾对此十分清楚。有一回，电视里讲离婚的事，她听见了，说："我的爸爸妈妈是不会离婚的。"红让她讲理由，她说："你们俩老是在一起逗着玩，假装打架，这么好玩怎么还会离婚？"她是指我经常假装要打红，红便大叫救命，她便赶紧保护妈妈。我没有想到，这使她强烈地感受到了家庭的欢快气氛，从中得出了充满信心的结论。

还有一回，我带她上街，看见胡同里一户开小店的夫妻在吵架，返回时，看见丈夫仍在劝慰妻子。她对我议论道："一般夫妻吵架，好久才会和好，我们家不同，你和妈妈吵架像一阵风，突然就和好了。"我称赞她观察得仔细。

这的确是实情。不过，尽管如此，我们还是应该把小争吵减少一些，或者，吵得水平高一些，有教养一些。孩子的感受是检测仪，孩子不快了，说明还是有问题。我知道，主要责任在我。现在我要谈到我特别不愿意公开的内容了。

有一回，红告诉我，啾啾对她说："爸爸老发脾气怎么办？不过，换一个爸爸，可能就没有他这样待我好了。"还有一回，她直接对我说："你不是好老公，你是好爸爸。"第三回，她告诉我："有的人怕你呢。"我问："谁？"她说："妈妈。"红旁白："他一半是魔鬼，另一半也不是天使。"她纠正："在孩子面前是。"第四回，她说她的一个梦。她看到网上刊登某明星和我的对话，明星问我："你为什么老是生气？"然后，网上出现大字标题：《周某人真相大揭晓》。

这都是她七八岁之间说的，我彻底和盘托出。我感到的是彻心的羞愧。从她口中，我才知道我的问题竟然这么严重。我自己认为，许多人也觉得，我是一个很平和的人，现在我知道，在我心情不好的时候，我的脸色一定很难看，我的脾气发得一定挺大，让身边的人感到很压抑，而首当其冲的受害者是红。我自省，为小事争吵，发难者多半是我，比如指责红粗心、没有条理之类。女儿的批评，使我看到了我的性格上和教养上的缺点。我特别佩服她的是，她深知我待她好，是好爸爸，但并不因此而失去了公正判断的眼光。

不过，话说回来，红发起脾气来也了得。一般来说，我容易生闷气，她是不发则已，一发冲天，杏目怒睁，啸声入云，平时的柔情似水瞬间变成了怒潮汹涌。有一回，红向我承认了这一点,说自己遗传了其父亲的火爆脾气。我向啾啾转述,她笑着说:"是呀,妈妈脾气比你大许多倍。"然后针对此评论道:"爸爸像女孩,妈妈像男孩。"

瞧,这就是恩爱夫妻的真实的人性,这就是幸福家庭的真实的生活。湖面上不时刮起小小的风暴,掀起小小的波澜,身在其中之时,或许觉得风急浪高,远远地观看,不过是一些涟漪罢了,本身就是婚姻这道风景的组成部分。

啾啾对我们的批评和教育,不限于在劝架之时,我在前面章节已经多有涉及,这里再举二例。

我们让水站工人送来矿泉水票,缴了钱,他走后,发现他给我们的是纯净水票,价格比矿泉水便宜。我们生气地议论着此事,她说话了:"不就是喝纯净水吗,有什么关系呢?"俨然大家风度。(6岁)

人民币开始小幅度升值,使储存的外币贬值,我和红在议论所受的损失。她听见了,平静地说:"钱没那么重要吧。"我闻言肃然起敬,顿觉自己是俗人。我问:"什么重要?"她说:"生命才是重要的。"我问:"还有什么?"她答:"工作,因为工作能把学到的知识用上。"我表示赞同,说:"还能使生命有意义。"(7岁)

爸爸的年纪和职业

啾啾满三岁，我们带她去幼儿园报名。那一天，我抱着她，接待的女老师问："这是孩子的爷爷还是姥爷？"我笑了，说："都不是，是爸爸。"女老师面露窘色，我安慰道："没关系，许多人都这样问，很正常。"

我是五十三岁有啾啾的，虽然不显那么老，与那些年轻爸爸的差距还是一目了然的。啾啾上幼儿园和小学，看见同学们的家长，一定会有比较，心里可能会产生疑惑甚至自卑。但是，我看到，她是能够坦然地面对有一个老爸这个事实的。她能够这样，首先是靠她自己的某种素质，其次，也是因为这个老爸还是一个不错的老爸。不错在哪里？第一，我自己很坦然，不忌讳年龄的老。第二，比较有童心，使她不觉得老。第三，毋庸讳言，我的名声也起了一点作用，此虚荣心的满足补偿了彼虚荣心的缺憾。

其实，爸爸比妈妈老，这是她很早就看清的一个事实。三岁时，红对她说："以后，爸爸会变成一个老爷爷，妈妈会变成一个老太太。"她立即纠正："爸爸变成老爷爷的时候，妈妈会变成一个妇女。"四岁时,关于爸爸年龄的议论就比较多了。有一回,吃饭时,她说:"我小,爸爸老,妈妈和小燕不小不老。"然后端详着我,突然说:"爸爸成一个老头了怎么办呢?"我笑答:"没办法,就做一个好老头吧。"还有一回,红在说某人老了,她问:"比我爸爸还老?"我问:"你爸爸那么老吗?"她说:"我爸爸就是你。爸爸你多少岁了?我一直不知道。"我说:"比妈妈大二十二岁。"她要求:"你算一算是多少。"我说:"你自己算。"她还不会做二位数加法,坚持要我算,我说:"这个题目就留给你,你好好学数学吧。"

但是,小燕很快把答案告诉了她。第二天,小燕用得意的口气对她说:"我爸爸比你爸爸年轻,我爸爸才四十二岁,你爸爸五十七岁了。"她有些困惑地问妈妈:"小燕这么大了,为什么她爸爸比我爸爸还年轻?"小燕继续推波助澜,向她提前宣布我退休。她对我说:"你再过几天就要退休了。"我问:"谁说的?"她说是小燕。小燕在旁边,马上狡辩,说:"我是说你工作一会儿,又出来走走。"她激烈地反驳:"你说了!出来走走又不是退休!"我问:"你知道什么是退休吗?"她答:"知道,就是再也不上班了。"我说:"对,不过爸爸不是过几天,而是过几年才退休。"

终于到我退休的时候了,看我的生活毫无改变,仍是天天写作,她对我说:"爸爸,我觉得你像没有退休一样。"我说:"对,宝贝,一个人有自己喜欢做的事,就无所谓退休不退休。"不过,她似乎觉得爸爸到了本命年是一件比较严重的事情,问妈妈:"爸爸真的六十岁了吗?他是长寿的吗?"我明显地察觉，从我的本命年开始，她格外关心我的健康，经常叮嘱我少吸烟。有一天，她看烟盒，问我抽了几支烟，我报了一个数，她说不对，她在昨天的烟盒上做了一个记号，已经不是那个烟盒了。昨天她来我的书房，的确玩我的烟盒了，拆掉了塑料纸，没想到是为了在上面画记号。于是，我与她商量，每天吸十支，由她发给我，她对这个办法表示满意。她说："你已经六十岁了，妈妈陪我肯定比你时间长。"我说："当然，不过爸爸一定要争取陪你们在这个世界上多生活一些年。"她上小学后，我们之间常有这种坦率的谈话，没有任何忌讳，我觉得非常好。

啾啾真的不觉得她的这个老爸老。她这样评价："爸爸除了岁数老，别的什么都不老。"有一回，我理发理了一个平头，她评论说："像一个大学生。"看见红精神不振，她喊道："老妈，你比爸爸还老了！"红对我说："你心态比我年轻。"她听见了，看着我，认真地点头。

常有人问我：对于做名人的女儿，啾啾有什么感想？其实，我从来不觉得自己是一个名人，也不愿意她有丝毫这种意识。但是，毕竟出了一些书，拥有一些读者，她的老师和她的同学家长中也有喜欢我的书的人，加上目睹记者采访、耳闻媒体报道之类，她就不免会逐渐形成爸爸是名人的印象。好在我的心态很淡泊，她也就不太把这当回事。据我观察，她的反应是自然而有趣的，有自豪，也有超脱，有欣赏，也有批评。我由此断定，她所受我的内在东西的影响，已足以消除这些外在东西的干扰。

她三岁时，央视两个记者来家里采访，想拍一点她的镜头，这时她已经在床上，正准备睡觉。看见记者进屋，她用玩具挡住脸，不停地小声喊："我不想上电视！"事后，她对我说："上电视有什么好？又没有玩具，就是说一会儿话，没有意思。爸爸，你也是这样感觉的，对吧？"我连连称是。我的确和她所见略同，觉得上电视说一会儿话没什么意思，所以一直很少接受电视采访。偶尔接受了，播出时，啾啾基本不看，她真的不在乎。

四岁时，她已经知道我的职业是作家、哲学家，红问她："啾啾是什么家？"她答："什么家也不是。"红说："啾啾最懂妈妈。"她马上说："我是妈妈家。"我问："妈妈呢？"答："妈妈是宝贝家。"我说："我也是宝贝家。"她说："我是两个家——妈妈家和爸爸家。"

五岁时，上幼儿园大班，班上新来一个老师，问她："你爸爸是干什么的？"她回答："哲学家。"在她看来，哲学家只是世上各种职业中的一种罢了。那个老师听了，顿时露出奇怪的表情，她学给我们看，瞪大眼睛，噘起嘴唇，大约是惊讶世上还有这种职业吧。红解释其含义是："哲学家也有女儿？"她立即理直气壮地说："那当然喽，哲学家也是人嘛！"

很好，就应该有这样的平常心。

当然，她也有引以自豪的时候，是那种很天真可爱的自豪。卓越网出版小说《绿山墙的安妮》，请我写中译本序。样书送来后，我发现排印时我的序前一半文字丢失，以至于读来让人莫名其妙。这当然是一个失误，经手的两位小姐很不安，让花店送来一个黄玫瑰花篮，表示歉意。啾啾不知情，问妈妈："谁送来的花？"妈妈说："爸爸的女朋友，她爱上了爸爸。"她反驳："不对，是爸爸写作好，所以送的。"（4岁）

语文课上，她回答问题好，老师夸道："很有诗意，真是哲学家的女儿呀。"她告诉我："同学都笑了，我害羞得一直低着头。"

她转达班主任的要求，说一年级五个班的老师星期天想来家里和我座谈，然后问我："她们怎么不和别的同学的爸爸座谈呢？"看得出来，她心里是感到骄傲的。（以上6岁）

她知道我写书，有时会表现出一点兴趣。有一天，看见我在整理书，她问："爸爸，哪些书是你写的？"我指给她看，她叹道："这么多呀。"又问我："你哪些书得过奖？"我说："我得的都是小奖，我自己也想不起来了。"她一定要我回忆，我说出了五种，她马上从书柜里把这五种都找出来了。

她问我："你自己写的书你看不看呢？"我答："偶尔看一看。"她接着问："难道你还想写一样的书吗？"我自我解嘲说："我是怕写重了，所以要看一看以前写过没有。"

她喜欢幾米的书，为此于奇还请幾米送给了她一册签名本。有一次，说起幾米的书拍成了电影，她说："我发现幾米和你的书都招人喜欢。"接着说："以后有一个画家给你的书配上画，再以后也会拍成电影了。"我心想，还挺懂行。（以上5岁）

关于我所做的工作，她零星听到一点，有时会发生天真的误解。

我和红在谈论别人请我写序的事，表示很不愿意写。她听见了，问我："爸爸，就写一个'序'字，这多容易，你为什么不写呢？"她以为写序就是写一个"序"字呢。（5岁）

无论什么场合，听人说到尼采，她就瞥我一眼，认为与我有关。在学校里，她对她的好朋友小岚说到了尼采。小岚回家告诉她妈妈，啾啾家里有许多"彩泥"的书，小岚的妈妈纳闷，一想，啾啾的爸爸是搞哲学的，恍然大悟，应是尼采。啾啾知道我有一本书叫《尼采与形而上学》，告诉小岚，这本书是讲尼采送妹妹杏儿去上学的故事的。回到家，她也对我说："尼采的妹妹叫杏儿。"我不明白，她解释："你不是写过《尼采与杏儿（形而）上学》吗？"（6岁）

啾啾调侃爸爸的专业才叫绝呢。

她正和同伴疯玩，我企图加入，说："我来当你们的大王。"她说："你当不了大王。"我问："我能当什么？"她狡黠一笑，答："你什么也当不了，你就当你的著名作家周国平吧！"言毕，把我撂在一旁，继续与同伴疯玩。我灰溜溜回到书房，坐在电脑前，感到无比自卑，一个字也敲不出来。

我的书房里有一本书，书名是《大哲学家小传》。她看见了，把这书名读了一遍，然后一笑，说："小哲学家大传。"我心想：真是对我的绝妙讽刺啊。

一个下午，我在她的房间里睡觉，她和妈妈想把积木搬到客厅里玩,怕吵醒我,小心翼翼,偏偏到了门口,就在我的耳朵旁,一块积木掉到地上,发出响声。出了门,她评论道:"一个悲剧的诞生!"她知道我有一本译作,是尼采的《悲剧的诞生》,巧妙地用上了。(以上6岁)

关于名声,啾啾会和我做一点有趣的讨论。

听一些人在说喜欢我的书,她议论道:"大家都读出名的哲学家的书,不读不出名的哲学家的书。"我说:"这是不对的,爸爸没出名时写的东西比现在好。"她问:"你是不是世界有名?"我笑了,说:"当然不是,爸爸最多是在中国有一点儿小名。"(5岁)

我和她在陶然亭公园玩。我们想出一个玩法,在中华名亭园里寻访亭子,共找到了十座,每找到一座,我就给她讲有关知识,比如在独醒亭讲屈原,在谪仙亭讲李白。她兴致极高,高兴地说:"这样学知识真好,一边玩一边学到了很多,不像坐在桌子前那样,闷闷的。"在半坡亭,我告诉她,苏东坡是中国古代很有名的作家。她说:"你也很有名。"我说:"不一样,苏东坡不光有名,而且伟大。"她问:"怎么伟大?"我说:"他写的书,几百年几千年都仍然有许多人读。"她说:"不知道下一代人还读不读你的书,你自己不会知道了。"我笑着说:"你会知道的。"她说:"如果有人读,你也比较伟大。"(6岁)

令我满意的是,她对我的所谓名声还多有批评。

一家房地产公司举行新闻发布会,因为是受朋友之邀,我出席了。会议在售楼处举行，那是一个半球形的大玻璃棚，红称之为鸡蛋。啾啾一听我要在鸡蛋里开会，十分兴奋，也要跟我去。路上，她发表议论："我觉得爸爸好像什么都是。"这一定是我受邀参加各种活动给她造成的印象，在我听来不啻是敲了一记警钟。（4岁）

有一回，我们聊着什么事，她议论："很走红啊，就像爸爸。"我又听到一记警钟。

因为采访的干扰，她抱怨："爸爸是著名哲学家，弄得我们也不安定。"

因为常常遇见读者认出我来，她同情地问我："当名人挺累的吧？"（以上6岁）

对于我的工作，她的批评也不少，而且十分中肯，我奉为逆耳——不，悦耳——忠言。

我和红在谈我的写作计划，她插话："爸爸，不要老写哲学了，写一点活泼可爱的东西。"我说："好，写给你看。"她笑了，叮嘱道："写得薄一点啊。"

她说："爸爸的作业太多了，天天要写那么多的字，到死也写不完。"批评我："你是一个工作狂。"我辩解："不是，因为我爱孩子。对于我，永远是孩子第一，工作第二，这保证了我不会成为工作狂。"她点头称是，给我平反。（以上6岁）

她看见电脑屏幕上我正在写的文章的标题《与书结缘》，问我是什么意思。我说，是一辈子爱读书的意思。她说："现在你不爱读书，现在你只爱写书。"我叹道："一针见血！"承认这正是我的问题之所在。（8岁）

本命年那一年，我遭遇了三个官司。我自己受些搅扰也罢了，最让我难过的是，我的六岁的女儿也跟着担惊受怕。

一开始，我是不想让她知道的。第一个案子发生时，律师和我坐在客厅里谈事，红不在家，她就总在我周围转，爬在客厅的地上，假装寻找什么东西，其实是在听我们的谈话，赶也赶不走。就这样，律师来，朋友来，大人的谈话难免有几句落进她的耳朵，她琢磨出了一点名堂。有一天，她写作文，我偷偷看，老天，标题竟是《爸爸的官司（一）》，她写上连载了。那个时刻，我心痛如割。

不过，既然她已经略知一二，我就不应该再避讳，那样反而会使她处在不明真相的焦虑中。于是，我向她简要地讲述每个案子的来龙去脉，告诉她，我做了什么，为什么要这样做，这些人做了什么，为什么要和我打官司。她知道爸爸是对的，就比较放心了。通过对案情的了解，她更了解我的为人处世了，也多少了解了一点社会。

她真是懂事。和律师在饭店吃饭和谈事，保姆不在家，只好把她也带去。一直谈到深夜，她已十分疲倦，仍坚持着，毫无不耐烦的表示。如果只是一般的吃饭，她早就催我们回家了。

三个官司都胜诉了，她真是高兴啊，一再欢呼："我们赢了！我们赢了！"其中一个主要官司的判决下得最晚，我们全家都松了一口气，红说："那个人今天晚上一定很郁闷。"她加上一句："和我们家打官司的人都很郁闷。"

做父母的最高境界

孩子幼小时，父母中谁单独带孩子多，孩子就和谁最亲，所以啾啾和妈妈最亲。我自己也体会到，单独带孩子是最能使孩子产生依恋感的，每当我单独带了她一回，她跟我就明显更亲了一些。

孩子稍大一点，和孩子单独相处又别有一番风味。三人世界是一个小社会，包含三层关系——夫妻，父女，母女，麻雀虽小，五脏俱全，热闹而且相当复杂。两人世界不同，只有一层关系，我和你，两人面对面，在冷清和简单中有一种心照不宣的亲密。

我的这个感受，发轫于啾啾三岁时的一个偶然机缘。当然，在此之前，我也常有单独和她玩的时候，但不一样，那仍然是热闹。要有这个感受，最好是在一个陌生的环境里，两人不是玩，而是牵手散步，或相对而坐，静静地叙谈。那一天，我们出门办事，我开车，红带她坐在后座上。在车上，她情绪一直不安。下了车，她也总要妈妈抱，红气恼地说她是在整自己。可是，有一段时间，红去另一家商店购物，把我们俩放在一家西式快餐厅，她的表现却极佳。我和她各要了一客冰激凌，坐在一张桌子的两边，慢慢地享用着，说着话。我的感觉是，仿佛她已经长大，父女俩在悠闲地交谈。后来，她又给自己要了一客蛋糕。她注意到旁边墙上有一个钥匙眼，指给我看，问我为什么。我们俩一起研究，发现这堵墙上原先有一扇门，现在被堵死了。我们就这样随意地聊着，聊的事情都微不足道，但这一点儿不重要，我感受到的是父女关系的一种新的可能性。

红也向我谈过相似的体验。她四岁时，我们在上海，朋友天天请吃饭，一天，她对红说："妈妈，我们能不能自己请自己吃饭呢？"红说行，不跟我去赴宴了，带她在宾馆的餐厅吃西餐。母女俩各人点了自己的菜，边吃边从容地交谈。她用餐很优雅，中规中矩地使用刀叉。红说："你今天倒坐得住，不像以前那样跑来跑去了。"她解释："以前好多人一起吃饭，我才跑。"红说："请宝贝吃饭真是太有意思了，以后要多请几次。"她点点头，说："我们俩在一起吃饭很适合，妈妈你说是吗？"我回到宾馆，红向我盛赞母女单独共进晚餐的滋味之好，劝我也尝试。

从啾啾四岁开始，我们父女俩就经常聊天了。她也喜欢和我聊，因为我比较注意倾听她，顺应她，在顺应中引出和展开话题。

一天下午，我放下工作，带她去户外，回来又建议和她聊天。她一听"聊天"这个词，立刻进入状态。见我嗑瓜子，她也给自己安排零食,把几样零食放在一个盘子里,摆在自己面前。坐定后,她问:"我们聊什么呢?"我说:"随便聊吧。"我问她幼儿园里的事,是不是也和小朋友聊天。她说,她们不聊天,而是说悄悄话。我问她:"你到过哪些地方?"她举出成都、昆明、丽江、上海、大连,然后说:"这是全部,我都说了。"我说:"对,还有很小的时候,当然不记得了。"她说:"那像做梦。我去过美国吗?"我说:"没有,你去过德国、法国、意大利。"她问:"澳大利亚呢?"我说:"没有,但去过奥地利。特别小的时候,你才四个月,还去过海南岛。"她一听,立刻绘声绘色地说起了从妈妈那里听来的当年趣事。

红带她去单位,如果她在那里感到无聊,就跟我在电话里聊天。有一回,她打来电话,说:"妈妈去开会了,没有人跟我玩。"我开导她:"妈妈单位里开会,她不能不参加,就像你们幼儿园里开会的时候,你也不能不参加,对吗?"她说:"我们幼儿园里从来不开会。"我说:"对呀,爸爸都忘了。可是爸爸现在没法来跟你玩,我们就在电话里聊天,好吗?"她同意,告诉我:"我给你画了一张画,用彩笔画的,没有画满,留了空。"聊了一会儿以后,我建议她唱歌给我听,她马上痛快地唱了一支,唱完了让我也唱一支给她听。接着,她建议我们一起唱一支,她选了《天上有个小月亮》,我不会,她就一句一句教我,然后我们合唱,父女俩在电话里开上了歌唱会。

有时候,我们的电话聊天挺搞笑的。她六岁时,跟红去单位，红给我打电话，问她想不想和爸爸说话，她说想。她接过电话，却是问："爸爸，你找我有什么事吗？"我说有，她问什么事，我说："想听你说话。"问："还有呢？"答："还有就是和你说说话。"问："还有吗？"答："第三件事是想知道你在做什么。"她说："我在吃饭。第四件呢？"答："第四件是告诉你我在做什么。"问："你在做什么？"答："还不是工作！"问："第五件呢？"答："对你说再见。"问："第六件呢？"答："听你说再见。"问："第七件呢？"答："我们一起放电话。"问："第八件呢？"答："放下电话后，你继续吃饭，我继续工作。"她说："好，我们现在一起做第五第六件，然后一起做第七件。"我说："好，然后每人自己做第八件。"我们就这么办了。

和妈妈一起外出，打电话向我通报情况的往往是她。七岁时，红带奶奶、姑姑等一大家子人去长城，返回时遇堵车，便找小路走。天这么黑，我担心红会迷路，怕一车老小遇歹徒，诸如此类，坐立不安。快十时，电话铃响了，是啾啾，她们终于到郊区住宅了。她跟我说一路见闻，去时看到三车追尾，长城上满是臭大姐，还有金属色的毛毛虫，她爬上第五个烽火台，特别陡，奶奶连第一个也没有爬，等等。她说："我想你了。"又说："我想你在想我。"我说："我是在想你呀。"她说："我也是。"我说："我一个人在这里，静极了。"她说："你打开音乐。"我说："那不一样。"她说："是的。"听得出来，她真惦念我。红后来告诉我，她一路上想我，要给我打电话，一到家立刻奔电话去，放下电话还黯然神伤。

我心里又甜又痛。人生中一个时段，一个可爱的小女儿，说不尽的爱，可是生命终有尽头，一切终将消逝……

随着她长大，我们的聊天越来越有内容了。她上小学四年级，一天晚上，我俩躺在上下铺聊。语文课本中有叶圣陶、郑振铎、茅盾等的文章，她问起这几个作家的情况，我略作介绍，然后说："这些人比我早两三代，那时候的人很棒，许多都又做学问又写文章，是学者也是作家，现在这样的人少了。"她说："你也是这样的。"我说："对，但是大多数人不是这样，学者不写作品，作家不搞学问。"她说："我看郑振铎的文章，想象他很雄壮，像毛泽东那样，一看照片，原来是一副可怜的样子。"她指的是那种轱辘式的老式眼镜，我解释说，这是当时的流行样式，接着发感慨说，我以前读这些人的书，觉得他们是很老的人，现在才知道，他们写这些书的时候比我现在年轻得多。我还告诉她，网上有中学生留言，说一直以为我是古人，没想到我还活着。她笑了，说："我是不会这样混淆的。"

她刚进小学，我们家迁到了南城，离陶然亭公园近。一二年级时，功课少，几乎每天放学后，我都带她到公园里散步，边散步边聊天。在聊天中，她常有出彩之语，我已经写在前面章节的相关地方了。

在公园里，她还常常触景生情，发表议论。

岸边有一座小亭，墙上涂满了少男少女的情书，有表忠心的，有诉衷情的，有叹失恋的，她一律兴致勃勃地朗诵。

读到这一条："GG 和 BB 永远心连心。"她解释："GG 和 BB 是代号，男孩和女孩。"我心想：歪打正着。

在湖心大岛上，意外地发现一直关闭的一座院落开放了，买了票进去。那是陶然亭和慈悲庵，几乎没有游客，我们在里面逗留了一小时。她听说公园是因此命名的，得意地说："我们到陶然亭的肚子里来了。"

公园里，一群老人在玩孩子的集体游戏，她评论："老人幼儿园，不伦不类。"

公园西门外的那些民房已基本拆除，废墟中竖立着一间未拆的小屋，她指着说："这是最顽固的钉子户。"

一次又一次，她搂着我在公园里走，一路话语不断。一个年轻的女士驻足目送我们走过，一个年长的父亲和一个年幼的女儿，我心中洋溢着幸福之感。天黑了，她知道我看不清路，紧紧拽着我的手。归途，走在黑暗的小街上，她唱歌给我听……

我始终认为，做孩子的朋友，孩子也肯把自己当作朋友，乃是做父母的最高境界。

在婴儿期，父母和孩子的关系如同成年兽和幼兽，生物性因素占据着优势。随着孩子逐渐长大，社会性因素必然逐渐扩大，并且终将占据优势。于是，亲子之间的自然人的关系变成了社会人的关系，孩子越来越成为社会的一员，不管亲子双方是否愿意，都必须脱离父母的庇护，独立地走自己的人生之路了。但是，这只是一个方面。另一方面，随着孩子逐渐长大，亲子关系中的精神性因素也应该逐渐扩大，占据主导地位。然而，社会性因素的主宰是由客观的社会力量强迫实现的，与此相反，倘若没有父母的自觉，亲子关系就永远不可能具备精神性品格，会始终停留在动物性溺爱的水平上。判断是否具备精神性品格，一个恰当的标志是看父母和孩子之间是否逐渐形成了一种朋友式的关系。

朋友式的关系有两个显著特征，一是独立，二是平等。

独立，就是把孩子视为一个灵魂，一个正在成形的独立的人格，不但爱他疼他，而且给予信任和尊重。当然，父母自己也是独立的灵魂，而正是通过对孩子的尊重，孩子会鲜明地意识到这一点，从而学会也尊重父母。我要强调灵魂的概念，有些父母是没有这个概念的，从不把自己视为一个灵魂，因而也不可能把孩子视为一个灵魂。这样的父母往往把孩子视为一个宠物，甚至视为一个实施自己的庸俗抱负的工具，其结果恰恰是扼杀了孩子的独立人格，使孩子成为灵魂萎缩的不完整的人。

既然都是独立的灵魂，彼此的关系就应该是平等的。平等尤其体现在两个方面。一方面，亲子之间要有商量的氛围。凡属孩子自己的事情，既不越俎代庖，也不横加干涉，而是怀着爱心加以关注，以平等的态度进行商量。当孩子具备一定的理解力之时，家庭的事务，父母自己的事情，也不妨根据情况适当地征求孩子的意见，使其有参与感和被信任感。另一方面，亲子之间要有交流的氛围，经常聊天和谈心，就共同感兴趣的问题展开讨论，在自愿的前提下，分担孩子的忧愁，共享双方的喜乐，沟通彼此的心灵。

我清醒地意识到，做孩子的朋友不易，让孩子也肯把自己当朋友更难。多少孩子有了心事，首先要瞒的人是父母，有了知心话，最不想说的人也是父母。啾啾现在还小，随着她长大，进入青春期，上中学、大学，她是否一直肯把我当作好朋友，我没有把握，但我一定努力。至少在我这一方面，我会坚持把她当朋友那样对待，始终尊重她的独立人格，比如说，我决不会偷看她的日记，决不会干涉她和男孩子的交往，等等。我相信，即使最后我不能入她的法眼，她也一定会满意地说："我有一个最开明的老爸。"

我给女儿当秘书

从啾啾出生起,我就开始记录她在生长过程中的种种可爱表现,她会说话以后,我记录得更为辛勤。在我的建议下,红也做了不少记录。没有我们当时积累的这些资料,本书的写作是不可能的。真实的生活是由无数细节组成的,而细节的特点正在于:具体,生动,然而稍纵即逝,转眼就忘。

我清楚地知道,无论多么辛勤,我只能捕捉住无数细节中的极小一部分,我的记录必然是挂一漏万的。啾啾还是一个婴儿时,我就已经常常感到惋惜,她的可爱实在记不胜记,当我和她在一起时,或者情不自禁被她吸引,要与她玩,或者必须照料她,许多当下的感觉来不及记下来,过后又忆不起来,就这样流失了。有一回,我凝视着她的小脸蛋,向她求救道:"宝贝,你帮爸爸带啾啾吧,爸爸好腾出时间来写啾啾呀。"

二岁以后,日常带她的是小燕,我多半不在场,这也一定使我错过了许多好东西。红单独带她时,也会有一些东西,红不在意,而我听到了可能会觉得有意思。事实上,只要我在场，我几乎每时每刻都发现有值得记录的东西。

当然，挂一漏万是没有办法的事情，我只能尽力而为。那些日子里，我始终保持着一种清醒的意识，就是做女儿的秘书是我的第一职责，记录她的可爱表现是我的主要工作，我决不可颠倒了事物的价值，为了忙别的事情而把最好的东西丢失了。我在屋里到处放了一些小纸片，听到可记的东西，就随手写几个字，有空时再据此回忆和录入电脑。用这个办法，我毕竟留住了许多珍宝。我安慰自己，虽说是挂一漏万，一和零却是质的区别，何况由一可以见万，由一斑可以窥全豹，由一滴水可以知大海。事实似乎也是如此，现在我把这些一草一木搭配起来，大致上还是呈现出了啾啾的幼时风景。

遗憾总是有的，最大的遗憾是，这毕竟是搭配起来的风景，与那正在被岁月带往无尽远方的真实的风景岂可同日而语。当时记录的时候，我已倍感无奈，因为我只能记录孩子可爱的表象，而使孩子如此可爱的那光彩照人的生机和灵性却是用文字记不下来的。这是文字面对一切鲜活的生命之美时的共同的无奈。

对于我这个秘书，啾啾是认可的，也相当重视，经常会提醒我履行自己的职责。

从二岁开始，她已经知道我在记录她的话，每听人夸她说了一句有趣的话，就吩咐："爸爸，记下来。"有时候，不等我们夸，她就命令："写！宝贝说话，说得太好玩了。"她画了一张画，大家称赞她，她也吩咐："爸爸记下来。"

开始时，她大约不太明白记下来是什么意思。有一回，红说要去把她说的话记下来，她听见了，跟在妈妈的身后，说："宝贝自己记。"然后，在红做记录的同一张纸上乱画了一通。

有一回，我在纸片上记她刚说的话，记完后，她要我再记，我问记什么，她想了想，说："一个眼睛——记下来吧。"

一个深夜，她醒了，红抱着她来我的书房，我还没有睡。她对红说了一句什么话，我问红："啾啾说什么？"红还没有回答，她立刻对我说："爸爸给我记下来。"我笑了，这是深夜，她刚从梦中醒来，仍不忘让爸爸履行职责。可是，红已经想不起她说了什么了，结果我就记下了这句深夜时刻的吩咐。

她渐渐琢磨出了我的工作内容，看见我在记，问我："你记什么好玩的事情？"议论道："你遇到好玩的事情都记下来呀。"

对于我的秘书工作，她可认真了，会加以监督。有一次，红向我转述她的一句妙语，我立即记录，突然听见她说："少一个三角形。"平时我在纸片上记她的话，每一项独立内容前都用一个小三角形做标记，难道她还注意到了这个？我不太相信，追问了一句，她答："爸爸先写一个三角形。"果真注意到了，如此细心！

她在纸篓里发现一张纸片，上面写着字，知道是我记录的她的话，便对妈妈说："上面写着我的话，不能扔。"妈妈向她解释，爸爸已经写进电脑了。但她非常坚决，一定要妈妈把这纸片收藏起来。我赞赏地看着她,心想:很好,从小珍惜生命的痕迹。

三岁时,她能够欣赏我做的记录了,常常要求我念给她听,听了便开心地笑。

有一回,红告诉我,她说了一句妙语,但回忆不起来了。她正在旁边,立刻问:"我还记得吗?我再说一句别的行吗?"我大笑,说:"你这句话就非常妙,爸爸记下来。"

五岁时,她有点儿理解做这种记录的意义了。有一次,红提到她的一句有意思的话,我问红记下来没有,她在旁解释:"我长大了就说不出好玩的话了。"我赶紧说:"宝贝长大了也能说出好玩的话,但和小时候是不一样的好玩。"还有一次,她对红说:"妈妈,你把我现在的事情都记下来,我长大了一看就知道了,要不我都忘了。"红说:"等你会写的字多了,你就可以自己把每天的事情记下来。"她表示同意,说:"那是日记。"

关于把啾啾小时候的事写成一本书的想法,最早是在她五岁时提出来的。一开始,她说她要自己写。她喜欢《窗边的小豆豆》,问妈妈,这本书是小豆豆自己写的吗,妈妈说,是小豆豆长大后写自己小时候的事情,她就说:"我长大后也写自己小时候的事情,写妈妈给我念《小豆豆》,写我学钢琴、学芭蕾舞。"我表示,爸爸先写一本,她反对,说:"我要自己写自己。"

六岁时,我和她商量:"爸爸记了许多你的好玩的话,出一本书,好吗?"她说:"等我长大了再出吧,那样你可以把我以后的话都写进去了。"我说:"到你小学六年级吧,你长大后就可以自己记了。"她同意。

七岁时,朋友聚餐,在餐桌上,我们谈起这个话题,她又表示以后由她自己写。我说:"小时候的事,你自己记不得了,怎么办呢?"她不假思索地答道:"把资料给我就行了。"何等自信,举座皆大惊而又大笑。

九岁时,她同意由我来写了,但是,对我的著作权提出了质疑。她非常严肃地说,封面上不能写"周国平著",只能写"周国平记述",因为书中她的话是她说的。我试图解释,这些话虽然是她说的,但我做了选择和加工,如果整本书都是她口述,我记录,才叫记述。可是,她的神情表明,她显然不接受我的解释。

现在,这本书终于即将出版了。关于著作权的问题,她没有再提异议。我心中忐忑不安,但愿她对书中的记叙满意,不会在名誉权问题上提出异议。

知道我在写这本书,一位初次见面的朋友说:"你在教人们怎样做不后悔的父母。"他告诉我,许多父母,包括他自己,都后悔莫及,因为在孩子幼小时,只知道忙于工作,和孩子在一起的时间太少,那一段光阴没有留下什么痕迹,现在回忆起来,只有一鳞半爪的印象,少得可怜。

就此而论,我的确是幸运的。我一直认为,写不写书不重要,最大的成就是,我为孩子保留了一份幼时生涯的尽可能完整的记录。

　　我想说，一切正在和将要做幼儿的父母的读者，你们还来得及。为了做不后悔的父母，请你们珍惜生命中这一段无比宝贵的时光。你们可以对任何人吝惜你们的时间，唯独对孩子不要吝惜。在你们的各项荣耀的或平凡的职务之中，请添加最荣耀也最平凡的一项，就是做孩子的秘书。尽你们的力量记录孩子在生长中的可爱表现，能记多少是多少，孩子将来一定会感谢你们的。

来自同一个神

在本书即将结束的时候，让我回到啾啾八个月时第一次响亮地喊出一二十声"爸爸"的那个下午，当时我止不住流了许多眼泪，因为我想起了妞妞，那个一岁半就离我而去的我的第一个女儿。

和啾啾一样，妞妞清楚地、连续地喊出"爸爸"也是在第八个月，"爸爸"也是妞妞明明白白会说的第一个词。那一天，我从雨儿怀里接过她，突然一声清晰的"爸爸"脱口而出。接着又喊了一声，她咯咯笑了起来。自此以后，她呼唤"爸爸"的音乐天天在我耳边奏响，直到在一个黑色星期四的下午戛然而止。我的怀里突然空了，世界突然寂静无声了，我曾经以为，此生此世，我不会再听到"爸爸"的呼唤，不能再享有身为人父的尊荣了。现在，在沉寂七年半以后，一个小生命又响亮地喊我"爸爸"，再次慷慨地把一个男人最光荣的称呼授予了我。妞妞开始喊"爸爸"的音容犹在耳旁眼前，与啾啾此刻的音容重叠。我的心情是复杂的，幸福中有哀痛，喜悦中有悲伤，而最后都归为深深的感激。我感激神，从小生命对我的又一次确认中，我知道神没有遗弃我。

别人常常问，我自己有时也想：啾啾像妞妞吗？似乎不太像。她是一个健康娃娃，比妞妞胖得多，也黑一些。她的头发不像妞妞那么黝黑浓密。她也非常安静，乖，但比妞妞内向，性格中有妞妞所没有的独立、审慎、冷静的因素。最使我想起妞妞的是她的眼睛，一样的澄澈、美丽、有灵气。于是我想，啾啾与妞妞之间的联系在于，每一个天使都来自那唯一的神。无论以前在妞妞身上，还是现在在啾啾身上，我看到的都是神力的显示，生命的奇迹，心中洋溢的是同一种对神的敬畏和对生命的赞美之情。

在《妞妞》某一版的序言中，我如此表达我的这个心情，至今仍觉得准确——

"现在我又有了一个女儿，和妞妞一样可爱，但拥有妞妞所没有的健康。当然，我非常爱她，丝毫不亚于当初爱妞妞。我甚至要说，现在她占据了我的全部父爱，因为在此时此刻，她就是我的唯一的孩子，就是世界上的一切孩子，就像那时候妞妞是唯一的和一切的孩子一样。这没有什么不对。一切新生命都来自同一个神圣的源泉，都是令人不得不惊喜的奇迹，不得不爱的宝贝。"

那么，我不想妞妞了吗？对这个问题，我不想用是或否断然作答，而宁愿对自己的心境做诚实的分析。

时间是疗治人生一切创痛的良药。是良药，不是灵丹妙药，时间用的是笨法子，只是等待你的伤口慢慢结痂和愈合罢了。如果我不再有孩子，失去妞妞的悲痛也会渐渐减轻，对妞妞的想念也会渐渐减弱。然而，被妞妞唤醒的那种父亲本能，那种拥有一个孩子的强烈需要，是最难被时间消磨的，妞妞离去留下的空缺将长久地在我的人生中张开大口。无论我多么爱已经在天堂里的妞妞，我的尘世的父爱必须寄托在一个现实的对象上。父爱是一种能量，如同一切能量一样，它必须释放。有了啾啾，我的悬在空中的父爱落到了地上，我的尘世生活又有了一个实在的核心和目标。同时，做一个健康孩子的父亲，这是我不曾有过的体验，我的父爱获得了一个比较踏实的落脚点。妞妞那时候，妞妞的病使我充满忧虑，我对妞妞是全神贯注，感觉极敏锐和细致，而心底始终是恐惧和空虚。现在，我的心情是轻松愉快的，感觉也许不那么敏锐了，但在从容中有另一种细致。同一种父爱，同一颗爱心，从此更正常更悠久地展现。

　　这当然不意味着我不想妞妞了。真实的情况是，一方面，时间会使生者对逝者的思念逐渐淡薄，另一方面，时间永远不能平息思念，在某些不可预料的时刻，这种思念会突然涌起，其强烈决不亚于生离死别的当初，而这两方面的情况都与是否再有一个孩子无关。有了啾啾以后，我仍多次经历后面那种时刻，有时是偶然翻到了妞妞的照片或遗物，有时似乎毫无来由，记忆的按钮突然触着了，思念的闸门突然打开了，妞妞的可爱和可怜无比清晰地呈现在我的眼前，使我在无人处失声痛哭。岁月把人生中的重大经历越带越远，你想忆也忆不起来，可是，无论带到多远，它始终在你的人生之中，你想忘也忘不掉，这一切岂是自己做得了主的！

于是我明白，啾啾是啾啾，妞妞是妞妞，她们都是独立的生命，一个决不能代替另一个。不管我是否又有一个孩子，妞妞的悲惨命运不会有丝毫改变，因此我心中的哀痛也永远不会消失，它始终在那里，只不过像某些身体的病痛一样，并非时时发作，而是仅在某种特定气候下发作罢了。也正因为此，我要限制这哀痛发生影响的范围，决不让它成为啾啾生活中的阴影。对于啾啾来说，这个在她出生以前多年发生的悲情故事只属于她的父亲，与她没有任何直接的关系。她长大后，会读到《妞妞》，但只是作为一个读者，也许比别的读者多一点的是，她从中能增进对自己父亲的了解。

基于这种认识，也是在上面引用的那篇序言中，我如此写道："我感谢上苍又赐给了我做父亲的天伦之乐。但是，请不要说这是对我曾经丧女的一个补偿吧，请不要说新来的小生命是对失去的小生命的一个替代吧。我宁可认为，新生命的到来是我生活中的一个独立的事件，与我过去的经历没有任何因果联系。妞妞依然是不可替代的，而我现在的女儿不能、不应该，并且我也无权要她成为一个替代。"

啾啾出生后的第一个春节，我们带啾啾去雍和宫。红一直惦着去，说要去还愿。她怀孕时，我们去过一次，那时她烧了香，磕了头，求佛保佑她生一个健康的孩子。现在，啾啾这么好，我们能不去吗？

对于孩子是否健康，我们一直是心怀隐忧的，原因是妞妞的前车之鉴。妞妞所患的那种病，有部分病例为遗传所致，虽然当时做了遗传学检查，结果正常，但我心中仍忐忑，怕自己万一有问题而没有查出。

更使这个担忧大大加重的是，怀孕五个半月时，红发了一场高烧，而妞妞患病的起因，正是雨儿怀孕五个半月时的一场高烧。症状也极其相似，都是起病急，很快烧到近40度，伴随上呼吸道症状，剧烈咳嗽，多痰，嗓音嘶哑。在医院里，守在红的身旁，看她的脸蛋和眼睛烧得通红，我想起雨儿当时的模样也是这样，恍若岁月轮回。

红始终平静地面对这次发病，不叫苦，不抱怨，还不时开一句玩笑。看我疲惫，她十分怜惜。她越平静，我越心疼她。我说爱她，她说是吗，那我以后要常常病。其实，她也意识到了这场病的蹊跷，有一回用似乎平淡的口气对我说："这是小啾啾的一劫。"

老天啊，冥冥之中，难道真有不可思议的命运？

我劝慰自己：妞妞的病，不是因为雨儿发烧，而是因为医生多次用X光检查，辐射导致了胎儿的基因突变，我对此非常清楚，现在我不会允许这样，也没有这样，所以不会有事的。

可是，心里仍害怕，我天天向上苍祷告，祈求上苍对我宽厚，赐给我一回寻常的平安，不要再把灾难降到我的身上。

红心里藏着同样的忧虑，但不说，我们都在回避这个可怕的话题。到孩子生下来，在产房里，她忍不住对医生说了她的忧虑，马上又转过脸来批评我："你是一朝被蛇咬，十年怕草绳。"

终于过了这种病显现的通常年龄，我们如释重负。

感谢上苍。

我还要做一点补充。时隔八年，两个孕妇在相同的孕期生相同的病，这或许纯属偶然，可是，她们在中国医院里遭受的磨难竟也如出一辙，恐怕就不是偶然的了。雨儿的遭遇，我已写在《妞妞》里，不重复，只说红的遭遇。

发病那天上午，我陪红到301医院，那里有一位熟人，联系好急诊，注射了青霉素，然后回家。下午，体温又上升，我急送她到离家最近的一个区级医院，办了住院手续。两次青霉素皮试都阳性，入院三个多小时，没有做任何治疗，体温升至39.9°。经我再三要求，医生同意用我从301开的青霉素打点滴。第二天，301开的药用完了，我想与那位熟人联系，再开一些昨天那种批号的药。那时没有手机，当我要借用医院的电话时，值班的女医生不准，理由竟是："你用电话，电话费也是记在我们科的账上的。"我说由我付费，她说没法入账，总之没有商量的余地。红的体温又开始上升，而直到下午，这家医院没有采取任何治疗措施。我心急如焚，决定让红转院到301。走进医生办公室，几个年轻的男女医生正在聊天，听了我的要求，他们让我找管我们病床的李医生，然后就不再理我，继续聊天。好不容易找到了那个姓李的年轻女医生，她说了一句"等会儿再说吧"，一溜烟不见了踪影。久等不来，万般无奈，我第二次走进医生办公室，向这些仍在聊天的年轻人讲了妞妞的事，并且警告他们，这次若出事，我必追究责任。话毕，他们不再让我找李医生，立即开了出院单。

虽然我对中国医院里的冷漠有足够的心理准备，这些年轻医生的表现仍然使我震惊。我无法理解，面对孕妇和孕妇腹中的小生命，他们竟然可以如此冷漠。他们这样做有什么意图吗？当然没有。会得到什么好处吗？当然不会。他们只是无所谓和不在乎罢了。这就更可怕，说明对生命的冷漠已经成为他们的日常状态。可是，他们还这么年轻啊！

我常常想做这样的祷告：上苍啊，请赐予中国人以信仰吧！请赐予中国的医生以信仰吧！让人们相信，每一个生命都来自神，都是应该互相爱的兄弟姐妹。或者，让人们相信，每一个生命都起灭于因缘，都是让人悲悯的孤儿。不论何种信仰，只要能教人们尊敬、爱护、同情生命，就都是好的信仰。最可怕的是普遍没有信仰，利益成为主宰，有利可图使人冷酷，无利可图使人冷漠。在这样的环境里，每一个生命都处在重重危险的包围之中，不可能有真正的安全，遭受磨难是必然的，逃脱灾难只是侥幸罢了。

在当今中国，做父母的没有不为自己孩子的今天和明天深深担忧的。为了我们的孩子，中国需要信仰。

啾啾是否知道爸爸曾经有过一个名叫妞妞的女儿？当然知道。我和红都想到，她迟早会知道，但是，不必特意告诉她，更不必刻意向她隐瞒，顺其自然就行了。事实上，她是渐渐知道的，的确是一个非常自然的过程。

四岁时，她拿出一张纸准备画画。她画画用的都是废弃了的一面有字的复印纸，她画在空白的另一面上。这一回，她拿着这张纸，告诉我们："这上面有照片。"我一看，是台湾版《妞妞》的一页校样，印在页角的照片是我抱着妞妞。我假装问红："是谁的照片呢？"没想到她先回答了："是妞妞。"我吃了一惊，和红交换一个眼色，问："你怎么知道的？"答："小燕说的。"照片印得很模糊，我指着照片上的我问："这是谁？"她说不知道。

五岁时，一天我去幼儿园接她，刚走出教室，她马上告诉我："老师说，她看你写的《妞妞》都哭了。"到这时为止，她还只知道我写了一本题为《妞妞》的书，里面讲的是一个名叫妞妞的小女孩的故事。

六岁时，电视播我的节目，她看了。节目一开始，主持人介绍我的生平，说到了妞妞，说得太清楚了，周国平的女儿，死于癌症，等等，还插播了我抱妞妞的照片。她疑惑了，当时就问我："妞妞是你的什么人？"我说："一会儿爸爸跟你讲这个故事。"后来她没有再问，但我相信她心里是有些明白了。

可是，情况似乎又并非如此。时隔半年，我和铁生两家人在雯丽家里做客，晚餐时，希米对我说："你为什么不写小说？你可以写。"雯丽问我："《妞妞》是不是小说？"我说不是，应该算纪实文学。她听见了，悄悄问红："爸爸认识妞妞吗？"红答："那是爸爸写的一个故事。"

七岁时，英乔写了一篇文章，发在《新民晚报》上。她和红上网看，其中写道，周伯伯原来还有一个女儿，叫妞妞。她看了，立即说："英乔哥哥乱说，爸爸哪里还有一个女儿了？"

然而，若干天后，她和妈妈在驾车外出的途中有一次谈话。

她问："妈妈，爸爸写的书里的妞妞，是真有这么一个人吗？"

妈妈答："爸爸和妈妈结婚时已经五十岁了，这么大年纪，他以前是可以结过一次婚的。他有过一个女儿，一岁半时就因为癌症去世了。爸爸很伤心，一直陪着她。"

"那她的妈妈呢？"

"她也陪着她呀。"

"现在她在哪里？"

"现在她也和别人结婚了，也有了一个孩子。"

疑团解开了，她是在这一天确凿知道一个真实的妞妞的存在的。

八岁时，有一天，她拿给我一页纸，望着我，笑着说："我发现了这个。"她的笑，有窥视到我的秘密而又理解的意味，也有欣慰的意味。我一看，是《讲演录》校样中的一页，上面摘录了一段我的话，就是《妞妞》序言中说她和妞妞都是我的"唯一的和一切的孩子"的那一段。同一天，她的一个日记本散架了，她自己重新装订，我发现，她把这一页纸用作了封底。

我心中非常感动。我知道，在她的这个举动中，有一种无言的理解和珍惜。

501

感恩于爷爷

在啾啾的成长过程中，有许多人为她付出了爱和辛劳，包括亲人、朋友、老师等，我相信她都会铭记不忘。我还相信，如果说感恩，有一个人是她第一要感恩的，那就是于爷爷。

在整个幼儿时期，直到上小学一年级，啾啾很少进医院。但是，她并没有少生病，尤其是上幼儿园的三年，感冒发烧不断。是谁给她看的病？于爷爷。一般来说，如果病轻，我们就给于大夫打个电话咨询，他问一问病情就开了药，如果病重，就把啾啾带到他家里，他仔细检查，然后再开药。几年之中，已经记不清有多少次，我们心情沉重地抱孩子去，又心里踏实地抱孩子回。病得再重，啾啾不肯去医院，一听说是去于爷爷那里，却是一百个愿意。父母们都知道，孩子幼小时，最使人身心交瘁的事情莫过于孩子得病了。在这个看病难、看病贵的时代，孩子得了病不去医院就能治好，这是何等的幸运和恩惠！

于作述，知名儿科专家，长期担任天坛医院儿科主任。

请不要以为于大夫和我们有什么特别的关系，我们不过是和他的女儿于奇相识罢了。于奇的朋友遍天下，和她相识的人不计其数，请去问一问，凡是有过小小孩的，哪家没有受过和我们同样的恩惠？远在美国和法国的朋友，孩子得了病，往往也是打越洋电话，在于大夫的指导下进行治疗。可以想见，于大夫为这么多朋友的孩子们花费了多少精力。也许这个说明是多余的：他没有收过无论哪个朋友一分钱的诊费。问题在于，在他面前，你连付费的念头都不可能产生，甚至连一声谢谢也说不出口。他是这样自然亲切，就好像你和孩子都是他家里的成员，而我们也确实是这样感觉的。

我这辈子见的人多了，你若要我举出我所见过的最善良也最和蔼的人，我会毫不犹豫地说是于大夫。事实上，作为知名儿科专家，他的工作非常繁忙，每天要接诊许多病人。然而，孩子有病找他，他永远是有求必应，见到他时，他永远是和颜悦色。这么多次了，我不曾看见他脸上有过一丝厌烦的神色。我也无法想象，他会有发脾气的时候，这得到了他的家人的证实。

但是，于大夫决不是老好人，谈起当今医学界的不正之风，他总是义愤填膺。不过，他的义愤填膺也并不形之于色，而只是不住地扼腕叹息罢了。他无论给谁开药，都力求用最便宜的药达到最佳治疗效果。他医术精湛，真正能对症下药，所以确实也达到了这个效果。现在的医生，一看你是感冒发烧，二话不说，就让你打点滴，他对此极为不满。他一贯主张慎用抗菌素，自己也是这样做的，必须用时，则严格控制用量和时长。回想起来，啾啾小时候少受了多少抗生素的危害啊。

给啾啾看病的这几年，于大夫已是一位老人，但并不显老，总是腰板直挺，面色红润。有一次，听于奇说，老爷子安了心脏起搏器。在这之后，我们还带啾啾去看过病，觉得他精神仍是矍铄。然后，有一天，因为肋骨受伤，我给也通医学的于奇打电话咨询，才知道于大夫病了，正住院。她轻描淡写地说，老爷子这一回可能真过不去了。我问是什么病，她说，三年前发现前列腺癌，最近突然复发，肾功能衰竭，加上心脏病，现在每天做透析。这样天大的事，我们偶然才得知。这个于奇，和她爸爸一样，也是一个别人有事就默默相助、自己有事却从不麻烦别人的人。

当然，我们要去探望。啾啾说："于爷爷一直是在照顾我，我也一定要去。"那天下午，按照和于奇约定的时间，我们带了一盆盛开的杜鹃，二时半到达天坛医院，找到于大夫所住的病房大楼五层，向护士打听。护士说："那个病人已经在中午走了，家属已经把东西收走。"红不明白，还在问是否回家了，我立刻知道，于大夫已经去世了。

我们去他家里。这个我们曾经无数次带啾啾来看病的普通两居室里，从此不再有于爷爷。于奇说，做完了透析，在昏迷中，血压突然掉到了零。我忍不住眼泪。这么好的一个人，就这样悄悄地走了。他生前善待每一个求助者，死时却没有惊动任何人。不过十来天前，我们还曾打电话向他咨询孩子的一点小毛病，他马上进入医生的状态，给出适当的建议，根本感觉不出、更想不到他已是一个病入膏肓的垂危病人。

我们全家永远感激和怀念这个无比善良的人。

从啾啾出生到七岁，一直是于爷爷在照顾她，于爷爷走了，不会再有人给她这样的照顾了。我们很快就尝到了这是什么滋味。

于大夫去世后半年，啾啾腿痛了一周，我和红带她去京城一家权威的儿童医院就诊，普通门诊人太多，就挂了特需门诊的号。接诊的是一个半老的女医生，始终面无表情，对孩子也吝于哪怕一丝微笑，埋头开了一堆血液化验单，共六项，未做任何诊断。我向她说明孩子在此期间有剧烈运动的情形，她不予理睬。我满腹狐疑，但只好去缴费，连挂号费共一千多元。因为必须空腹，当时没有抽血。第二天早晨，红带她再去医院，一连抽了四管血。红告诉我，当时她的嘴唇都白了，喊头晕，软软地靠在椅子上。她自己向我描述，抽血时，她感到手臂渐渐发软，并扩展到颈胸。

抽完血后，红看见一位面慈的老年女医生，就向她请教化验的内容。这位老医生看了病历，问了情况，说所开的类风湿因子、心肌酶同工酶、肝功能、血清分型等项目都毫无必要，认为很可能就是肌肉拉伤，建议去普通门诊外科就诊。红遵言而行，结果诊断是肌纤维织炎，挂号加药费不到一百元。看完病，再去特需门诊化验室，化验报告已出来，皆正常。回家后，啾啾服了药，症状明显减轻。

我感到愤怒，白花了许多化验费不说，最心疼的是啾啾被白抽了这么多血。看医院公布的介绍，那个半老女医生是主任医生、特级医师、儿童风湿病专家。同样是专家，素质的差异多么大。

从此以后，一次次就医的经历都会使我们想念于大夫。红说得对，于大夫去世，我们的孩子就落入了今日一般病人的普遍遭遇之中。

大爱在人间

女儿十一岁，小学即将毕业，很快是中学生了，我在本书中描述的她的种种幼时情景皆已成往事。父母天天和孩子在一起，往往不易觉察孩子的变化，蓦然回首，不禁惊叹时光流逝之快。曾几何时，我们还在为她说出了一句连贯的话而惊喜，转瞬之间，她坐在餐桌旁和我们一起谈论天下大事了。

许多父母盼望孩子快快长大，我相反，多么愿意孩子的童年时光留得久一些，再久一些。我留恋这样的一种天然的可爱，这样的一种纯粹的亲情，这样的一种简单的幸福。在时间的汹涌波涛上，我留恋一滴晶莹的水珠。

然而，一切皆逝，无物长存，我应该和能够做到的是，在另一种形式中守护这些珍贵的价值。我不是指写作，写作是容易的，难的是生活本身。我愿女儿在因阅历和教养而成熟以后依然天真。我愿我们的亲情历尽岁月的磨难始终纯粹。我愿人生的幸福不受世俗的腐蚀永远简单。

啾啾小时候，我们是很宠她的。有些朋友曾经担心，这样会不会把她宠坏，我满怀信心地告诉他们，好孩子是宠不坏的。现在他们看到，事实确是如此。我的说法也有毛病，前提是好孩子，宠坏了就可能会说本来不是好孩子，用结果否定前提。我说的"宠"是指很多很多的爱，那么，换一个准确的表达就是，任何一个孩子都决不会因为被爱得太多而变坏。相反，得到的爱越多，就一定会变得越好。简言之，好孩子是爱出来的。当然，我说的"爱"又需要做界定，比如要有长远的眼光和正确的方法之类。但是，不管怎么界定，基本的内涵不容怀疑，就是一种倾注全部感情的关心、爱护、鼓励、欣赏、理解和尊重。只要是这样，就怎么爱也不过分，怎么爱也不会把孩子宠坏。

爱能滋生爱。一个在爱的呵护下成长的孩子，她的心是温暖的，充满阳光的，也会开放爱的花朵。亲子之爱是孩子所受的最早的爱的教育，孩子一定会以爱回应爱，并且由爱父母而学会了爱一切善待她的人。我不喜欢儒家的"孝"的观念，它虽是从"仁"引申出来，本应包含爱的含义，但是，由于只强调子女对父母的单向服从，那一点儿脆弱的爱的内核就被沉重的宗法枷锁窒息了。我信任由父母的爱引发的孩子对父母的爱，这种爱会是孩子今后一切人间之爱的生长点。可以断定的是，一个人如果在童年时代缺乏被爱和爱，日后在其他各种爱的形态上就很容易产生障碍。

啾啾心中有爱，也很会示爱，她的心是暖的，还把我们的心也温暖了。她经常发表天真的爱的宣言。

晚上，走在上海的街上，她累了，我和红就轮流抱她。她在我们的怀里说："我长大了，不管长到多大，也还是要跟爸爸妈妈住在一起。有的小孩长大以后，就自己买个家了。我长大以后，就不买自己的家。"（4岁）

临睡前，她对妈妈絮叨了好久，说："等到我长大了，爸爸妈妈老了，我带你们去商场买东西，对你们好。我长大了会是个小美人，小美人带着你们去买老人穿的好看的衣服，漂亮的鞋子，绣了小花的，不给你们穿现在许多老人穿的那种难看的黑鞋子。我还带你们去玩，去龙潭湖，冬天的时候，你们坐在冰橇的小板凳上，我划着走，特别好玩。你们会说：有啾啾这个女儿可真好呀！"（5岁）

她知道妈妈小时候穷，吃不饱，非常同情，说："你小时候，我在你家旁边开一个小餐馆，每顿饭都给你送，不要钱。"红说："你是心疼妈妈。"她解释："那时候你是小孩，我是大人，不知道你是我的妈妈。"（6岁）

在餐桌上，她用平静的口吻对我们说："爸爸妈妈，你们死了，我不让火葬，让土葬。我把你们埋在一起，这样你们还可以相亲相爱。"顿了一下，接着说："我死了也和你们埋在一起，还是你们的小贝贝，不过那时候我已经是九十九岁的老太太了。"（7岁）

现在我把她在不同年龄说的这些话汇集到一起，发现她真是深谋远虑，从自己的婚嫁，到我们的养老和丧葬，全都想到了，而中心思想却是一贯的，就是和我们永不分离，生生死死在一起。宝贝是这样爱妈妈爸爸，这样爱这个家，无论生离还是死别，她都不能容忍，都坚定不移地拒绝，我的重情义的可爱的宝贝啊。

亲子之爱是爱的课堂，不但对孩子是如此，对父母也是如此。

人们常说，孩子是婚姻的纽带。这句话是对的，但不应做消极的理解，似乎为了孩子只好维持婚姻。孩子对于婚姻的意义是非常积极的，是在实质上加固了婚姻的爱情基础。

黑格尔说："通过对孩子的爱，母亲爱她的丈夫，父亲爱他的妻子，双方都在孩子身上使各自的爱得以客观化。"泰戈尔也说："我的孩子，让他们爱你，因此他们能够相爱。"这些话都说得非常到位。孩子不只是夫妻的肉体之爱的产物，更是彼此的心灵之爱的载体，通过爱孩子，这种爱才不是飘在空中，而是落到了地上，获得了稳固的基础。请注意，这两位贤哲都认为，对孩子的爱是实现男女之间超越于肉体的爱的前提和必由之路。我对此也深信不疑，一个重要的理由是，正是通过爱孩子，我们才领悟了爱的无私之本质，从而真正学会了爱。

有些年轻人选择做丁克族的一个理由是，孩子是第三者，会破坏二人世界的亲密。表面看似乎如此，各人都为孩子付出了爱，给对方的爱好像就必然减少了。但是，爱所遵循的法则不是加减法，而是乘法。各人给孩子的爱不是从给对方的爱中瓜分出来的，而是孩子激发出来的。爱的新源泉打开了，爱的总量增加了，爱的品质提高了，这一点必定会在夫妇之爱中体现出来。把对方给孩子的爱视为自己的亏损，这是我最无法理解的一种奇怪心理。事实上，双方都特别爱孩子，夫妻感情一定是加深了而不是减弱了。对孩子的爱是一个检验，一个人连孩子也不爱，正暴露了在爱的能力上的缺陷，不能想象这样的人会真正去爱一个人，哪怕这个人是他此刻迷恋得要死要活的超级尤物。

也许有人会说，亲子之爱和夫妻之爱都不过是小爱罢了，和大爱扯不上边儿。好吧，让我稍费口舌对这样质疑的人说几句。

我曾经无数次地想，在无限时空的一个短暂时间和一个狭小空间，我们一家三口——准确地说，我们这三个灵魂——极其偶然地相遇，组成了一个小小的家，相濡以沫，彼此相爱。我无比地爱这个家，爱我的妻子和孩子。可是，和我相遇的完全可能是别的灵魂，我完全可能和别的女人结婚，有别的孩子。那么，在那种情况下，我就会不爱我的家，不爱我的妻子和孩子了吗？当然不是，我仍然会爱。这难道不是说明，这一个实现了的具体的小爱只是无数个可能的小爱的一个代表，进一步说，只是普遍的生命之爱和灵魂之爱的一个代表？我正是首先通过爱我的亲人来爱一切生命和灵魂的。人间若有大爱，就只能首先以小爱的形式存在，只能从小爱中发端和升华。一个人真正从小爱中领悟了爱的实质，他就已经进入到大爱的境界中了。同样，凡是鄙弃小爱的人，我敢断定他和大爱无缘，一切爱的姿态和言论都只是表演而已。

人与人的相遇，是人生的基本境遇。爱情，一对男女原本素不相识，忽然生死相依，成了一家人，这是相遇。亲情，一个生命投胎到一个人家，把一对男女认作父母，这是相遇。友情，两个独立灵魂之间的共鸣和相知，这是相遇。相遇是一种缘。爱情，亲情，友情，人生中最重要的相遇，多么偶然，又多么珍贵。

让我们珍惜人生中一切美好的相遇，珍惜已经得到的爱情、亲情和友情。

让我们以大爱之心珍惜每一个小爱，在每一个小爱中实现大爱的境界。

再见了，朋友，就把这当作我的临别赠言吧。

附录

啾啾的作文

二年级

看画

我和妈妈去印象派画展看画。进门的时候,我看见一幅色彩丰富的画。可是,我突然想上卫生间了,妈妈就带我去了。等我出来后,妈妈带我去找刚才那幅画。在找的时候,妈妈看见了一幅色彩更丰富的画。看见这幅画,我高兴极了。妈妈说,要不是我想上卫生间,我们还看不到这幅画呢。

秋游

一天,我和我的小伙伴在楼下玩。妈妈问她作业写完了没有,她说:"今天没有作业,因为今天秋游了。"我问:"你怎么已经秋游了?"我不知道我的学校会不会秋游,过了几天,知道也秋游,也没有作业。秋游呀,真奇怪,全都没有作业。我搞不明白。

长城

昨天,我去爬司马台长城,长城又高又陡,很难爬。妈妈开车,我跟奶奶、姑姑还有哥哥、姐姐都去了,爸爸没有去,他留在家里。妈妈说:"如果你等他也去,就别想出去玩了。"我爬了五个烽火台,哥哥爬了六个,妈妈、姐姐跟我爬的一样多。姑姑陪着奶奶在后面走,她把奶奶放在一个卖山楂的老奶奶那里,奶奶一个烽火台也没爬,姑姑爬了一个。返回的时候,我们去吃了农家菜,那里到处是臭大姐。有一只臭大姐飞到姐姐的手背上了,大家都没看见,我和姐姐一起看见了,一起啊了一声。回家的路上,到了一个地方,那里很堵车,听前面的人说,已经堵了四五个小时了!妈妈看见有一些车从小道走,也跟着开。开到小道的深处,前面没有一辆车,我们很害怕。幸好很快上了大路,但路好像越走越长,老也到不了家。终于到郊区的家了,大家都舒了一口气,我心想:有些像冒险。

吹泡泡

一天早晨,小钢、小红和小芳,他们一起走出家门,在小路上吹泡泡。他们拿着一个小杯子,里面装着泡沫水。他们一起吹,吹出了一个个泡泡。如果两个泡泡合在一起,会变成一副眼镜,单独一个泡泡,像一个气球。泡泡飞来飞去,把小钢的眼睛迷乱了,泡泡一看,赶紧逃跑了。

秋天

秋天来啦!让我们一起走进秋天吧。秋天里,梨树挂起了金黄色的小灯笼,好像在给人们照亮。苹果树真好玩,它看自己不如梨树,羞得脸都红了,还更美呢!稻子金黄金黄的,又多又亮,高粱给它们加油,燃起许多火把。加油什么呢?祝它们有更多更好的果实。秋天可真美!

三年级

表扬

开学第一天,我就得到了两份表扬。

一份是在学校里得到的,虽然老师没有表扬我,但我自己觉得是一个内心的表扬。这个表扬就是我得了全班唯一的100分。

第二份是在钢琴课上,老师说我弹得好听,把练习曲都弹出音乐的感觉了。我听了真高兴。前些天我对学琴有了一点厌烦,多亏老师和妈妈的英明决定,把我的课改为不定期上,我又喜欢弹琴了,而且比以前更喜欢,因此弹得越来越好了。

一个开心的晚上

今天是周末,晚上,妈妈带我去饭店吃饭,而且是和凯文一起去的！更巧的是，我还在那里碰到了同学呢。我和凯文在餐厅里跑来跑去，好笑的是，我们在每个路口都会遇见那个同学和几个同她一起来的男孩。

正当我开心的时候，一件不开心的事落到了我身上，我突然肚子痛了。我假装逃跑，跑到了包间里。我问妈妈："你吃完了吗？"她说："我马上就吃完了。"我就在旁边等候。她吃完了，我把她拉到沙发上，告诉她，我肚子很痛。她给我揉了揉，问我怎么样，我说好多了。

虽然我肚子痛了，但是，这仍然是一个开心的晚上。

美丽的千岛湖

暑假，我和爸爸妈妈一起去了千岛湖。

千岛湖可美了！四周是被雾笼罩的青山，简直像仙境。湖水清极了，水浅的地方能看见水里活蹦乱跳的小鱼小虾，水深的地方远远望去一片碧绿。看着那清澈的湖水，我想起这儿可是农夫山泉的水源地呢，不禁感到这些小水滴真争气！

湖上有许多小岛，真是名副其实的"千岛湖"。我们住在一个小岛上的宾馆里，那里有游泳池，水是从千岛湖里抽来的。一次，我游泳时不小心吸了一口水，发现那水很甜，非常像农夫山泉。于是我想，这口水就是喝下肚了也没关系，因为喝下的是一口"农夫山泉"。

离开千岛湖时,我很不情愿,希望再待几天。我真喜欢千岛湖啊!

爱看书的女孩儿

我是一个爱看书的女孩,一有时间就捧着一本书看。在家里,我经常看见爸爸妈妈在看书,渐渐地,自己也就养成了看书的习惯。

有一天,放学回家,我在书柜里挑了一本书,叫《王子与乞丐》。翻开第一页,我就被故事的情节吸引住了。我一连看了两个多小时,看得非常入迷,中间没有休息片刻。就这样,我看书看到很晚,写作业时已经很累了。但是,因为看了一本好书,心里还是很高兴。

我就是这样一个彻底的书迷。看书给我带来了很多快乐,还让我学到了许多知识,学习成绩也提高了,真可以说是受益无穷。

观察日记

一次,我在鱼塘边钓鱼,钓上了四条呢!我正高兴时,忽然看见一只黑色的小蚂蚁,就开始观察它的行为。

我拿了一些鱼食放在这只小蚂蚁旁边,没想到它真的把一粒鱼食搬了起来，一点一点地向蚁窝的方向挪动。看它那小小的身体搬食物搬得那么艰难，跌跌撞撞地爬着，我又同情它，又觉得好笑，真想帮它一把。它隔好长时间才爬一步那样远，一分钟，两分钟……过了很久，终于到达了自己的窝。我接着观察它怎么召唤自己的同伴，再怎么和它们一起把食物搬进了窝里，也都是很辛苦的。

　　动物的世界真是奇妙。不过我想，当一只小蚂蚁也真累呀，要搬和自己身体一样大甚至更大的东西。

四年级

小狗毛毛

毛毛是我住的小区里的一条小狗,它的性格有些古怪。平时,它总是乖乖地跟在主人后面,遇到别的狗也不吼叫。但是,它有时却没有来由地淘气,平时的乖样一点儿没有了。

我初次见到毛毛,是在和爸爸出去散步的时候,它看见我,就直向我奔来。我害怕不认识的狗,吓得搂住了爸爸,爸爸把我抱了起来。毛毛一看,生气了,朝我身上又扑又叫。主人让我们不要害怕,告诉我们,毛毛喜欢小孩,只是看到大人抱小孩就嫉妒。听了他的话,我放心多了,还觉得毛毛真有趣。

不久后,我又遇到毛毛,这次它不但没有奔向我,而且我逗它,它也不理我,一副对我毫无兴趣的样子。

后来我还遇到毛毛很多次,每次它对我的态度都不同。这就是它的古怪之处,但古怪里藏着可爱。

外公的死

我的外公住在丹江口。九月份左右,他得了白血病,两个月后就离开了人世。外公生前很疼爱我,他的去世令我悲痛不已。

在外公去世的前一天晚上,妈妈接到姨夫的电话,报告外公病危。具体情况是必须用呼吸机,心跳只剩下微弱的一点了。妈妈一听就伤心地哭了起来,我也开始啜泣。我边啜泣边劝慰妈妈别哭,但是一点用也没有。我突然明白了"病危"的意思,而且永远不会忘记。

第二天早上,外公就去世了。听妈妈说,外公弥留时,在电话里听到她的声音,立即流下了眼泪。大家都说外公最惦记妈妈。守在外公病床前的姨妈说了一句:"看来爸爸这次真要丢下我们走了啊。"外公似乎听懂了这句话,待她刚说完,就去世了。听了这些,我非常震惊。

在外公去世后的许多天里,我经常默默地流泪。我真希望他能起死回生。

令我难忘的一件事

一个夏天,我们和朋友两家人一起去青岛,朋友有一个女儿叫支叶,比我大两岁。在青岛,我们住的宾馆里有一个漂亮的小花园,花园里有一座带台阶的石桥,石桥下是一潭清澈的水，里面养着鱼。我刚到那里时，非常喜欢这座小石桥，但后来就在这里发生了一件令我难忘的事。

一天，我和支叶姐姐吃完午饭，到小花园里看鱼。在我走下石桥的台阶时，支叶转过头来对我说："这里的台阶陡，小心！"听到她的提醒，当时还没上学的我听话地点点头。可是，支叶对我说话时，她没有看自己前面的路，一脚踩空，从坚硬的石台阶上滚了下去。她的头摔破了，血直往外冒，流到了她的背上。我吓坏了，呆呆地站在那里。我看见，眼泪在支叶的眼眶里打转，但她很坚强，一直没有哭出来，低着头朝饭厅跑去。

支叶的爸爸妈妈急忙送支叶去医院了。回来时，她头上缠着绷带，见了我还对我微笑。

这件事发生在很久以前，但我至今仍历历在目。我记得那么清楚，因为她是为了提醒我而摔伤的，还因为她自始至终没有掉过一滴眼泪。她是那样善良，又那样勇敢，我永远不会忘记。

五年级

致妈妈的一封信

亲爱的妈妈，

　　您好！再过几天就是三八妇女节了。在此，我祝您节日快乐！

　　妈妈，在我记忆里，您是一个爱写作的妈妈，喜欢记录下生活中的一点一滴。从我出生开始，您就不断地把抚养我的过程中发生的事记录下来，比如我的成长，我既稚嫩又精彩的话语，还有我与您之间的趣事等，很多很多，数不胜数。现在，这些小故事已经变得非常宝贵。每当您把这些故事讲给亲戚朋友们听时，都会听到他们的笑声。

　　可是，现在的您却不像以前那样了。也许因为您太忙，太累，也许因为兴趣的变化，总之，您已经有很长时间不写日记了，这使我感到非常遗憾。我希望您接着创作，首先因为生活中的趣事还有很多，其次，大家又都非常喜欢看您写的东西。而且，日记本就像一个知心朋友，可以向它倾诉自己的痛苦，使自己放松。您看坚持写日记的爸爸，他从写作中得到了多少快乐。

妈妈，我希望您继续记录生活中的精彩时刻，变回以前那个爱写作的妈妈。

此致

敬礼

祝您身体健康，万事如意！

——爱您的女儿周音序

假如我会变

我和爸爸聊天。

爸爸问："如果你会变，你想变成什么？"

我答道："有点想变成一只幸福的母蚕蛾。"

"母蚕蛾怎么幸福了？"他又问。

"可幸福了，"我有些兴奋地说，"她从小就吃着新鲜干净的桑叶，长大了吐出美丽洁白的丝，然后给自己建成一座丝绸的宫殿，从茧里出来后又和一只富有的公蚕蛾结婚，产一千颗卵，孵出一千个小宝宝。"

"公蚕蛾怎么会富有呢？"爸爸感到奇怪地问。

"他做的茧的横刨面有一厘米厚呢！"

爸爸听了，笑着说："真够幸福的！不过，你千万不要梦想成真，我可不愿意用你来换一只幸福的母蚕蛾！"

我与海蜇

烟台的大海给我留下了深刻的印象。

我去烟台时还很小,不会欣赏风景,只会与朋友在海滩上追跑,用沙子做艺术品,捡贝壳;或者在海里游泳、嬉水,击起朵朵美丽的水花,感受潮水对自己的冲击。但这些都不是最令我难忘的,都只剩一些模模糊糊的剪影了。只有捉海蜇的那件事才最令我不能忘怀。

那天,是我在烟台的第三天,也是最难忘的一天。我又和朋友到海里起劲地打着水仗,突然,我感到自己的手碰到一个又凉又滑的东西,还会电人。我吓坏了,叫起来,冲到沙滩上。朋友拿起塑料袋,套在手上,抓住了那个企图逃跑的"凶手"——原来是一只海蜇。这只海蜇半大不小,全身的颜色都像是玻璃蒙上了一层雾。我很兴奋,立刻不害怕了。朋友把海蜇放进了塑料桶里,还放进了一只螃蟹钳子,说:"看你敢不敢和它住在一起!"我甩一甩手,兴奋地跳来跳去,对着小桶睁大眼睛,准备看好戏。

时光流逝,我感觉外面的声音似乎小了,周围的人似乎消失了,我仿佛和海蜇在一起,进入了一个寂静的世界。这时,旁边传来了朋友那熟悉的声音:"快看!海蜇在吃螃蟹钳子!"这声音一下子把我从那个安静的、奇异的世界里拉出来了,我很生气。但心情多变,我马上又高兴地看起了海蜇用惊人的能力吞食螃蟹钳子。海蜇那半透明的身体扭动着,旋转着,须子将螃蟹钳子拨向自己;然后它盖在螃蟹钳子上,收缩着身体,螃蟹钳子驯服似的和海蜇混为了一体。我既惊讶又兴奋,还有些害怕,围着小桶直转圈。于是,时间悄悄地溜走了……

现在,再想起这件事,感到当时那个兴奋的我很幼稚——竟如此多变。但是,其他感受早已一去不回,只有兴奋永远存在。

野鸭

搬家以后,我家离陶然亭公园很近,公园的湖上有野鸭。这是我第一次看到野鸭,还跟野鸭做了邻居,心情像阳光一样明艳。

冬天来了,湖面的水渐渐地结成了冰。可是,我看到近岸的野鸭好像还多了两三只。怎么回事呢?原来它们是挤在一块儿取暖。

野鸭都飞走后,我才知道,原来野鸭也是候鸟。

过了一些日子,一次放学后,爸爸带我去公园。爸爸说,上午他去跑步的时候,一半的湖面还都是冰。可是,这时冰差不多都融化了,只有一些薄冰还在水面上。我们惊喜地看到,野鸭们也回来了。

这天,我和爸爸意外地发现,一座一直关闭的古建筑开放了,爸爸买了门票,我们进到了里面。那座建筑就叫陶然亭,爸爸说,公园就是因为它才命名为陶然亭公园的。我听了,高兴地说:"我们到陶然亭的肚子里来了。"

（全文完）

宝贝，宝贝

作者_周国平

编辑_陈曦　　装帧设计_朱大锤　　主管_岳爱华
技术编辑_顾逸飞　　责任印制_梁拥军　　出品人_王誉

营销团队_毛婷　魏洋

果麦
www.goldmye.com

以 微 小 的 力 量 推 动 文 明

图书在版编目（CIP）数据

宝贝，宝贝 / 周国平著. -- 昆明 : 云南人民出版社, 2025.4. -- ISBN 978-7-222-23497-0

Ⅰ．I267

中国国家版本馆 CIP 数据核字第 2025ZG5901 号

责任编辑：刘　娟
责任校对：陈　迟
责任印制：马文杰

宝贝，宝贝
BAOBEI, BAOBEI

周国平　著

出　版	云南人民出版社
发　行	云南人民出版社
社　址	昆明市环城西路 609 号
邮　编	650034
网　址	www.ynpph.com.cn
E-mail	ynrms@sina.com
开　本	880mm×1230mm　1/32
印　张	17
字　数	354 千字
版　次	2025 年 4 月第 1 版　2025 年 4 月第 1 次印刷
印　刷	河北鹏润印刷有限公司
书　号	ISBN 978-7-222-23497-0
定　价	69.80 元

版权所有 侵权必究

如发现印装质量问题，影响阅读，请联系 021-64386496 调换。